别靠我太近

小熊星空 著

天津出版传媒集团

天津人民出版社

图书在版编目（CIP）数据

别靠我太近 / 小熊星空著 . -- 天津：天津人民出版社，2021.8

ISBN 978-7-201-17348-1

Ⅰ. ①别… Ⅱ. ①小… Ⅲ. ①推理小说－中国－当代 Ⅳ. ① I247.5

中国版本图书馆 CIP 数据核字 (2021) 第 119151 号

别靠我太近
BIE KAO WO TAIJIN

小熊星空　著

出　　　版	天津人民出版社	
出 版 人	刘　庆	
地　　　址	天津市和平区西康路 35 号康岳大厦	
邮政编码	300051	
邮购电话	（022）23332469	
电子信箱	reader@tjrmcbs.com	

责任编辑	谢仁林	
装帧设计	马　佳	

制版印刷	天津雅泽印刷有限公司	
经　　　销	新华书店	
开　　　本	880 毫米 ×1230 毫米　1/32	
印　　　张	11	
字　　　数	306 千字	
版次印次	2022 年 1 月第 1 版　2022 年 1 月第 1 次印刷	
定　　　价	49.80 元	

Contents

序　幕

伫立了许久之后，唐兮夏梦终究还是锁了门。

楼下，她用软件叫的出租车停在小区一单元门外的花坛边。

司机左右张望了一会儿，并没有发现谁向车子靠近。"又碰上一个有拖延症的人！"他随口骂了句，然后掏出香烟，还没来得及点着，后门就被打开了，他赶紧把烟收了起来。

"开车吧！"唐兮夏梦用手扶着额头，脸上挂着落寞。

车子缓缓驶出小区，这一次，也许是最后一次。

因为在主路，车行进的速度很慢。

在主路最大的十字路口等了近十分钟之后，车子终于驶过去了。幸好唐兮夏梦打足了提前量，不然在这种情况下，非错过航班不可。

终于，机场标志性的建筑逐渐在唐兮夏梦的视野中清晰，建筑里透出光亮，好像新生活就站在那里迎接她。可发生在过去的种种压根就没放过唐兮夏梦，仍然阴魂不散。

一年前，唐兮夏梦的男朋友在家中溺水身亡。他被发现的时候，水龙头的水还在不停地向外喷涌……

这个画面在过去的一年里不停地闪烁在唐兮夏梦的脑海中，宛如一个梦魇，搅得她痛不欲生。

机场乱哄哄的，唐兮夏梦一个人拖着行李，路过排着长队的咖啡店，在前方一处休息区停下了脚步。她下意识地看了看手表，距离登机的时间还早。

她手上的这块手表是男朋友送的生日礼物。这表是新款，价格昂贵。据男朋友说，这是他在拿下 A 站 ATP 网球巡回赛冠军后，用获得的奖金买的。刚开始，对手表一窍不通的唐兮夏梦并不知情，后来是懂行的同事告诉她，她才恍然大悟！那晚，唐兮夏梦因为这事儿跟男友吵了一架，当然，主要是责怪他乱花钱。

唐兮夏梦的行李并没有多少，只有单肩包和行李箱。其他的行李早在几天之前就已经快递到了目的地，寄放在了朋友孙靓家里。

孙靓是唐兮夏梦警官大学的同届同学。那时，她和唐兮夏梦在学校很出名，因为她们都在各自的领域出类拔萃。孙靓善射击，是警校的神枪手；唐兮夏梦则拥有出色的格斗技术和敏锐的洞察力，是名副其实的"女福尔摩斯"。不仅如此，她们的外形也都十分靓丽。众所周知，警官大学对于女生的招收是有严格限制的，所以当这两个人一起走在校园里的时候，备受瞩目就不是什么奇怪的事儿了。

"前往 A 市的旅客请注意，您所乘坐的 CA1099 次航班即将开始登机，请您手持登机牌到 H35 登机口登机……"

刺耳的广播声把正在发呆的唐兮夏梦拉回现实。她整理了一下衣襟，向登机口走去。

唐兮夏梦排在队伍靠后的位置，因为总有心急的乘客提前等在登机口，也许是大家都有过没赶上飞机的经历吧。

队伍在缓缓地向前挪动，唐兮夏梦跟她身前的男子保持着一定的距离，因为他身上散发着一股难闻的气味儿，她祈祷上了飞机之后千万不要和他挨着。就在此时，背后有人轻轻地拍了一下她……

"夏梦警官？"

唐兮夏梦的身后站着一个 30 岁左右的男子，中分的头发颜色略黄，鹅蛋脸，眼睛有些小，带着金丝边眼镜，相貌说不上好看，但也不难看。

"你是？"

出于一个警察的警觉性，唐兮夏梦仔细地打量着眼前的这个男子。这人身着深蓝色卫衣、浅色牛仔裤，脚踩一双白色的匡威帆布鞋。穿着像极了当下流行的那些"小鲜肉"，但长相却无法相提并论。

"我叫裴勇，您不一定认识我，但我曾在电视里见到过您，没想到您真人更漂亮！"他腼腆地说，不过表情却让人有些讨厌。

裴勇说的是实话，唐兮夏梦的确是一个大美女，她 169 厘米的身高，不突兀却足够亭亭玉立。瓜子脸上有着一双大眼睛，嘴巴和鼻子的搭配相得益彰，棕色的头发一直到胸部的位置。今天的唐兮夏梦只化了淡妆，但正因为如此，才更显得她天生丽质。

"哦，是这样！"

唐兮夏梦认为裴勇只是单纯的搭讪，所以她的回复非常敷衍。她确实因为一些案件常常接受媒体的采访，但这是例行公事，并不是她的意愿。

"没想到能跟您一个航班，真的是太巧了！"裴勇摸了摸后脑勺，脸上露出喜悦的神情。

"嗯。"唐兮夏梦不失礼节地朝他微微一笑，然后就转过身准备登机了。

见自己没有被重视，裴勇立刻改变了态度，"夏梦警官请等一下，其实我是想报案的！"他急忙说道，表情也变得严肃。

"报案？"唐兮夏梦回过头，"对不起，我现在已经不是警察了，所以……"

"您先别忙着拒绝我！您看看这个。"随即，他从口袋里掏出了一张有点褶皱的卡片。

"'死亡审判'？！"唐兮夏梦惊恐地叫了出来。这卡片正是那梦魇的开端，就是它把她最爱的人拉进了死亡的深渊。

唐兮夏梦醒过神后，尽量让自己保持冷静。"这卡，是给你的？"

"是！"

"那你收到它的时间是？"

"5天前，嗯……也就是5月1日！"裴勇稍微想了想，回答道。

"你知道这张卡与我有关？"唐兮夏梦犀利地质问道。

"不，当时我收到卡片后，立即向公安局报了案。接手这个案子的李队看到这张卡后也是非常惊讶。他跟我说，负责这个案子的人是你，所以就让我来找你！"

"是这样！"

唐兮夏梦想："李功名这个人是出了名的工于心计。他知道我虽然离职了无法行使警察的权力，但只要我看到'死亡审判'这张卡片，一定会毫不犹豫地接下这个案子。在破案过程中，不可避免地要借助公安机关来行使执法权，那时他就可以不费吹灰之力地成为破案英雄了。"

"呵，好计策！"唐兮夏梦脱口讥讽道。

"什么？"裴勇奇怪地看着唐兮夏梦。

"没，没什么！"唐兮夏梦略显尴尬地说，"哦对了，你也要去 A 市？"她继续问。

"嗯，是的，李队跟我说您会在 A 市，所以……"裴勇微微笑了笑，"不过，没想到会这么巧，在机场就碰到了您。"

唐兮夏梦把卡片装进上衣口袋，"你现在去 A 市刑警队找一个叫孙靓的警察，跟她说明情况。然后你就在那里等我消息吧！"

"太感谢了，夏梦警官！"

"嗯，我突然想起这里还有些事情要去处理，所以你先去 A 市！"

"嗯，那咱们回头联系！"

"好。"

说完，唐兮夏梦背上包，快步向出口走去。

唐兮夏梦走出机场，然后在出租车等候区坐上了出租车。

"师傅，去公安局。"

听到目的地名字的司机吃了一惊，但他没有多说什么，只是提醒副驾上的唐兮夏梦系好安全带。

一年前，唐兮夏梦的男朋友收到了"死亡审判"。起初，她以为是谁的恶作剧，所以并没有太放在心上，毕竟她男朋友是一个体育明星，受到一些外界的骚扰也算是正常。但后来，随着"死亡审判"上预言的死亡时间越来越近，两个人也都开始不安起来，尤其是她男朋友，甚至一度不敢出门。于是，唐兮夏梦让她男朋友报了案。可万万没想到，她男朋友还是死了，而且时间和卡片上预言的一模一样。

唐兮夏梦琢磨着，"死亡审判"的再次出现是否表示她男友的死只是一个阴谋的开始？可两次事件相隔的时间却有些长，从时间上来讲，两起案件似乎并不挨着。但目前来看，弄清楚裴勇的底细却是现在唯一能做的，因为男朋友的死亡线索，半点儿都找不到。

这时，刚才与裴勇对话的场景突然跳入唐兮夏梦的脑海中。她想，裴勇的目的似乎不像他说得那么单纯，甚至还有些来者不善！因为，她完全感受不到裴勇面临死亡的害怕与怯懦。除此之外，还有十分重要的一点，即便是李功名没有告诉他我已离职，那么在我开诚布公后，他为什么还要执意拿出"死亡审判"呢？感觉上，似乎让我看到"死亡审判"才是最关键的！如果是这样，裴勇就是在说谎，他应该是在报案之前就知道了发生在我身上的和"死亡审判"有关的事了！

五月的天气已经有些炎热，但此时在出租车里的唐兮夏梦却感到一股凉意……

外面的雨似乎没有停的意思，本来约好了今晚要去吃那家有名的日料，但唐兮夏梦的突然爽约和外面淅淅沥沥的雨让孙靓放弃了这个想法。吃不到大餐她显然有些烦躁，她无聊地躺在客厅沙发上看着重播节目，电视台一般都会把晚上首播的节目放到第二天下午重播，这是套路。而这时，电话却响了起来……

孙靓拿起电话，发现是个陌生号码。

"喂，你好，我是孙靓！"孙靓从沙发上坐了起来，然后调小了电视机的音量。

"您好，我叫裴勇，是夏梦警官让我打给您的！"

"哦？你找我有什么事儿？"

"是关于发生在我身上的一个案子，夏梦警官说让我向您求助！"

"案子？"

三言两语之后，孙靓了解了大致情况。

"原来是这样！那好吧，明天上午你到刑警队来，我们见面聊吧。"

"好的，谢谢孙警官！"

挂了电话，孙靓回忆起了几个小时之前唐兮夏梦与她的通话……

"喂，小靓，发生了一点儿意外，我还要在 B 市处理一些事情，咱们过几天再见吧！"

"啊？什么事情啊？你这家伙，我都化好妆准备去接你了，真不够意思！"

"哈，实在抱歉，刚接到一个案子，我要回一趟刑警队了解一下情况。"

"你都离职了，还接什么案子啊？！"

"这个案子对我非常重要，等见面我再详细跟你说吧。"

"那好吧！"

"实在不好意思，这顿饭先欠着，下次我买单！"

"嗯，那你自己一个人小心点哦！"

"好，那回见！"

"回见！"

孙靓心想唐兮夏梦所说的案子应该跟几分钟之前裴勇所说的是同一个，于是她开始仔细回想裴勇所说的话，渐渐地，孙靓心里犯起了嘀咕……

以宣判的方式预告当事人的死亡日期然后将其杀死，这是十分愚蠢的！如果当事人报警，警方将当事人严密保护起来，那么她根本想不到凶手如何能找到机会下手。况且还是要在"死亡审判"预言的时间内，这无疑又增加了难度。按照常理来说，暗中下手杀掉当事人，神不知鬼不觉岂不是更好，何必搞得满城风雨。除非，这其中隐藏着什么不可告人的目的！

孙靓晃晃悠悠地从沙发上站起来，不小心碰倒了茶几上的一幅相框，相框里的照片是大学时她与哥哥的合影。孙靓把它扶起来，注意力在上面停留了几秒，然后才慢慢走回卧室。

B市公安局在四区A路旁。这里的环境不错，而且是经济开发区，所以这边的商业化气息没有一区显得浓厚。

公安局的办公大楼是一个个白色的建筑，它们四四方方的，十分整齐，各个下属机关办事处分列其中。几年前，它们还不在一起，而是分布在B市的各个区域里。后来为了便于管理，才搬迁到了四区。

一进大门，映入眼帘的就是一个巨大的喷水池。唐兮夏梦还记得刚进刑警队时，她经常和孙靓一起在喷水池旁聊天谈心。后来，孙靓被调到了A市，她也就不怎么来了。

刑警队的办公楼位于西北角，到那里需要穿过一个小花园。

小花园并非官方修建的，而是当时技术处的一名警员自己建的。在他任职的岁月里，每当空闲他就会来到这里种花、养花。日积月累，这里就成了现在的花园。而那名警员，今年已经57岁了。

唐兮夏梦走进刑警队的办公大楼，值班室的王叔看到她不由吃了一惊："小梦，你怎么回来了，是不是想通了，要留下来？"

王叔是一个老警察了，按他这个年纪来说至少也应该是公安局副局长的职位了。但一次执行任务时，王叔误伤了人质。从那以后，王叔就退出了刑警队，选择到值班室工作。本来这个年纪是可以申请退休的，但他却执意不肯，哪怕是做一个基层的守卫也心甘情愿。

"王叔您好，我只是回来拿点儿东西。"唐兮夏梦笑着，露出一口洁白的牙齿。

"哈哈，小年轻嘛，有些想法能理解，王叔支持你。"

"谢谢王叔，那我就先上去了！"

"去吧。"王叔随即笑呵呵地说。

刑警队办公室在二楼右侧，相比其他部门，这里总是气氛紧张。因为不管有没有大案、要案，每个人的表情都十分严肃，让人看了十分不自在。当然，这也跟刑警队工作的特质有关，一份天天跟杀人犯、亡命徒打交道的工作当然不会那么轻松自在。

大家并没有因为唐兮夏梦的不请自来而感到奇怪。唐兮夏梦虽然人长得美，但在整个刑警队，她不是受欢迎的人。一方面唐兮夏梦太过于特立独行，当然这也跟她有着较强的刑侦能力有关；另一方面，她得罪过李功名。

唐兮夏梦刚进刑警队时，就被当时还是副队长的李功名盯上了。当然，大家心知肚明，李功名只是看她长得漂亮。之后的日子里，李功名用各种方式接触唐兮夏梦，制造单独与她相处的机会。但唐兮夏梦对这个一身烟味儿的男人十分反感。在刑警队的三年来，她曾多次正面拒绝他，但李功名依然故我。直到前年的一次总结会上，唐兮夏梦曾公然顶撞李功名，这才激怒了刚晋升为队长的李功名。从那以后，怀恨在心的李功名便放弃了对唐兮夏梦的追求，开始处处与她作对。可唐兮夏梦深爱着这份工作，并把这身警服当成一种神圣的信仰，所以她一直隐忍。直到去年，男朋友离奇死亡，但身为队长的李功名却草草结案，并严令不再继续追查。那次以后，唐兮夏梦对这份工作彻底失去了信心，同时萌生了退意，但无奈手中案子太多，一晃就到了现在。上个月，她递上了在警队的最后一份结案报告，同时，她也递上了离职申请。

唐兮夏梦径直走进队长办公室，她将行李扔在一旁，然后坐在办公桌前，眼睛死死地盯着李功名。

"你来了！"李功名眯着眼看着她说。

"我问你，你为什么不接裴勇的案子，而将它推给我？"

"那是因为我相信你对这个案子会更感兴趣啊！"李功名点了一根烟，轻描淡写地说道。

"当初不让调查的也是你！"唐兮夏梦站起身子恶狠狠地说。

"那也是为你好啊，那个案子你是破不了的，我也是为了保全你的名声啊！"

"说得好听！"唐兮夏梦不屑地说，"那现在呢？"

"现在你离职了，所以我就没必要再罩着你的名声了啊！不过呢，我这个人深明大义，知道你还对你男朋友的案子耿耿于怀，所以我就做个顺水人情，给你这次机会。当然啦，咱们毕竟做过同事，有需要帮忙的你尽管找我嘛！"李功名抖着腿，一脸看好戏的姿态。

唐兮夏梦无言以对，因为她知道跟这种人讲理无济于事，于是她说："我来只是想要裴勇的资料！"

李功名好像早就知道唐兮夏梦要来，所以顺手从抽屉里拿出了一个文件袋交给唐兮夏梦。

"就是这些了，你拿好！记住，我是破例给你的，你要感谢我，知道吗？"李功名指着唐兮夏梦说。

唐兮夏梦一把抓过文件袋，然后头也不回地离开了。

Don't get too close to me

第一章

星迹酒店杀人事件

天气似乎是一下子热起来的，昨天好像还不这样。大街上的行人有好多已经穿短袖短裤了。

唐兮夏梦在 B 市的房子已经退租了，房东把房子出租给了一对年轻夫妻，所以她只得住在酒店里了。

这家酒店位于二区的繁华地段，是唐兮夏梦最喜欢的酒店。它的房间都以太阳系的各大行星来命名，每个房间也根据行星的特点有着不同的装修风格。比如唐兮夏梦住的水星间，就是按照水星的特点布置的。众所周知，水星是离太阳最近的一颗行星，倘若把酒店大堂比作太阳，水星间的位置就是离大堂最近的。而水星的金属含量高，所以水星间的装修风格有着浓厚的金属感。

办理好入住手续已经是晚上 8 点了，奔波了一天的唐兮夏梦早已饥肠辘辘，在房间里短暂休息之后，唐兮夏梦准备出去买点吃的。但就在这时，门外却突然传来了一声尖叫……

发现死者的是一个浓妆艳抹、衣着暴露的女孩儿，从外貌举止谈吐来看，她的年龄也就 20 岁出头。她铁青的面色显然是被尸体的狰狞给吓到了。

"姓名？"带队的警察问，他旁边还站着一个拿着笔和本正在记录的下属。

"李琳。"

"你发现死者的时间是？"

"大……大概 8 点 20 左右吧，我记不太清了，我……我太害怕了，看见尸体就冲出了门。"

"那么你与死者是什么关系？"

"哦，我是他的女朋友。"

"他生前有什么仇人吗？"

"不，我不知道！"

…………

问话结束后，带队的警察重新回到了案发现场门外。这时，唐兮夏梦走上前叫住了他。"小彦！"

带队的警察叫王希彦，他回过头惊讶道："夏梦学姐！你怎么在这里？"

王希彦个头不高，长着娃娃脸，是唐兮夏梦警校的学弟，毕业后他被分配到了刑警队做侦查员。他是一个踏实肯干的青年，只是有时欠缺些沉稳。

"碰巧啦！"唐兮夏梦搪塞了一句接着问，"发现什么线索了吗？"

"唉，毫无头绪！"王希彦摇了摇头，面色沮丧。

"这样，你把那个女孩儿叫来，我有话问她！"

"那好！"

那个发现尸体的女孩儿被带到了唐兮夏梦面前，在短暂打量后，唐兮夏梦开始问话。

常规的问题结束后，唐兮夏梦直奔主题……

"死者是你什么人？"

"他是我男朋友。"

"你们处了多久？"

"一年多吧……"她停顿了一下，"不到两年。"李琳有些不知所措地将着她的长发说。

"怎么认识的？"

"呃……在公交车上。"

"公交车上？"唐兮夏梦疑问道。

"当时没零钱了，就借了他的钱，后来我加了他微信还他钱，所以就认识了。之后他就一直追求我……"

李琳的回答有些不自然，她闪躲的目光让唐兮夏梦感到奇怪，于是唐兮夏梦便问："你男朋友叫什么名字？"

"叫……"李琳低下了头，支支吾吾的半天也没有答出来。

"嗯？你作为他的女朋友，不可能不知道他叫什么吧！？"

"我……"李琳涨红着脸，无措的双手不知道该如何摆放，并在一起轻轻摩擦着。

"火星间是豪华标间，情侣关系在入住酒店时会选择标准间吗？我想这似乎有违常理。所以，我想你们是临时认识、约定在这儿见面的，没错吧？"唐兮夏梦冷静地分析道。

"你说得对。"李琳羞愧地低下头，"他是通过微信'附近的人'找到我，然后叫我来这儿的，但我没想到会发生这种事儿！"说完，她哭了起来。

她应该与杀人案没有太大关系，唐兮夏梦心中得出了初步结论。

这时，王希彦从火星间里走了出来，看样子，勘查现场的工作已经结束了。

"夏梦学姐，现场勘查完毕了。"王希彦摘掉白手套耸了耸肩，"死者崔迎光，男，29岁，A城C县人。据酒店前台交代，他是来B市出差的。他具体是做什么的，还有待调查。死亡时间应该在晚上8点左右，致死原因是氰化钾中毒！"

"什么？氰化钾？"唐兮夏梦大吃一惊道。

氰化钾，圆球形硬块、粒状或结晶性粉末，剧毒，在湿空气中潮解并放出微量的氰化氢气体，易溶于水，接触皮肤的伤口或吸入微量粉末即可中毒死亡，是一种急性毒药！

"是的，氰化钾！"王希彦确认说，"死者的嘴里有股苦杏仁的味道，这与氰化物中毒的表现一致。"

"氰化钾是公安部门管制的剧毒物，一般人根本不可能有。那么，凶手到底是从何处得到氰化钾的呢？"唐兮夏梦分析说，"现场还发现了什么？"

"除了死者的身份证之外，还发现了他的钱包，包内有 1 万元现金，还有就是床头未开封的避孕套。关于现场的脚印和指纹，就要等取样后再详细分析了！"

"现场有喝过的水或者饮料吗？"

"没有。"

"那卫生间是否发现了什么异常？"

"除了正常洗漱工具上的指纹之外，没有可疑发现。"

"那就奇怪了，死者嘴里的苦杏仁味儿说明他多半儿是喝了含有氰化钾的液体才中毒的，也就是说，屋里应该是可以找到带有氰化钾的液体的。可按现在的情况来看，他杀的可能性就很高了，因为一个自杀的人应该没有理由再多此一举把自杀的道具处理掉。"

"没错，是这样的。"

"那么也就是说，凶手在案发后清理过现场了！"

"啊！"王希彦大吃一惊，"那也就是说李琳在来的路上有可能撞见过凶手？"

"根据崔迎光的死亡时间来推断，确实有可能！"唐兮夏梦肯定地说。

"那我现在就去酒店的监控室查一下，也许可以锁定犯罪嫌疑人！"

"好，你去查一下监控，我想再勘查一下案发现场。"

"那夏梦学姐，我们一会儿碰面。"

唐兮夏梦查看了房间的构造以及尸体，正如王希彦所说的那样，现场确实没有太多有价值的线索。

崔迎光入住的火星间是个复式，它是星迹酒店最昂贵的房间，单晚价格 6999 元，它拥有的天台和小型的游泳池象征着火星的奥林帕斯山和水手号峡谷。

唐兮夏梦想：火星间昂贵的价格不是一个小职员能够承受得起的，即便是公差，那么公司是否会报销如此高额的住宿费用，这个也有待调查。从死者的衣着来看，都是市面上常见的大众品牌。所以可以肯定，崔迎光入住火星间有违常理。另外，死者包内的 1 万元现金并没有被拿走，说明凶手杀人的目的并不是为了钱，那么既然不是为了钱，那会是什么？仇杀还是情杀？现在一切还不得而知。

而这时，唐兮夏梦的脑海中又回想起了氰化钾……

如果凶手是怕我们查到氰化钾，所以才在案发后来清理现场，那么选择其他杀人手法岂不是更好？既然凶手使用了氰化钾，说明他并不在意警方发现它，可他为何又多此一举将氰化钾处理干净、掩饰作案手法呢？合理地解释就是——作案手法可能会泄露凶手的身份！

唐兮夏梦走出火星间，孤零零地倚靠在走廊的墙壁上，她看着不远处墙壁上关于银河系的油画，心中若有所思……

"没有？"面对王希彦的反馈，唐兮夏梦略感惊讶。

"是的，除了李琳之外没有任何人从屋子里出来！"

"监控是正对火星间的吗？"

"不，监控安装在走廊的出口处！"

"那你怎么能肯定除李琳外没有其他人从屋里出来？"

"因为凶手若要离开酒店，那是必经之路，可监控却没有发现任何可疑人员！"

"那就是说，凶手还可以从别的地方逃走喽？"

"这是不可能的！"王希彦摇了摇头，"我问过酒店的安保人员，大厅是酒店的唯一出口，公共窗也是锁死的，没有酒店相关人员的钥匙，根本打不开，而且酒店每一层的路口和走廊都装有监控，即使有钥匙，从窗子跳出酒店也会被监控捕捉到！"

"只要从一层到二层就一定会被发现？"

"是的！"

"是这样……"唐兮夏梦低着头，小声地自言自语道。

"那小彦，跟我去一趟前台！"她接着说。

"好！"

酒店发生了凶杀案，这可不是一件小事儿！本来冷冷清清的酒店大堂现在却像煮沸了的开水，好不热闹。

"我们什么时候才能离开，耽误了事儿，你们能负得了责吗？"一个身材臃肿的女人在人群最前面嚷嚷着，她身后还跟着几个起哄的男人。

"对不起，女士，酒店发生了命案，警方已经下令封锁了酒店，在没有得到许可前是不可以离开的。"前台小姐解释道。

"真是倒了霉了，什么事儿啊这都是！"人群中的抱怨声此起彼伏，甚至还有几个素质不高的客人骂起了脏话。

走到大堂的唐兮夏梦看了一眼前台挂钟，现在已经是晚上 9 点 55 分了，原来距离案发到现在已经近两个小时了。不过，在她心里可不想把案子留到明天。

"你好，我是负责这个案件的刑警，我们有几个问题想问你。"王希彦走上前，对着还在维持秩序的前台小姐说。

"哦，没问题。"

前台小姐听到呼唤，立刻走出前台。在这一刻，被警方问话显然要比跟那些没素质的客人吵要好得多。

"你好，我是唐兮夏梦，我有几个问题想问你！"唐兮夏梦靠在大堂的柱子旁，双手交叉在一起，置于胸前。

"您说！"

"死者入住的时间是？"

"是昨天下午，大概 3 点多吧。"前台小姐挠了挠头，想了一会儿说道。

"他一个人？"

"是，一个人！"

"那么有没有其他人来找过他？"

"嗯……"她琢磨了一下，"有，是个女孩儿！哦对了，就是刚才被你们问话的那个！"

"除此之外呢？"

"没有了。"

"你确定？"

"确定！"

此时，唐兮夏梦脑海中浮现出了三个问号：一是根据监控显示和前台小姐的陈述，崔迎光的房间内没有除崔迎光的第二人，那么凶手是如何利用氰化钾杀死崔迎光的呢？二是，凶手既然不在房间内，那么他是如何得知崔迎光已经死了呢？三是，崔迎光死后，凶手又是如何逃离案发现场的呢？

送走前台小姐之后，唐兮夏梦和王希彦回到了水星间。这时，唐兮夏梦的肚子"咕噜噜"地叫了起来，从中午到现在她都没有吃东西。只不过如果现在出去买吃的似乎有些耽误时间，于是她便想起了房间内提供的泡面。

茶几上的两盒泡面都是同一个牌子的，只是口味不同。夏梦拿起那盒海鲜的，然后用不长的指甲划开了包装纸。就在这时，唐兮夏梦猛地一怔，"我知道了！"她惊呼道。

"什么？"王希彦搁下手上的时尚杂志问。

"我知道凶手是如何利用氰化钾杀死被害人的了！"唐兮夏梦开始说着自己的想法。

"啊，你说真的？这太不可思议了！"王希彦面露喜悦地说。

"可他为什么要如此大费周章呢？"唐兮夏梦的眼睛像被上了锁一样，一动不动地盯着某处。

"算了，先不想这个了！"唐兮夏梦站起来，然后对王希彦说，"小彦，你再把前台小姐叫来，我有事情问她！"

"啊？"

"哎呀，别耽搁了，快去！"

"啊！好，好。"

说完，他就跑出了门。

很快，前台小姐坐在了唐兮夏梦对面的椅子上，而唐兮夏梦则很端正地坐在床边。

"抱歉，又得麻烦你。"

"啊，没关系，这是我们应该做的！"前台小姐揉了揉眼睛，看样子像是有些困倦。

"我想了解一下前一个入住火星间的客人信息！"

"前一个？是说崔先生之前的吗。"

"没错。"唐兮夏梦点头表示肯定。

"前一位客人是位女性，叫杨离，她长得很漂亮，当时跟我一起值班的小李还跟我议论过她，所以我对她印象很深。"

"那么杨离是什么时候入住到火星间的？"

"应该是周三中午吧，也就是前天。"

"也是一个人？"

"是。"

唐兮夏梦侧了侧脸，对着倚靠在窗边的王希彦说道："小彦，去查一下杨离的酒店监控录像。"

"好！"

说完，唐兮夏梦回过头，对前台小姐继续说："杨离和死者都是一个人入住，可他们都选择了火星间，你感觉奇怪吗？"

"当时确实有这种疑惑，不过想了想客人可能真的是有钱，为了享受，这也能理解吧！"前台小姐模棱两可地说道。

"那……有没有人来找过杨离呢？"

"她离店前有个叫吴晶的女人来找过她。"

"吴晶？"唐兮夏梦皱了皱眉，"那么对她你还有什么印象吗？"

"她给人感觉冷冰冰的，话很少。"

"哦，是这样。"唐兮夏梦点点头。"好，辛苦你了，你去忙吧！"

"好，那如果有别的事儿，您再找我。"

唐兮夏梦微笑着点了点头。

水星间的门铃响了，唐兮夏梦走过去打开门，门外站着的正是去调查监控资料的王希彦。看他气喘吁吁的样子，像是一路跑回来的。

唐兮夏梦把他让进屋子，并给他倒了一杯水递了过来。

"谢谢！"王希彦接过杯子喝了一大口，"唉，要不是公务缠身，真想好好去游个泳，这天儿真是热死了！"他抱怨道。

唐兮夏梦微微一笑，想起了警校时那个稚嫩的小彦。

"夏梦学姐，杨离的监控我查过了，她是周三中午 12 点 06 分从大堂办完手续进入火星间的，离店时间是昨天中午的 11 点。期间有个女人来找过她，但……"

"有什么问题？"

"监控录像上只拍摄到了杨离离开时的影像，而那个女人却神秘失踪了！"

"你说什么！？"唐兮夏梦瞪大了眼睛盯着王希彦。

"监控再后来拍摄到的就是杨离退房时酒店人员的例行检查了！"

"那吴晶呢？"

"谁是吴晶？"王希彦看着唐兮夏梦问。

"就是去找杨离的那个女人！"

"不见了，监控再也没有捕捉到那个女人的身影。"

"你确定没有再看到吴晶？"唐兮夏梦又一次确认道。

"是的！"王彦希肯定地说。

唐兮夏梦低着头在房内走来走去，王希彦在一旁看着她，视线随着唐兮夏梦的身体左右摆动。

"当务之急我们要做三件事儿！"唐兮夏梦停下来说，"一是找前台小姐了解杨离退房时的详细情况；二是找当时的保洁员，确认杨离离开时火星间内部的情况；三是去监控室，确认监控死角！"

"好，夏梦学姐你去前台，我去找当时的保洁员，至于监控室，我吩咐下面的人去调查！"

"好，那我们一会儿见！"

晚上 10 点 30 分，三路人马回到了水星间，将勘查的结果做了反馈。

"这个案子，我想应该是这样的……"唐兮夏梦从床边站起来走到窗前，"杀崔迎光的凶手，应该就是杨离！"

"什么？杨离！"在场的人听到这个名字后都瞠目结舌。

"是的！我可以 100% 的确定！"唐兮夏梦斩钉截铁道。

"那么，杨离是如何杀死崔迎光的呢？"王希彦问。

"导致崔迎光死亡的确实是氰化钾不错，但在杀人手法上，杨离确实做到了别出心裁！我在勘查现场的时候隐隐感到有些不对劲，我想为什么豪华的火星间会这么干净，什么都没有！后来我因为肚子饿，打算吃掉我房间里的泡面时才终于想到，原来，崔迎光的屋子里少了一样东西。"

"什么东西？"

"水！"

"水？"

"没错，就是水，而且是酒店免费提供的矿泉水！崔迎光房内缺的就是它。"

"对啊，我怎么把它给忘了，我真笨！"王希彦自责道。

"这确实是杨离狡猾的一点，一般人是很难注意的。"唐兮夏梦从桌子上拿起一瓶矿泉水，边比画边继续解释。"杨离周三入住后，就将房间内的瓶装水换成了她带来的溶有氰化钾的水。杨离知道，只要免费的瓶装水没有被饮用，酒店的保洁员就不会换掉，那么带有氰化钾的瓶装水就会顺理成章地出现在崔迎光的房内。崔迎光做梦也不会想到，这不起眼儿的瓶装水会成为他进入鬼门关的催命符。"

"可如果崔迎光不喝那瓶装水该怎么办呢？"王希彦提出了一个新的疑问。

"这就是为什么杨离要找来吴晶的原因！"

"啊！什么意思？"

"杨离找来吴晶是要假扮自己！"

"假扮自己？"

"是的，是为了证明自己在案发时不在现场！"

"可这跟崔迎光喝不喝那瓶装水有什么关系？"

"小彦，你别急，听我慢慢跟你讲……"唐兮夏梦拧开瓶盖儿喝了口水然后说，"杨离是个聪明人，她知道警察一定能根据氰化钾这一重要线索，推理出在案发后凶手清理过现场。那如果顺着这个方向，即便查到她，监控记录和前台也会为她提供不在场证明！"

"没错，我们也确实在被她们牵着鼻子走。"

"所以，破了她们的障眼法就尤其关键了。我猜她们应该是在房内互换了衣服，然后由假扮杨离的吴晶去前台办理退房手续，制造杨离已经离店的事实。"

"这点可能吗？"王希彦疑惑道。

"可能，因为两个人身形非常相似，而且前台还说那天'杨离'退房时戴着墨镜和帽子，加上中午退房的客人很多，所以很容易蒙混过关。"

"原来是这样啊！那吴晶的作用其实就是为了让杨离神不知鬼不觉地留在火星间了？"

"没错儿！"

"那我明白了，杨离留在火星间的目的其实就是为了看崔迎光是否会喝下那瓶带有氰化钾的水！"

"对了一半，她的最终目的是要拿走崔迎光随身携带的文件！"

"文件？"

"对，我记得你说过，崔迎光是来 B 市出差的。通常来讲，出差的人一般会随身携带笔记本电脑或是纸质文档。可在案发后，现场找不到笔记本电脑或者纸质文档，这就说明它一定是被人拿走了！之前我一直在疑惑，杨离为什么要设计这样一个复杂的杀人计划，而且躲在房间里难道就不怕被发现吗？现在我终于明白了，她躲在房间里的目的就是要拿走崔迎光随身携带的东西，也就是那份文件！"

"你这样一说，案子似乎很通顺，但……"

"但杨离是如何躲过保洁员的眼睛的，你是想这样问吧？"

"是！"

"我想这一点，火星间会给出一个答案！"

晚上 11 点整，火星间的门再一次被打开，唐兮夏梦带着王希彦和几个刑警又一次来到了火星间。同时，与他们一起来的，还有一位保洁阿姨。

"大家仔细地搜一下，不要放过任何一个角落！"王希彦命令道。

"是！"众人回应道。

火星间是星迹酒店内部结构最复杂的一间客房，唐兮夏梦想："要在这样一间客房内藏一个人并不是不可能，关键问题是如何躲过保洁员的眼睛。"

唐兮夏梦边想边仔细地观察着房内的每个角落，生怕漏掉什么。就在这时，她经过落地窗看到了屋外的泳池……

唐兮夏梦打开玻璃门，走到泳池旁，她惊奇地发现：原来这泳池并不是她在屋内所看到的那样狭小，真的走过来，面积实则很大。

就在这时，王希彦之前不经意的一句话被夏梦脑海中记忆的海浪冲了上来，在海滩上闪闪发光！

"游泳！难道说……"唐兮夏梦大吃一惊！她转过身叫来了保洁阿姨问道："阿姨，火星间泳池的水会随着客人的离开而更换吗？"

"一般不会，除非客人要求。"

听了阿姨的回答，唐兮夏梦像是被点醒了一般，她立刻把房里的人都喊了过来。

"夏梦学姐，出什么事儿了？"王希彦问道。

"小彦，你派人跳下泳池，我想会有发现！"

王希彦虽然对唐兮夏梦的指示感到奇怪，但还是派人跳下了泳池，几分钟后，从泳池里传出了警员小李的声音，"头儿，除了几根长头发，什么也没有！"

听到回答的王希彦困惑地看着唐兮夏梦，但令他吃惊的是：唐兮夏梦露出了自信的笑容，似乎已经看穿了一切。

第二天傍晚，杨离被缉拿归案，并在审讯室陈述了犯案经过……

"我勾引了崔迎光的上司，让他应允崔迎光住在火星间。因为只有这样，才能为我的杀人计划提供空间支持。然后，我早一天到店，将含有氰化钾的瓶装水放到房间里。第二天，我打电话给吴晶，她来了之后我们换了衣服，然后由她假扮我去前台办理退房，而我则继续留在房里等崔迎光。至于躲过保洁员查房的方法也十分简单！因为我十分了解星迹酒店保洁员的巡视习惯，在非夏季，泳池的水不会常换，保洁员在巡视时也只会通过玻璃窗来观察游泳池内是否有异样。所以我只需短暂地潜入靠落地窗一边的泳池底，保洁员就绝对不可能发现我。下午 3 点左右，崔迎光来了，我一直躲在阳台处监视他，等他喝下那瓶毒水。但让我没想到的是，他买了饮料，并没有喝我带来的水。于是，我就在火星间内待了一天一夜，直到第二天晚上，他在吃晚餐的时候终于喝了我带的水。就这样，他毒性发作了，我马上换上事先准备好的保洁的衣服，然后收拾好案发现场准备离开。不巧的是，我刚打开门的时候听到了有人向这边走来，我吓得赶紧躲回房间，生怕被人发现。但令我更意想不到的是，这个人竟然是来找崔迎光的！她进房间发现尸体后，就被吓得跑了出去，我也就趁此机会逃出房间，躲了摄像头的监控死角，等酒店的人围上来的时候，我便混在其中，之后，就找机会溜掉了。"

警员小李将杨离的供词放在了办公桌上。"杨离对犯罪事实供认不讳！"他说道。

"赶紧结案，送交检察院！"王希彦说。

"不行，不能结案！"坐在王希彦办公桌对面的唐兮夏梦阻止道。

"为什么？"

"证据不足！"

"可杨离已经招认了啊！而且杨离从她当药剂师的男朋友那儿搞到氰化钾这件事儿，他男朋友也证明属实，这么多证据还不足以定杨离的罪吗？"

"定罪是没问题，但是我们还没有找到本案最重要的证据！"

"那份文件？"

"是的，那才是本案的核心呢！"

Don't get too close to me

第二章

不知所踪的女人

"叮咚，叮咚！"

独特的门铃声打断了正在收拾屋子的唐兮夏梦，而按门铃的人正是孙靓。

孙靓今天来是为了给唐兮夏梦的新家暖房。不过她心里清楚得很，表面上说是暖房，其实是有一些繁重的家务需要她帮忙。想到这儿，孙靓的白眼就翻上了脑门，她自言自语道："这好朋友，没白交！"

门开了，此时的唐兮夏梦完全是家庭主妇的形象，她长发盘在头顶，系着肥大的围裙，手中粉色的拖把笨重且突兀。

"哇，我们的警花真的是上得厅堂下得厨房啊！"孙靓调侃道。

"好了，别闹了，你怎么才来啊，赶紧来帮我！"

"喂喂喂，夏梦，你说让我来暖房，可没有说让我来干活啊！"夏梦略带玩笑的指责让孙靓十分不爽。

"好好，大小姐，我错了，那您请进门休息一下，一会儿咱们就吃饭！"唐兮夏梦笑着说。

"哼，这还差不多！"

孙靓一甩头，大步走进屋内。她今天穿一身休闲装，扎了马尾辫，化了淡淡的妆，配上圆圆的脸显得十分可爱。

5 月 17 日，唐兮夏梦搬来 A 市已经一周了。她的新家位于 A 市的中心区，是孙靓托朋友帮她找的。楼盘是前年的，所以小区环境还不错，生活设施也相当齐全。

唐兮夏梦住在十层，房子户型很好，卧室和客厅均朝阳，70多平方米的面积对于她来说也足够宽敞。在这儿生活，让夏梦感觉很舒适。

"哇，收拾得不错嘛！"孙靓抚摸着浅灰色墙面上悬挂着的写意风的油画说道。

"马马虎虎啦，"唐兮夏梦顺着孙靓的目光向油画看去，"等有时间我还要买一些我喜欢的家具和装饰品。"

"对了夏梦，我一直想问你，你不当警察了想做什么？"

"暂时还没有打算呢。"她叹了口气说。

"在我心中你简直就是女版'福尔摩斯'啊，以你的断案能力，不当警察真的是太可惜了！"

"有吗？我真的不这样认为。"唐兮夏梦停下手中的家务低语道。

"哎呀，那件事情不能怪你的……"

唐兮夏梦一言不发，孙靓马上意识到自己说错了话，于是她立刻换了话题。"算了！你先歇一段时间吧，反正你的钱够花。"

孙靓见唐兮夏梦的情绪犹如过山车一样滑落，也就没再说什么了，她重新把注意力放在了欣赏家居摆设上。

"好了，我这边收拾完了，小靓你是想出去吃还是在家里吃？"唐兮夏梦站起身，长舒了一口气说道。

"呃，我不会做饭，你知道的。"孙靓回过头来看着唐兮夏梦说。

"年初时哪个人信誓旦旦地说要每周学做一道菜嘞？"唐兮夏梦摆出一副刁难的表情看着孙靓。

"哎呀，工作繁忙，工作繁忙啦！"孙靓嬉皮笑脸地看着唐兮夏梦，"咱们出去吃火锅怎么样？"

"那好吧！"唐兮夏梦摘了围裙，"我去化个妆咱们就出发。"

说完，唐兮夏梦走到洗手间里开始化妆，此时客厅里面却传来了孙靓接电话的声音……

"秦嘟嘟啊，我休假呢，又有什么事儿啊？"

孙靓口中的"秦嘟嘟"名叫秦湘，是A市公安局刑警队的队长，同唐兮夏梦和孙靓一样，秦湘也是一位女警察。由于在办案过程中特别能唠叨，所以才被孙靓亲切地称呼为"秦嘟嘟"。

"我的天啊，你不是刚批了我假吗！"孙靓突然音量提高，大声抱怨道。

"好了好了！我去还不行吗？"

听到这儿，唐兮夏梦赶紧走出洗手间，此时孙靓正一脸无奈地拿着电话……

"怎么啦，小靓？"唐兮夏梦问。

"队长说有一起人口失踪案让我过去！"

听到孙靓跟身边的人嘀咕了一嘴，秦湘便问："小靓，你在跟谁讲话啊？"

"夏梦啦！"

"哎呀，夏梦大美女也在啊！"电话那头传来了刺耳的恭维声，即便没开免提，唐兮夏梦也听得十分清楚。

唐兮夏梦走过去接起孙靓手里的电话说："秦湘姐，您放心吧，我会陪小靓一起过去的。"

"那太好了！你们一起过去肯定就更没问题了。"

"我们直接去当地的派出所吗？"唐兮夏梦问。

"对！你们去派出所找小王，他会跟你们说详细情况的。"

"好吧，那我们马上出发。"

"好，祝你们顺利！"

唐兮夏梦挂了电话，一旁的孙靓正一脸的不情愿……

"行啦，别不高兴了，火锅改天吃吧。"

"真是讨厌！姑奶奶还饿着肚子呢。"

"好了好了，别那么孩子气了，我给你买最喜欢的麦当劳行吗？"

这辆保时捷 Boxster 2.9L 是唐兮夏梦花了 43 万在二手车交易网上买的，原来的车主因为要移民国外，所以就低价把它卖掉了。这车的外形与性能是唐兮夏梦所喜欢的，小巧的车身配上敞篷的设计也相当符合她桀骜不驯的个性。

"夏梦，一会儿我替你开吧。"孙靓把一根沾满了番茄酱的薯条丢到嘴里，边咀嚼边说道。

"好，到下个服务区咱们换。"

唐兮夏梦左手稳健地操控着方向盘，右手轻轻扶了一下墨镜，配合她随风而飘的长发，美得特别精致。

下午3点，唐兮夏梦和孙靓来到了小油村派出所。派出所的位置并不在村里，而是孤零零地立在村外几百米的一处公路旁。

"总算到了！"孙靓从驾驶座位上下来，伸了伸腰。看得出她已经极度疲惫。确实，从孙靓驾车到现在，已经两个多小时了，而唐兮夏梦则睡得不省人事。

"我们进去吧。"刚睡醒不久的唐兮夏梦对孙靓说。

小油村派出所只有两层，面积不会超过400平方米。一层是传达室和常规办公区；二层是审讯室、档案室、关押室，布局十分简单。唐兮夏梦和孙靓来到一层办公区，简单询问之后，见到了秦湘口中的小王。

"你们就是市刑警队的同志吧？"小王笑呵呵地迎上来，他个头不高，皮肤黝黑，方脸，给人的感觉十分自然。

"是，你好，我是市刑警队的孙靓，她是我请来的刑侦专家——唐兮夏梦，这是我的证件。"孙靓把证件拿出来摆到小王面前说。

小王被唐兮夏梦的身份吓了一跳，他没想到一个小村庄的失踪案市里会派来一个刑侦专家。

"你们好，你们好，先请坐吧！"小王把两人让到屋子里，并请她们坐下。

"王警员，别客气，先说说情况吧。"唐兮夏梦坐了下来，然后把墨镜摘下挂在了毛衫的领尖上。

"咳……事情是这样的……"小王清了清嗓子，显然这是吸烟导致的咽炎。"我们接到报案是在今天上午大概11点30分左右，报案人是李民娟的丈夫柳强，据他说，李民娟就宛如人间蒸发了一样！"

唐兮夏梦和孙靓惊讶地看着他。

"没错！"他再次肯定，"报案时他慌慌张张的，甚至有些语无伦次。"

小王眨了眨眼，面色有些不安。

　　这时孙靓突然想起了秦湘电话里跟她说的话，"小靓，郊区小油村村民报案说，一个叫李民娟的女人离奇失踪了……"

　　"离奇？"孙靓猛地意识到，原来看似普通的失踪案可能并不像她们想象得那么简单。

　　"你继续说吧！"唐兮夏梦定了定神说道。

　　"柳强说当时他正在屋外劈柴，妻子李民娟在屋内做饭，但柳强劈完柴进屋后就发现妻子不见了。一开始他以为她是去厕所了，就没有在意。但是等了很久还不见妻子回来，他就叫上邻居在周边寻找，但却一无所获。"

　　"劈柴？村子里还有人在烧火做饭？"唐兮夏梦疑惑道。

　　"对，在村东头山腰上的几户村民是这样的。"

　　"那李民娟是什么时候失踪的？"

　　"昨天傍晚。"

　　"傍晚？到现在还没有超过 24 小时，如何判断人已经失踪了呢？"

　　"哦，是这样的，李民娟住的地方位于村子东头的山腰上，那里只有一条路通往山下，同时李民娟的家也只有一个出口。如果李民娟下山了，那么她一定会被当时正在劈柴的柳强看到，所以可以肯定，她并没有下山。"

　　"那么她是上山了？"孙靓打断道。

　　"不，小油村的后山十分陡峭，别说没有专业的登山器具，就是有，也很难攀登。而李民娟家的后面则是悬崖峭壁，所以……"

　　"你们认为她是坠落悬崖了？"

　　"可能性很大！"

　　唐兮夏梦端起桌子上的茶水慢慢地品着，似乎在琢磨什么，不一会儿，她放下水杯看着小王，"王警员，柳强一家的夫妻关系如何？"

　　"一直很和谐啊，他们夫妻间的感情算是村里很不错的了。"

　　"那么，他们有什么外债吗？"

　　"没听说。"

　　"嗯，大致情况我了解了，我们就不打扰了！"

"别，你们大老远跑了一趟，晚上怎么说我也该请你们吃顿饭吧！"小王站起身挽留道。

"不了，我们还有事情要处理！对了，明天上午我们会去柳强家，麻烦你通知他不要外出，除此之外，还得麻烦王警员派两个人给我们。"

"这个没问题。"

"那我们就明天见！"

"啊，好，那我就不送了！"

从派出所走出来，唐兮夏梦下意识看了一眼手表，上面显示的时间是 4 点 15 分。随后她朝着太阳的方向望去，心中若有所思。

唐兮夏梦把车开到了小油村中一处 3 层楼的下面停住，并熄了火。

"夏梦，你有什么想法？"孙靓嚼着草莓味的口香糖问。

"李民娟还活着的概率很小，但我还不能百分百确定。"

"她真的坠落悬崖了？"

"有可能！如果按照小王所说的，她自杀的可能性就几乎不存在了，因为谁也不会选择在做饭做了一半的时候跑去自杀。"

"有道理！"

"小王说李民娟应该是柳强在屋外劈柴时失踪的，那么我们要确认一件事情，就是柳强上一次见李民娟是什么时候，这个很关键。因为根据时间跨度的不同，李民娟能做的事情也不同，所以，我们明天要去案发现场找到能证明李民娟失踪时间的证据。"

"可你也说了呀，她饭做了一半嘛！失踪的时间跟柳强发现她不见的时间应该不会隔很长！"

"这可难说了，如果她当时正在处理一道工序复杂的菜呢？"

"呃……你这么说倒也是！"孙靓点点头，"那么我们接下来？"

"下面我们分头行动，去村子里向村民们打听一下柳强夫妇的情况。"

C 市是 A 省的省会，不仅如此，它也是一座国际大都市，这里的 GDP

很高，经济发展水平领先，这要得益于较早的对外开放政策和此地充足的人力资源。

C 市的国际机场是国内最大的机场，年人流量高达 5000 万，平均每天这里要接待近 14 万人。为了更好地维持机场的秩序，公安局在机场设置了岗亭，为的是处理突发情况和配合机场人员的日常安检。

今天的安检口迎来了人流高峰，机场的工作人员开通了所有分流通道，以缓解人流压力。

一个戴帽子的工作人员站在入口处提示大家选择合理的安检路线，过程中他始终保持微笑，没有丝毫的不耐烦。

安检口的外围站着两个还没有进入安检通道的人，他们面对面小声地议论着什么，周边空无一人。

"路上小心，到了目的地后与 Jarred 联系。记住，不见到 Rose，就不能验货！"身着黑色休闲装的男人对着他身边穿低胸内衫的灰颜色短发女人说。

"嗯，明白，你回去的路上也要小心。"

"我知道！"

告别了那个男人，短发女人径直走向机场安检，其间她不停地观察四周，显得十分小心。

短暂目送之后，男子离开安检口，走出了机场。他来到路边打了一辆车，在吩咐过目的地后，他拿出手机，在微信里发起了一个新的群聊……

被邀请进群的有 4 个人，他们的昵称从左至右依次是冷瞳、Araya、琉璃纱、Sunny 和法官。

一番调查过后，唐兮夏梦和孙靓来到了村里一家有名的饭馆吃饭。一下午的忙碌让两个人饥肠辘辘，他们准备先填饱肚子，再从长计议。

饭馆的老板是个和蔼的妇人，她对唐兮夏梦和孙靓十分热情，不但把她们安排在一间雅间内，还赠送了当地的干果作为开胃菜。

"嗯……要一份特色烤羊腿，再来个老豆腐炖黄鱼，还要一盘炒花菜！"孙靓吩咐道。

"好的，主食吃什么？"老板笑呵呵地问。

"嗯，我吃米饭！你呢？"孙靓答道，同时问唐兮夏梦的意见。

"嗯，我也一样。"唐兮夏梦笑着说。

"好的，两碗米饭！"老板很熟练地把点菜单撕下，然后放到餐桌上，"二位稍等，菜马上就来！"

"谢谢！"

两个人目送着老板撩起门帘走出雅间，然后同时拿起桌子上的干果，丢进嘴里。

"哇，好好吃！这是桃干吧？"孙靓的味蕾被酸甜的桃干点燃了，她不停地咀嚼着，脸上露出满足的神情。

"嗯！味道还真是不错。"唐兮夏梦迎合说。

"偶尔来周边走走也不错，就这样吃吃农家饭、呼吸一下新鲜空气多棒啊！唯一可惜的就是在办案，不然真想好好玩儿一下！"

"等查清这个案子，咱们去边境玩儿吧！"唐兮夏梦提议道。

"好啊，那就这么说定了！"

"既然这样，那就快点把这个案子破了吧！"唐兮夏梦拿起一小块儿桃干放到嘴中，"走访了一下午，你有什么发现？"

"呃……我这边查到的信息更多是关于柳强的。"

"说说看！"

"柳强是在小油村长大的，他的父母在他上初一时过世了。所以柳强初三没念完，就辍学了。之后，他就跟着一个叫王万龙的人去了B县打工，据说赚了一些钱。去年他回到小油村，在山腰上盖了房子，并娶了邻村的李民娟。据村民说，柳强是个非常老实的孩子，大家对他的评价也非常好。他现在以种地耕田为生，虽然生活拮据，但也活得悠然自在。而李民娟，由于是去年刚嫁到这个村里来，所以村民对她的情况了解得并不多。"

正说着，门帘被掀了起来，老板从门外端进来了羊腿和花菜。

"菜来啦！"老板声调有些高，却十分富有当地特色。

"哇！好棒，谢谢老板。"孙靓说道。

"应该的，鱼还要再炖一会儿，二位姑娘先吃！"

"好的，辛苦了老板！"唐兮夏梦回应道。

"姑娘别客气，你们慢慢吃！"

说着，老板离开雅间，留下了羊腿的清香。

"我这边的情况跟你说的差不太多。"唐兮夏梦夹起一块儿花菜放到嘴里，"不过，我却得到了一个奇怪的消息，但我不知道这跟李民娟的案子是否有关系！"

孙靓撕下一块儿羊腿肉放到嘴中。羊腿肉外焦里嫩，一口下去，肉汁从羊肉里被挤压出来，配合老板秘制的调料，美味异常。

"你说的是？"孙靓就了一口茶，看着唐兮夏梦。

"最近半个月内，小油村总停电！"

"停电？"

"是的，我去小油村的供电站调查过，小油村是通过电力网络供电的，而供电源是一个小型的供电站。供电站的师傅跟我说，由于供电设备不是很先进，在用电峰值时，常常会因为供电设备不堪重负而导致停电。但奇怪的是，按照小油村以往的日用电量来看，这种情况是鲜有发生的！"

"那么你的意思是，近半个月时间里，村里的用电量在急剧上升？"

"是！"

"但我想这跟李民娟的失踪案应该没啥关联吧！"

"常理来说应该是，不过却很奇怪！"

"什么奇怪？"

"师傅说，流量表上显示，村东一带用电量要大一些！本来我不以为意，可后来我想到，村子东头不就是李民娟居住的地方吗？"

"对啊！"

"所以明天我们不光要调查李民娟的失踪案，还要查一查小油村的停电之谜！"

"好。"

这时，老板端着鱼走了进来。

D 市的机场很小，毕竟是边境小城，来这里的人并不多。

Sunny 下飞机的时候已经套上了提前准备好的厚外衣，虽说是 5 月末，但这里的温度还是很低，很多乘客甚至穿羽绒服来御寒。当然，人群中也有几个不怕冷的人，他们身着单衣，顶着冷风，走在了人群的最前头。

刚拿完行李，Sunny 的手机便响了。她似乎知道会有电话打进来，所以她早早地就把手机攥在了手里。

"喂！"Sunny 接起了电话。

"Sunny，比我们预计的时间似乎晚了 20 分钟。"电话那头是冷瞳的声音。

"这里刚下过雨，机场有积水，所以飞机在空中盘旋了一会儿。"

"哦，是这样……"电话那头沉默了数秒又接着说，"你先找地方住下，Jarred 跟我打过电话了，他说会联系你。"

"知道了。"

"货怎么样？"

"没有意外，放心吧！"

第二天一大早，唐兮夏梦和孙靓就带着派出所的人来了柳强家。进门后，孙靓带着柳强去院子里问话，唐兮夏梦则跟剩下的人待在屋子里勘查现场。

唐兮夏梦所处的屋子是一个不到 20 平方米的客厅，客厅里只有简单的家具，显得有些空荡荡的。除出口外，客厅还有两扇内门，一扇在右侧通往厨房，另一扇则是通往卧室和卫生间的。

唐兮夏梦首先来到厨房，她发现锅里面是已经蔫了的油菜，锅边还放着打开瓶盖的盐和味精。整个厨房像客厅一样，简单而干净。

随后，唐兮夏梦依次查看了卧室和卫生间，但她没有找到任何线索，于是她通过卫生间旁边的门来到了后院。

后院的面积要比前院小一些，但也算宽敞。地面上放着一些晒干的土产，不远的架子上晾着衣服。围栏不高，一个成年人稍微一抬腿就能轻松跨过。院子的尽头就是悬崖了，夏梦走上前向下看了一眼，确实十分险要。

她想，如果从这儿掉下去还有生还可能性的话，那么这个概率应该等同于中大乐透了。

勘查完后院，唐兮夏梦回到前院与其他人会合，同一时间，孙靓也结束了对柳强的问话。

孙靓目瞪口呆地看着唐兮夏梦，"你的意思是？！"

"如果现在让我来形容，那么用'诡异的失踪'更为贴切。"唐兮夏梦闭上眼睛严肃地说。

车上的 4 个人谁都没有再说话……

唐兮夏梦的保时捷在高速上飞驰。因为时间不早了，就算是超速行驶，到 A 市也得晚上 8 点了。

这一次开车的是唐兮夏梦，孙靓则在一旁刷微博，津津有味地看着明星八卦。也许，她早忘了白天的事儿，或者已全然不在乎怎么跟秦湘如何交代了。

算上李民娟的失踪案，这一年多以来，唐兮夏梦这里已经有 3 桩悬案未侦破了。其中，与"死亡审判"相关的就有两起：一是一年前，唐兮夏梦男友在家中的离奇溺水身亡案；二就是一周以前，裴勇在 A 市刑警队的暴毙案！

5 月 10 日下午 4 点 02 分，裴勇暴毙在 A 市刑警队的问询室，当时唐兮夏梦与孙靓都在场，她们目睹了裴勇的突然死亡！

"他像是中毒，但是我们在他体内没有发现任何有毒的化学物质！"案发后法医说。

当然，还有更可怕的一件事情，那就是死亡时间与"死亡审判"上完全一致。

D 市虽然不大，但是却比 Sunny 想象得要热闹。晚 8 点的街上仍然人来人往，大家三三两两，或是在吃饭的路上，或是在逛街的途中。

他们约见的地方是这条街尽头的一家具有当地特色的餐厅，据说很多领导都来这里吃饭，所以非常有名。

Sunny 走了没多久就看到了餐厅的门，虽然显眼，但也并不是像它的历史那么有噱头。

走进门询问了接待之后，Sunny 径直走向二楼，而她要见的人正坐在二楼的角落里。那个人看到 Sunny，冲她点点头，并示意她过去。

"Jarred 先生？"Sunny 对着眼前这个身穿咖啡色呢大衣的中年秃顶男子说。

"我是！"Jarred 操着一口并不流利的普通话，且还带着浓郁的地方味道。

Sunny 确认了 Jarred 身份之后便坐了下来。Jarred 叫来服务员，简单点了几个菜。Sunny 对于 Jarred 的无礼不以为意，因为她知道，吃饭不是目的。

"Jarred 先生，这边的天气还适应吗？"

"哦，还可以，只是饮食不习惯。"

"那我们就尽快验货吧！"Sunny 试探性地说。

"这样最好！"

"我什么时候可以见 Rose 小姐？"

"这个……"Jarred 用手摸了摸他下巴上凌乱的胡子，"恐怕得先验货！"

"那不行，请别为难我，Jarred 先生。"Sunny 的态度十分坚决。

"那就不好办了！"

说完，Jarred 又给自己倒上一杯啤酒，然后若无其事地叉起一块儿牛肉，大声地咀嚼着。

两个人僵持了许久，谁都不肯退让。一时间，在周围如此喧哗的衬托下，这桌显得安静得可怕。

Sunny 始终没有动餐具，她一直盯着 Jarred，试图给他压力。

"Sunny 小姐。"他喝完最后一口啤酒，"如果货的质量不保证，我又怎么跟 Rose 交代呢？"

"那你可以跟 Rose 小姐一起验货啊，我们一次性把事情谈妥，这样减少了不必要的环节，岂不更好？"

Jarred 拿起餐巾纸擦了擦嘴，然后说："那就请 Sunny 小姐等我消息吧，这顿饭我买单！"

说完，Jarred 低头从皮夹子里拿出了几百元现金放在桌子上，然后就起身离开了。

5 月 19 日，A 市遇上了阴天，而坐在刑警队办公室的秦湘似乎也在用她的心情映衬着天气，因为案情确实不明朗，或者说十分诡异。

"李民娟应该是坠崖了，但要说是意外却有些牵强，因为根据我的勘查结果来看：崖边并没有找到她失足坠崖所留下的痕迹。而且，李民娟当时正在炒油菜，油菜是非常容易熟的，谁会选择在这个时候去洗手间呢？这显然不合理。就算她真的是菜炒了一半去了洗手间，那么她为什么在去完洗手间之后不赶紧回厨房，而是要跑去房子后面的崖边呢？所以，意外的合理性我深表怀疑。"唐兮夏梦喝了一小口茶水，然后接着说，"再有，我发现了一串脚印，这串脚印一直延伸到了崖边，是不是李民娟的还有待进一步调查，但我想应该不会错，这也是我会断定她坠崖的原因，只是……"唐兮夏梦突然停住了，好像有所顾虑。

"只是什么？"秦湘追问道。

"只是这脚印有些奇怪！"

"奇怪？"孙靓诧异道。

"嗯，应该说是诡异！"唐兮夏梦的神情十分严肃，"因为我发现脚印不是交错的，而是并列的！"

"正常人都是两腿交错行走，那么脚印也应该是交错递进的状态，如果是并列的话……"秦湘分析到一半才发现，她把自己逼入了死胡同。

"没错儿，她没有迈步，而是跳着来到崖边的！这一点从脚印的深度和泥土溅射的程度足可以证明。"

秦湘和孙靓愣在那里，脸上都露出了惊恐的表情。

孙靓从柳强口中没有得到任何有价值的线索，而对于村里的停电事件，柳强也表示仅仅是知道。

中午，唐兮夏梦和孙靓在刑警队的餐厅随便吃了点儿东西。饭后，她们又在停车场的附近散了散步。

"小靓，李民娟有什么病史或是顽疾吗？"

"没有，柳强说李民娟的身体非常健康。"

唐兮夏梦停下了脚步，她无奈地叹了口气然后望向远处那个正在修建的高层建筑。这时，一阵风吹过来，吹乱了她的长发……

路边的牌子上清楚地写着"青屏湖垂钓园"几个字。

"嗯，应该就是这里了！"

吃了定心丸的 Sunny 放心地朝大门走去。当然，她绝不会是想要在午夜的时候从正门进去。而且来之前，Jarred 曾告诉过她，在正门左边的第三个围栏下有个一米见方的洞，她可以从那里进去。

"1，2，3。"Sunny 边走边默数着。没过多久，第三个围栏就出现在她眼前。

Sunny 将手电的光束移到围栏底。果然，在左下角的位置，有个不大不小的洞。

Sunny 蹲下来，小心翼翼地钻过，毕竟暴露在外面的铁丝还是十分锋利的。

Sunny 钻过来还是费了一些劲儿，洞的轮廓十分不规则，大小也十分有限。值得庆幸的是，没有被划伤。

围栏的这边不是人们常来的区域，所以没有铺设石板路。Sunny 踩在一片草地上。从触感来判断，草地应该刚浇过水，或者这里本身就离垂钓区不远。

走出刚才的那片草地后就只有一条路可以选择了，因为如果往右边走就会回到大门口。所以，Sunny 毫不犹豫地往左边走去。走了一分钟左右，她看到了右手边的一个写着"垂钓区"的木制告示牌……

牌子上用黄油漆写的三个字格外清楚。字体的笔画略向下，不过这并不是写字的人刻意为之，而是油漆下滑的缘故。

过了前面的木制拱桥，就到了垂钓区。Sunny 在幽深的水潭边停下脚步，向远处望去。她发现，这是一片面积不小的环形垂钓池，池子中间还有一个小岛，不过小岛的面积有限，应该最多只能允许五个人在上面垂钓。

"Sunny 小姐！"Jarred 的声音突然从背后传来。

Sunny 回过头，她看到 Jarred 和一个身着黑风衣的女子站在不远处的木制拱桥上。从身形上来看，这个女子应该就是 Rose 了。

"久等了，Sunny。"黑风衣女子边走向 Sunny 边跟她打招呼。她的声音让 Sunny 确认了她的身份。

Sunny 迎了上去，两个人拥抱在一起，并互相亲吻了彼此的脸颊。"Rose 姐，好久不见，你还是那么美丽！"Sunny 恭维道。

"哪有哪有，不比你们年轻人了！"Rose 笑出了声说。

"Rose 姐刚来这边？"Sunny 重新把手伸回口袋里。

"下午到的。"

"辛苦了，一路舟车劳顿。"

"不会，虽然在不同国家，但这里离我那儿还不算远。倒是你，大老远过来一定很折腾吧？"Rose 抚摸着 Sunny 的灰发关心道。

"不会，"Sunny 礼貌地摇了摇头，"这都是我们应该做的！"

"那，我们就看看货？"

"好，没问题！"

Sunny 从包里拿出了一个瓶子，同时取出三个口罩，吩咐 Rose 和 Jarred 佩戴上。

"二位小心，TDCM7 一旦挥发十分危险，它会不知不觉地侵入你的身体，让你出现幻觉。"

Jarred 接过瓶子，他看到瓶子里一颗长相类似冰糖一样的固体浸泡在不明液体中。

"这就是 TDCM7？"他问道。

"是不是，试一下便知！"

Sunny 还没来得及揣测 Rose 这句话的意思，手里的瓶子就被她一把抢了过去。Sunny 顿时感到事情不妙，便立刻跳了出去，拉开了与 Rose 间的距离。而就在这时，她看到了不远处 Rose 把瓶内的液体猛地向 Jarred 的脸上泼过去……

Rose 所驾驶的高级跑车飞驰在凌晨的郊外，道路虽不宽敞，但好在并不蜿蜒，所以她可以放心大胆地踩油门。

"他会怎么样？" Rose 吸了口香烟，然后用一副好像什么都没发生过的表情看着副驾上的 Sunny 问。

"疯掉，然后死亡。" Sunny 擦了擦额头上的汗水说。

"哈哈，被吓到了？" Rose 笑着问。

"不，只是有些意外而已。"

第三章

埋尸人

阳光开始肆意地暴晒土壤，它从云里射出来，带着炙热。从一开始它就没打算留余力，因为它并不打算让事物能逐渐适应它的暴戾。

阳光从窗帘的缝隙照进来，打在唐兮夏梦的脸上。唐兮夏梦揉了揉眼睛，挣扎着从床上坐起来。她看了一眼时间，发现已经是上午 10 点 37 分了。对于她来说，即便是辞了工作闲在家中，这个时间起床也是少有的。不过今天的她似乎格外疲惫，若不是阳光捣乱，也许她会睡到更晚。

唐兮夏梦又重新把自己埋进被子，可思绪却已然开始急速地运转，因为她无法停下对于过去的种种猜疑……

杨离拿走的重要文件是什么？裴勇为什么会突然暴毙？李民娟失踪的背后到底隐藏着什么秘密？还有就是，男友为什么会在家中溺水身亡？

…………

"他是溺水而亡的。"

"溺水？这怎么可能！"

"很遗憾，夏梦，他的死亡特征足以证明我的判断。"

"我不信，我绝对不信，好好的他怎么会溺水？你们骗我！"

…………

这段让唐兮夏梦永远无法释怀的回忆又一次如海浪拍石般地冲击着她的脑海。她闭着眼，双手捂着胸口，呼吸也变得困难，她想下床去吐一会儿，但却发现身体根本不听使唤。

唐兮夏梦踉踉跄跄地来到洗手间，拧开水龙头，用凉水狠狠地洗了几把脸。每次痛定思痛后她都是这样的做法，在一年多的时间里，这就像是仪式一样。

突然，唐兮夏梦的内心一颤，她仿佛意识到了什么。她猛地抬头看着镜子里的自己，除了那张还是依然美丽的面容之外，她似乎还看到了一丁点"劫后重生"的意味。

抛开杨离的案子不谈，唐兮夏梦发现剩下的三桩悬案都有一个共同的特点，那就是在现场找不到任何凶手的线索！也就是说，三个人都是莫名其妙地出事儿。男友是在进了洗手间之后溺水身亡的；裴勇是突然疯狂然后暴毙的；李民娟是在毫无征兆的情况下离奇失踪的。毫无疑问，前两个案子一定存在着关联，原因当然就是"死亡审判"。可这种说法似乎也站不住脚。最重要的原因是：除了"死亡审判"，这两个案子没有其他任何方面的关联性，在李功名给唐兮夏梦的资料里找不到任何裴勇与其男友的相关证据，所以这两件案子的关联其实是"假关联"。

不过，有一个点却被唐兮夏梦放大了，那就是三个人在出事儿之前都做了让人无法理解的疯狂的事儿。如果按照这个思路，是不是可以大胆地认为，这三起悬案其实就是一起呢？

唐兮夏梦慢慢地直起身子，她用手轻轻地捂着脸，美丽的头发从她的额头上垂了下来。

正沉思之时，放在卧室里的手机突然响了起来，唐兮夏梦快步走回卧室拿起手机。

电话是孙靓打来的。

"喂，小靓！"

"夏梦！"孙靓喘着粗气，周边的环境有些吵闹，"告诉你一个件事。"

"什么事儿？"

"李民娟找到了！"

"什么，你的意思是？"

"她没有死，但是受了重伤！"

"这怎么可能！她难道不是从崖边跌下去的？"

"是！但她非常幸运，掉下去的时候挂在了一棵树上，后来她就被小王他们发现了！"

"她人在哪里，情况怎么样？"

"在 B 县的医院，具体情况就不知道了，我也是刚听秦湘说的！"

"那这案子目前怎么认定的？"

"暂时算意外！"

唐兮夏梦皱了皱眉说："你在哪儿，跟我去一趟 B 县如何？"

"现在可不行，我正在执行任务呢！"

"好吧！那我一个人先过去看看情况。"不等孙靓回答，夏梦就挂了电话。她在想如果李民娟能醒过来的话，也许那个无法理解的"疯狂"就可以真相大白了。一想到这儿，唐兮夏梦突然兴奋了起来，她赶紧换了衣服，简单化了妆，便匆匆出门了。

这天中午，滨海公路上一前一后地行驶着两辆车，它们的速度几乎一致，就如同军训走方队一样。

"徐总！"坐在前面这辆奥迪副驾上的小张回头对着一个中年秃顶男人说，"他们十分钟后到小昌码头。"

"嗯，这批货对公司十分重要，要确保万无一失！"徐佟摸了摸下巴，表情有些紧张。

"徐总放心！"小张转过头，然后继续表情严肃地目视前方。

紧跟着奥迪的是一辆面包车，车上装的是他们公司花重金购买的 HGD。HGD 是公司即将上市的新药的原料，从外国走私而来，拥有极高的医疗价值。

几分钟后，车子缓缓驶入小昌码头，徐佟看了一眼手表，距离货物交接的时间还剩三分钟。他吩咐司机把车停下，然后自己先下车，到码头的四周逛了逛，但并没有发现与他们交接的人的影子。

徐佟皱了皱眉。这时交接的时间已经到了，可送货的人还没有出现，他马上吩咐小张跟交接的人联系，自己则掏出了香烟。

"叮……叮……"

一阵急促的电话铃响了起来，听声音好像就在不远处！

"嘟……嘟……"

小张拨过去的电话没有回应。"徐总，没人接！"小张焦急地说着，脸上已经渗出了汗水。

"继续打！"徐佟极为严肃地说。

小张回拨电话，继续静候着话筒的回音……

"叮……叮……"

不远处的电话铃又响了起来，徐佟脑袋里"嗡"的一声，恍然大悟！

"小张，电话一直打，不要停！其他人去四周找找，看到底是哪来的电话铃声。"徐佟命令道，语气带着焦虑。

"好的，徐总。"众人回应道。

几分钟后，在徐佟身后的仓库角落里发现了那个电话。让他们大吃一惊的是，HGD不见了！更可怕的是，他们还发现了三具几乎被打成筛子的尸体！

车子行驶在B市的海滨路上，这是一辆Buick GL8。开车的是一位身材矮小但是长相甜美的女孩，副驾上的是一个30岁出头、面相冷峻的男子。第二排半卧着一个蓝色头发、异域味十足的姑娘，从相貌上来看，她应该是一个混血儿。车子最后面堆满了刚刚从小昌码头抢来的HGD。为了它们，这三个人可是精心计划了很久。

"冷瞳，'法官'到了吗？"第二排的姑娘问，她的唇彩与蓝色长发搭配得相得益彰。

"嗯，他在巢穴等我们！"副驾的男子回应道。

"Araya，你这次似乎格外兴奋呐！"驾车的女孩说道。

"有吗？"Araya打开窗户，伴着微咸的海风说。

"把人打成那个德行……"驾车的女孩儿回头看了一眼Araya，然后接着说，"你以前好像都是一枪毙命吧？"

"可能我一时兴起吧。"Araya神色有些沮丧，她深邃的目光正望着远处的渔船。

这样的话题在冷瞳看来毫无意义，于是他打断说："琉璃纱，明天中午 Sunny 会到本市，到时候你去接她！"

"嗯呐哒！"

这是琉璃纱的口头禅。她是组织里的电脑专家，也就是人们常说的"黑客"。

B 县是 A 市最大的一个县，它位于 A 市的东北部，开车过去大概需要三个小时的时间。B 县最出名的应该就是卒牛烧饼了，据说它是古时候宫廷的御厨传下来的，流传了几百年的时间。后来经过不断地改良，现在已经成为全国闻名的小吃了。

做卒牛烧饼最地道的一家店地处 B 县的春华街，春华街也因这家店的缘故成了 B 县人流最密集的区域之一。每天，来这家店里买烧饼的人络绎不绝，甚至晚上 9 点多，还有人为能吃上一口正宗的卒牛烧饼，而不厌其烦地排着队。

"您的两个烧饼！"

50 岁左右的中年大叔操着一口方言，他头发白了一半，一天的忙碌让他十分疲惫，但他依然保持着日出时温柔的微笑，直到最后一个客人离开。

唐兮夏梦拿着刚买的烧饼站在马路边，开了一天车的她再也不想回到车里。唐兮夏梦本以为下午就能到 B 县，可没想到因路上公安机关的临时检查而耽搁到了现在。

卒牛烧饼面皮酥脆，肉馅纯香不腻十分美味。唐兮夏梦饥肠辘辘地等待总算得到了应有的回报。

没吃几口，唐兮夏梦的手机便响了。路边有些吵闹，所以她走到了烧饼店旁的一棵树下才接起电话。

"这么久才接电话？"孙靓的声音从听筒那头传过来，语气中带着些许不满。

"刚才那边太吵了，我找了个安静些的地方。"唐兮夏梦边咀嚼着食物边解释道。

"这样啊……"孙靓像品酒一样带着揣测的语气说。

"李民娟情况如何？"她接着问。

"别提啦！我刚到 B 县。"

"啊？怎么会，你不是中午就出发了吗？"

"路上出了点状况！"唐兮夏梦将最后一口烧饼送进嘴里。

"怎么啦，出什么事儿了？"

"这正是我想问你的呢！"

"问我？"孙靓不解道。

"嗯，高速公路上设了路卡和临时检查站，听说是 B 市发生了重大案件！你知道到底发生了什么事儿吗？"

"这你应该问李功名啊！"孙靓带着笑腔说道。

"少来了，你到底知道不知道啊？"唐兮夏梦有些不高兴地问。

"没有听说啊！"

"好吧……"唐兮夏梦有些无奈地摇了摇头，"对了，你那边怎么样，还顺利吧？"

"我这边还算顺利，不出意外的话，明天下午我就可以去找你了！"

"太好了，那我们明天就一起去医院调查吧？"

"行，就这样吧，我累死了，不跟你说了啊。"

"好，那我们明天再联系！"

挂了电话，唐兮夏梦看了一眼手表，已经晚上 9 点 30 了，她想找一家酒店先住下，但周围似乎并没有太合适的。

"姑娘！"

声音从身后传来，唐兮夏梦回过头看。刚才排队买烧饼的人群早已散去，她看到的只有站在卒牛烧饼店中正在收摊的那个中年大叔。

"您叫我？"唐兮夏梦有些意外地看着他说。

"是的，"中年大叔点了点头，"姑娘请稍等我一下！"接着，他露出带有歉意的表情说。

中年大叔将卷帘门锁好，然后快步走到唐兮夏梦跟前。"姑娘你抽烟吗？"中年大叔从口袋里掏出了香烟递到了夏梦面前。

"不，您请！"

中年大叔点点头，然后熟练地点上烟。

"您叫我有什么事儿？"唐兮夏梦问。

"姑娘，不好意思啊！我无意中听到了你打电话的内容，我猜你应该是警察或者侦探吧？"

唐兮夏梦怔了一下，一时间不知道如何回答，于是便回了句"算是吧"。

"哦！"中年大叔满意地点了点头，然后说，"姑娘，我其实是想报案！"

"报案？"

"是，"说到这儿，中年大叔的脸上露出了几分苦涩，"这里说话不方便，姑娘到我店里来吧！"

唐兮夏梦想了想回答说："那好吧！"

从卒牛烧饼店门头的右侧进入小巷，走到尽头有一扇小门。中年大叔用钥匙打开了锁，然后将唐兮夏梦请进了屋。

屋里格外干净，家具的摆放也井井有条。出于礼节，大叔将唐兮夏梦让到了沙发上坐下，自己则拿了一个小板凳坐到了唐兮夏梦的对面。

刚坐下，大叔又猛地站起来，"姑娘，你喝点儿什么？"

"不了，谢谢。"唐兮夏梦摆了摆手说。

"那烧饼要不要？"

"嗯！"唐兮夏梦有些难为情地点了点头，"这个可以。"她笑着说。

不一会儿，大叔从另一间屋里出来，手上拿着两个卒牛烧饼。

"真不好意思。"

"别客气。"大叔将烧饼递给唐兮夏梦说。

"那我就不客气啦！"唐兮夏梦站起身接过大叔递过来的烧饼，"您说说案子吧。"

"事情是这样的，我叫郑一舒，是这家烧饼店的老板。这家烧饼店是从我爷爷那辈传下来的，也有 70 年的历史了。生意一直不错，所以在 B 县来讲，我家算是富裕的了！"说到这儿，郑一舒沧桑的脸上露出了孩童般的笑容，显然他对现在的生活状况十分满意。"但也因为这样，我难免会在同行中受排挤。三年前的一天上午，公安局的人来到店里向我出示了搜查令，原因是怀疑我用的牛肉是走私的！"

"走私牛肉？"

"是的，当时我莫名其妙。这么多年我一直用的都是一家牛肉供应商，怎么会突然就涉及走私了呢？"

"后来呢？"唐兮夏梦好奇地问。

"后来，公安人员在我店里找到了那些牛肉，经过调查取样，证明我店里的牛肉确实是走私的！但公安机关考虑到我只是购买走私牛肉，并且数目不大，所以很快就把我放了。不过因为这件事情，我店里的生意却萧条了好一阵子。"

唐兮夏梦琢磨了一会儿，说："去您常合作的那家牛肉供应商那儿调查一下，应该就不难查到是谁捣的鬼了。而且，事情已经过去三年了，要调查的话您也应该不会等到现在，所以我想您应该是为了别的事儿吧？"

"是的，姑娘，你说得对！"郑一舒挠了挠头，然后说，"之后我就像你说的那样去调查过这件事情。经过打听，我得知了这件事情的幕后黑手其实就是金县长的儿子金哲，是他给了供应商走私牛肉，让他们陷害我的。"

"哦？"唐兮夏梦大感疑惑，"他陷害你的目的也是为了竞争？"

"嗯，金哲的店就在隔壁的那条街。"

"是这样……"唐兮夏梦抿了抿嘴，手里的烧饼已经吃完了。

郑一舒给唐兮夏梦倒了杯白开水递了过来，然后自己又重新坐回小板凳上。

"本来这个事情我想了想要不就算了，毕竟金哲是县长的儿子，势力很大，咱惹不起。谁知道我儿子知道这件事儿之后却不肯善罢甘休，他非要找金哲讨回公道。我曾经多次劝他，小不忍则乱大谋，但最终他还是没有听我的话！几天后的一个晚上，他一个人去找金哲评理，之后……"郑一舒突然哽咽了一下，"之后就再也没回来！"

郑一舒的情绪变得激动起来，他的身体开始微微颤抖，同时还发出了抽泣声。

"那……后来呢？"唐兮夏梦递给郑一舒一张纸巾，追问道。

"后来，"郑一舒用纸巾擦擦眼泪，"后来我去找金哲，但金哲却说不知道我儿子去哪儿了！无奈之下我报了案，可现在三年了，我儿子的事儿始终没有下文。"

"那您当时为什么不报到市里呢？"

"金哲的爸爸金祥是县长，怎么会给我这个机会呢！"郑一舒突然恶狠狠地说，"他一直派人盯着我，不让我离开县城。"

唐兮夏梦叹了口气说："有人肯定跟县长沆瀣一气了。"

"嗯，不然也不会一直没有消息。"郑一舒无望地摇了摇头。

"我明白了，您的意思是让我帮您查儿子的下落吧？"

"是的，姑娘，求求你！"郑一舒"扑通"一声跪在了地上，"无论我儿子是死是活，我都希望能有个结果！"

"别这样郑叔，您先听我说，"夏梦赶紧扶起郑一舒，"这个案子过了这么久，即便报到市局，上面也不会重视，最多也就是让您等消息，然后就不了了之了。另外，我刚刚办了离职手续，我已经不是警察了！"

"哦，原来是这样……"郑一舒的失望一览无余。

"不过，我倒是愿意帮您这个忙！"

"啊？真的吗！"

"是。"唐兮夏梦微笑着朝郑一舒点点头，眼神很坚定。

"那真的太感谢你了，姑娘！"

"不过事情毕竟过了很久，能不能有结果我也不敢肯定。"

"没关系，只要你能帮叔，叔就知足了。"

"好，我尽力！"

"对了姑娘，还不知道你叫什么呢？"

"唐兮夏梦，您叫我夏梦就好。"

琉璃纱等在高铁站出站口，她提前在这里占了车位。

12点03分，Sunny从高铁站走出来，远处的琉璃纱朝她挥了挥手。

琉璃纱接过Sunny的行李，然后把它搁在了车子的后备厢里。"上车呀！"她说。

"你气色不错。"Sunny回了一句，便钻进了车里。

琉璃纱哼着流行歌，表情十分放松，可车速却提得很快，前面的车一辆接着一辆的被超过，甚至有几次，她还压了实线。

"重回故里感受如何？"琉璃纱停止了唱歌。

"一般般，"Sunny耸了耸肩说，"早就没什么感觉了。"

"那可是你起家的地方啊，难道就不留恋？"琉璃纱向左打着方向盘，同时右脚轻点了几下刹车。

"我们这样的人应该对往事有所留恋吗？"

"哎呀，也可能是我最近伤感情歌听多了吧。"说着，琉璃纱自己也笑了起来。

"看来最近你没少熬夜啊！"Sunny侧了侧身看着琉璃纱说。

"嗯呐哒。"琉璃纱扭了扭脖子，"'法官'布置的任务，让我侵入公安局的内网。"

"又是为了那个女警察？"

"嗯呐哒。"

"真替Araya不平！"Sunny抱怨了一句。

"你快别说Araya了！"琉璃纱猛地踩了一下刹车，前边黄灯已经在闪烁了。

"Araya怎么了？"Sunny探过身子问。

"还不是让'法官'给气的，昨天执行任务的时候她简直就是一个疯子，把尸体打了个稀巴烂！"

"唉，可怜的Araya！"Sunny感叹了一句，"哦对了，那个女警察叫什么名字来着？"

"唐兮夏梦。"

一小时后，琉璃纱驾驶的车子停在了一栋别墅外。

下了车，两个人走进别墅大院，看守似乎是知道有人要来，所以并没有把大门上锁。

Sunny 跟着琉璃纱走进院子，她看到冷瞳正坐在左侧的泳池旁望着自己，两个人互相点了点头，但是没有说话。

"老瞳！"琉璃纱走到他身边，"'法官'呢？"

"屋里呢。"

"饿了，什么时候开餐呀？"

"随时。"

"算你们有良心，还知道等着我们。"琉璃纱开玩笑地说。

冷瞳在一旁默不作声，但在他们背后却传来了一声回应，"当然得等你们了，不然我们会很无聊的。"

Sunny 他们转过身，只见二层阳台上一个二十五岁左右的男人正看着他们，他的身后还站着面色憔悴的 Araya。

"'法官'，你倒是会找凉快的地儿啊！"琉璃纱仰着脖子说。

"行啦，你们快上来吧，别愣着了！今天中午我们就在阳台上吃午餐。""法官"说。

今天吃的是法餐，"法官"特意找了法国厨子来为他们烹制，并还要求一切都严格按照法餐的规矩，十三道菜缺一不可。

五个人围坐在一个长方形的白色餐桌上，"法官"坐在最中央的位置，其他四个人则两两一排面对面坐。

"好久没吃到这么正宗的法国菜了。"琉璃纱吃了一口鹅肝，然后用餐巾擦了擦嘴说。

"这你们得感谢老瞳，""法官"顺势举起酒杯，"让我们敬老瞳一杯吧！"

"叮！"

五个人轻碰酒杯的声音格外好听，清脆得如同精致的风铃。

"别感谢我了，我只是负责找来厨师，花钱的人是'法官'。"冷瞳又喝了一口酒然后说。

"是吗？"琉璃纱把身体向一旁的"法官"那里倾了倾，"那真是破费了啊，老大！"

"多大点儿事儿，如果你喜欢以后我们可以天天吃！"

"天天吃就算了，估计我们的肠胃也适应不了。"琉璃纱摆了摆手里的餐叉说。

见 Araya 情绪低落，Sunny 故意把话题引了过来。"我估计 Araya 应该没问题吧！"

听了 Sunny 的话，其他三个人也把目光投了过来，可 Araya 却像是没听见一样，低着头慢慢地切着牛排。

Sunny 轻轻地叹了口气，然后重新拿起刀叉。

这时热菜端了上来。

见场面有些尴尬，于是"法官"转过头看向 Sunny。"这次还顺利吗？"他问。

"嗯。"Sunny 点点头，然后把上一道菜的空盘递给服务员。

"下次这种事情就没必要你亲自跑一趟了。"

"知道了。"

"另外，琉璃，""法官"又转头看向琉璃纱，"午餐后你跟我出去一趟。其他人就留在别墅休息吧，晚上咱们在这里开个 Party。"

听到建议后，众人纷纷表示同意。只有 Araya 在一旁低着头，没有回话。

唐兮夏梦与孙靓约好下午 1 点在 B 县的医院见面。通话时，孙靓千叮咛万嘱咐要唐兮夏梦给她带上卒牛烧饼，不然她就翻脸。

12 点 55 分，唐兮夏梦的车停在了医院的停车场。熄火后，她卸掉安全带，将座位向后调了调，舒适地等待着孙靓的到来。

唐兮夏梦明显感觉到，离职的这段时间似乎比之前还要忙碌。以前在刑警队的时候，有同事配合、有相关部门支持，一切还算是顺风顺水。可现在，案子还是她来破，但是相关保障都没了。现在的她，可以用"孤立无援"来形容。另外，唐兮夏梦基本上没什么朋友，不过这个主要还是怪她自己脾气太倔、太自以为是。也许在这个世界上能惯着她的，数来数去就只有她男朋友了，但就是这样一个唐兮夏梦为全部的人，却永远地离开了。

想到这里，唐兮夏梦的心又开始隐隐作痛了。她知道找到真相，告慰她最爱的人是现在唯一能做的事儿。哪怕揭破谜底之后，等待她的依然会是无尽的痛苦。

"叮！"

微信消息的提示音从口袋中传来，让唐兮夏梦的眼泪停止在了眼眶里，这般过山车一样的情绪一直"缠着"她，她早已习惯，自男朋友出事儿，一年来从未停止。

发微信的人是王希彦。

"夏梦学姐，经过调查，文件里记录的内容是关于一种进口药物的。至于详细的东西，我就不方便多说了，这是规矩，你应该明白。"

唐兮夏梦从自己的情绪中抽离，回到现实，眼珠转了几圈，自言自语道："杨离拿它干什么？"

正想着，另一侧的车门突然开了。

孙靓今天戴着一顶鸭舌帽，衣服也是前几天新买的。

"喏，你的！"唐兮夏梦把卒牛烧饼递给孙靓，"饿坏了吧？"她带着歉意说。

孙靓接过唐兮夏梦递来的烧饼，但没有动口。

"夏梦。"孙靓眨了眨眼睛，表情有些严肃。

"怎么了？"唐兮夏梦看着孙靓问。

"我刚才在路上一直在想一件事儿。"

"什么事儿？"

"你别介意啊。"

"到底怎么了，小靓？"

"你……真的认为他是爱你的吗？"

虽然不明白孙靓为什么这么问，但唐兮夏梦还是斩钉截铁地回答道："是的"。

"嗯。"孙靓点点头，她的表情看不出对于唐兮夏梦答案的态度。

"你别多想了啊，我是怕你太过于执着这件事儿，会失去了自己该有的生活。"

"谢谢你，小靓，"唐兮夏梦欣慰地笑了笑，"我知道你是关心我的。"

孙靓的沉默等于是终止了话题。她捧起烧饼，细细地品尝起来，期间还不停地赞美着。

看到孙靓吃得很开心，唐兮夏梦露出了笑容。她突然回忆起过去跟孙靓在学生时代的那些事儿，好像孙靓这种敢于表达的特质一直都没有变过。记得有次隔壁的男生拜托孙靓转交情书，她一气之下，竟然把情书烧了，还痛骂了那个男生。不过唐兮夏梦想这也是人之常情，这种事情相信多数女生都会接受不了，所以孙靓的过激举动也就能被理解了。

"这个真的超好吃，看来它能成为'名吃'真是有它的独到之处啊！"两个烧饼下肚后，孙靓忍不住再一次赞美道。

"你喜欢的话，晚上我们继续吃！"唐兮夏梦笑了笑，然后看了一眼手表，"走啦，先去办正事儿吧。"

"走吧，我就是你的跟班。"孙靓故意皱了皱眉头。

下了车，两人径直朝住院部走去，不过此刻却一直有种奇怪的感觉萦绕在唐兮夏梦心头……

卒牛烧饼是不是过于美味了？

对于李民娟的情况，唐兮夏梦其实早已有了心理准备。从那么高的地方摔下来，即便没死，也绝不会太乐观。"大脑皮层严重受损，她处于不可逆的深昏迷状态。"这是医生的诊断结果，换句话说，就是植物人。

唐兮夏梦心里的一丝丝希望终究还是破灭了，这场诡异的"意外"就这么不了了之了。

在回酒店的路上，唐兮夏梦把她要帮郑一舒的事儿告诉了孙靓，孙靓听了之后表现得格外兴奋，她甚至还表示愿意协助唐兮夏梦。这让唐兮夏梦有些意外，以往这样的事情，她躲还来不及呢。

李功名一边喝着茶一边等着他的客人。他看了看手表，发现距离碰面的时间还剩不到三分钟，他马上紧张起来，并贼眉鼠眼地观察着从大门进来的茶客，他想第一时间找到他们，这样就不会失礼数了。

还好，今天茶室的客人不多，坐在西北角落的李功名可以很清楚地看到门口的情况。在时间只剩下一分钟的时候，他整理了一下衣服，然后坐直了身体。

时间到了，李功名要等的人也准时地出现了，他们像一对时尚的情侣。走进来的时候，很多客人都多看了他们几眼。

李功名慌慌张张地站起来，并朝他们挥了挥手。

"二位真是郎才女貌啊！"李功名弯着腰，嘴角形成的曲线极其不自然。

"法官"和琉璃纱并没有接这样的话茬，他们各自坐了下来。"法官"的表情冷漠，琉璃纱则带着不屑。

"服务员，上茶！"李功名半起身喊了一嘴。

"李队长不必客气，我们不能久留。""法官"向后靠了靠，然后说。

"噢，好！"

"李队长，我们此行的目的老瞳之前应该已经交代过了吧？"

"是！"李功名从他身边的椅子上拿起一个文件袋交给"法官"，"都在这里了。"

"法官"接过手，然后打开它并简单翻看了几眼。

"那么，谈谈唐兮夏梦吧！""法官"把文件装回袋子，然后对李功名说。

"唐兮夏梦？"李功名的表情有些吃惊，"您也知道她？"

"当然！不过，我好像听说她已经辞职了？"

"是，也快一个月了！"

"她现在在做什么？"

"这个就不清楚了，只知道她搬去了 A 市。"

"嗯！""法官"点点头，"说说她的性格吧。"

李功名想了一会儿说："她是个挺自我的人，平时不怎么跟人来往。办案能力嘛……讲实话还是很不错的，只是……"

"但说无妨。"

"只是有些不识抬举。"李功名的声音相比之前明显小了很多。

琉璃纱看了一眼"法官"，他暂时还没有露出不悦的神情。

"嗯，那么今天就到这儿吧。"

说完，"法官"站起身朝门外走去。

他果然还是听不得别人说她的不是，琉璃纱心里暗忖着。

"我是不是说错话了？"李功名看着对面的琉璃纱问。

琉璃纱讥讽般地朝他微微一笑，然后问道："你猜呢？"

B市今晚的天有些闷闷的，这让聚会变得有些美中不足。

长桌中央摆着红、白葡萄酒和各类啤酒。围着它的是各种各样的美食，相比中午庄重奢华的法式大餐，晚餐更像是五星酒店的豪华自助。

他们并没有围在长桌前边吃边聊天。"法官"、冷瞳、琉璃纱在阳台的东侧闲聊着，时不时他们还碰碰杯。琉璃纱手里始终拿着食物，"法官"和冷瞳说话时她就在一旁傻笑，食物吃没了，她就走到长桌那边去取，就这样，她往返了不下十次。

Sunny和Araya两个人在西侧，这里的景色更好一些，因为能望到远处城市的霓虹。

Araya转了个身，与Sunny相对而站。她手里没有拿任何东西，因为着实没胃口。

Sunny的酒喝完了，她又从长桌那儿拿了两瓶回来。"给！"她把其中的一瓶递给Araya，然后大口地喝了一口。

"黑啤酒。"Araya看了一眼，然后"咕噜噜"地喝了起来。

"是，我想，现在这酒是适合你的。"Sunny又喝了一口说。

Araya擦了擦嘴角的泡沫，"这味道确实与我的内心相得益彰。"

"你啊，总是把感情看得太重，所以受伤的总是你。"

"我也不想这样，但是我的心好像并不属于我。"

"从这点来看，"法官"跟你一样，你们的心都不属于你们自己。"

Araya靠着玻璃围栏，然后慢慢地滑下来，她双腿并在一起，坐在地上，像一个失恋的少女。"那个女警察……"她失落地说。

"嗯，他的心在那儿。所以你好好想想，为了这样一个不爱你的人难过是否值得。"

Araya 喝了一口酒，然后说："感情可以用值不值得去衡量吗？"

Sunny 拍着 Araya 的肩膀，"普通人当然不能，但是我们可以。因为在我们的世界里，利益就是一切！所以，任何事情都可以用值不值得去衡量。"

"我可能本来就不该是这个世界的人吧。"

"也许吧，但是现在一切都由不得你了，命运把你逼到了这一步，你不可能再回头了。"

"妹妹，"Sunny 坐下来接着说，"试着忘了他，这样你会活得舒服一些！"

"我也想，"Araya 慢慢转过头，眼眶里盛着晶莹的眼泪，"但是这很难。"

"不会的，你听我说，我想这次行动之后，就带你走。"

"啊？"Araya 有些惊讶，"去哪儿？"

"反正不会再跟他们在一起了。"

"你跟他们说过了？"

"不，你是我最信赖的人，我当然会第一个告诉你。"

Araya 沉思了一会儿，"让我考虑一下吧。"

"嗯，"Sunny 重新站起来，"不急，你好好想想吧！"

5 月 22 日，B 县突降大雨，糟糕的排水系统让县城的交通几乎处于瘫痪状态。30 分钟内，县交通局的工作人员分批赶到了各个现场，对积水严重的路段进行了紧急处理。

唐兮夏梦和孙靓躲在酒店中，本来是计划要去烧饼店找郑叔的，但这么大的雨不得不让她们推迟了计划。上午 10 点，唐兮夏梦电话通知郑叔，告诉他等雨停后再去找他。

酒店里的有线电视像是一个摆设，收到的频道极其有限不说，画面质量也是十分堪忧。孙靓站在电视前拨弄着遥控器，无聊的电视节目像是过筛子一样从她的视线中掠过，越到后面，她换台的速度越快，直到最后关掉电视。

孙靓转过身，然后像跳入泳池那样上了床，她爬在床上闭上眼睛，五秒钟左右之后她才睁开。她盯着一旁靠在床头上正在读小说的唐兮夏梦说："你打算以怎样的身份去接触金祥啊？"

唐兮夏梦没说话，她听到了孙靓说的话，可她还是执意把这一段小说读完然后再回答她。"以警察的身份是不可能了，"唐兮夏梦合上书说，"案子是三年前的，这么长时间都杳无音信，我们突然登门拜访显然不合理。况且这个失踪案并没有报到市局，我们更不可能以市局刑警的身份介入。"

孙靓点点头，对唐兮夏梦说的话很认可。如果真的以警察的身份开诚布公地出现在金祥面前，那势必会打草惊蛇，给案子的侦破增加不小的难度。

可以肯定的是，金县长与派出所的有些人一定是狼狈为奸，这个从案发后郑一舒的遭遇就可以猜到。唐兮夏梦想，如果是这样，倒不如换个思路，把问题丢给他们，让打草惊蛇之策变成敲山震虎。

雨停了，乌云也渐渐散去。屋里的光线明亮起来，就像一扇希望之门缓缓地打开。

"我们出发吧，先去郑叔那里，正好肚子也饿了。"唐兮夏梦说。

唐兮夏梦对面的男子是派出所张所长，40岁左右，看上去文质彬彬的，像是一个科研工作者。

"关于案情大概就是这样，稍后市局的文件就会下达到这里。"唐兮夏梦做了总结性的发言。

"没……没问题，我们一定配合！"张所长的额头上渗出了豆大的汗珠，他的脸色始终不太好，像是吃坏了肚子。

唐兮夏梦和孙靓对视了一眼，然后由孙靓开口说："我们想要了解郑荨的详细情况！"

"他……他是春华街有名的卒牛烧饼店的老板的儿子。"

"哦？"见张所长脱口而出，唐兮夏梦的嘴角不被察觉地弯了一下，"张所长对治下群众的情况倒是十分了解啊。"

"没有，我也是经常去他们家买烧饼而已。"张所长慌慌张张地从桌子上抽出一张纸巾，擦了擦汗说。

相信我，当你打开这张卡片之后，你对未来一切美好的憧憬将化为乌有。从此，你将活在深深的恐惧之中，没有什么能激发你的兴趣，你唯一能做的，就是在临死前质疑你的过去……

请注意，不要试图去寻找解脱，这只会加速你的死期，而是让你痛苦到人性深处最为扭曲的沉默。

现在，死神正朝着你走来……

你的死亡日期：2022年13月32日25时11分

"他今年多大？"唐兮夏梦问道。

"有 25 岁了。"

"结婚了吗？"

张所长的上眼皮不停地抖动着，然后声音颤抖地说："应该是没有。"

"张所长今天不舒服？"唐兮夏梦盯着他问。

"是，今天有些不舒服。"他抬头看了一眼唐兮夏梦，然后迅速低下头，装模作样地咳嗽了几声。

"他在我们县也算是人缘不错的青年了，所以他做这种事情，也确实让我出乎意料！"张所长拿起茶杯喝了口水，接着呼出了长长的一口气。

"据我们调查得知，一个月前他在 A 市抢完银行之后就回到了这里，你可知在这里他有什么藏身的地方？"

"这个我就不清楚了。"

"嗯，"唐兮夏梦思考了片刻，说："现在得麻烦张所长带我们去郑尊父亲那里走一趟，不知道是否方便？"

"这，这个……"

"有什么问题吗？"

"没……没有，我这就安排你们过去。"张所长缓缓起身，警衫的背面已经湿透。

下午 2 点多，张所长驾驶的警察公用车抵达了郑一舒的烧饼店。由于路面积水的关系，他们在路上耽搁了一会儿。

今天没什么客人，所以郑一舒很悠闲地坐在开放式门店内喝着茶水。一旁的桌子上摆着一个收音机，正在播放他最喜欢的评书节目。

"就是那家店了！"张所长指了指侧前方说。

唐兮夏梦和孙靓当然知道他说的是哪家店，不过她们还是装作不知道地多问了一句，于是张所长又指了一次。

用"挪动"这个词眼形容张所长的行进速度毫不夸张，他腿上像是灌了铅，几十米不到的路程，他却走得异常缓慢。

"快点儿走啊！"孙靓说了一嘴，便超了过去。她站在郑一舒烧饼店的门口，装模作样地向内室张望着。

"姑娘你买烧饼吗？"郑一舒从小巷里走出来，他刚才回屋拿烟去了。

"不！"孙靓朝郑一舒做了个鬼脸，然后立刻恢复了严肃的表情，"你是这家店的老板吗？"

"是。"郑一舒点点头，然后关掉了桌子上的收音机。他从容不迫的样子显然比孙靓更有演戏的天赋。

张所长这时也走了上来，他身后跟着唐兮夏梦。

郑一舒看到张所长来了，脸一下子就拉了下来。

"老郑，"张所长有些惭愧地说。

"张所长是无事不登三宝殿啊！"郑一舒一屁股坐到小板凳上，然后跷起了二郎腿。

"老郑……"张所长弯了弯腰，态度依然柔和，"这两位姑娘是市刑警队的，她们有事情想问你。"

"问我？"郑一舒猛地挺直腰板，"有什么可问的，我儿子失踪了这么多年，你们这些当警察的都干什么去了？噢！现在出了什么事儿想起我了？对不起，我什么也不知道！"

"老郑，你别这样，你儿子的事儿我们真的是尽力办了，但实在是……"

"嗯？"唐兮夏梦盯着郑一舒，"您说您儿子已经失踪很多年了？"

"废话！"郑一舒站起来，怒气冲冲地盯着张所长，"三年前就丢了，到现在一点儿消息都没有。"

"不对啊，张所长，人失踪了这么大的事儿，你们派出所为什么不上报市局呢？"孙靓严厉地问。

"这不是，这不是一忙就忘了嘛。"张所长胆怯地嘟囔着。

"忘了？"郑一舒一把揪住张所长的衣领，"你们警察就是这么对待老百姓的？张翼，你今天必须要给我个说法，不然我就跟你拼了！"

"大叔，您先别激动。"孙靓在一旁拉住郑一舒。同时，唐兮夏梦也给了郑一舒一个眼神，示意他松开手。

"大叔，"唐兮夏梦走上前，"我们要问您的事儿就是有关您儿子的，所以还请您积极配合我们！"

"哦？是这样。"郑一舒的情绪立刻变得兴奋起来，"那……那进屋说吧。"

三个人各自对了对眼神，一旁的张翼却已经失魂落魄了。

傍晚，郑一舒早早地关了店门。以往的这个时候是人流的高峰，不过今天另当别论，大雨下了一整天，店前门可罗雀。

厨房里，唐兮夏梦在帮郑一舒剥着蒜，这是一会儿做水煮鱼要用的材料。郑一舒告诉唐兮夏梦，让她多剥一些，因为其他的菜肴也用的上。

郑一舒在水台处理着新鲜的鲤鱼，他的手法非常熟练，完全不输大餐厅的厨师。郑一舒一边忙活一边不停地跟唐兮夏梦说着话，他谈到了过去很多发生在自己身上的有趣的事儿，过程中他还很入神地手舞足蹈起来，就像一个老顽童。唐兮夏梦虽然对于某些话题感到无聊，但依然还是很礼貌地去回应和赞美，这种感觉，很像归来的女儿哄老爸开心的场景。

剥完五头蒜，唐兮夏梦站了起来。这个时候鱼已经入锅了，郑一舒告诉唐兮夏梦去客厅等着吃晚餐就好，菜马上就得。

掀开门帘，唐兮夏梦准备往外走，这时一股浓郁的肉香吸引了她，她使劲儿嗅了嗅，找到了散发香味的源头。

味道来自一个脸盆大小的不锈钢器皿，里面盛着褐红色的肉馅，这应该就是卒牛烧饼的肉馅了。

"郑叔，"唐兮夏梦把它端了起来，"这就是烧饼的肉馅吧？"

郑一舒回头瞟了一眼，"对。"

"真香啊，难怪卒牛烧饼那么美味！"

郑一舒笑了笑，然后继续有条不紊地处理着锅里的鱼。唐兮夏梦盯着他的背影，突然体会到一个人的成功不是要做多大的贡献或者挣多少钱，充满自信和心安理得也许才是真正成功。它就像这盆肉馅，看似简单，但其中滋味却用尽了一个男人一生的钻研。给他自信的就是烧饼的美味，心安理得的就是做事的讲究。

随后的晚餐也在其乐融融的氛围中结束，郑一舒的拿手菜均得到了肯定。当然餐桌上还是没有少了卒牛烧饼，这是孙靓今天第三次享用了，下午的时候她就偷偷吃了好多个。

收拾完桌子，唐兮夏梦和孙靓又品尝了郑一舒收藏的好茶叶。第一次接待唐兮夏梦的时候，郑一舒没有舍得拿出来，他直言自己都不舍得喝。孙靓调侃郑一舒抠门，郑一舒却没有在意，他绕开话题继续津津乐道他的事迹，时间就这样飞快地流逝，桌子上本来冒着热气的茶也慢慢地冷却下来……

一阵笑声过后，郑一舒的故事告一段落。孙靓吐了口气心想终于可以说说别的事儿了。

"夏梦，你这招可真够绝的，你怎么就能想出这么个主意呢？"

孙靓说的就是假借"郑荨抢银行案"的名义，实则调查郑荨失踪这件事。

"这个不难！"夏梦说，"因为咱们都知道郑叔儿子的失踪一定和他们有关，所以我就来了这么个'打草惊蛇'的计策。我的目的就是让他们自乱阵脚，只有这样他们才有可能暴露出更多破绽。其实，我们的难点就是无法正面接手郑荨失踪一案，这种方式就刚好可以解决这个问题。"

"确实，把矛盾转移到郑叔这里，张翼就完全没有了立场，这样我们追查郑荨的一切事宜都会变得顺理成章，不过……"孙靓迟疑了一下。

"市局的文件？"

"嗯嗯！"

"放心吧，他们现在绝对不会有心思去考虑那个。"

"老金，大事不好了！"

张翼有些狼狈地从门外走进来，与他擦肩而去的是衣衫不整、脸上泛着红晕的李秘书。

"什么事情慌慌张张的！"金祥一脸嫌弃的样子，他不慌不忙地系着衬衫上的纽扣。

"你可不知道，是老郑儿子的事儿！"张翼在金祥办公桌的对面坐下，神色紧张。

"什么？那件事儿不都过去三年了吗？怎么现在……"

张翼定了定神，把脑袋凑上前，用比刚才要轻的声音说道："昨天下午的时候，市刑警队来人了，说是郑荨在市里抢银行！我当时很奇怪，郑荨在三年前不是已经被咱们给……”张翼说到这里突然顿了一下，然后下意识地四处望了望又接着说，“我刚开始以为她们找错了人了，可后来她们说郑荨在一个月前回到了这里啊！”

“什么？有这等事！”金祥猛地站起来，与张翼四目相对。顿时房间里静悄悄地，只听见落地钟指针的“嗒嗒”声。

“你说怎么办吧！一旦市局的刑警查起此事，我们该如何是好？”张翼扶着脑袋，然后接连摇头。

“不可能，这绝不可能！”金祥走出办公桌说，“郑荨是我儿子亲自埋了的，他绝不可能死而复活！”

“可市局刑警的话又做何解释呢？”

张翼的话让金祥也为难起来，他也开始怀疑三年前郑荨是否已真的死亡，难道他还活着？“这样吧，明晚我们去埋尸的地方看一下，给自己吃一颗定心丸。”

“好吧，”张翼叹了口气，“那我先回去了。”

“你小心一点儿！别在他们面前露馅儿。”

“知道了。”张翼垂着脑袋，然后轻轻地带上了办公室的门。

24 日这天也许是张翼人生当中最难熬的一天。迫于金县长的压力，他成了金哲杀人案的帮凶，这件事成了他三年来挥之不去的梦魇。然而唐兮夏梦和孙靓的出现让梦魇一下子变成了现实的折磨。他很纠结，他有时甚至希望郑荨还活着，这样能减轻他内心的罪恶感。但同时，他也祈祷郑荨依旧躺在那不为人知的地方，因为只有这样，他们的秘密才永远是一个秘密。

夜又深又沉，金祥一行三人跟跟跄跄地踱步在漆黑的山中。金哲走在最前边，时走时停的，他似乎也遗忘了那个让他惴惴不安的地方。因为事情毕竟过去了三年，他做梦也想不到今时今日会又一次回到这里，揭开那无限懊悔的过去。

金哲依稀还记得，埋郑荨的地方有三颗“品”字形排列的树，其中一颗的位置要明显高于其他两颗，而埋尸的位置就在三棵树的中间。

走过记忆中那有过刻印的不规则小路，金哲再次回到了这里，只是这次跟着他的变成了他的父亲和派出所所长张翼。

"应该是这儿了。"金哲又朝四周望了片刻，这才放下铲子，大口喘着粗气。

"是这儿？"金祥掐着腰，头上已经大汗淋漓。

"差不多！应该不会错。"金哲蹲下来，视线在地面上像红外线一样来回地过了几遍后说。

"挖！"金祥一声令下。

"好……好吧。"张翼颤颤巍巍地提起铲子，开始铲土。

三个人你一铲我一铲的挖了足足十分钟，但却一无所获。金哲在坑里左转右转，愣是没有找到郑荨的尸体。

金祥蹲在刨起来有半米高土堆旁，脸色的不安越来越重。"儿子，你是不是记错了！"他说道。

"不可能啊，绝对不会错，是这儿啊！"

"继续挖！"

三个人扩大了挖掘范围，不知不觉中，时间已经到了午夜零点。

"不可能的！绝对是在这里！到底儿去哪儿了呢？"金哲焦虑地在他们刨开足足有四平方米宽的坑中来回寻找着。

张翼背后一阵一阵地冒着凉气，他越发感觉到了事情的不妙。

"这……这到底是怎么回事？你是不是搞错了！"金祥盯着金哲问。

"不会啊！"

"那尸体呢？尸体呢？郑荨的尸体呢？"张翼失声地叫了起来。

"你冷静一点儿！"金祥训斥道。

"你叫我怎么冷静？现在郑荨不见了，如果他没死，我们都要跟着倒霉！"

"如果他没死，我们早就倒霉了！还用等到现在？"

"张所长，"金哲走到他跟前说，"我父亲说得有道理呀，可能是我记错地方了，我们再找找看。"

听到金哲这么说，张翼心里的不安稍微得到了缓解，他甩甩手，让紧张的身体得以放松。"好吧，那再找找吧。"他说。

十分钟之后，这片区域基本上已经被翻得差不多了，可尸体却始终不见踪影。

三个人已经气喘吁吁了，他们分散地坐在像网道一样的土坑的角落，"郑荨还活着"的猜想越来越真实了。

一阵冷风吹过，紧接着传来的是猫头鹰空灵的叫声。远处密林中透出的幽暗光芒让深邃的黑夜更加恐怖，仿佛在暗光的那边，站着一群外星人，他们正注视着筋疲力尽的三个人，只要胆子大一点儿走过去，就会发生真正的"第二类接触"。

"有人！"金哲猛地跳了起来，在他背后树林里的暗影中，仿佛有三个人形的影子在盯着他们。

"是谁！"张翼慌张地拿起铲子，像格斗一样举着样子有些滑稽。

那三个影子交叉而站，但是步伐却出奇的一致。逐渐地，他们从阴影里走出来。

不是外星人，而是唐兮夏梦、孙靓和郑一舒。

"金县长您好，"唐兮夏梦冲金祥点了点头，然后看向张翼，"张所长，我们又见面了！"

"你，你们！"张翼惊恐地看着他们，嘴巴像被打了封闭一样。

"郑一舒！"金祥父子异口同声道。

"你们杀了我儿子，你们杀了他！你们杀了他！"此时的郑一舒几近崩溃，他从唐兮夏梦身后跳出来，然后冲向那三个人，却被唐兮夏梦给拦住了。

郑一舒冲刺的速度很快，唐兮夏梦用了很大的力气才把他拉住，过程中她还撕破了郑一舒的衣袖。

"夏梦姑娘？"他回头看着唐兮夏梦，激动的眼泪早已夺眶而出。

"郑叔，我理解您的心情。但事情还未弄清，而且郑荨到底在不在人世也不得而知，所以请您先冷静一下！"

郑一舒卸了力，然后跟唐兮夏梦点了点头。

唐兮夏梦向前走了几步，然后俯下身子看了看土坑。"三年前的那个夜晚，到底发生了什么？"这时她并没有看他们三个人中的任何一人。

"姑娘说的话，我好像听不明白。"金祥故作镇定地说。

唐兮夏梦露出不为所动的神情，她经过金哲走到金祥跟前，"金县长好度量，这么大的事情竟然可以忘得一干二净。不过也对，您身为一县之长，这样的事情本就不该您去操心。不过我不知道上级对于人员失踪案是不是也这样不闻不问。哦对了，你好像刚刚连任，忘了恭喜您了。"

金祥没有说话，但汗水已经浇湿了全身。

"现在郑荨的尸体不见了，那么就是说他还有活着的可能。如果他活着，虽然县长当不成了，但您也不至于被判重刑！金县长您是聪明人，我希望您可以配合我们。如果老天保佑你们让郑荨死里逃生了，那么您依然有机会乐享天年。"

"郑荨的事情我确实不知！"

"既然您不愿意说，那就由我来说吧。"唐兮夏梦将了将长发然后说，"三年前的那个夜晚，也就是 2013 年的 5 月 16 日，因为金哲用走私牛肉陷害郑一舒一事，郑荨上门找金哲理论，从此就再也没有回家，至今下落不明。今天下午，我们到您家中调查过，从门卫那里我们了解到，那天郑荨上门的时间已经不早了，所以门卫拒绝让郑荨进门，为此郑荨在门口与门卫周旋了好久，双方还发生了口角。后来，门卫无奈之下叫来金哲，气急败坏的金哲想教训一下郑荨，让他不再闹事，于是就把郑荨让进了屋子。"

夏梦又来到金哲跟前说："是这样吗？"

"没错。"金哲摆出一副无为所动的神态，但是眼睛却不敢直视唐兮夏梦。

"进门后，你把他带到了厨房后的院子里。可不巧的是，厨房的孙阿姨看见了这一幕，所以你便将她支走，独自跟郑荨待在一起！"

"就算你说得没错，但你又凭什么认定郑荨的失踪与我有关？"金哲斜着眼看着夏梦说。

"因为你们家只有一个出入大门，而值班的门卫并没有看到郑荨从你家出来！"

"那可能是因为门卫打瞌睡了呢！"他反驳道。

"我问过门卫，他说郑荨的举动使他十分气愤，他计划在郑荨出门时教训一下他，所以他一直观察着门口的情况，但直到第二天早上下班前，他都没有看到郑荨从你家出来。但奇怪的是，他看到了你！"

"我？"金哲大吃一惊。

"你难道忘了你带着两个人在 11 点左右的时候出了门？"

"哦，想起来了，我是跟朋友约好出去唱歌了！"

"哦？是这样啊……"唐兮夏梦露出诡异的笑容，"你说的朋友就是刘力军？没想到你跟你们家的厨子关系那么好，唱歌都要带着他？"

"那有什么奇怪？"金哲壮了壮胆说道。

"你在撒谎，我让郑叔去刘力军现在的工作单位找过他，刘力军说那晚你找到正在后厨工作的他和另一个厨子马宏，目的是让他们帮你抬一个麻布口袋到你车上！"

金哲咬牙切齿，但却无法反驳。

"金少爷，麻布口袋中是什么，可以告诉我吗？"唐兮夏梦不依不饶道。

金哲掏出了香烟、点着，然后深深地吐了一口烟圈。"口袋中是郑荨。"

话音一出，孙靓、郑一舒、金祥和张翼都齐刷刷地看向金哲……

"肯说实话了？"唐兮夏梦的语气不再有刚才的凌厉，而是平和了些许。

"从你们出现的那一刻起，我们就已经被逼上了绝路，再做困兽之斗毫无意义！"金哲沮丧地说。

"那晚我带郑荨来到厨房后的院子，趁他不备之时，我从背后给了他一闷棍，可我没想到他如此刚烈，在那样的情况下还能与我纠缠。我一气之下拿起酒瓶朝他砸去，顿时……"金哲吐了一口气，"顿时，血就涌了出来！当时我吓蒙了，心想这可出大事了！"

"你确认郑荨已经死亡了？"唐兮夏梦质疑道。

"他的头部遭到重创，血流了一地，估计是活不成了。"

"畜生！金哲你这个畜生！"郑一舒破口骂道，"你还我儿子命来。"

金哲低下头，两指间的香烟空燃着，"郑叔，我也是一时失手！"

唐兮夏梦思考了片刻问："你确定是把郑荨埋在了这里？"

"绝对不会错！"

"那我想郑荨应该还活着！"唐兮夏梦回过头看着郑一舒。

"啊？夏梦姑娘，你的意思是我儿子……还活着！"

"是，不然如何解释尸体凭空消失呢？当然，还有一种可能，就是郑荨从土堆里爬出来，到了另一个地方才断了气。不过这种可能性不大，因为如果是这样，那么三年这么长的时间，郑荨的尸体暴露在外面不可能不被人发现，即使这里不常有人来。"

"会不会是有人无意中挖到他的尸体了呢？"孙靓问道。

"即便如此，那为什么要将他的尸体抬走呢？"

金哲心里十分认可唐兮夏梦的推理。因为在这种情况下，郑荨活着就意味着他不会搭上性命。

唐兮夏梦低头看了看手表上显示的时间，已经是凌晨的 1 点 42 分了。这时，倦意涌了上来，她打了一个瞌睡，揉了揉模糊的双眼。"金县长，这么晚了就请你们先回去吧！明天市局的警察会去找你们。在郑荨没有找到之前，你们暂时不会被判刑。不过犯罪已是事实，还请各位做好心理准备！"

B 县郊外的路十分难走，尤其是在深夜，郑一舒的车子摇摇晃晃，像是游弋在巨浪翻滚的大海上的小船。

郑一舒抽着烟，烟雾从半开的车窗飘出窗外，带着轻松与自在。

"夏梦姑娘，你说我儿子还活着，这是真的？"

"可能性非常大！"

"但我有点不明白，既然我儿子还活着，那他为什么不回家呢？"

"因为他知道他的父亲也不是什么正人君子！"

窗外的夜色依然深沉，车子稳步前行，没有人说话。空气尴尬地凝结在一片宁静之中，时而寒冷、时而闷热。

郑一舒显得十分淡定，他抽完最后一口烟，将烟蒂弹出窗外。

不久，车子驶入了隧道，隧道内昏黄的灯光将车子的影子钉在地面上。影子像是被赋予了感知，在这样的酷刑下，看起来十分狰狞。

时间过了好久，郑一舒才开口说话，"夏梦姑娘，你的意思我不是很明白。"

"郑叔，我想你比我们都明白这到底是怎么一回事儿。"

"你一定是在开玩笑！"郑一舒苦笑着说。

"您是聪明人，应该知道我在说什么！"

孙靓看着表情严肃的唐兮夏梦，她对于谈话内容浑然不知。"夏梦、郑叔，你们在说什么呀？"

"你儿子的失踪，你要承担主要责任！"唐兮夏梦说。

"是，我当时应该阻止他，是我没有看好他！"郑一舒用挂挡的那只手捂了一下面部，语气带着懊悔。

"别再演戏了，要不是因为你，他不会出事儿！"

"夏梦你是说？"孙靓惊讶道。

"事情还得从三年前说起。当时 B 县的卒牛烧饼闻名全国，所以很多人都开起了卒牛烧饼店，这么多的烧饼店，竞争自然十分激烈。虽说你家的店历史悠久，但味道却不是最可口的，所以，店里的生意十分惨淡！"

"不对啊！咱们都吃过的呀，郑叔家的烧饼味道很好啊！"

"那是现在！"

"你的意思这烧饼是改良过的？"

"是！烧饼里加了罂粟！"

"什么？罂粟？"孙靓大吃一惊。

唐兮夏梦从后视镜里看着正在开车的郑一舒，"没错儿，三年前你和金哲一起购买了一批罂粟，从那时起，你店的生意才开始好转！"

"简直是荒唐！"郑一舒反驳道。

"郑叔，那盆被我问起的肉馅现在应该还在您家中吧！我想拿去化验一下，就知道我说的是否属实了！"

郑一舒没有说话，他狠狠地打着方向盘，顿时车子剧烈的倾斜。

"我刚到 B 县的那晚，虽然饥肠辘辘，但两个烧饼对于我来讲就足够填饱肚子了。可没想到，之后在你家中时我竟然还对那味道久久不忘！一开始我没有想太多，但这几日，我时常就会想起那种让人欲罢不能的味道，包括小靓也是如此。后来我才明白，不是你的烧饼有多美味，而是有一种外力在引诱着我，那就是罂粟！"

"夏梦你的意思是因为罂粟才导致了后来郑荨的事儿？"

"没错！烧饼里加了罂粟之后，你和金哲店里的生意就开始好转。于是金哲就以罂粟源为由强迫你多交分成，你不同意，所以金哲就陷害你入狱！而整件事情，郑荨全然不知，以为真的是牛肉出了问题！那晚他上门找金哲评理，但不巧的是，他从金哲的口中得知了事情的真相，了解到原来他的父亲才是真正的伪君子！所以今时今日，即便活着，他也不愿再回这个家。郑一舒，可以说，你儿子就是你跟金哲利益斗争下的牺牲品！"

"一派胡言！如果我不想让我儿子知道罂粟一事，那我肯定不会让他去找金哲，你凭什么说是我害了他？"

"是，你没有想过让他去找金哲，这是实话！可郑荨并没有听你的话，他是背着你只身前往金祥家找金哲评理的。从表面上来看，牛肉的事情让你锒铛入狱，郑荨不知内情、气愤不过找金哲讨回公道合情合理。你阻止他去找金哲也同样合理，但真实原因却不是怕郑荨出事儿，而是怕郑荨知道真相！"

"荒谬！如果真的是这样，我为什么还要找你来查我儿子的失踪，这岂不是会有事情败露的风险？"

"这正是你聪明的一点！"

"哼，我倒想听听！"

"你心里很清楚，在郑荨失踪的案子上你是弱者，加上之前的牛肉事件，所有的矛头都会指向金哲，大家很难发现你。况且金哲也不是傻子，批量购买罂粟是杀头大罪，而他又是主犯，不是证据确凿，他是断不敢承认的！你正是抓住了这一点，所以才放心大胆地将郑荨失踪案交给我们去查，目的就是通过郑荨的失踪牵制金哲，让他在分成上做出让步！本来你打算利用我吓唬一下金哲，只要达到目的，你就会让我们停止调查，可你没想到我们这么快就破了案，我说得对吧？"

前边路口的绿色指示灯开始闪烁，郑一舒缓缓地停下了车，然后又掏出了一根烟。"夏梦姑娘，我认错了你，但同时也认对了你。"

车子再次启动，不久，它便消失在夜幕中。

5 月 25 日下午，市局刑警队的人逮捕了金祥、金哲、郑一舒和张翼。

唐兮夏梦的车子行驶在回程的高速上。孙靓边欣赏着夕阳下的田园风光，边津津有味地吃着卒牛烧饼。看来这几天发生的一切丝毫没有影响她的胃口。

唐兮夏梦安静地开着车，安静地将心空置，安静地感受着难得的自由和畅快。

"小靓，今晚要不要去我家睡？"

"请我吃饭，我就考虑一下啦！"孙靓摆出一副公主的架势回答说。

"你不是刚吃完烧饼吗，你晚上还要吃啊？"

"一会儿还是会饿的嘛！"

"真拿你没办法。"前方到了限速区，唐兮夏梦减缓了车速。"那你想吃什么？"她问。

"暂时没想好，"孙靓打开手机又关掉，然后说，"夏梦，你是怎么知道郑一舒在烧饼里加了罂粟的？"

"你还记得我说，我开始对味道产生了怀疑吗？"

"嗯，记得！"她点点头。

"当我产生怀疑之后，我便开始暗中对郑一舒的店展开了调查。在调查中我了解到，郑一舒的烧饼店兴起的时间并不长，被调查的人都说郑一舒的店大概是在三年前才开始红火的。当时我就十分奇怪，因为郑一舒曾跟我说是因为生意兴隆才遭到金哲的陷害的。那如果是这样，郑一舒的烧饼店一定是很早就被大家熟知且喜欢了，可为什么被调查者会跟我说郑一舒的烧饼店是三年前才兴起的呢？所以，从那时我就明白了，郑一舒在撒谎。"

前方即将进入收费站，唐兮夏梦从钱包里拿出了一张现金备在一旁。

"起初我并不知道郑一舒在烧饼里加了罂粟，我只是奇怪，他是通过什么方法让自己的店一下子火了起来呢？直到昨晚在山上……"

"昨天山上？"

"是！你还记得当时郑一舒激动地要跟金祥父子搏命吗？"

"嗯嗯，记得！"

"我拉住他的时候，不小心撕破了他的袖口。然而就是这个细节，让我看到了他胳膊上的针孔！于是，我就明白了一切。"

"他吸毒？"

"没错！所以我就联想到了，他很有可能在烧饼里也加入了能让人上瘾的东西。那什么东西能让人既上瘾又对身体产生不了太大影响呢？想来想去就只有罂粟了。"

"但你怎么就能肯定他的罂粟是从金哲那里买的呢？"

"这一点我虽然没有直接证据，但是你别忘了，整件事情的关键就在于他跟金哲那纠缠不清的关系。对郑一舒烧饼店历史的调查结果证明：郑一舒在牛肉事件上说了谎。既然是这样，真正导致郑一舒入狱的原因是什么？我想一定是与利益相关！而与他有利益冲突的就只有金哲了。况且，B县有实力外购罂粟且能陷害郑一舒的人，金哲也是最符合条件的！"

孙靓鼓起了掌，"夏梦，你真的让人嫉妒啊。"她声音低沉，感觉有些失落。

"可我也很累，有的时候这也是一种负担！"

"我不怕，你能把你的美丽和智慧分我一些么？我保证不会像你那样死心眼的！"

"啊？"唐兮夏梦把钱递给收费站的工作人员，但视线却停在了孙靓这儿。

Don't get too close to me

第四章

凶禁

　　小油村从东至西贯穿着一条河，约有三分之一的村民住在河的两岸，不过他们大多数都在河的下游。上游的河水湍急且地势陡峭，除了偶尔有打猎或者砍柴的人路过之外，绝少有人涉足。

　　乡村的夜晚就像是一本没有任何寓意的散文，所有的内容都淋漓尽致地表现在文字之上。当然，这是一种低配物质生活下的习惯，当一切都纯粹而简单，人们就没有那么多的欲望了。一碗可口的粥，几道普通的家常菜，再配上小尺寸彩电上地方台的平民栏目，这样的生活就足够精彩了。

　　河水不会因为要等待谁就停止前进，当人们都进入梦乡时，它依然不知疲惫地奔涌着。不远处树林里传来的动物凄鸣，时而被河水的声音所吞噬，时而又从滔滔浪花中炸开。在白天让人们几乎可以忽略到忘却的声响，在夜晚的时刻，却给这迷蒙的黑夜附着上了些许的诡异。

　　黑暗中，河边有点点花火，时不时地，它会像流星般滑落到地上，埋进深夜。

　　走过去看，原来是一个人，但看不清脸，只能隐约地看着他叼着香烟站在河边。

　　距离河岸约 20 米的地方有一个木屋，据说存在了有些年头，村里的老人说这木屋是以前一位渔夫的住处，后来渔夫在一次打鱼中出了事儿，淹死了，就再没有人住过了。

　　一束扇形的光从漆黑的木屋里照了出来，这光束左右摇摆着，控制它的是一个蒙面的蓝衣人，他向河边走去，与此同时，河边的人也转过了身。

叼烟的那个人在手电的光芒下露出了脸，是冷瞳。

"怎么样了？"冷瞳把烟蒂一扔，然后下意识地撵了下脚。

"一切都在计划之中。"

蒙面人边说着边摘下了面罩，一张粗犷且沧桑的面容赫然出现。

"'法官'他们就快到了，你们一定不能出任何差错！"

"知道，我们已经准备好了。"

"一路平安，再见。"

收费站电子播报的声音吵醒了在后排熟睡的 Araya，她调整了坐姿，伸了伸懒腰。

"你醒啦？"一旁的 Sunny 头倚靠着车窗，显然也有一些疲惫。

"咱们到哪儿啦？"Araya 打开车窗，顿时，一股风横扫了进来。

"J 镇。"

"那还早呢！"Araya 听到 Sunny 的回答略显沮丧，她扭了扭身子，找回了刚才醒来时的姿势。

"在车里休息不也很好吗？"前排的"法官"喝了一口苏打水。他今天戴了一顶帽子，因为他今天没有洗头。

"我倒宁愿待在屋子里，一天都不出去。"开车的琉璃纱说。

"还是那样天天对着你的电脑？"

"总比开长途车要好。"琉璃纱噘着嘴，薄薄的嘴唇十分水润。

"行了，一会儿换我开！到前面的休息区停一下，正好也该吃点儿东西了。"

"这边有什么特色吗？"

"我估计你会失望。"Sunny 说，"而且不仅如此，未来的一段时间里，你可能都吃不到什么可口的食物了。"

"怎么这样啊！"琉璃纱沮丧地说。

"那你以为'法官'为什么会突然请我们吃法国大餐呢？"

"话说你应该也有心理准备吧？""法官"看着琉璃纱说。

"我没有，"琉璃纱使劲摇了摇头，"我感觉小村里应该也有很多美味啊！"

"你这一点我是由衷地欣赏。"Sunny说。

"我也一样！""法官"附和道，"你无论做什么都能带着游山玩水的心态。"

琉璃纱咧了咧嘴，总是被同伴无辜的赞美或是调侃的她已经习以为常了。

车身在倾斜，地势在缓缓变高，琉璃纱驾驶的GL8即将进入一段山路，出了山路之后，就是休息区。

Araya闭着眼睛，但是已经无法再入睡。刚刚被她让进车里的风带着山林的味道徘徊在四周，若去掉引擎的轰鸣，这里就像是另一个世界，一个真正属于她的世界。在这个世界有一个爱她的男人，她经常在梦中见到他。他很英俊，笑容也很温柔，每次他都会把她搂在怀里，轻轻地唱一首童谣。她看着他流泪，也为之心碎，当睁开眼睛面对这色彩斑斓的黑白世界，那个男人就会跌入深渊。他们之间隔着一扇门，门上永远挂着一把生与死的锁头。那个男人正是Araya的爸爸。

她轻轻地颤抖了一下，然后缓缓睁开眼睛，原来不知不觉中她又睡着了。阳光温顺了许多，车里只剩下她自己。早上只吃了一个半熟的鸡蛋，但现在却仍然不太饿。

车门被拉开了，"法官"提着一包食物走了进来，只有他一个人。

"Araya，你醒啦？""法官"坐到她身边，嘴里还嚼着什么。

Araya坐起来，把前额的头发向后捋了捋，她感到头有点痛。"嗯……"她点了点头，然后用不太有底气的目光看着"法官"。

阳光打在"法官"的脸上，他的帽子已经摘了，但凌乱的头发丝毫没有影响他精致的五官。"吃点儿东西吧！你别说，这个地方的苹果味道很好，我还给你买了一些别的东西，你早上就没怎么吃。"

说完他把吃的递到Araya跟前。

Araya看着他，心中泛起一丝酸甜。她隔着食物抱住"法官"，双臂就像一条蟒蛇缠住猎物那样。

"怎么啦？""法官"在她耳边轻轻地说。

Araya 摇摇头，像是一只需要呵护的猫咪，她知道她爱这个男人。Sunny 的提议很务实，但对她而言却如此的不切实际。

"辣嘛"的候餐区里又挤满了人。两年前"辣嘛"在 A 市开张，生意红火得不行。老板是个过气的明星，喜欢吃火锅，所以便有了现在的"辣嘛"火锅。

"A36 号客人，'辣嘛'请您用餐了。"

电子播报器的声音又一次响起，一对情侣从人群里钻了出来。其中，男生高举着号码牌，胖胖的女生则跟在后面，双下巴一颤一颤的。

孙靓刷着微博，知名影星吸毒的消息又上了热搜。一旁的唐兮夏梦玩儿着解密游戏，这款游戏是 GAMELOFT 公司制作的，唐兮夏梦凭借出色的洞察力和逻辑思维能力打到了第九关，在这款游戏全球的排行榜上，她名列前茅。

孙靓扫了一眼手上的号码牌，她发现在她们前边还有 7 桌客人。

"夏梦，要不要改天啊，一定要吃这家火锅吗？"孙靓噘着小嘴，看上去有些不耐烦了。

"是你说要来吃的啊！"唐兮夏梦锁了手机，盯着孙靓。

"你看现在也快 9 点了啊！"孙靓把表盘搁到唐兮夏梦面前说。

"那我们去吃什么啊？"

"随便找家餐厅吃啦。"

"真拿你没办法，那就走吧。"唐兮夏梦起身说。

她们找了一家新疆馆子，点了几个菜。

"终于吃上饭了！"孙靓边感叹着，边吃着盘子里的丁丁炒面，她喜欢面食的香和嚼劲。

唐兮夏梦吃了一口椒麻鸡，看得出来，她的胃口并不是很好。"下午的电影好无聊。"

"真的是！"孙靓喝了一口砖茶，"还说什么大制作呢，简直是骗票房。"

"看来真的是不能相信这些小鲜肉，演戏还是得看老戏骨。"

孙靓点点头，然后又给自己倒了一杯茶。餐厅里的客人基本上走得差不多了，服务员也已经开始收拾桌子，几个厨师围在离柜台最近的桌子上打着手游，再过一会儿，就该下班了。

唐兮夏梦吸引目光是常态，即使是在深夜，在餐厅的工作人员辛苦了一天的现在，他们也毫不吝惜自己垂涎的目光。就在她去结账这一来一去的时间里，旁观者仿佛有种身处时装展的现场感。只是相比时装展，这里更安静，只有孙靓微小的咀嚼声。她始终都没有抬头看唐兮夏梦。

孙靓从餐厅出来到被唐兮夏梦送回家，脸色一直很差，她绝不是吃坏了肚子，因为食物的消化不会那么快。唐兮夏梦随意地抛了几个话题，她也爱搭不理地附和着。唐兮夏梦倒没有特别在意，因为以前也经常这样，她早已习以为常。

往家走的时候已经快 11 点了。从孙靓家到唐兮夏梦家有一段小路可以走，这段小路可以节约大概十分钟左右的时间，不过到了晚上这里比较黑，所以夏梦调了远光灯。

就在远光灯打出去的那一刻，拐角里突然蹿出了一个白色的影子！夏梦的车慢慢跟上，发现那是一个身穿白色连衣裙的女孩儿，她拼命地沿着夏梦要走的那条小路狂跑，口中还不停呼叫着"救命"。

唐兮夏梦停下车，然后赶紧追了过去。她看到从幽深的胡同里冲出了两个男子，他们口中还骂骂咧咧地说着些什么。

两个男子逼近唐兮夏梦，唐兮夏梦却张开双臂，不慌不忙地挡住了他们的去路，远处的女子早已不见影子了。

"哟，今晚上哥们要走桃花运啊！从哪来的这么俊的小妞。"其中一个身穿黑色上衣的男子说。

"跑了那个，来了这个，咱今天的运气还真不错啊。"另一个体型胖一些的男子边猥琐地笑边慢慢靠近唐兮夏梦。

话还没说完，唐兮夏梦却早已先一步冲到两人面前，只见她左右手各出一拳，就像是左右互搏术那样，准确命中了两人的小腹！瞬时间，两个人各自捂着肚子，跪在地上痛苦地呻吟起来。

"用我送你们去公安局吗？"唐兮夏梦半蹲下来，刚才的出击简直就像是日常训练那样轻松。

"姑奶奶，我们错了！"

唐兮夏梦还没来得及判断是谁说的这句话，就被背后的一个人用毛巾捂住了口鼻，一下子，她就失去了知觉，昏倒在地。

唐兮夏梦醒来时记忆像是断了片，她不记得自己为什么会在这样一个地方，她甚至一度认为自己是在做梦。

"我是不是被人迷晕了？"她自言自语道，然后几秒后，她终于想起了那晚的事儿。

她先是检查了一下身体，感觉自己好像并没有被侵犯，于是松了口气。

这是一间简陋但却干净的房间，面积不大。窗户都被黄色的纸糊上了，墙上贴着年画。柜子是那种暗红色的木制家具，破损的拉环半吊在柜门上，从两扇柜门间的缝隙里能看到放在里面的花色棉被。

这应该不是城市，更像是乡村，唐兮夏梦分析着。

门外传来了脚步声，越来越大、越来越密。唐兮夏梦的心怦怦直跳，她感受到了来者强大的气场和慑人的魄力。

门开得并不如夏梦想象中的粗鲁。

进屋的是三个人，一个男人两个女人。三个人的年龄约在二十七八岁的样子。

"郑荨？"

夏梦眼前的这个男人俨然就是郑一舒家中相框里的郑荨，只不过相框里的是黑发，现在却是灰发。

"郑荨？"其中身材娇小的女人奇怪地问。她的表情告诉唐兮夏梦，她从来没有听过这个名字。

"法官，她在叫你？"另一个灰头发的女人也同样看着他。

只有 Araya 知道他叫郑荨，那是他从鬼门关被救回来时透露出来的唯一信息。本以为这场戏的主人公定是面前的唐兮夏梦，可现在看来，自己却成了主角。

郑荨的脸上透出一丝不安，他的目光像被海浪吞噬一般。

唐兮夏梦下了床，走到郑荨跟前，大有反客为主的意思。"你是郑荨吗？"

"嗯！"郑荨点点头。看来一切都已经无法掩饰，内部的规则也不得不打破。

"三年前那晚？"

"你竟然知道那件事儿！"郑荨的不安变成了惊慌，他盯着自己的心上人，却忘了脸红。

唐兮夏梦点点头，"我想那晚在县长家你就知道了一切，对吗？"

"嗯，爸爸的事儿，我都知道了。"他拇指与食指形成的"八"字按压着额头，那段回忆，看来好久没有被提起，但却始终被封印在心里。

"他们都已经被警察带走了。"

郑荨闭上不算大的双眼，表示了解。他心里清楚"他们"之中包括了郑一舒。

"你是怎么活下来的？"

"是 Araya 救了我，那晚我挣扎着爬出土坑，然后向山下爬了一段路，后来就失去了知觉。醒来时，我就已经躺在医院的病床上了。"

"是这样。"唐兮夏梦把目光从郑荨的身上移开，她走进面前一块儿从屋顶上漏进来的阳光里，这温度，像是午后。

唐兮夏梦不是已经离职了吗？她为什么还会插手这件事儿，郑荨思考着，却始终不明白。

"夏梦，"灰发的女人向前迈了一步，"你一定想知道自己为什么会被请到这里吧？"

"我想'请'字并不贴切，是吗？"

"随便你，不过我并不想跟你咬文嚼字。"她把刘海撩到一旁，露出孤傲的脸，气质上，她甚至压过了唐兮夏梦。

"说说你们的故事！"唐兮夏梦走到桌子旁，倒了杯水，"这是可以喝的！对吗？"

"'法官'，也就是你口中的'郑荨'，我相信就不用我再多介绍什么了。至于旁边的这位可爱妹子叫琉璃纱。而我，你叫我 Sunny 便是。"

来者不善，这是夏梦一开始的怀疑，不过现在她却有了不同的看法。虽然包括手表在内的所有随身物品都已经不在，虽然被"请"来的方式如此不合规矩，但这三人的出现却让她丝毫感受不到恶意。

"除了我们三人，团队中还有两人，不久之后，你就会与他们见面！"

"你们找我，有什么事儿？"

"实不相瞒，我们这个团体做的是毒品生意，"郑荨说，"毫不夸张地讲，现在国内市面上的毒品都经过我们的手。之前缉毒警察破获的那起轰动全国的 C 市毒品案也只是捣毁了我们其中一个市场。当然，损失是有的，但也只是小意思。"

"所以，请你来的目的也很简单，我想你也应该能够猜到，你在刑警队的经历和资源对我们来说非常重要。加入我们，你将获得巨大的利益回报！这是你当一辈子警察都换不来的。"Sunny 说。

"绝无可能！"唐兮夏梦果断回绝说。

"夏梦，你已经不是警察了！"郑荨说。

"这是两码事！"

屋内的气氛变得紧张，黑白的界限也开始清晰，若不是郑荨被唐兮夏梦认出这个小插曲，可能早该如此了。琉璃纱已经极度不耐烦，她身体左右倾斜，不停换着立足脚，眉头也越陷越深。Sunny 则表现的冷静得多，她知道郑荨一定会再争取一次，所以她安静地待在一旁，没有出声。

"你们出去吧！让我单独跟她聊聊。"

门关上的那一刻，郑荨反倒变得紧张了，一个人面对唐兮夏梦的时候原来是这样的感觉。在过去的无数个瞬间，他都曾幻想这一刻，他想过无数种画面，无数种他们对话的样子。他甚至傻傻地把其中的几个当成公式，等到未来的那天，就把它拿出来代入其中。可这一天真正来时，他却发现，无论哪个公式，都得不到一个正确的解。他害怕了，开诚布公虽然让他心安，但同时也就等于在这段感情的起始就把自己放到了被告的一方。他爱她，但是这就像是抹香鲸与大王乌贼，即便彼此突破界限勇敢相爱，结果也只能是斗个"你死我活"。

"你能不能……"郑荨不敢看她的眼睛，他像是一个犯了错的孩子。

"不能！"唐兮夏梦打断道，"郑荨，你知道你在做什么吗？"

"我知道，但我早已不能回头。"

"我一直认为你父亲对不起你，可现在看来，你们也只是彼此彼此！钱对于你们来说就这么重要，重要到不惜出卖灵魂去换取？"

"夏梦！你这种出身是不会明白我们的感受的，饿肚子的日子你没有经历过，一碗白粥撑一天的日子我过了好几年。爸爸的事儿你根本不知道，如果他当一个好人，那么今时今日，就不会有我站在你面前了！"

"你的意思，"唐兮夏梦声音轻了一些，"为了活着就可以不择手段？"

"只有活着，才可以想别的，不是吗？"

"贩毒也是为了活着？"

"是，是为了更好地活着，我必须要借助它来得到权力和金钱，只有这样我才能站在顶点。"

"你真的这样认为？"

"不管你怎么想，现实就是这样！如果我不这样，我就不能挺直腰杆站在你面前。"

唐兮夏梦不是很明白这句话的意思。"这跟我有什么关系？"她问。

"实话跟你说，我喜欢你，我想跟你在一起，这才是请你来的原因！"

过往，唐兮夏梦被告白的次数多到数不清。无论告白者秉着怎样的决心又或者准备了多么贵重的礼物，但在唐兮夏梦的记忆中，只有男朋友那一次告白让她永远不能忘怀。爱上他，她从未准备好，可就是那一刻，她的心就像扣动了扳机，坚定且不容改变。她决定爱他，她决定成为那个男人一生的挚爱。也正是因为这样，那一次并不别出心裁的告白才显得尤为珍贵。

不过眼前的这一次告白，真要算得上别出心裁了！唐兮夏梦完全想不到他怎敢在这样的情况下说出这样的话。如此立场的分明，郑荨何故要打这场必输之局？这就像火焰俯首于寒冰，即使冰雪为之感动、融化成水，但相融之时不依然是魂飞魄散之日吗？

"好，"唐兮夏梦开口说，她的面容犹如寒冰，"但你要杀了我，这样你可以拥有我的尸身。"

此刻，郑荨的表情像极了那晚东窗事发后的郑一舒一样。唐兮夏梦的回答其实是来自骨子深处的憎恶！她决定宁为玉碎，不为瓦全。

"我不会杀你，永远都不会。"眼泪不争气地从郑荨的眼角垂落，唐兮夏梦不知道这滴眼泪究竟是温是冰，她只是诧异，为什么一个大毒枭会如此感情用事，难道在一个罪恶的世界里，也有着温柔的星光吗？

唏嘘之后他又开了口："你休息吧，这几天你不得不跟我们待在一起。"

然后，郑荨走出了房间，他甚至都没有碰唐兮夏梦一下。

唐兮夏梦的心刺痛了一下，就从他落泪的那一刹那起……

屋外渐渐暗了下来，从郑荨离开之后不知道究竟过了多久，唐兮夏梦想应该还蛮长的吧。她的脑袋有些痛，不知道是不是因为昏睡太久的缘故。水壶里的水已经喝完了，但是唐兮夏梦仍然感到有些口渴，不知道什么时候送水和食物的人会来。以刚才郑荨对她的态度，一定不会很久。

唐兮夏梦试着去拉了拉门，正如她所想，门纹丝未动。

窗户上的纸是贴在外边的，窗户也是锁死的。不过窗户右上角的边缘却有一个差不多硬币大小的破损，唐兮夏梦搬来椅子踩在上面，向外面看去。

窗外是一个不大不小的院子，院子里摆着一个长方形的小木桌，木桌上放着很多已经串好的肉和蔬菜，看来这就是他们的晚餐了。

这时，门外传来了开锁的声音，唐兮夏梦赶紧从椅子上下来。这一次来的人好像跟上次不一样，她不知道为何会有这样的感觉，但直觉告诉她是这样。

开锁的声音响过之后，门就被轻轻地推开了。唐兮夏梦注视着那里，像是学生等候老师进教室的样子。以前大家都说她很勇敢，其实并不是，每次面对犯人，唐兮夏梦都很紧张，只是那身警服不允许她这样，所以她只能硬着头皮，冲在最前边。久而久之，她就成了英雄。

走进屋里的这个漂亮女孩儿披着一头蓝色长发，略微黝黑的肤色和立体的五官让唐兮夏梦明白她可能是个混血儿。她站在夏梦面前的时候笑容很温柔，跟琉璃纱和 Sunny 完全不同。夏梦知道，她应该就是 Sunny 口中另外两位成员中的其中一位。即便不是，她至少也不会跟唐兮夏梦一样，是个被掳来的阶下囚。

"晚餐准备好了，"女孩儿眨了眨眼睛，她的目光很温柔，"跟我出去吧。"

这样的以礼相待让唐兮夏梦有些不适应，看来"阶下囚"的标签还有待探究。

"出去……吃？"唐兮夏梦问。

"是啊，不然还让我给你拿进来？"女孩儿笑了笑。

"那走吧。"唐兮夏梦说，其实她早就饿了。

连接着唐兮夏梦所在屋子的是一个拥有三扇门的中厅，中厅里摆放着一些行李，显然这是郑尊他们带来的。走出门外，夏梦才发现，这里共有三间屋子，外围被篱笆围了一圈，由于地形的构造所致，篱笆的形状不是特别规则。院子比唐兮夏梦在屋内看到的要大得多，总面积大概有一个网球场那么大。院子的角落里停着两辆车，一辆是黑色的 GL8，而另一辆是她自己的保时捷。

唐兮夏梦看到长桌不远处一个 30 岁左右的男人正在烧烤炉前烤制食物，他翻肉和刷调料的动作十分熟练，很像是一个烧烤店的烧烤师。

他应该就是最后一位成员了，唐兮夏梦想。

带唐兮夏梦出来的女孩儿走了过去，那个男的也看到了她。他的表情冷峻，眼神锋利，这么来看，就无法与敦厚的烧烤师扯上什么联系了。

"可以吃了吗？"女孩儿弯了弯腰，像是在闻烤肉的香味。

"嗯，"那个男的递给她一串烤好的肉，"你试试味道！"他说。

唐兮夏梦突然怀疑郑尊是不是在跟她开玩笑，说这些人是毒贩，谁会相信呢？他们多么像是一群朝气蓬勃、个性十足的有为青年啊。难道这样的外表下，真的包裹着一颗颗黑色的灵魂吗？

"想什么呢？"

郑荨的声音在耳边温柔地滑过,很轻很轻。在他心里,唐兮夏梦可能就是一件极易损坏的艺术品。

"没什么。"唐兮夏梦没有回头看他,而是放眼看远处的山峦,这里是一个山村。

"你一定想知道这里是哪儿吧?"郑荨与唐兮夏梦肩并肩。

"随便。"

"这里是小油村。"

"你说小油村?"唐兮夏梦惊讶地盯着郑荨问。

"嗯,"郑荨点点头,"先吃饭吧,你一定饿了。"

唐兮夏梦和郑荨先入了座,两个人挨着。郑荨能清楚地看到唐兮夏梦的侧颜,虽然天色已经有些暗,但依然清晰且真实。

郑荨见过太多的女人,但眼前这个眉头紧锁的却是他唯一深爱的。很多人认为一见钟情只是见色起意,但他不这么想。他知道,感觉是不会骗人的。两年前那个无所事事的下午,那张躺着不太舒服的单人床,那台只能收到几个频道的电视机。这一切似乎都是那么普普通通,但就是那个下午,郑荨见到了那个改变了他一生的女人,就在电视上突然插播的那条新闻报道里。

然后,就是卑微地爱着。

琉璃纱和Sunny从另一间屋子里走出来,她们拿了一些进口啤酒摆在长桌旁。烤肉的男人吩咐大家把烤好的食物端到桌子上,随时就能开餐了。

最后一把烤好的肉串摆在桌子的正中央,啤酒都已经打开了,大家向烤肉的男人道了句"辛苦",然后便碰了杯。

唐兮夏梦饿极了,可桌子上的美食却像是贴了善恶的标签,她吃也不是,不吃也不是。

"吃啊!别客气。"混血女孩儿坐在唐兮夏梦的左边,递给她一串烤肉。

"谢谢。"唐兮夏梦接过手,但没有马上吃。

郑荨看着她在那儿发呆,于是便开玩笑说:"怕我们给你下毒?"

唐兮夏梦白了他一眼,然后狠狠地咬了一口肉。

郑荨笑了，他满足地喝了一口啤酒，然后大声说："夏梦，你旁边的妹子叫 Araya，那边的帅哥是冷瞳。"

唐兮夏梦侧脸看向 Araya，她发现 Araya 也在看着她。两人的对视很像是在图书馆里偶然碰在一起的闺蜜。在这样一个陌生的环境里，人都希望靠近一个自己第一感觉可靠的人，而 Araya，正是唐兮夏梦想要靠近的那个人。

看得出，剩下的三个人对唐兮夏梦没有兴趣，甚至是存在敌意的。

晚餐过后，郑荨说想要带唐兮夏梦去散步，唐兮夏梦当然不肯，于是郑荨便安排了 Araya 跟她一起。

"从这边下去，就能到河边了！" Araya 说。

她们从房子那边走到这里花了大概十分钟的时间。山里的夜寒气很重，Araya 拿了一件自己的衣服让唐兮夏梦穿。

唐兮夏梦从 Araya 指的那条路向下走，深处有些黑，她放慢了步子。这时，拿着手机照亮的 Araya 走上前，她的背后别着手枪。

"枪里没子弹的，所以你千万别做傻事。" Araya 回头看着唐兮夏梦，眼睛美得像两块儿玛瑙。

唐兮夏梦笑了笑，然后慢慢地沿着山林小路向下走。Araya 把亮光打向前方，不远处就是河畔。

到河边的时候，天已经完全黑了。河的两岸零散的住着几户农家，从那里发出的光让本该漆黑的河水变得幽蓝，也让夜的黑幕有了那么一丝柔亮。

Araya 走到河边，找了一块儿还算平滑的石头坐在上面。她把衣袖挽了上去，将手伸进河水里来回地拨弄。唐兮夏梦也靠着她坐下，两个人就像好朋友一样，即便在一起没有交谈，也不会感到尴尬。

"你跟他们是一起的？" 唐兮夏梦问。这问题虽然很傻，但唐兮夏梦却奢求得到一个不同的答案。

Araya 从水里拿出一块儿鹅卵石，搁在手里揉来揉去。"不然呢？" 她反问。

"我只是不确定。"

"夏梦，你说这石头……从冰冷的河水里被捞出来，搁在手里，如果我就这样一直摩擦下去，它会不会变得有温度？"

"会。"

"所以喜欢一个人，只要用心，终有一天他就会被感动，是吗？"

"是，但仅此而已。"

"哦？"

"因为石头就是石头，即便你把它捂热了，那也仅仅只是你的温度。当你有一天累了，不再给它提供温度了，它就会冷却。所以最后，你感动的是你自己，而不是石头。"

唐兮夏梦看着有些彷徨的 Araya，她没有丢下那颗鹅卵石，而是继续用双手摩擦着。

"怎么突然这么问？"夏梦说。

"没什么。"Araya 缓缓站了起来，看向远方，"你想知道我为什么会跟他们在一起吗？"

唐兮夏梦也站了起来，"当然。"

"你一定觉得我们做的事伤天害理，对吗？"

"难道不是吗！"

"是，我也觉得是。"Araya 低下头，双手捧起那块鹅卵石，"只不过，这就是命运，如果不这样，我可能早就死了。"

原来，Araya 的爸爸是外国人，Araya 出生的时候就在那边。记忆中，搬家是让 Araya 印象最深刻的事情。最夸张的一回，一周内就搬了好几次。Araya 跟夏梦解释说，那边战火纷飞，硝烟弥漫，找个安全的地方已经很不容易。一家人踏踏实实地坐下来吃顿晚餐更是难上加难。Araya10 岁那年的深夜，反叛组织发动武装战争，Araya 住的地方被雇佣兵袭击，爸妈为了保护 Araya 送了命。之后 Araya 就带着他们的骨灰跟着叔叔回到国内生活。11 岁的时候，Araya 在别人要进入初中的年纪上了人生当中的第一所小学。

"我想那一定很难。"唐兮夏梦说。

"相比爸妈的死，那不算什么。"Araya 叹了口气，"10 岁那年，我几乎把一辈子的眼泪都哭完了。"

　　父母的死只是开始，Araya 以为一切都会慢慢变好，但她错了。在学校里，因为长相另类便被同学欺负，被同学吐口水，课桌被推倒，好不容易写好的作业被男同学撕掉。

　　"那你……那你为什么不跟你的叔叔说啊？"

　　"叔叔？"Araya 轻蔑地笑了笑，"他也只是拿了我爸爸留下来的钱才勉强照顾我的。所以，我从小就立志，长大后，我要成为一个欺负别人的人！"

　　"所以，你就来了这儿？"

　　"15 岁的时候我被一个流氓欺负，Sunny 救了我，从那以后，我就开始了新的人生。跟他们在一起才让我体会到，原来生活不是那么一无是处。"

　　唐兮夏梦叹了口气，她不好再说什么。这时，夜里的冷风开始呼啸，把她们的头发卷上了天。Araya 倒是享受着这种凛冽，那是一种无比洒脱的刺激感。但对于唐兮夏梦，它却宛如一根冰针，不仅扎疼了肌肤，还在心里留下了冻疮。

　　"您好，您拨打的用户已关机，请稍后再拨！"

　　"您好，您拨打的用户已关机，请稍后再拨！"

　　"……"

　　电话没完没了地打，有时候自己都觉得烦了，但孙靓始终没有停止过。

　　今天没有案子要办，刑警队内的氛围很轻松。大家聚在一起聊些有的没的，时不时还发出铜铃般的笑声。

　　冰咖啡已经不凉了，它从被外卖小哥送来到现在就一直放在电脑旁。孙靓轻轻地吸了一口，味道还算过得去，可她的心思却早就不在咖啡上了。

　　从唐兮夏梦失踪开始，孙靓的焦虑和不安就一刻没停止过。

　　新发起的聊天群：

　　"怎么会发生这种事儿？"

　　"行动就要开始，却在这个节骨眼儿上出事儿！"

　　"现在说这个有什么用！"

"那……推迟计划？"

"不行，约定的时间就要到了。"

"那干脆一不做二不休，一起把他们干掉。"

"……"

"怎么了？"

"没什么，你们想怎么做就怎么做吧。"

第二天的午餐就简单了许多，接近晌午的时候 Sunny 和琉璃纱开着车去村里买了一些吃的。小油村的村民习惯吃贴饼子加河鱼，所以她们就干脆买了一些，让大家尝尝鲜。

玉米面做的贴饼子又香又甜，河鱼也十分新鲜，大家都大呼过瘾，尤其琉璃纱，一口气吃了三张贴饼子。今天 Araya 的胃口也不错，这是她这几天以来第一次吃这么多东西。

昨晚从河边回到山腰上住的地方已经接近 11 点了，本来 Araya 是跟 Sunny 睡一间屋子的。但她跟唐兮夏梦走进院子的时候发现屋子里的灯已经熄了。为了不打扰 Sunny，于是 Araya 就跟唐兮夏梦睡在了一起。

唐兮夏梦跟 Araya 似乎有说不完的话题。唐兮夏梦感觉跟 Araya 聊天很轻松，因为她很善解人意。Araya 则感觉唐兮夏梦像一个不食人间烟火的佛，对于万物都有着不俗的参悟。一晚上的时间，她们彼此听着对方的经历，一起流眼泪，一起疯笑。

酒足饭饱后，大家回到各自的房间休息。下午三点，他们再次在院子里集合，这一次唐兮夏梦发现每个人都收拾好了行装，看样子，是要离开这里了。

郑荨换了一件黑色的 T 恤，T 恤上没有任何的装饰。这种风格的衣服夏梦曾给她的男朋友买过不少次，她认为穿这样的衣服再随意搭配一些精致的饰物就会显得很高级。

郑荨手表上显示了当前的日期与时间，05/29，15:03。

"可以出发了吗？"郑荨放下手臂，走到冷瞳的身后。冷瞳正把一支手枪塞进黑色行李袋里。

"嗯。"他边说边点头，拉链已经拉上了。

"药的进度如何了？"

"已经达到了对方要求的量。"冷瞳点了根烟说，"制毒团队已经反复计算过了，气体冷却后形成的颗粒总质量只会比那个量多。"

"那还需要几天时间？"

"不出意外的话，4号下午我们就可以带着药品出发了。"

"嗯。"郑荨满意地点了点头，"那我们立即刻出发去加工厂，最后的这几天一定要打起十二分的精神。"

Araya开着唐兮夏梦的车，唐兮夏梦坐在副驾驶的位置上。路上，Araya把他们制药的事儿告诉了唐兮夏梦。原本郑荨也没打算瞒着她，只是没有找到合适的机会。

"TDCM7？"唐兮夏梦盯着Araya的侧脸。山路十分颠簸，Araya的身体起起伏伏的。

"嗯，它是一种烈性致幻药，能混合在任何气体之中，只要有人吸入了它，就会瞬间癫狂，直至死亡。"

"癫狂，"唐兮夏梦突然被这个词吸引住，她猛地联想到：裴勇临死前的狂暴，不就是"癫狂"吗？李民娟诡异的"僵尸跳"，是不是可以勉强称为"癫狂"？还有就是，她男朋友莫名其妙地溺水而亡，是不是也是一种"癫狂"？

车子从山腰上开下来，GL8在前领路。10分钟后，地势逐渐平坦，车子行驶在小油村内。路过的村民驻足而望，因为唐兮夏梦的保时捷实在太过扎眼。

从村头左边的那条路拐下去，车子就等于掉了个头，他们在往来时的方向行驶。几分钟以后，河水的声音开始成为耳边的主旋律，路也渐渐变得难走，这颠簸不比刚刚在山腰上的轻。

短短的路程用了近40分钟的时间。下午4点整，两台车子依次停在了河边的空地上。

"就是这儿,"冷瞳拉了手刹,"行李都先拿下来,工厂里有足够的空间给你们安置。"

"带着夏梦真的没问题吗?"琉璃纱对着半条腿已经迈出车门的郑荨说。

郑荨把行李袋往身后一甩,没有理睬。

被冷落的琉璃纱腮帮子鼓了起来,她重重地拉死了背包的拉链,以此发泄不满。

下了车,远处一栋木屋前有三个身着深蓝色长褂的男人已经等候多时。

先过去与他们交涉的是冷瞳,看得出这三个人应该是冷瞳的下属。因为谈话的过程中,他们一直微弯着腰,还不时地点头。

冷瞳交代了几句之后,便回身招手示意大家过去。

这边的河水更加湍急,浩荡的水势把唐兮夏梦踩到枯树枝的清脆响声变成了静音。河水涌来的那边看不到尽头,这边也没有路能让大伙过去看看更上游的地方是怎样的景象,唯一能确定的是,那边的水势定是更加凶猛。

唐兮夏梦走在人群的最尾端。她已经慢慢觉得裴勇的死应该跟这伙人有关了,因为那天她目睹了裴勇的惨状。但问题是,在守卫森严的刑警队,谁又有机会给他下这个毒呢?

另外,男朋友的死和李民娟的坠崖也可能跟他们有瓜葛,不过这个说法却有两个漏洞。其一,两起案子案发时,唐兮夏梦并不在现场,无法准确判断他们究竟是否中了 TDCM7 的毒;其二,这伙人下毒去杀网球运动员和村妇的动机是什么,恐怕还得抽丝剥茧地去调查。虽然犯罪嫌疑人近在咫尺,但他们显然不可能把事情的真相和盘托出,更何况,男朋友和李民娟的事儿他们也可能一无所知。

木屋是就地取材而建,河两岸的水松和堆砌在河边的石块正好就是上佳的建材。从外观上来看,木屋应该存在了有些年头,以前这里不知道住的是什么人,也许是渔夫或者是猎人。但无论是谁,这也应该是很久很久之前的事了。

唐兮夏梦并不关心蓝衣人跟他们说了些什么,她想无非是一些令人作呕的奉承话。此时的她已经孤立在人群之外，距离她最近的 Araya 也有大概七八米的样子。郑荨在说话时也还是会把视线放在唐兮夏梦这里，这是一种沉默的幸福，他不太习惯这种真实。

河对岸西南方向是光秃秃的悬崖，崖底就是茂密的树林，唐兮夏梦突然感到那个地方有些似曾相识。对！就是崖顶背后的那块儿平地，虽然她看不到，但是却可以确定。那是李民娟的家。

他们已经开始陆续地往木屋里走，Araya 提醒唐兮夏梦跟在她后面，第一次喊她的时候她没有反应，直到 Araya 走到她身边，她才回过神。

木屋的门梁很低，甚至琉璃纱也要低一低头才能过去。屋内有些暗，只能清楚地看到几个简单的木制桌椅。屋里的空间比想象中要大很多，能容下九个人站立。

"来，帮我一把！"

站在最前面的蓝衣男子说了一句，随后另一个蓝衣男子走上前掀起了铺在地面上的一块儿毛毯，接着两个人弯下腰开始拉动毛毯下的一个长约 70 厘米的铁制把手。过程中他们不停地用力、用力，口中还喘着粗气，看来这个东西相当有分量。

屋内突然变得明亮，原来，被拉起来的是一道铁门。铁门内的地道中发出了一束光，是它照亮了木屋。

"大家一个一个下，没有我的许可，不要碰任何东西！"冷瞳吩咐道。

人群发出了"嗯"的回应声，随后就逐一下到地道内。

地道内四周墙壁非常平整，且每隔几步就有一个照明灯，所以大家步伐不再拖泥带水。在走过三个拐角后，他们来到了一个大厅前。

"这个大厅连接着工厂的生活区和生产区，正对着的通道是通向生产区的，而左边的通道是工人的生活区，咱们的生活区在右边。"冷瞳说。

"'法官'，你带她们去放行李吧，我去查看一下进度。"随后，冷瞳侧过身子，跟站在他旁边的郑荨说。

"嗯。"郑荨点点头，然后朝她们摆了摆手，便带头向右边的通道走去。

生活区的通道蜿蜒曲折，大家按照墙壁上的指示七拐八拐之后，才找到了住宿区。

"听说是为了防止 TDCM7 意外泄漏而有意这样设计的！" Sunny 说。

"那工人的生活区也应该是这样的了？" 琉璃纱侧脸看着 Sunny 问。

"未必！他们的命可不值得花这么多人力物力。" Sunny 轻轻抹了一把墙壁，手指粘上了涂料。

唐兮夏梦用食指朝墙壁轻轻一碰，指尖马上就被染了一层涂漆。她把手指靠近鼻子嗅了嗅，味道很淡。看来这涂料是高级货。

住宿区的结构相对简单了许多，只有一条长长的通道，通道的尽头安置着一个差不多足球大小的排气孔，通道两侧则共有五个房间供他们休息。

"我就住左侧最里面的房间了，与我相对的是冷瞳的房间。琉璃和Sunny，你们住左侧第二间和右侧第二间。Araya，让唐兮夏梦跟你住一间，没问题吧？" 郑荨说。

"嗯，没问题！"

"那好，大家先安置行李，一个小时后……" 郑荨低头看了一眼手表，"也就是 5 点 20 分，我们在这里集合！"

大家一一回应后，就各自去了自己的房间。

房间内的空间比唐兮夏梦想象中的要大得多，目测得有 20 平方米。墙漆的颜色比通道里的浅，漆面已完全干了。唐兮夏梦走上前嗅了嗅，墙漆的味道已经很淡很淡，但还是可以感觉到，这里的墙漆跟通道里的不属于同一个牌子。

屋内有一张比一般的单人床稍微大一点儿的床，除此之外，就是一把常见的木椅。Araya 把行李堆在房间的角落，然后坐在床上。唐兮夏梦挪了挪椅子，与 Araya 面对面坐下，她身上的 T 恤还是 Araya 的。

Araya 回头看着床面，并用手轻轻地抚摸。"这床对我们来说还是很宽敞的。"

唐兮夏梦点了点头，"我有点儿幽闭恐惧症，所以让我睡外面行吗？" 床是紧贴着墙壁放置的。

"当然，你可是上宾啊。"Araya 笑着说。

唐兮夏梦无奈地摇摇头，"我真不明白，郑荨究竟是怎么回事儿，他的表白让我很狼狈。"

Araya 看着唐兮夏梦，她在想唐兮夏梦是如何知道"法官"的真实姓名的，这可是组织内部除她以外都不知道的秘密啊。

"他跟你表白了？"Araya 眼皮垂了下来，盯着自己的衣袖，袖口的地方露出了一截线头，这是有意设计的。

"嗯，昨天下午的事儿。"她又叹了口气。

"被人喜欢的感觉……不好吗？"

"不，很好，但我总感觉不该是这样，"唐兮夏梦把耳边的头发挽了起来，"反正我是不可能跟他在一起的，我们本来就是不同世界的人。"

"是吗？"Araya 重新抬起头，眼睛突然变得有了神，"听你这么说，我倒有些窃喜。"

"啊？"唐兮夏梦瞪大了眼睛，"昨晚你说的那个'石头'，是指郑荨？"

Araya 点点头，表情像是如释重负一样。"我们都是苦命的人，我更能理解他。"她的脸上发着光，而郑荨就是点灯的人。

"在我看来，你们蛮适合。"唐兮夏梦说。

"奉承话？"

"没有这个必要吧。"

"倒也是！"

"不过我很奇怪。"

"什么？"

"我不应该是你的'情敌'吗？但你对我的态度却很友善。"

Araya 笑了几声，"是，你是我的'情敌'，正是因为这样，我才要接近你啊。"

唐兮夏梦歪了歪脑袋，她听得糊里糊涂的。"不太明白。"

"还办案高手呢，这个都想不明白！"

"两码事儿啦。"唐兮夏梦笑了笑说。

"其实，我就是想接近你，看看你到底有什么能让他如此着迷。"Araya 看着唐兮夏梦，她说得很认真，完全不像是开玩笑。

"Araya，其实你身上有一种特质。"

"哦？"

"那是一种经历过地狱的洒脱，这可不是谁都能拥有的。"唐兮夏梦表情严肃，语调铿锵有力。

"被你这么一说，我倒感觉自己不那么十恶不赦了。"Araya 再一次笑出声。

"本来嘛。"唐兮夏梦点点头，"善与恶本身就没有太明显的界限，万物都是相对的，事如此，人也如此。你们也是为了活着。若是以前，我是绝不会姑息的。可现在，我虽然还是反对，但也能理解。"

"也就是说，你还是不会同意加入我们？"

"是的。"唐兮夏梦坚定地看着她。

"好吧，或许正是因为这样，他才那么喜欢你，"Araya 从床边走到唐兮夏梦跟前，"我也许应该学着像你一样，做自己。"

唐兮夏梦的心里交织着一种复杂的情绪，眼前这个女孩儿着实让她心疼。Araya 就像是一颗栽在污泥里的百合花，虽然根茎已被侵染，但花朵却纯净依然。放任它，终有一天，它将会被彻底污染；摘下它，倒是可以暂时保留它的美丽与纯洁，但同时，凋零也近在咫尺。

"哦对了，这个还你！"Araya 从裤子口袋里掏出了唐兮夏梦的手表递给她。

唐兮夏梦接过来，戴回手上。"谢谢，这手表对我真的很重要。"接着，她的视线停在了表盘上。

"莫非有什么特殊的含义？"Araya 也把视线转移到了手表上。

唐兮夏梦沉默了数秒，然后开口："这是我男朋友送我的最后一件礼物。"她的音量急速下降，当说到"礼物"二字的时候，Araya 甚至是勉强听清的。

"最后一件？你的意思是……"

"他死了。"

"对不起，夏梦。"Araya 弯了弯腰，然后轻轻地抚摸着唐兮夏梦的后背。

"我没事儿。"唐兮夏梦缓缓站起身，"我一定会亲自抓到凶手。"她的表情十分坚毅。

"他是被害死的？"

"是。"唐兮夏梦看着 Araya，"网球明星在家中溺水身亡，一年前的这则报道你知道吗？"

"不。"Araya 摇了摇头，表情不像是说谎。

"嗯。"

Araya 不像是在骗她，但这不代表组织里的其他人就不知道此事或者与此事无关。

"Araya，我的到来其实不在你们的计划之中，是吗？"

Araya 眼睛瞪得很圆，嘴巴张开，像是被什么吓了一跳。"你怎么知道？"她问。

"很简单，因为房间。"

"房间？"

"没错儿，这个地下工厂像是一个防空洞改的，所以它必然存在了很久。不过住宿区却是新扩建的，通道内未干的墙漆和开凿留下的痕迹可以证明这一点。也就是说，你们要住在这里是不久前才决定的。如果你们带我来这儿是之前就计划好的，那按郑尊对我的态度，房间一定会是六间，而不是五间。即便是你们不放心我一个人住，那么至少现在在你的房间里也应该会有第二张床。这么大的房间，再摆一张床是绰绰有余的，不是吗？"

"他们说你是个危险的家伙，看来真的是这样！"

"我就当你是夸我了。"

"你的出现的确是个意外。嗯，本来你是没有机会见到我们的。"

"哦？"

"原计划是，此次交易之后，'法官'将离开组织。当然，他会以一种新的身份出现在你面前。可是，他手下的人却不知道这件事，他们以为把你带过来就万事大吉了，却没有考虑到'法官'和你身份上的差距。"

"原来是这样。"

"所以虽然表面上你是被我们软禁了，但实际上你却是我们的上宾。"

"那你们就不怕我坏了你们的事儿？"

"现在看来，我确实有些担心了。不过我劝你还是别轻举妄动的好，因为我们能在这刀口行业做这么久，也是有独到之处的。"

"这我绝对相信。"

"好了，妨碍我们的事儿你再慢慢考虑，时间差不多了，先集合吧。"

Don't get too close to me

第五章

迷局

虽然是地下，可从排气孔射进来的阳光为走廊提供了不错的亮度。但此刻，外面的光线暗了下来，整个走廊开始被泛黄的吊灯所主宰。偶尔深处传来的回响让人毛骨悚然，不禁想起了那些关押战犯的老式集中营。

走廊里，琉璃纱的脸因光影的缘故半黑半白，再加上她心事重重的表情，着实有些让人难以捉摸。Sunny 刚从房间里出来，唐兮夏梦看到她关门的姿势有些不自然，但一时间她也说不好到底哪里有问题。

唐兮夏梦看了一眼手表，她发现距离集合的时间还有一分钟，按照郑荨一伙人的做事习惯来说，他们是绝不会迟到的！这一点倒比很多人要强。

唐兮夏梦手表上的分针停在了 20 的刻度上，但走廊里却依旧只有她们四个，郑荨和冷瞳还是没有出现。

琉璃纱第一个表现出焦躁，她在走廊里走来走去，还不时地望向郑荨房间的方向。唐兮夏梦则一直盯着手表，现在已经是 5 点 22 分了，距离约定时间，他们已经迟到了整整两分钟。可能对于普通人来说，这并不算什么，但对于他们，就显得十分不正常了。

"怎么回事？"琉璃纱停下来看着 Sunny 问。

"不知。"Sunny 双手交叉而立，她的面部没有任何表情。

"去他们的房间看看！"唐兮夏梦起步往最里面的两个房间走去，琉璃纱立刻横在她身前，掏出了枪。

"你想干吗？"琉璃纱举枪的胳膊向上倾斜着，枪口对准了唐兮夏梦的太阳穴。

"这个节骨眼儿了，你还在做这无聊的事儿？"唐兮夏梦瞅了她一眼，"要开枪随你。"

枪口在唐兮夏梦的脑袋上滑过，但她毫无惧色。

"郑荨！"唐兮夏梦边喊边用力试图打开郑荨房间的门，可厚重的大门紧锁，像一个缄默不语的老人。她又附上耳朵试图听听房间里的声音，但房内鸦默雀静，如同一个墓园。几次尝试失败之后，唐兮夏梦又来到了冷瞳的房门前。

"砰砰砰……砰砰砰……"敲门的声音夹着焦躁与不安，但走廊里却始终只有一种声音的回响。

唐兮夏梦再次看了一眼手表，现在已经是 5 点 30 分了。

"他们去哪儿了？"待在原地的三个人互相看着彼此，原本最冷静的 Sunny 也开始变得焦虑。

"你们过来，咱们想办法把这边的门打开！"唐兮夏梦大声说。

"不！这门没有钥匙是打不开的。"Sunny 说。然后她看了一眼手表，5 点 35 分。

唐兮夏梦回到三个人中间，这时一盏吊灯突然熄灭，走廊里又黑了不少。"Araya，爽约的事儿以前是否发生过。"

"从来没有。"

Araya 回答得干脆且迅速，说明在这个问题上，从来都是像军令一样准确且无误的。

"那……我想应该出事儿了。"

"出事？这个地方，怎么可能！"琉璃纱一脸不屑地说。

"那你如何解释现在的情况？"

"走，回大厅！"

话音刚落，Sunny 便一个人朝大厅方向走去，唐兮夏梦再次看了一眼手表，5 点 38 分。

不知怎么的，四个人由行走变成了快跑，Sunny 在前面领路，她们在错综复杂的地道中穿梭，队伍最后面的琉璃纱时刻保持警惕，她随时准备向唐兮夏梦开枪。

唐兮夏梦原以为这是一场再简单不过的游戏，因为正邪双方都已亮明了身份，她要做的就是在游戏里获得胜利。可现在看来，这场游戏的人物关系似乎并不明朗。郑寻作为组织的首领神秘失踪是怎么回事？同时失踪的冷瞳身上又背负着怎样的秘密？还有城府极深的 Sunny 和从心眼里就视自己为眼中钉的琉璃纱对这件事似乎也表现得过于冷静。如果说这场游戏里有一个人是无辜的，那么唐兮夏梦愿意相信，这个人定是 Araya。

大厅里十分安静，生产区和另一侧住宿区没有任何的声响。

四个人站在大厅的中央，琉璃纱和 Sunny 喘着粗气，唐兮夏梦和 Araya 的心跳加快了，但却没有表现出疲惫。四个人的额头上都渗出了汗水，工厂的闷热在此刻格外明显。

"现在怎么办？"琉璃纱还在大口喘着气。

"去生产区，看看他们是否在……"

"轰……"

不等夏梦说完，住宿区的方向就传来了一声巨响！这声音就像热浪一样从她们身后的通道内呼啸而来，当然，吹在她们脸上的热风只是遐想，因为那是巨响带来的幻觉，如此幽深且蜿蜒的通道早已把爆炸形成的气浪隔在了那边。

四个人的面部表情已经从焦虑变成了惊恐，她们都心有余悸，如果刚才出来的稍慢一些，那么她们现在可能就是一堆碎肉了！

"砰！砰！"

四个人还惊魂未定，生产区又不合时宜地响起了枪声，她们呆立在原地，像是被群狼围进了绝境。

"枪声？"Araya 惊慌地看着其他三人，大厅内吊灯下的琉璃纱面色已变得惨白，Sunny 一脸的茫然，唐兮夏梦则是紧锁眉头，与 Araya 的视线交汇在一起。

"先逃吧！"琉璃纱不安地说，她的背心已经完全湿透了。

"不！"唐兮夏梦说。

"你是不想要命了吧，那我成全你！"琉璃纱掏出枪呵斥道。

"现在出去我们可能真的什么都查不到了！"

"唐兮夏梦，你的意思是？"Araya 走到她跟前，眼睛里带着疑惑。

唐兮夏梦舒了一口气，然后望向生产区的方向。"跟我来。"

"不能去。"Araya 拦住她，"如果那边也发生爆炸怎么办？"

"不会的。"唐兮夏梦径直朝那边走去。其他三人在原地犹豫了一会儿，最后也还是跟了上去。

　　通往生产区的路是一条笔直的通道，这应该就是防空洞的主干道了。四个人的步子慌乱且焦躁，完全不在一个节奏上，这就如同几件完全不搭的乐器，硬是被拼凑在一起，合奏了一首不伦不类的曲子。

　　"这样直来直去的结构也难怪生活区会如此设计了。"Sunny 说的是关于为防止 TDCM7 泄漏所做的准备这件事。

　　"嗯。"第一个读懂她含义的唐兮夏梦点点头，"并且生产区距离大厅很近，所以我们住的地方才会离大厅那么远。"

　　"你是怎么知道生产区距离大厅很近的？好像你来过一样。"Sunny 奇怪地问。

　　"刚才的枪声还不够明显吗？"

　　"仅凭枪声你就能断定？"

　　"你们看！"Araya 突然指着前方说。

　　一个巨大的实验室出现在她们面前不足 20 米的地方，把它与通道隔断的铁门已经坏掉，倒在了一边。从大厅走到这里，大概用了不到五分钟的时间。

　　"刚才枪声的回响显然更有层次，这就说明开枪的地方是在一个较大的空间内，因为声音反射到墙壁上需要时间。可如果是在通道里开的枪……"夏梦抬头看了看通道内的墙壁，"那么原声几乎就会跟回声重叠在一起了。"

　　"没想到在刚才那种情况下你还能如此冷静！"Sunny 用低沉地语气说。出现在她面前的实验室印证了唐兮夏梦的推理。

　　"走吧，进去看看。"

　　Sunny 给了琉璃纱一个眼色，琉璃纱轻轻点头，然后紧跟着唐兮夏梦走进了实验室。

　　实验室是一个四四方方的空间，面积大概有 200 平方米。实验室的左边整齐地摆放着各种玻璃仪器，中央则是一个圆盘状的操作台，右侧是一个玻璃墙，墙的那边是生产车间。所有的机器都已经停止运转，但却丝毫看不出损坏。正面对着她们的是另一侧的一扇铁门，与这边已经损坏的铁门不同的是，那扇门紧紧地扣在门框上，看样子，不用点儿力气是打不开的。

"冷瞳！"琉璃纱突然指着某处大叫了起来，众人随着她的指尖方向朝那边看去，只见实验室的角落里，冷瞳头部中枪，倒在血泊之中！

Araya想要上前，但这时整个地下工厂却想起了刺耳的警报声，声音就如同防空警报一样。与此同时，别的区域的警报声也像海浪一样纷至沓来。

"这是？"唐兮夏梦大吃一惊。

"不好，这是TDCM7泄漏的信号。"Sunny的双手颤抖，面部肌肉也已经变得扭曲。

"快点儿逃！"Araya大喊道。

"快点儿逃！再不逃就来不及了！"Sunny怒吼道。

电光火石间，已容不得她们考虑，她们跟着Sunny逃离了生产区，留下了不知所踪的郑荨和冷瞳冰冷的尸体。

地下工厂入口的那闸厚重铁门已经被先逃出去的人挪开，唐兮夏梦四个人灰头土脸地从洞口里钻出来。她们在逃离的过程中也遇到了不少穿蓝色大褂的工人，他们的表情都十分惊慌，看来他们深知TDCM7的厉害。

外面的空气要新鲜得多，唐兮夏梦她们从木屋里跑到河边，大口呼吸着。Araya用清凉的河水洗了把脸，闷热和灰尘顿时退却，但她心中的疑惑却久久不能消散。

6点整，天色渐暗。四个人围在一起喘着粗气，这本该是用餐时间，但所有人都没食欲。"究竟发生了什么？"这也许是她们心中共同的疑问。

"老瞳……死了……"琉璃纱空洞的眼神直直地盯着河水，昨天他们还在一起吃着烤肉、喝着啤酒，他平时虽然不怎么说话，但是对于琉璃纱，冷瞳还是关怀备至的。

"有的时候他就像我哥哥一样！"琉璃纱开始抽泣，Sunny和Araya围在她身边安慰了几句，看得出来，她们都很难过。

这一切被唐兮夏梦看在眼里，他们果然不是一般的毒枭，他们彼此之间有着很强的羁绊，他们有血有肉有热情。如果不是命运把他们逼到了这一步，唐兮夏梦想，也许他们将会在一个合法的行业里发光发热。

"琉璃纱……"唐兮夏梦走到她跟前，然后俯下身子。

琉璃纱没有理睬唐兮夏梦，但这却是她们认识以来，琉璃纱对唐兮夏梦态度最好的一次。

"冷瞳未必死了！"

"啊？"三个人大吃一惊。

"确实，我们看到了尸体，但仅凭身形和着装就判断那是冷瞳是不是过于草率了？毕竟我们没有近距离确认，不是吗？"

Araya 恍然大悟地点了点头，她愿意相信唐兮夏梦说的话。

"不会的，除了他还会有谁？"Sunny 看着唐兮夏梦，她蹲下来的姿势让锁骨十分明显。

唐兮夏梦摇摇头，"这个暂时无从查证，我只是希望大家不要被眼前发生的事情所迷惑，无论是那场可疑的爆炸、冷瞳的死，还是 TDCM7 的泄漏，真相未必是眼见的那样。"

"你是说有人故意操纵了这一切？"Sunny 问。

"那你认为这都是意外？"唐兮夏梦不以为然地看着 Sunny，"有人要置我们于死地。"

"这个人是谁？"Araya 突然变得紧张，她站起身，表情严肃地看着唐兮夏梦。

"5 点 20 分集合的时候，有两个人爽约。那我们是不是可以大胆的推测，他们是知道住宿区内装了炸弹，所以才没有出现呢？"唐兮夏梦的眼睛交替地看着三人，其中 Araya 的表情最为扭曲，"而后来，冷瞳死了，所以这一切似乎都指向了……"

"够了！"Araya 突然爆发，"别说了，绝不会是他。"

"但事实摆在眼前。"Sunny 面向 Araya 说。

"什么事实！这都是猜测！"

"没错，这确实是猜测。"唐兮夏梦拍了拍 Araya，"刚才我也说了，大家不要被眼前发生的事儿所迷惑，虽然现在一切都指向郑荨，但整件事儿的疑点还是太多，我们不能就这样盖棺定论。"

Sunny 站起来，然后回身面向河对岸的树林若有所思，"不管怎么样，我们先离开这里，再从长计议吧。"

Sunny 提议先找个地方休息一下，于是她们预定了酒店，酒店在 B 县，从小油村这里开车过去大概需要 2 个小时 30 分钟。

Araya 开着夏梦的车，跟在琉璃纱的车子后面，副驾位置上的唐兮夏梦一直在用 Araya 的手机给郑荨打电话，不过也正如她所想，没人接听。

"嘟……嘟……嘟……"

电话那头的声音还是与几分钟前的一样。

"他还是没接电话？" Araya 深深地吸了一口气，然后伴随着下降的声调又缓缓地吐了出来。

"嗯。"唐兮夏梦也有些失落地点了点头。

"我现在真的好迷茫。" Araya 沮丧地说。

"是迷茫还是担心他？"唐兮夏梦看着她的侧脸，眼神里挂着几丝同情。

"绝不会是他！我坚信！" Araya 拍了拍自己的胸脯，"而且我敢肯定他现在一定有危险。"

唐兮夏梦笑了笑，然后继续看向前方的那辆黑色 GL8。"你的直觉很准。"

"啊？你是说……"

"虽然表面上郑荨的嫌疑最大，但其中却有很多不合理的地方。"

"不合理？"

"对，你想过没有，他为什么要除掉我们？为了利益吗。"

"不可能，他绝不是那样的人，况且即便他要杀我们，也绝不可能想杀你。"

"嗯，"唐兮夏梦肯定了她所说的，"另外，有件事儿我始终不明白。"

"什么？"

"郑荨应该算是你们五个人里面入行最晚的吧？"

"是。"

"那他是怎么当上你们的头目的呢？"

"这个说来话长，不过简单来讲，只有他掌握着这次交易客户的信息和联系方式，而且更重要的是，正是因为他才让我们有了这笔大生意。"

夏梦瞄了一眼 Araya，"哦？这让我有些好奇了。"

"他最开始只是我手下，" Araya 加快了车速，"两年前发生在边境的一场毒品交易发生了意外，我们被邻国的武装势力包围，全员被俘虏。那个部队的首领 Rose 是个疯狂的人，她喜欢玩儿'左轮赌命'的游戏，于是我们五个人就被迫陪她玩了这个游戏。"

"左轮赌命？就是在轮盘里只装一发子弹，然后参与者轮流朝自己开枪的那个杀人游戏？"

"没错，当时我们只有五个人，也就是说如果幸运，我们是都可以活着的。"

"后来呢？"

"第一个朝自己开枪的人就是郑荨，那一幕我永远都不会忘记，他拿着那把金色的左轮枪微笑地面对着我们，然后一连朝自己开了五枪！"

"什么！"唐兮夏梦大吃一惊。

"你现在明白了吧，子弹在轮盘的最后一个格子里。他甘愿牺牲自己，为的就是救我们大家。而他的做法也赢得了 Rose 的信赖，于是才有了这笔交易。"

唐兮夏梦有些惭愧地低下了头，那天在小屋里不分青红皂白的斥责让她有些脸红，她心里开始对这个男人产生了好感。"原来他是这样的人。"她的语气带着欣赏之意，只是一旁的 Araya 应该听不出来。

"所以，我根本不相信他会这么做。"

"我懂了，不过他的嫌疑也并不能完全洗清。"

"你这人怎么？" Araya 有些不高兴地说。

"别生气，警察就是这样，除非是有绝对的证据，不然我们都会追查下去。"

"唉！" Araya 摇了摇头，"你有你自己的想法，我不想干预。"

"哈哈，像是一种无奈地感叹。"唐兮夏梦微笑着，"不过说真的，他倒是确实值得你去喜欢。"

"是吗？" Araya 放慢了车速，前边就是收费口了，"但他心里，始终只有你一个人呀。"

　　她们订的酒店在 B 县的繁华地段，是县城里唯一一家四星级酒店。B 县虽然不是旅游重镇，但确是小有名气的贸易枢纽，卒牛烧饼的商品化就是这里重要的发展项目之一。除此之外，这里还是一些轻工业的加工生产基地。所以，每年来 B 县办业务、谈生意的人很多，这家酒店的生意自然十分红火。

　　"隔壁那家酒店也装修了快一个半月了吧！"前台的小王扭过头看着路小岑，"据说好像还是五星级标准的。"

　　路小岑长着一张清纯的脸，制式服装配上盘起的头发显得格外优雅。"我听经理说好像是这样。"她轻轻点了点头，长长的睫毛完全没有不自然的感觉。

　　"经理那边估计也头大！"小王做出一副任人宰割的样子，"等那边开业了，咱们的业绩就……"接着，她又叹了口气。

　　"咱们就别操心了，做好自己的事就得了。"

　　"下班了！下班了！你自己一个人小心点啊。"

　　说话的时候，小王已经在开始收拾东西了。她的包包锁在身后角落的柜子里，柜子里有四个格子，前台的四个人每人都有一个。

　　"路上小心点啊，最近不安全。"路小岑叮嘱道。

　　"知道啦。"小王摆了摆手，然后从员工出口那边走出了酒店。

　　晚上 9 点，路小岑感到微微的困意，于是她从左手边的白色柜子里拿出了一袋速溶咖啡。与此同时，几分钟前她烧的水也已经开了，她站起身，往盛着速溶咖啡的杯子里注入了半杯水，然后用手中带有卡通图案的勺子来回地搅拌着。

　　这时，酒店的感应门突然打开了，路小岑抬起头，把咖啡放在一边。她站起身，看到从黑夜里走进来了四个风格迥异的女人。

　　"欢迎光临！"路小岑向四个人轻轻地鞠了个躬。

　　"你好，有预定。" Sunny 边说着边把她们四个人的身份证递给了路小岑。

"好的！请稍等。"路小岑双手接过身份证，然后问："您预定的是两晚的豪华标准间，是吗？"路小岑看向 Sunny。

"对。"

"好的。"路小岑熟练地登记完资料，然后将桌子上早已准备好的两张房卡递给了 Sunny，"四位的房间在五楼，分别是 510 和 511 房间。"

"入住愉快！"路小岑再次鞠躬，咖啡的味道已经弥漫开来。

酒店内部的装修风格简约、不俗气。走在其中，四个人的压力也得到了些许的缓解。

510 房间与 511 房间是对门，且在走廊的尽头。Araya 和 Sunny 拿出各自的房卡准备开门，这时，一旁的唐兮夏梦小声地嘀咕了一句，"大家晚上不要睡死，今晚要格外的警醒！"说话的时候她低着头，没有看任何人。

"什么意思？"Sunny 停下了开门。

"这里说话不方便，我们进房间发消息吧。"

进屋后，唐兮夏梦将房门反锁并挂上了防盗链，然后开始仔细地检查房间内的各个角落。

"夏梦，你这是？"Araya 疑惑地看着她。

"你不感觉奇怪吗？"

"奇怪？"

"是，这家酒店我可是有所耳闻，房间十分稀缺，所以一般情况下当天很难预定到。"

"这个倒没什么吧，也许是今天刚好有空房间。"Araya 认为唐兮夏梦的担心有些多余，所以她边说边从包里向外收拾日用品，并没有表现得很担心。

"一般比较热门的酒店有个规矩，那就是在网上预订的客人需要在规定时间内到店，不然的话房间就会自动回归空房池。"

"没错。"

"可咱们在小油村订房间时，预估的时间是 9 点钟。"

Araya 看了一眼时间，现在是 9 点 10 分。"时间也刚刚好啊！"

"不，刚才在前台办理入住时有个细节你注意到了吗？"唐兮夏梦坐在床边正对着 Araya 说。

"细节？"Araya 一头雾水。

"前台接待把房卡就摆在那里，好像已经十分确定咱们会来，但事实上我们并没有付过房费，而且我们是 9 点整进到酒店内的，那是咱们预估的最后时间，往往生意火爆的酒店都会在最后时间的提前 30 分钟再次确认入住客人的情况，不是吗？"

Araya 思考了一会儿才绕过了这个弯，"确实有些奇怪。"

"所以我们要格外当心，说不定这一切是有人故意安排的。"

"你是说？"

"嘘！"唐兮夏梦示意 Araya 声音放轻，"快去洗澡吧，今晚也许是个不眠之夜。"

说完，唐兮夏梦倒在了床上，但神色却异常严肃。

511 房间里的 Sunny 和琉璃纱像是刚吵完架的夫妻，她们都闭口缄默。眉头紧锁的琉璃纱在擦拭着她的手枪，而 Sunny 却在一根接一根地抽着万宝路香烟。

"她俩是怎么一回事？"琉璃纱把手枪搁在桌子上，然后看向 Sunny，"看样子她们倒像是好姐妹。"

Sunny 摇了摇头，眼神空洞。

"一个'法官'胡闹就已经够要命了，难道那个女警察身上真的有某种魔力？"琉璃纱摆出副不敢相信的表情说。

"你现在还有心思考虑这个？"Sunny 把烟掐了走到床前，"现在找到'法官'才是最重要的事，因为那直接关系到我们这笔买卖！"

"找？去哪儿找！况且药都没了，还交易个啥啊！"

"你怎么就不用脑子好好想想！"Sunny 带着嫌弃的语气说，"这笔交易金额的数量之大足以让任何人动歪心思，现在'法官'失踪，冷瞳死了，我们又差点儿遇难，说明什么？"

琉璃纱惊恐地看着 Sunny，"你是说'法官'要除掉我们，一个人带着药跟 Rose 交易？”

“不然呢？”

“不可能！‘法官’不是那样的人。”

“唉，所以说你除了电脑什么都不懂。”

Sunny 的话并没有让琉璃纱不悦，她顺势往床上一趟，闭上眼睛。“你怎么说都好，我只是希望自己不要活得那么辛苦。”

夜深了，静悄悄的，房间里一片漆黑，只能隐约从窗帘的缝隙中看到微弱的光。唐兮夏梦倚靠在床头，视线却不停地在屋内徘徊。但一切都显得那么平静，仿佛什么都不会发生。渐渐地，困意来袭，她的眼皮重重压了下来，不久，就昏昏欲睡了。

“你睡吧，我来盯着。”

唐兮夏梦猛地睁开眼睛，只见另一张床上的 Araya 低着头，静静地看着手机。

“你一直醒着？”唐兮夏梦问。

“睡了一会儿，但实在放心不下！”

“不放心我？”她试着开了个玩笑。

Araya 将屏幕的亮度调低了一些，然后扭过头来说：“是，不过更重要的原因是你没有手机，要你就这样傻傻地盯着似乎有些残忍。”

唐兮夏梦在黑暗中露出了一丝微笑。

“几点了？”唐兮夏梦问。

Araya 看了一眼手机屏幕，“2 点 30 分了。”

“那我睡会儿，有情况就叫醒我。”

“睡吧。”

Araya 的话音刚落，外面的走廊上就传来了脚步声……

“你听！”Araya 突然紧张起来。

“听到了。”唐兮夏梦小声地穿上鞋子来到门口，然后从门镜中观察外面的情况。

走廊的灯光比她们刚来时要昏暗一些，但却也看得清楚。

"咚！咚！咚！"

脚步声越来越近，唐兮夏梦的心也越来越紧张。Araya 半蹲在唐兮夏梦身后，手里握着枪。

脚步声消失了，一个熟悉的面孔出现在了夏梦面前！

"是她！"唐兮夏梦小声地嘀咕了一句。

"谁？"

"前台接待。"

"这么晚了她来干什么？"

"叮咚……"

路小岑按响了 511 房间的门铃。

"你好，客房服务。"

"这么晚了，Sunny 和琉璃纱叫客房服务干什么？"Araya 奇怪地问。

"不知道，不过看来好像没什么大事儿！"还在继续观察的唐兮夏梦长舒了一口气。

"吱……"

511 房间的房门缓缓地打开，但屋内却非常暗，什么都看不清，路小岑见此情形有些害怕，所以并没有走进去，只是在房间门口寻找着给她开门的那个人。

同一时间，唐兮夏梦也在寻找着那个开门的人，但让两个人做梦也想不到的是，从诡异的黑暗中，走出来了一个戴着面具的人！

路小岑还没有来得及呼喊"救命"，就被那个戴着面具的人捂住了嘴巴，硬生生地拖进了 511 房间。

"不好！"唐兮夏梦叫道。

"发生什么了！"

"先别问，出去看看！"

两个人穿好衣服，急忙出了房间。

"Sunny，琉璃！"唐兮夏梦在 511 房间门外边按门铃边叫道。

屋内没有任何回应，她们绝望地站在门外，像两尊冰雕，过去这十个小时内发生了太多的出乎意料，这让她们的心已经挣扎到了极点。

　　唐兮夏梦不安的情绪让整个走廊都陷入了团团的迷雾之中，她尽量让自己冷静，因为在这个时候，任何错误的判断都将导致严重的后果。"给她们打电话，快！"

　　如果屋内响起了电话铃，那么她们要做的就是想办法冲进去，当然这种可能性应该不大，不过眼下这却是最正确的做法。

　　"好！" Araya 慌乱地掏出手机，然后找到了 Sunny 的电话号。

　　唐兮夏梦试着撞开门，但这根本行不通。

　　"没人接！" Araya 说道。511 房间内也没有任何响声。

　　"Araya 你在这里盯着，我去找酒店值班的人！"

　　"不行，你不能离开我的视线！" Araya 摇了摇头说。

　　"你别傻了，在这儿盯着，相信我！"

　　值班室在酒店一层电梯间的旁边，值班的小张头歪着靠在墙壁上，看样子是睡着了。

　　唐兮夏梦冲进值班室，然后猛地叫醒他。

　　"怎么啦！" 小张狼狈地醒来，叫道。

　　"不好意思！我是 510 房间的客人，我现在需要你帮忙打开 511 房间的门！"

　　"啊？你说你要打开 511 房间的门？" 小张以为他听错了，大声反问道。

　　"别废话！跟我来。"

　　唐兮夏梦不等他说完就抓起他的胳膊向外跑去。

　　"喂喂！" 小张被搞得莫名其妙，"姑娘，这到底怎么回事啊！"

　　"哎呀，路上给你说！" 唐兮夏梦不耐烦地说。

　　上午的会内容杂乱且毫无章法。秦湘的发言永远都是那一种腔调，所以很多人昏昏欲睡。中午 11 点，历时 3 个多小时的会议总算结束了，警员们走出会议室焦急地奔向餐厅。孙靓走在人群的最后面，她低着头，一副心事重重的样子。

　　秦湘收拾完资料也走出会议室，她看到了精神恍惚的孙靓，于是上前关切道："小靓，你最近怎么了？似乎很不在状态啊！"

孙靓似乎没有听到秦湘的话，继续缓步前进着。

"喂！小靓。"秦湘拍了拍孙靓的肩说道。

"啊？"孙靓猛地回头并发出一声短促的叫声。

"秦……秦队！"孙靓有些慌张地说。

"小靓啊，你到底怎么啦？看你整天心不在焉的！"

"没有，我只是……"

"怎么啦，遇上什么困难了吗？"

"只是生活上的一些小事儿啦！我自己会调整好的。"

"是吗？"秦湘的表情证明她并不完全相信孙靓说的话，"那好吧，有什么事你可以随时来找我，知道吗？"

孙靓点点头，然后往食堂的反方向走去。今天的天气有些炎热，大门外那家刚开业的 7-11 应该会有很多人跑去买冷饮。记得以前，孙靓的男朋友特别喜欢吃冰激凌，但后来因为职业的关系，就戒掉了。

收费站旁的小餐厅方便了很多来往的司机和乘客，虽然菜的种类不多，但口味还是十分地道的。这里的特色是牛肉抻面，几乎每个客人都会点上一碗，那劲道的面条配上有嚼劲的牛肉，吃到嘴里，着实是一种享受。

中午，小餐厅又是一番忙碌的景象，点菜员熟练地为每位客人点着餐，一旁的抻面师傅忙得不亦乐乎，用心处理着每一根面条和每一味料。

"已经点好了，一会儿会叫到我们！"Araya 在唐兮夏梦对面的位置坐下，然后把号码条放在了桌子上。

"我的衣食住行就都拜托你了！"唐兮夏梦调侃道。

Araya 露出了不易被察觉的微笑，然后表情又立刻变得凝重。"夏梦，你为什么能如此镇定？"

"即使焦躁又能如何呢？"唐兮夏梦将筷子递给 Araya，"倒不如先冷静一下，吃点儿东西！"

"19 号，两碗抻面好了！"不远处传来了抻面师傅高亢的呼叫声。

"我先去拿面！"

说着，唐兮夏梦便起身向取餐处走去。

面从碗里被夹起，裹着汤汁，鲜香的面汤把劲道的面层层包裹，让人回味无穷。

Araya喝了一口汤，然后夹了一口凉菜，"你说她们到底去哪儿了。"

唐兮夏梦擦了擦嘴，同时摇摇头，"不知，前台被神秘的面具人拖进房内之后，我们就再也没有离开半步。但当值班人员打开门进入房间的时候，屋里已经空无一人了。"

"也就是说，在这之前，Sunny和琉璃纱就已经不见了？"

"有这个可能性。"接着，唐兮夏梦又吃了一口面。

"可前台和那个戴面具的人去了哪里，难道藏在房间内？"

"绝不可能，房间我们都仔细检查过了，我想不出房内还有哪里可以再藏下两个人。况且那么短的时间里，前台怎么可能那么听那个人的话，乖乖地躲起来。即便是被打晕了，也不是那么容易的。"

"这件事情太诡异了！"Araya搁下筷子，面露不安。

"行了，赶紧吃东西吧。"

这次驾车的换成了唐兮夏梦。

Araya打开了车子的顶棚，在高速路上，这样做会吸引很多男司机的目光。不过这并非Araya的本意，她只是觉得车里太闷了。

Araya不像孙靓，她不喜欢盯着手机，更喜欢一个人看着远处的某个东西发愣。以前琉璃纱就曾说过，"她这个样子真傻，不过却足够纯情"，Araya则不以为然，每次都只是回一个淡淡的微笑。

路上车子很少，所以唐兮夏梦开车的时候并没有特别专注，她会时不时地瞅一眼副驾上的Araya。从认识她开始，Araya独有的特质就深深影响着唐兮夏梦。唐兮夏梦心里甚至有一个难以名状的执念，她想保护她，因为她感觉这个女孩儿是老天特意派给她的。而且在唐兮夏梦心里，这样的责任一点儿都不委屈，甚至还让她万分欣喜。

唐兮夏梦轻轻摇了摇头，然后嘴角挂上了一丝弧度，前方标志牌显示，距离小油村还有 77 千米。刚才内心的涌动如果变成话语一定会被误会成拉拉。如果非要说一种感情，那么，暂且用"完全不同世界的两个人惺惺相惜"更为恰当。

对于地下工厂的事情，唐兮夏梦已经有了自己的判断。

要唐兮夏梦相信，Sunny 和琉璃纱的神秘失踪与地下工厂的事儿无关几乎不可能。所以，唐兮夏梦决定从源头查起，因为酒店的事儿必然是后续，所以理清整件事情的主线才是当下最重要的。一旦主线明确，剩下的就是寻找证据了。

其实最让唐兮夏梦感到怀疑的是两点：第一，地下工厂那种环境，如果有人想要置她们于死地，那么可以说是瓮中捉鳖、轻而易举，但就是这样，她们仍是活了下来；第二，发现冷瞳尸体的时间与警报响起的时间几乎分秒不差，难道这真的是巧合？

通过以上两点，下述推理就逐渐在唐兮夏梦心中成型了：

第一，驱使她们快点儿离开地下工厂才是凶手的真实意图，他并没有打算杀死她们。

第二，冷瞳也许没死。

第三，郑荨是被陷害的。

第四，有个人始终在左右着下一步行动，这个人有重大嫌疑。

第五，一切都是围绕着"TDCM7"而来，所以昨天傍晚的"泄漏事件"只是一场演出。

"夏梦……"Araya 的发呆落下帷幕，她转过头看着她。

"怎么了？"

"其实，你早就有机会离开了。"Araya 的头发被风吹得飘在空中，她显得十分沮丧。

唐兮夏梦把顶棚闭上，她的脸开始慢慢地变暗，但是笑容却始终停在那里，"我走了，就只剩下你一个人了呀。"

"我没事儿。"

"我们现在是朋友。"前边是急转弯,唐兮夏梦降低了车速,但她们还是感到了车身的倾斜。

"朋友?!"Araya像是听到了什么不可思议的事儿,"我们?"

"难道不是吗?"

"听你这么说,我真高兴。"

"当然了,留下来也有我的私心。"

"私心?"

"对,"唐兮夏梦的表情突然变得严肃,"我怀疑你们跟我男朋友的死有关。"

"哦?"Araya惊讶地看着她,"那天你曾问过我。"

"别担心,我并不是说你对我撒了谎,我是说,也许这件事情是他们中的谁做的。"

"原来是这样。"Araya点了点头,"放点儿音乐吧。"

"嗯。"唐兮夏梦脸上露出了温暖的微笑,距离小油村不到30千米了。

唐兮夏梦将车子停在了较为隐蔽的树林里,这里距离河边木屋步行大概有7分钟的路程。

Araya走在唐兮夏梦的前边,她已经不再对她有任何警惕心。她就是这样一个人,别人对她好,她就会毫无保留地相信那个人。这样的品质好难得,却也极容易被伤害。

这里的阳光温柔得多,不像城市那般鲁莽。河的那头传来了渔民劳作的声音,朴实且自然,Araya站在河边接收这"讯号",她闭上了眼睛,仅仅在用耳朵倾听。

唐兮夏梦踩在河边松软的地面上缓慢前行,不远处就是木屋。她注意到河边泥地上凌乱的痕迹,于是她蹲下来,仔细地观察。

唐兮夏梦拿起一块儿泥土,用手捏了捏,之后她丈量了地面上泥坑的尺寸,几秒钟后,她露出了满意的神情。

Araya看到唐兮夏梦蹲在那里许久,于是便上前问:"有什么发现吗?"她也顺势蹲了下来。

"基本与我想的一样，TDCM7 的事故果然是一个骗局！"

"哦？"唐兮夏梦的猜测 Araya 早已听过，只是她没弄明白，唐兮夏梦是从哪里找到的佐证。

"是车辙。"唐兮夏梦指着地面说。

Araya 顺着唐兮夏梦指尖的方向看过去，"车辙？"

"没错，地上的车辙证明早些时候有辆汽车停在这里。另外，这里的光线被山峰遮住，所以只有中午时分，阳光才会照到地面，再加上本身河边的湿气就重，我估计那辆车应该离开了有至少五个小时以上。再有，就是轮胎的尺寸与轮胎间的宽度了……"

Araya 的眼睛在地面上巡视了一圈，然后猛地抬起头，"这是一辆货车！"

"对。"夏梦肯定地说，"轮胎的痕迹证明停在这儿的是一辆小型货车，可我们离开的时候并没有发现这些痕迹，所以也就是说在我们离开之后，这辆小货车才开了过来。"

"把货车开到这里……"Araya 脸色有些难看地琢磨着。

"显而易见，TDCM7 没有泄漏。在我们离开地下工厂之后，有人把它转移走了！"唐兮夏梦起身向前走了几步，"你看这里的脚印！凌乱、密集，且一直延伸到木屋。说明一直有人在这里与木屋之间反复地来回！而朝向木屋一侧车辙周围的脚印最多，就证明了他们在不断地给车上运输货物。那么，木屋里究竟什么东西有如此庞大的数量需要反复搬运呢？毫无疑问，是 TDCM7。"

"所以，凶手并没有想置我们于死地，他们的目的仅仅就是把我们赶出工厂而已。"唐兮夏梦接着说。

"夏梦！"Araya 打断她，然后缓缓地站起来，表情凝重。

"怎么了？"

"真的是他们？"

"嗯。"唐兮夏梦有些不得已地点点头，"除了你，其他人都有嫌疑。"

Araya 吹了口气，把垂在嘴边的一根头发吹开。她知道事实明摆在眼前，但心里却始终不愿相信。

"原来我一直认为的牢不可破的羁绊，终究还是输给了几个臭钱。"

"这个倒也不一定，毕竟幕后黑手是谁我们还不知道。"唐兮夏梦看着木屋说。

河边留下的车辙证明了 TDCM7 的事故是子虚乌有，所以，地下工厂内应该是安全的。只是里面留下的线索应该不会太多，但对于唐兮夏梦，只要一点点蛛丝马迹就足够了。

木屋内部不再像上次那样整洁。地面上，散落着一些纸屑和塑料泡沫，角落里还有一只褶皱的白手套，而带把手的铁门则被搁置在了地道口的一旁。

"走吧，下去看看。"唐兮夏梦先一步走了下去。

地道内漆黑一片，看来已人去楼空。Araya 掏出手电打量四周，唐兮夏梦则在她身后，边走边仔细地观察……

这一段很干净，什么也没有。整个通道里，两个人的呼吸声和脚步声交替回响着，渐渐地，它们有了节奏，不再像刚才那样忽快忽慢。几分钟后，声音停止了，大厅出现在眼前，Araya 的手电也开始忽明忽暗，电量不足的时机倒也是凑巧。

Araya 关掉手电，大厅还未熄灭的灯足以让她们看清一切。两边生活区的通道均已崩塌，只有生产区浅浅的隧道还完好地伸向黑暗。

生产区的大厅静得可怕。唐兮夏梦和 Araya 伫立在门口借助手电的光寻找着一切能称为线索的东西，她们盼着那个可以判决冷瞳生死的证据映入眼帘。唐兮夏梦试着把手电的光移到那里，然后向下，再向下，直到那冰冷的地面。

她们四目相对了一秒，然后重新把目光投过去，但是，什么都没有！

唐兮夏梦快步走上前，Araya 也随即跟了过去。

"尸体不见了，不仅如此，连血迹也被清理得干干净净。"唐兮夏梦表情严肃地看着 Araya。

Araya 当然明白唐兮夏梦的意思，于是便说："冷瞳还活着。"

"恐怕是这样。"唐兮夏梦说话的地方距离入口对面的那扇小门仅一步之遥，"跟我来！"她接着说。

在通过一段长长的向下的楼梯后，她们来到了一个相对明亮的房间。房间内满是生产仪器，而且部分玻璃试管内还残留着一些不明的、类似冰糖的固体物质。唐兮夏梦走过去随便拿起一个，然后把脸贴上去，仔细地观察着。

"Araya，这里面残留的物质是不是 TDCM7？"唐兮夏梦问道。

Araya 凑上前来瞄了一眼，"应该是！"

"小心一些！"Araya 提醒唐兮夏梦。

唐兮夏梦小心翼翼地放下试管，刚才通过玻璃试管的反射看到了身后的一闸铁门。她走过去用力拉动铁门，发现门缝处有厚厚的胶皮遮挡，看来这是为了防止储存的 TDCM7 泄漏而有意设计的。

她用了点儿力气才将铁门完全打开。顿时，一个面积近 300 平方米的仓库赫然出现在她们面前。上方的玻璃顶让这间仓库不用点灯就可以很明亮，地面上凌乱地丢弃着数量繁多的硬纸壳与泡沫，与丢弃在地道里的一模一样。

"TDCM7 就是从这里运出去的。"唐兮夏梦从台阶上走下来说。

"看来真的是刚运走没多久，你看箱子还是新的。"Araya 从纸壳堆中随便捡起了一块儿说道。

唐兮夏梦看了看四周，这里应该就是地下工厂的尽头，因为除了她们进来的门以外，再无其他出口。

仓库内墨绿色的墙壁像是坦克的装甲，墙上每隔几米就挂着一个防毒面具，多数防毒面具都还完好的挂在墙上，只有少数的几个掉落在地面，不仔细看，这种包头式的面具倒很像是人的头颅。

唐兮夏梦蹲下来，把地上的纸壳翻开，一块儿、两块儿、三块儿……突然，在一个不起眼的角落里，她惊奇地发现了一个烟蒂！她立刻挪身过去，把它捡了起来，是万宝路品牌。唐兮夏梦笑了笑，她很满意这个发现。

这时，仓库的另一侧传来了 Araya 颤抖且惊慌的声音。

琉璃纱死在了角落中！

她的死因是被子弹击中了太阳穴，而凶器应该是一把狙击枪！因为子弹贯穿了整个头颅，最后从琉璃纱脑袋右侧耳朵的位置射了出来，一般的手枪或者步枪是绝不会有这样的威力的。

仓库内找到了几枚弹壳，但根据唐兮夏梦的经验来看，这并不是从杀死琉璃纱的那把枪里射出来的。另外，仓库的墙壁上有被子弹打过的痕迹，初步判断，这里曾发生过枪战，琉璃纱应该就是在枪战中被一个狙击手射杀了。

琉璃纱的尸体被唐兮夏梦和 Araya 安葬在河边的树林里，她们并没有立碑，甚至都没有放一块儿扁平的、被她们刻了墓志铭的大石头，她们只是希望她安静地躺在这里，不被外人打扰。

夏梦与 Araya 背对背而站，Araya 还在抽泣着，她的眼泪滴在泥土里。也许有那么几滴穿过土壤落在了琉璃纱冰冷的躯体之上，不知道在那个世界，她是否还能感受到由这个世界传递出的温柔的惋惜。

那么，是谁杀了琉璃纱？

不知不觉已经接近黄昏，唐兮夏梦一个人悄悄地走向河边，留下已经不再哭泣的 Araya。事情已经有了端倪，至少主线已经慢慢清晰。唐兮夏梦站在河边，像是融入了河水的波光粼粼里。可突然，一个水花溅起，把温柔的画面打碎，她猛地意识到，事情并没有这么简单。

5 月 31 日一大早，一辆黑色的奔驰车行驶在 D 市蜿蜒修长的马路上。这条路限速 40，但驾驶者根本无视交规，拼命地踩油门，一时间，车速已逼近每小时 90 千米。

"滴……滴……滴……"

车上的移动电话响了起来，开车的男子单手驾驶汽车，另一只手划开了接听键。

"喂，是我！"他没有看电话，似乎知道是谁打来的。

"距离我们约定的时间还有 30 分钟，你应该明白，晚一秒钟会发生什么！"电话那头传来了用变声器处理过的恐怖的声音。

"你放心，我会准时到预定地点，所以你们务必要保证她的安全。"

"当然，我们是最讲游戏规则的了。"电话那头的声音停顿了片刻然后又说："东西都带了吧？"

"嗯。"男子不耐烦地回了声。

"嘟……嘟……嘟……"

电话立刻挂断了。男子将手机扔向副驾驶座，但很不巧，车身的剧烈晃动让手机掉进了座位与车门的夹缝中。以目前的时间来看，他已经不能停下车去找手机了，可若一会儿对方打来电话又无法置之不理，于是他解开安全带、斜着身体，费力地去摸手机。

两者兼顾的男子不得不稍稍放缓车速，他努力地摸索着，身体几乎放平，也就快要看不到前方的路了。终于，他摸到了电话，他用手指把它从缝隙里慢慢地夹出来，然后坐直了身体。

扣上安全带，他松了口气，车内的冷气也无法阻止他额头上不断渗出的汗水。他看了眼时间，应该来得及，若不是为了躲着他女朋友，时间上也不会搞得这么赶。

前方的岔路突然冲出了一辆面包车，男子的心思并不在驾驶上，面对这突如其来的状况，他一下子慌了神！

"啊！"男子大叫一声，然后拼命地向左转方向盘以躲避面包车，但却迎面撞上了一辆疾驰而来的红色SUV！只听"轰"的一声闷响，两辆车的车头重重地撞在一起，挡风玻璃的碎片散落了一地。

街边的路人像蚂蚁一样围了上来，大家议论纷纷，其中一个女孩儿则拿出手机报了警。

几分钟后，交警的车就来到了事故现场，一起来的还有一辆救护车。

带头的交警是一个40岁左右的中年男子，同行的还有三名年轻警察，他们协助医务人员将两名重伤昏迷的男子抬上了救护车之后便开始了勘查现场的工作。

"队长！"勘查奔驰车的年轻交警慌张地向带头的交警跑过来。

"什么事？"他放下一直捧在手里的黑色皮质笔记本，眼角的皱纹已经十分明显了。

"在……在奔驰车的后座上发现了100万现金和……"年轻交警额头上的汗珠划过太阳穴，在脸颊处停住，就好像被空气冻在了那里一般。

"和什么？"中年交警焦急地问。

"毒品！"年轻的交警气喘吁吁地说。

不知什么时候，阳光悄悄爬上了唐兮夏梦的额头。她缓缓地睁开眼睛，视线慢慢地清晰，她注意到墙壁上挂着的时钟已是上午的 10 点 32 分了。昨晚从小油村回来后，她们随便吃了几口方便食品就上了床，那时是 9 点钟，综艺台还在播着当下较为火爆的选秀节目，但看了几眼，感觉着实乏味，于是便睡着了。

唐兮夏梦起身将枕头立起来然后靠上去，她突然感到脖子有些酸痛，是酒店的枕头太高还是不良睡姿引起的，这都不好说。

听声音，Araya 应该是在卫生间里洗澡。水流的声音并不大，也许是怕吵到唐兮夏梦而有意调小了。

Araya 裹着浴巾从卫生间里走出来的时候，唐兮夏梦正巧在朝着她的方向看。Araya 湿漉漉的长发凌乱地披在肩膀上，天然去雕饰的面容格外精致，肤色的黝黑完全不影响她的美，反倒让她更加性感。

"还是吵到你了？"Araya 边用毛巾擦着头发边说道。

"不，我是自己醒的，"唐兮夏梦赶紧摇头，"没想到睡了这么久。"她伸了个懒腰，试图把困意赶走。

Araya 绕到唐兮夏梦床前，靠着她而坐，她把毛巾放在一旁，表情严肃里带着失落。

"你自由了。"Araya 开口说。

唐兮夏梦笑了，其实这早已是事实，只是少了一个正式公告。就像如胶似漆的男女，即便没有彼此说"在一起"，心里却已然默认了这种关系一样。

"我一直很自由啊。"

"我的意思是……你可以离开了，"Araya 的失落情绪一下子扑了上来，"回到你的生活中去吧。"

"这就是我的生活啊。"

Araya 看着唐兮夏梦，唐兮夏梦的回答让她有些不知所措。

"这就是我的生活，"唐兮夏梦再一次重复，"而你也是我生活中很重要的一个人。"

Araya 低下头，略显自卑，"我哪有那么重要。"

"有。"唐兮夏梦把手搭在她的肩头，她的皮肤十分光滑，还散发着淡淡的香。

"事情发生到现在，我知道你始终无法接受，"唐兮夏梦接着说。"你对他们的感情很深，从跟你相处的这段日子里，我完全感得到。我知道你不想拖累我，想一个人去找出真相，找到郑荨。但这对你来说，压力实在太大。而且你的情绪会让你丧失对事情的正确判断。"

Araya 没反驳，因为唐兮夏梦说的完全正确。

"你还记得吗，我说我男朋友的死可能跟他们有关。"

Araya 点点头，"记得。"

"所以你不要想太多，往后的事情我们一起承担，为你，也是为我。"

门轻轻地开了，从缓缓变宽的门缝中露出了一张久违轻松的脸，她美的清澈见底。

自从 5 月搬过来之后，唐兮夏梦真的没在这里住过几天。脱下警服的这段日子似乎比之前还要忙碌。不，也许是曲折和离奇。她一直耿耿于怀的男朋友死亡的真相就像活塞一样，浮上来又沉下去，时而近在眼前，时而又遥不可及。

唐兮夏梦坐在沙发上。她从网上购买的手机晚些时候才会送到，这么久身边没电话，还真的有些好奇网络的另一边，关心她的人是怎样的状态。想到这里，她拍了拍脑袋，她对自己这种"幸灾乐祸"的心态有些自责，因为可能在她不知道的世界里，很多人都已经心急如焚了。

唐兮夏梦拿起座机，她第一个要报平安的人是孙靓。

电话铃几乎是跟唐兮夏梦的手触碰到座机的同一刻响起的。她有礼貌地等了三声才接起电话，而那头传来的，正是孙靓歇斯底里的声音。

"你这家伙，这段时间你死哪儿去了？我都担心死了你知道吗？手机不通，消息不回，你到底干吗去了？你说！"

刺耳的指责完全没有让唐兮夏梦厌烦，反而让她很感动。"对不起小靓，说来话长，我也是刚进家门，正准备要给你打电话呢。"

"你到底怎么回事啊！你知道我这几天都怎么过的吗？"

"对不起，对不起！"唐兮夏梦接连道歉，"这样吧，晚上你到我家来，我再跟你详细说，我现在好累，先挂了啊！"

"好吧，"孙靓的声音平和了些，"你没事儿就好！我处理完手上的案子就去找你啊。"

"嗯，那一会儿见。"

挂了电话，唐兮夏梦渐渐回忆起大学时与孙靓的点点滴滴，那些年的时光很美，但却也短暂，犹如流星，一闪而过。不一会儿，唐兮夏梦就在沙发上睡着了，她的笑容一直挂在脸上，就如清醒时那样可人。

孙靓处理完手上的事情后一刻也没有耽误，她马不停蹄地向唐兮夏梦家赶去，路上，她一直眉头深锁。

"请您带好随身物品！"

司机师傅的话把孙靓从忧心忡忡里拉了回来，她拿好东西，回了句"谢谢"就匆匆下了车。

现在是晚上 7 点整，这是孙靓从电梯间内小屏幕上获取的信息，平时从警局到这里大概需要 30 分钟左右的时间，今天路上堵了会儿车，所以从警局出发到现在花了近一个小时的时间。

"叮！"

随着一声清脆的铃声，10 层到了，孙靓下了电梯径直向夏梦家走去，可到了门口她突然发现，门是虚掩的。

孙靓并没有当回事儿，她想夏梦一定是在做饭，估计是怕听不到敲门声，所以才故意把门敞开着。

可当她走进房间，却看到了一个自己从未见过的人！那人背对着她坐在沙发上，一头蓝色的长发散落在沙发的靠背，一只纤细的手撑着她半倒着的脑袋。虽然看不见脸，但孙靓却感到了一股莫名的紧张。

听到脚步声，那人缓缓地回头，她看到孙靓的那一刻表现出了一丝惊讶，但很快，她的表情就平静了下来，就像早知道孙靓要来一样。

"你……你是？"孙靓向前迈了一步，她的眼睛直直地看着她。

Araya 从沙发上站起来，"Araya，夏梦的朋友。"说完，她轻轻点头。

"哦，"孙靓僵硬地回了个微笑，"夏梦呢？"

"去超市了，已经有一会儿了。"

孙靓摆出副"我知道了"的样子，便也坐在了沙发上。Araya 在她的正对面。

"你不是中国人吧？但你的中文说得真好。"孙靓看着她说。

"我妈妈是中国人，小时候她教我说的。"

"哦，是这样。混血就是长得美，连夏梦也比不上。"孙靓的夸奖十分生硬，很像是从机器人嘴里说出来的。

Araya 有些害羞地低了低头，"还是夏梦更优秀。"她委婉道。

"是吧！"孙靓撇着嘴角，用肯定的语气说了一句。

两个素不相识的人坐在同一间屋子里略显尴尬，还好电视机的声音让房间里的气氛没有那么冷冰。孙靓和 Araya 都不是自来熟的人，面对彼此，她们都有些手足无措。

"你来了啊小靓。"唐兮夏梦从门外走进来，她的手里提着两大包东西。

"夏梦，你这家伙！"孙靓气呼呼地冲过来，"到底发生什么事儿了？我担心死了知道吗！"

"我当然知道啦。"唐兮夏梦抱歉地说，"好啦，先来帮我忙，一会儿咱们边吃边说。"她双手举起方便袋，示意孙靓跟她去厨房。

敞开式厨房里，唐兮夏梦和孙靓在忙碌着。一旁的 Araya 坐在餐桌上目不转睛地看着手机，那是一个再也没有下文的群聊，上一条信息还是八天前的深夜发出来的，内容是："嗯呐哒"。

Araya 放下手机，紧闭双眼，她试图暂时忘掉这些苦涩的过去。可它们却像海浪，一下子上岸、一下子退去。

　　孙靓把碗筷摆到桌子上，Araya 站起来想帮她一起，但是被孙靓婉言拒绝。

　　唐兮夏梦把最后一盘菜端上桌，并示意大家坐下，"今天，我们喝一点儿红酒，算是给自己放个小假！"唐兮夏梦边说着边往孙靓和 Araya 的杯子里斟了一点儿红酒。

　　"你平时不喝酒的啊！今天怎么？"孙靓看着她说。

　　"今天比较特殊。"

　　"干吗搞得紧张兮兮的？"

　　"小靓，我们先干一杯，然后我会告诉你整件事的来龙去脉。"

　　三个人的高脚杯轻轻地碰在一起，可碰杯发出的清脆响声却更像一道指令，或者说像一声无字的动员条令，它赋予了三个人在未来一段时间里的目标和使命。

　　酒轻轻地从杯壁划过穿透味蕾，也许这瓶拉菲在每个人口中留下的滋味都各有不同，唐兮夏梦是淡淡的酸，一种尝尽百态的酸，Araya 是苦和甜，那种带着极度落差的人生，孙靓可能就是醇，因为这确是一杯好酒，一杯可以让人深陷其中的美酒。

　　三个人边吃边说着话，但孙靓和 Araya 更多的是充当聆听者，她们时而停下筷子，时而闷头咀嚼美食。

　　"大概的情况就是这样。"唐兮夏梦长舒一口气，然后用总结的语气说。

　　孙靓点点头，嘴里还继续咀嚼着喷香的手撕鸡。"夏梦，你是想让我跟你们一起调查这案子？"

　　"是！"

　　"我不明白你既然都不是警察了，干吗还如此执着呢？"孙靓放下筷子，把头扬得高高的。

　　"TDCM7 事儿关乎上万人的性命！况且我也想从他们那里得知我男朋友死亡的真相啊。"唐兮夏梦说。

　　"你还是无法从那件事儿里走出来。"孙靓摇了摇头，面容有些沮丧，眼睛盯着她右手边的红酒杯。

"无论如何我都希望有一个答案。"唐兮夏梦将最后一口酒喝下肚,脸颊泛起了红晕。

"好,我知道了。"孙靓的表情有些不情愿,她既没答应也没有拒绝。

10 点多,唐兮夏梦送走了孙靓,因为她明天一早还有个重要的会要开。之后,唐兮夏梦让 Araya 回屋休息,但 Araya 还是陪着唐兮夏梦来到厨房收拾起了碗筷。

"隐藏我的真实身份真的没关系吗?"Araya 拧开水阀又把它关上,她歪着头看着唐兮夏梦。

"我总不能告诉小靓,你也是其中一员吧!"唐兮夏梦把碗摆在一旁,微笑着说。

"可是'纸包不住火'。"

"即便包不住,就是烧也要让它先烧一会儿。"唐兮夏梦靠在橱柜旁,语气深沉。

Araya 把抹布冲洗干净然后叠好摆在一旁,"收拾完了。"

"辛苦了,今天就早点儿休息吧。"唐兮夏梦拍了拍她的肩膀说。

"嗯,那我先去洗漱。"

说完,Araya 朝洗手间走去,这时唐兮夏梦从身后叫住了她,"Araya……是你的真名字?"

"不,"Araya 回过头,"我的真名叫米拉多娜。"

Don't get too close to me

第六章
瘟疫

清晨不到 5 点，天就开始蒙蒙亮了。路边煎饼摊的阿姨比平时更早地忙碌了起来。今天出摊薄脆带得不足，所以煎饼就没有往常那么实惠了。

5 点刚过，客人就围了上来，这其中有赶早的白领、建筑工人和几个穿制服的高中生。唐兮夏梦站在队伍中间，她前面还有两个客人，一个是戴着眼镜有些秃顶的男子，看打扮像程序员，而另一个则是留着娃娃头的高中女学生。

付过钱后，唐兮夏梦像往常一样跟阿姨说了声"谢谢"就离开了。这是她买早餐的最后一站，浓醇的豆浆和汤汁满满的小笼包已经提在手里，是时候回去享受早餐了。

过了马路就是她所住的小区。小区门口是不能长时间停车的，所以多数时候，这里并不像那些老旧的社区门口一样停满了私家车。不过今早，有辆打着双闪的白色凯美瑞停在了小区门口，看样子像在等人。唐兮夏梦从车前经过，无意中向车内看了一眼，她突然觉得那个胖胖的司机似乎在哪里见过，但一时又想不起来。

"到底是谁呢？"她脑海里回忆着。

身后传来了车门开关的声音。

"夏梦警官！"

是在叫她。唐兮夏梦马上回过头，那个胖胖的司机赫然出现在她眼前，想起来了！是那晚小巷子里迷晕她的其中一个人。"是你？"唐兮夏梦带着轻度的责备语气问。

司机擦了擦额头上的汗，"夏梦警官，上次的事情我很抱歉！"

唐兮夏梦看着他，眉宇间由不满而挤出的细纹已经消失不见。"你是郑荨的手下，是吗？"她的语气平和了许多。

"是！"司机点点头，面色还带着些愧疚。

"郑荨失踪的事儿……"夏梦连忙问，"你们知道了？"

司机再次点头，"我们也做了很多工作，但始终没有结果。"他紧接着又沮丧地摇了摇头。

唐兮夏梦感觉他没有说谎，或者说没有必要说谎。因为郑荨和TDCM7全部失踪，大概率应该是在那个幕后指示者手上，也就是说他们的目的均已达到，所以应该没有理由再来招惹自己。

"你来找我是因为？"唐兮夏梦问他。

"哦！"他像是突然恍然大悟的样子，"我收到了郑荨寄来的信，信封上写着由你亲启。"

说着，男子从口袋中掏出了一个对折过的破旧白纸。

"信？"唐兮夏梦吃了一惊，然后才接过手。她把它撕开并快速地阅读了上面的内容。

几秒钟后，唐兮夏梦重新把目光投在了男子身上。"你怎么知道这是郑荨寄来的信？"

"这是他的笔迹，我认得！"

"去你车里坐会儿？"唐兮夏梦提议说。

"当然！"

男子向迎宾一样给唐兮夏梦打开了副驾驶的车门。

轻轻扣上车门，唐兮夏梦发现车内的温度并不是想象中的那样闷热，甚至还有些微凉，她打了个冷战，将自己的身体绷紧了些许。

"上次你们把我带到小油村后去了哪里？"唐兮夏梦开口问。

"我们连夜回的A市。"男子把冷气调小，然后回答说。

"郑荨安排的？"

"算是吧，我们是 A 市的分部，所以没特殊任务，我们都会在 A 市待命。"

郑荨在这样危难的情形下会把这么重要的信寄给他们，可见他们在郑荨心中是最值得信赖的人了。

"你们是直接听从郑荨命令的吧？"

"是，组织里地位最高的五个人都拥有独自的下属，他们的职责不尽相同，而我们彼此之间也不认识。"

"我记得你们多数人还是称呼郑荨为'法官'的吧！"夏梦盯着男子，"机缘巧合之下我知道了他的名字，当我在琉璃纱和 Sunny 面前喊这个名字的时候，她们都很惊讶。可你的反应似乎出奇的平静啊！"

唐兮夏梦原以为他会愣一下，然后再绞尽脑汁地想该怎么回答。但没想到他很淡定，表情没有任何变化，"毒品生意是危险的活儿，它既需要大家彼此之间信任，又需要有神秘感，因为一旦某个人的背景和身份不再是秘密，那么就会有风险。所以，组织里每个人都会有代号或者昵称，一般的成员包括那五位最高领导者彼此间不知道真实姓名也就不奇怪了。"

"但你却清楚地知道这些，不是吗？"

男子点点头，"郑荨作为组织里的最高首领，当然要掌握组织内每个人的真实情况，不然'彼此信任'的说法就不存在了，所以……"

"所以你们的职责就是管理所有组织内成员的个人信息，没错吧？"唐兮夏梦接着男子的话，推理道。

"是。"

"太好了！"唐兮夏梦欣喜地说，"这些资料能帮助我们找到郑荨。"

"不行！"男子像劝架一样把双手交叉在一起并来回摆动，"正如我所说，那是组织内最机密的东西，没有 5 位最高领导者的授权，我们绝不能擅自启封。"

唐兮夏梦无奈地摇了摇头，"你根本不知道现在事态的严重性，现在根本不是遵守规矩的时候。"

"不，如果这次破了这个例，大家如何再信任我呢？"

"信任？"唐兮夏梦冷笑道。

"可能在你们眼里，这样的词汇不该出现在我们字典里。"男子突然有些失落地说。

"不，我不是这个意思！"唐兮夏梦连忙解释说。

"没关系，我懂你的意思。"男子抬起头看着夏梦，"但请尊重我，拜托了。"

唐兮夏梦不再说什么，她叹了口气望向窗外，这时阳光已经暖暖地照在了车窗上。

"我的确没有资格向你示爱，但我会一直等在那梦开始的地方。"

信的内容深深印刻在唐兮夏梦脑海中，可这段看似苦情的爱语似乎隐藏着一个不可告人的秘密，只是现在，她还无法参悟……

8点的阳光从客厅的窗户里透了进来，把房间照得通亮。

唐兮夏梦喝了一口豆浆，然后将吃剩的煎饼摆在一旁，她在茶几的中心清理出了一片四四方方的空间，感觉像是要开什么作战会议一样。

唐兮夏梦从牛仔裤口袋中掏出了一张纸，并把它平铺在了茶几上，"你看看这个！"她看着 Araya 说。

Araya 将身子凑上前，她看到褶皱泛黄的纸上赫然出现的一行熟悉的笔迹。

"这是他的字！"Araya 惊讶地叫道。

Araya 马上认出了郑荨的笔迹，在这个不怎么动笔的时代，倒也真的难得。

接下来的五分钟时间里，唐兮夏梦把早上的事情一五一十告诉了 Araya。

"我的确没有资格向你示爱，但我会一直等在那梦开始的地方。"Araya 重复地念着信上的内容，她的语气里带着深深的痛，它就像无数个碎玻璃，不断地插进自己的胸口。

两人眉头紧锁面向彼此坐在沙发上。霎时间，房间里静的只能听到挂钟的"咔咔"声。

"也许……"唐兮夏梦打破了这段不长不短的寂静，"也许，郑荨在试图传达一个惊天的秘密。"

"秘密！从这段话中？"Araya又拿起信，眼球从左向右飞快地移动了两三次。

Araya放下信，一脸不解，"我不懂，如果他要表达什么，为何不直截了当呢？"

"因为他没有把握说这封信一定能交到我手里，如果他把真实内容写在信里，一旦被别人发现，那么后果不堪设想。所以，我想他只能把想要表达的内容隐藏在文字里。对了，就像秘密组织一样，相互传递的信息都是需要密码对照的母本才能读懂其中真实的含义！"

唐兮夏梦将信拿过来又仔细地看了几遍说："这封信当然不会需要通过密码母本去破译，但是……"她把注意力放在了以下几个关键词上，"资格""示爱""梦开始的地方"，她从茶几下面拿出一支笔，然后把这3个词用圆圈圈了起来。

"字面上的意思来说，'我'代表的就是郑荨，而'你'代表的应该就是我，将整句话简单概括就是：我（郑荨）不配与你（唐兮夏梦）在一起，但我却会在梦开始的地方等你。"

Araya叹了口气，"唉，怎么看都像是苦情的话！"说完，顺势靠在了沙发上。

"不会的，他在这种情况下送出的信息定隐藏着深刻的含义！"唐兮夏梦再一次拿起信，端详起来。

唐兮夏梦突然想到了什么，她把注意力从信纸上转移出来，"距你们的交易期限还有几天？"

"交易时间是6月12日，"Araya扒了扒手指，"而今天是……"

"6月1日。"唐兮夏梦说。

"还有11天，"Araya说，"可是夏梦，你问这个还有何意义？他们应该不会傻到把交易的日期订得跟之前一样吧。"

"你说得对，但我想也不会距离这个时间太久，因为太早过于仓促，且我的出现一定是打乱了最初的部署。而太晚又过于拖沓，他们完全可以有条不紊地做出更周密的安排。所以我认为，要么是这个日期的前几日，要么是后几日，这个可能性最大，在没有任何线索和证据的情况下，我只能这样去揣测。"

"那你说'法官'现在在哪里？"

唐兮夏梦看着眼神中带着满满希望的 Araya，"我想是在距离交易地很近的地方吧。"

"D 市。" Araya 猛地站起身，然后朝卧室走去，"我们这就出发吧！"

这就是"爱"吧，唐兮夏梦想。

无论去哪里，Araya 都会随身带着一个淡粉色的笔记本，在这个本子的扉页上，留着一小段漂亮的文字：有一种感情，叫风带来的缘分，默默地送走它，却得不到蒲公英的一句回答；有一种感情，叫伞遮住的大雨，孤独地保护他，却在雨过之后被收好回家；有一种感情，叫岸边老树的年华，渴望地看着它，却不能让河水为我停下；有一种感情，在多年冷漠和独自承受后，变得想要回话又不想打扰他。后来，我渐渐明白，这种感情，叫我爱他。

下午，唐兮夏梦给孙靓打了电话，说希望她能一起去 D 市。孙靓很痛快地答应了。

她们的航班在第二天上午。

距离机场大概还有五分钟路程的时候，唐兮夏梦才终于放下她手上的、从一上车就不停在上面画来画去的黑色笔记本。她打开车窗，对着窗外深深吸了一口气，仿佛是对过去种种困惑的一种释然，也或者只是一种暂时缓解压力的方式。无论哪一种，新鲜的空气总是好过车内的冷气。

"快到了。"唐兮夏梦手指前方，然后像仪式一样的回头看了一眼。

"我们几点的飞机？" Araya 摘下耳机问。

"10 点 30 分！"

Araya 回了声"知道了"，然后把耳机塞回包里，艾薇儿的歌声还在她的耳边环绕，久久不能散去。

下了出租车，她们发现孙靓早已等在了七号门那里。

"咦？小靓，你来这么早啊！"唐兮夏梦快走了几步上前跟她说道。

"没有啦，我也是刚到！刚才我从车子里看到你们了，所以就索性在这里截住你们啦！"

"哦，我说呢！"唐兮夏梦抿了抿嘴回应说。

"那都把身份证给我吧，我去领登机牌！"唐兮夏梦接着说。

唐兮夏梦暂时告别了孙靓和 Araya，一个人来到了自助兑换登机牌的大厅。她发现八台设备都有人了，于是她多走了几步找到角落里的一台机器，因为那里只有一个人在排队。

重新会合之后，等待她们的就是安检。Araya 和孙靓之间开始有了话题，不过多说话的一方还是孙靓，Araya 更多还是聆听。

今天安检的工作人员似乎不在状态，十分草率地就放走了乘客，本来长长的队伍，一眨眼就都过完了。

Araya 最后一个过完安检，唐兮夏梦在免税店门口等她。Araya 过来的时候发现孙靓不见了，于是问："孙靓呢？"

"我让她去星巴克占位子了。"

"哦，那我们快点过去吧。"

说完，她背起行李，带着夏梦向咖啡厅走去。

D 市市医院 ICU 门外，公安局缉毒科的薛名一警官以及他下属的周林警官在焦急地等待。

门开了，一名年轻的护士从 ICU 里走出来。

"护士，他怎么样了？"薛名一拦住护士焦急地询问道。

"情况不太理想，他的头部受到了剧烈的撞击，生还希望渺茫！"

护士的表情严肃，额头上也渗出了几颗汗珠，袖口处的血迹赫然可见，看来她刚才一定采取过紧急的救护措施，若不是 ICU 里的人命大，恐怕现在薛名一接到的就是死亡通知了。

薛名一转过身重重地靠在墙上，一脸失落的神情。

"队长，化验室那边的结果不知道怎么样了，要不要打电话问一下。"周林走上来说。

"嗯，你打给化验室的老韩。"

"好。"

说着，周林拨通了化验室韩立明的电话。

"嘟……嘟……嘟……"

几声之后，周林发现无人接听，于是便挂上了电话。

"队长，老韩没接！"

"嗯？怎么回事儿！"

"叮……叮……叮……"

正疑问之时，薛明一的手机响了。

"喂，你好，我是薛名一。"

"薛……薛警官，大事不好了！"

电话那头传来了不知是谁的慌张的呼叫声。

"你是谁？！发生了什么事儿？"

"我是技术处的小张！韩老师……韩老师……他……"

"老韩他怎么了？"

"他……死了……"

"你说什么？！"薛名一喊了出来，"你现在就在技术科？"他马上冷静下来问。

"是！"

"好，我马上回去。"

薛名一挂了电话，都没有来得及嘱咐周林，便向楼下跑去。

警车的鸣笛声开始无限循环，薛名一一踩足油门向 D 市公安局的方向疾驰。他心里清楚得很，若 ICU 里的人救不活，毒品的化验结果就成了这个案子唯一的线索。但让他万万想不到的是，韩立明竟然死了，他像是被来了一个下马威！在案情本来就扑朔迷离之时，一个重要的人物突然死亡，这到底是意外还是杀人灭口？另外，ICU 里的男子是谁？那些类似毒品的东西到底是什么？这个由车祸为伊始的"毒品"案似乎陷入了死局，任凭如何动弹，都无法走出这个幽暗的深渊。

　　唐兮夏梦坐在飞机靠窗的一边，由于飞行方向的关系，太阳正好在这一侧，刺眼的阳光使得唐兮夏梦将遮光板拉到了底，仅仅是露出了一丝缝隙。一旁的孙靓睡得很香，而 Araya 则依然保持着她在出租车上时的状态，戴着耳机，听着音乐。

　　"各位乘客请注意，由于 D 市突发瘟疫，公安人员已将机场封闭，现在飞机准备返航，敬请谅解！"

　　突如其来的广播并没有让飞机上慵懒的乘客打起精神，当然，这是普遍现象，但这种普遍现象在大家听到"瘟疫"二字的时候就瞬间不见了！紧接着，就是机舱内的人心惶惶。

　　"什么？！你刚才听到了吗？广播说瘟疫啊！？"

　　"怎么会这样！？"

　　"这可怎么办啊？"

　　…………

　　大家七嘴八舌的议论夹带着焦躁与不安，甚至还有个别乘客都已经面色铁青，像是被毒蛇咬到了一般。

　　"大家请安静！大家请安静！"乘务长从头等舱内走出对着人群说道。

　　"到底发生什么事情了？"靠近乘务长右手边一位中年男子焦虑地询问道。

　　"啊，您好先生，具体情况我们也不详细清楚，我们也只是接到了机场方面的通知！"

　　"怎么会发生这样离谱的事情啊！"男子大声地嘟囔着。

　　"就是啊！怎么会发生这种事情呢。"

　　舱内不知道哪位乘客应和了一句，而后就是又一轮的人声鼎沸……

　　混乱中，Araya 与孙靓四目相对了片刻后，像是商量好了一样，同时间转过头看向唐兮夏梦。

　　"夏梦……"

　　两个人同时开口，但孙靓的语气更为慌张。

"嘘！"

唐兮夏梦做了一个安静的手势，然后低头从背包中拿出了那个黑色笔记本。

"你们看！"

唐兮夏梦把笔记本摊开，然后放在孙靓身前的小桌板上。随后，她扭了扭上身并用手势示意 Araya 和孙靓凑近些。

"整件事情的核心毫无疑问是 TDCM7。"唐兮夏梦指着笔记本上被标记过三角符号的几个字母，"其他一系列事件都是围绕着它而展开的！我们先确定这个逻辑，再把这些离奇的事情摆在里面，就显得合理多了！"

笔记本苍白的纸面上凌乱的码着很多大小不同的汉字和英文字母，若把视距拉开，勉强能看出这些文字呈不规则环形排列。而众多文字里，只有 TDCM7 这几个字较为清晰。

唐兮夏梦拿起碳素笔，在写着"TDCM7"的地方不停地画着圆圈。

"不用怀疑，这场瘟疫一定是与 TDCM7 有关，因为瘟疫不是疾病的名字，而是恶性传染性疾病的一种概括说法，当官方不确定到底是什么传染性疾病的时候，就会用'瘟疫'这两个字！"唐兮夏梦边画边解释道。

"你是说 TDCM7 在 D 市传播开了？"Araya 疑问道。

"我想是，不然还会有什么病毒能够让 D 市政府如此恐慌进而下令封锁呢？"

"可问题是，D 市并不是 Rose 集团的目标，应该不会拿大量的 TDCM7 投放在 D 市，他们这样做无疑于是在挑战 A 国！"

"没错，所以我认为这应该是意外！"唐兮夏梦说道。

"可按照他们行事的风格来说，意外的可能性并不高啊！"Araya 打断夏梦说。

"别急，你们来看，"唐兮夏梦用碳素笔的末端指着那张复杂的逻辑图，"我这几天在回想最近发生的事情的时候，突然意识到一个关键问题！"

"关键问题？"Araya 和孙靓疑惑地看着夏梦。

"是，就是这次的事件当中究竟藏着几股势力！"

"事件操纵者和我们啊！"Araya回答说。

"可有三件事却证明了这种可能性微乎其微。"

"哪三件？"

"第一，酒店的事儿。在这起事件当中，我们好像一直置身于事外，从发生到最后所有人消失似乎都跟我们无关，甚至我的车子都还完好无损地停在那里。"

Araya点了点头。孙靓则在用力地回忆几天前的那晚，唐兮夏梦在餐桌上跟她说过的，很快，她找到了这个片段。

"第二，就是琉璃纱的死。地下工厂的枪战现场证明了确实有几股黑势力在为了一个不可告人的目的发生了冲突，琉璃纱的死亡就可以佐证。而这件事就足以证明我们在整件事情里的地位绝不是最重要的。"

"第三，也是我最在意的！"唐兮夏梦接着说。"为什么我们能活到现在？难道他们真的是为了嫁祸给郑寻，让我们以为是他舍不得杀我们？"

Araya只是看着唐兮夏梦，没有讲话。

"我相信他们不至于会认为我会蠢到这个地步！"

孙靓盯着唐兮夏梦，"所以夏梦，你的意思是？"

"他们正在为了TDCM7斗得你死我活。换言之，就是有两股以上的黑势力在暗地里较着劲，只是我们现在还无法确定。"

飞机降落在一片哗然之中，看来瘟疫的消息已经蔓延开来，它的传播速度远比返航的客机要快得多。机场出站口的通道里，三三两两结伴而行的乘客们多数都在议论这个话题，只有唐兮夏梦三个人不合群地埋头前进，没有任何交谈。

还好，比较顺利地叫到了出租车。

司机师傅对于这一单似乎格外满意，因为不仅是距离够远，更重要的是，乘客还都是美女。

"三位美女从哪儿来啊？"司机吞吐着香烟搭讪道。

"师傅，请把烟掐了，这里可有举报电话。"唐兮夏梦指着副驾前贴纸上的举报电话斥责道。

"好，好！"司机甩了甩脸色，但是迫于无奈也只能照办。

"现在我们该怎么办？"后排的孙靓开口道。

"回去再说。"

在接下来的 30 分钟内，没有人再说话。

下午 3 点多，唐兮夏梦三人从她家楼下刚开业不久的家常菜餐厅里走出来，孙靓说既然去不成 D 市她就先回队里，唐兮夏梦建议她把自己的车开走，这样能快一些，不过孙靓却拒绝了，她开玩笑地表示，送她倒是可以。

本以为再次回到这间屋子是许久之后的事情，或者是永远不会发生的事情，但未来总是充满了无限的可能，就像从窗户外斜照而入的阳光，温暖、生机盎然。

唐兮夏梦将背包里的日用品放回洗手间，不经意间，她看到镜子中脸色暗淡的自己。相比男朋友出事的那段时间，如今好像更加憔悴且瘦弱了。她从洗漱台的架子上拿起前几天从网上续购的黛珂，还记得这个牌子是自己警官大学毕业后，过第一个生日时男朋友送她的，从那时起，唐兮夏梦就一直用这个牌子，直到现在。

轻轻地揉搓着面部，那特有的味道始终不曾改变，只是送它的人已经不在了。

见进了洗手间许久的唐兮夏梦还没出来，Araya 心里有些担心。她起身走到洗手间的门口，看见唐兮夏梦面部湿润着呆立在镜子前，一动不动。

"夏梦，你还好吗？"Araya 温柔的手从身后递过来，轻轻抚摸着唐兮夏梦的背。

唐兮夏梦没有转头，只是用略微哽咽的语气说："我还好！"

"我们是不是都应该放开一点儿才好，这样自己才不会那么难过。"Araya 说。

唐兮夏梦从架子上扯下一条咖啡色毛巾，狠狠地擦了擦脸。"我一会儿就会没事儿的！"

因为隔着毛巾的关系，唐兮夏梦的声音低沉了不少。

"嗯！"Araya 没有再继续安慰唐兮夏梦，而是安静地回到了客厅。

"喂，夏梦你来看！"紧接着，Araya 的语气立刻变得急促，像是想起了什么重要的事儿。

唐兮夏梦大步走出卫生间，"怎么了？"她看着 Araya 问。

"你看新闻！"

电视里正在播放着关于 D 市瘟疫的专题报道。

"据悉，该起瘟疫已导致 113 人死亡，其中包括市刑警队队长在内的多名警察高层。医学专家表示。该瘟疫的特征仍不明确，还要进一步确认……"

瘟疫的专题报道结束后就是下午剧场了，昨晚的偶像剧被拿来在这个时段重播。这集女主养父的去世估计哭倒了一大片观众，想必没人再愿意重温一次这样的剧情了吧。

"这么大规模的死伤，甚至连公安局的高层都被牵连……"唐兮夏梦的分析伴着偶像剧的片头曲显得如此格格不入，"如果说这不是意外，那么背后的动机是什么？我无法想象！"

Araya 先点了点头，然后又摇头，"可为什么会有这么多警察遇难呢？这不是太奇怪了吗！"

"D 市已经封锁，瘟疫事件只能等媒体报道了。"唐兮夏梦说。"虽然媒体的信息也并没有多大价值，但眼下只能将就了。"

"可距离交易日越来越近了！"

"没关系，我想他们应该也没那么快交易了，因为这么大规模的瘟疫事件一定也浪费了不少 TDCM7，不是吗？"接着，唐兮夏梦琢磨了一会儿又说："眼下我们有更重要的事儿。"

Don't get too close to me

第七章

救援行动

　　6 月 3 日上午，唐兮夏梦醒来时发现 Araya 已经不在了，不过她并不担心，因为她知道 Araya 有晨练的习惯，她看了一眼手表，8 点 15 分钟，她差不多该回来了。

　　五分钟后，卧室外就传来了开门的声音，似乎 Araya 还顺路去了超市，因为唐兮夏梦听到了塑料袋搁到地板上的声音。

　　Araya 打开卧室门的时候，唐兮夏梦还在床上发愣，她像是中了邪一样，双眼呆呆地盯着窗帘底。

　　"我以为你还在睡呢。" Araya 从开门时的蹑手蹑脚变得放松了许多，"昨天半夜我醒来时你还在玩手机，你失眠吗？"

　　"不，只是这个解谜游戏着实有趣。"唐兮夏梦边说着边打开手机上的那个解密游戏拿给 Araya 看。

　　Araya 点点头，"可能……你就是为了破案而生的吧。"接着，她苦笑了一下。

　　"人都有属于自己的世界，你也有。"唐兮夏梦语重心长地说。

　　"我？" Araya 摇摇头，"那种感觉我从未有过，在印象里，我只有一个灰色的童年。"

　　说到这儿，唐兮夏梦轻轻叹了口气。

　　"我的童年被无限延期，直到遇见你们才被解救出来。只是太不巧，在这个年纪我又遇到了不属于我的爱情，所以我的童年再一次延期了。"

"寻找……童年？"唐兮夏梦在心里喃喃自语地说。

Araya从背后拿出一块儿巧克力说："所以能让我感到有那么点幸福的事就是吃巧克力，我喜欢那种苦后带甜的感觉。"

"巧克力？"唐兮夏梦看着Araya手中的进口巧克力，她已经记不清上次吃巧克力是多久之前的事儿了，她只依稀记得男朋友曾经送过她一次，可唐兮夏梦却不爱吃。男友解释说巧克力代表着"爱"，不过夏梦却是现实主义者，对于这些浓情的浪漫，她不是很买单。

"是啊！巧克力！你不会告诉我你没吃过吧？"Araya奇怪地看着唐兮夏梦。

"不，我当然吃过。"唐兮夏梦笑了笑，然后她又在心里嘀咕了一句："巧克力代表着爱。"

等一下，如果说巧克力寓意着"爱"，那么说……唐兮夏梦猛地从床上跳起来，然后从书桌的抽屉里拿出那个黑色笔记本。一边的Araya愣在那里，她的表情像是看到了一个发病的人。

"夏梦，你怎么了？"

唐兮夏梦没有理睬她，几秒后她将那张纸条从笔记本里抽出来，举着说道："在这儿！"

Araya正了正脑袋，"这不是'法官'给我们的暗号嘛！夏梦你是发现了什么吗？"

"Araya，你刚才说巧克力提醒了我！"

"巧克力？"

"对！"

"巧克力怎么啦？"Araya莫名其妙地问。

"巧克力一般寓意什么？"

"呃……我想一般可能是男女之间表达爱意吧！"

"表达爱意是不是可以简单说成示爱？"唐兮夏梦的眼睛炯炯有神。

"嗯！"

"再来看这句话，'我的确没有资格向你示爱'。"

"你的意思是这里面隐藏的谜底就是'巧克力'？"

"不！有一种鲜花，它是示爱专用的。"

"玫瑰？ Rose！"Araya 恍然大悟地说。

"没错，明白了这一点，第一句话的谜底就解开了！'我的确没有资格向你示爱'的意思就是，这次与 Rose 交易的人不是我！而这其中透露出来的信息就是，组织里的内鬼不是我，真正的内鬼依然会跟 Rose 交易！"

"那是不是交易还会如期进行呢？"

"我想不会，你忘了瘟疫事件了吗？"

"那……接下来我们应该怎么办？"

"找郑荨！"

Araya 一惊，她问道："可他不是在 D 市吗？"

"不，我们之前太武断了，这封信能来到我们手里，说明郑荨现在的位置一定距离我们不远！"唐兮夏梦肯定地说。

周五下午对于多数上班族来说也许是一周之中最期盼的时间，结束了一周的忙碌，他们即将迎来属于自己的双休日。不过也有一些岗位因为工作性质的关系把双休日献给了工作，在当下的大城市，这样的情况比比皆是。

其他部门的同事都陆续地打卡下班，唯独技术部的四男一女还在计算机前忙碌地工作着。这场景在周五显得尤为凄凉，每月四次，每一次都像在学生时代被留下打扫卫生一般让人不悦。

"俊仔，你们叫外卖了？"办公室角落里体型偏胖的男子将办公椅一转，高声向坐在最外侧的眼镜男问道。

"嗯，就是咱们常吃的那家！"眼镜男名曰"俊仔"，但名字和长相着实不符。

"最近他们家的鱼香肉丝不如之前了。"俊仔旁边扎着马尾辫的女孩说道。

"嗯，也许是换厨师了！"体型偏胖的男子玩笑般地说了一句。

"叮……"

公司前台的门铃声传来，俊仔想应该是叫的餐到了。"这么快！"他有些惊讶地说了一句。

"也许是因为周五，大家都出去吃了，谁还点外卖啊！"体型偏胖的男子带着抱怨的语气说，"快点去吧，我早就饿了。"

几分钟后，大家不见俊仔取餐回来，便有些着急。他们伸着脑袋向前台方向望去，那边的灯光有些昏暗，只能看到那个孤零零的玻璃墙隔断。

"怎么回事？俊仔拿个外卖为什么这么慢！"体型偏胖的男子坐不住了，他边嘟囔着边走向前台。

前台近在咫尺，可这时俊仔却突然从玻璃隔断后面走了出来。

"俊仔，你怎么拿个外卖这么磨叽？"男子抱怨说。

俊仔没有回答，但表情却十分慌张。

"你怎么啦？"

俊仔的眼神向前台的位置瞟了一下。

"到底怎么回事儿！"

男子越过俊仔来到前台，他猛地发现：在灯光暗淡的前台沙发上，坐着两个人！

气氛十分诡异，但男子却像是释怀一般松了一口气。

"我们又见面了！"坐在沙发上右边的人站起身并开口说话。

"夏梦姑娘。"男子看着她，仿佛早就知道有这么一天。

这个周五晚上，会议室里迎来了不速之客。

技术部的五个人坐在唐兮夏梦和 Araya 的对面。

"夏梦姑娘，你是怎么找到这里的？"体型偏胖的男子开口问。

"这个不难！还记得上次见面，我曾在你车里待过吗？"

"原来……"男子恍然大悟，"原来你到车里并不是真的要从我口中得知什么，而是要看车里有没有什么线索！"

"没错！我当时在副驾驶一侧的车门手扣里发现了一张卡片。"唐兮夏梦从口袋拿出卡片。

桌子对面的五个人神情紧绷，表情严肃。

"这张卡片是生鲜商城的购物卡，购物卡的二维码我扫过了，这里面的优惠红包没有被领取过，说明拥有这张卡的人还没有来得及使用或者还没有来得及送出。另外，车子里虽然喷过空气清新剂，但还是略有一些海鲜的淡淡腥味，这证明车上曾经运过海鲜。我当时很奇怪，既然你有这张生鲜购物卡，完全可以从线上下单购买海鲜，为什么还要再跑到别处去买呢？所以我觉得你可能不是海鲜买家，而是卖家。"

男子没有否认，只是语气平和地说："继续吧！"

"有了这个想法，我就让我的朋友查了一下你的车牌号，果然，这个车牌号是作为公司公用车被注册在一家名为鲜风食客的公司下面的。而我手上的这张购物卡，就是出自这家公司的生鲜商城！于是我就诞生了一个大胆的想法，所谓 A 市的分部，会不会隐藏在这家公司的内部呢？"唐兮夏梦眼神犀利，言语毫不留情，带着百分百的自信。

"就在刚才，你的反应告诉我，我的推理基本无误，是这样吧？"唐兮夏梦对俊仔说道。

俊仔低下头，双手并在一起，像是犯了错误的孩子。

"你说得没错，这家公司确实是我们的外衣，而我们五个人就是分部的五位成员。"体型偏胖的男子说道。

"坦诚就好！哦对了，你身旁的姑娘和戴帽子的这位，我们应该也不是第一次见了吧？"唐兮夏梦把目光投过来说。

"是，上次我们有过一面之缘，只不过你当时昏迷着。"扎马尾辫的姑娘说。

唐兮夏梦微微一笑，表情略显顽皮，"我们这么有缘，但我还不知道你们的名字。"

唐兮夏梦的玩笑让气氛舒缓了不少，俊仔紧绷的身体也渐渐放松下来。

"这是罗依，他叫马狐，戴帽子的是电子，戴眼镜的叫俊仔，而我，他们都叫圆叔。"圆叔站起身逐一介绍道。

"名字都很不错！"唐兮夏梦称赞道。

"这是 Araya，我想你们并不陌生！"唐兮夏梦继续说道。

"当然！"圆叔点点头说。

"圆叔，我想你应该明白我们来这儿的目的，我就不再重复了。"

圆叔沉默了片刻，然后开口说："那就跟我来吧！"

圆叔等人把唐兮夏梦和 Araya 带到他们的工位前，然后吩咐马狐搬了两把椅子过来。

"组织里的人员资料都被收录在鲜风食客的隐藏文件下，而密码规则是由电子设计的，"圆叔停顿了一下，"马狐，今日三文鱼的销量？"

"310。"

输入完 310，圆叔轻轻按下回车键，一时间，五份文件赫然出现在电脑屏幕中央。

"打开冷瞳的！"

"嗯！"

鼠标双击的声音让人听起来十分舒适，但这跟圆叔使用的昂贵鼠标似乎关系不大。

"全在这儿了，这是他的全部资料。"

"我可以拷贝吗？"

"这个似乎不妥。"圆叔有些难为情地说。

"那我就得多打扰一会儿了！"

"嗯，这个没关系。"

"喂，圆叔来吃饭了！"俊仔从茶水间走出来呼唤道。

"来了！"圆叔回应了一嘴然后接着说："夏梦姑娘，给你们看就已经是坏了规矩，还请千万不要拷贝啊，拜托拜托！"

"嗯，你放心吧！"

圆叔走后，唐兮夏梦对一旁的 Araya 说："Araya，我们把资料用手机照下来，回去慢慢研究。"

"啊？"Araya 吃惊不已，"你刚才不是已经答应……"

"傻姑娘，"夏梦看着 Araya，"他如果真的不让我们带走会走开吗？他这是在故意给我们机会呢！快点吧，我们的时间不多啦。"

夜深了，守在电视机前的 Araya 看完了最近热播的电视连续剧。今天是大结局，只不过这个结局跟 Araya 之前想象的不太一样，她原以为男主角会因为女主而留下来，但现实是，男主为了前途放弃了女主，女主心灰意冷嫁给了一个她不爱的男人。

关了灯，Araya 走进卧室，她看到书桌前依然在低头查看资料的唐兮夏梦，于是她走过去关切道："别太辛苦了！从回来你就一直不吃不喝地坐在这。"

唐兮夏梦抬起头，面容有些疲惫。"我想早点儿弄清他们的情况，以便查清这背后的所有阴谋！"

"郑荨……还活着吧？"

Araya 的问题让唐兮夏梦一怔，"你怎么会这么问？他当然活着！"

"你为什么这么肯定？"

"郑荨对他们还有利用价值！"

"仅仅是这个原因吗？"Araya 叹了一口气。

唐兮夏梦感觉 Araya 似乎话里有话，于是问道："你说的仅仅？"

Araya 低下头，声音低沉地说："其实我很矛盾，他对你的感情我完全能体会到，我希望你对他有所回应。但在我心里，我是爱他的，既然是爱就是自私的，我当然也希望你对他不理不睬。"

唐兮夏梦拉了一下 Araya 的胳膊，示意她坐到床上。

"你对他的感情，我当然知道，你放心好了，等事情结束，无论我男朋友的死与郑荨有多么大的关系，我都会让你们离开。只要你们答应我以后不要再做违法的事儿。"

"他不会跟我走的，你真的不明白他有多爱你！"

"可我心里只有他……"

说着，唐兮夏梦从抽屉里拿出了一张照片递给 Araya。

"这就是？"

"对，我的男朋友。"

Araya 看到眼泪在唐兮夏梦的眼睛里打转，这已经不是第一次了。她深深体会到这个男人在夏梦心中的地位是多么的重要，这就像是入嘴的朝天椒，只要轻轻地一口，辣感就会瞬间涌上心头。

Araya 让唐兮夏梦靠在自己怀里，两个人沉默了一会儿。不久，唐兮夏梦的抽泣慢慢退去，然后坐直了身体，"其实就像你刚看完的那部连续剧，人生往往都是不完美的，或者说，大多数人的一生其实都是悲剧。"

"咦？你刚才又没看，你怎么知道啊！"

唐兮夏梦被 Araya 萌萌的表情逗乐了，她擦了擦还未干的眼泪，哭笑不得地说："那是重播啊。"

不知不觉中，她们的谈话持续到了凌晨 12 点，而 Araya 也终于坚持不住，一个人先去睡了。唐兮夏梦回过头开始继续研究手上的资料，直到凌晨 2 点 33 分左右，70 多页的资料终于全部看完了，她伸了伸懒腰，然后走出卧室，去厨房给自己泡了一杯咖啡。

唐兮夏梦发现调料盒里的糖没了，所以今天的咖啡会相当苦，不过没关系，这样的咖啡正好能提神。

冒着热气的咖啡被夏梦搁在茶几上，她坐了下来拿起抱枕，沙发上的四个抱枕唯独这个比较瘪，因为每次被她们抱在胸前的都是它。

经过对资料的仔细研究和对事情发生到目前为止的大致判断，唐兮夏梦得到了一个相对可靠的结论，这个结论由一些支离破碎的细节支撑。在找到其他强有力的证据之前，它们暂时合情合理。

结论一，地下工厂的爆炸是由人控制的，也就是说，炸弹是遥控的。

那天下午，在地下工厂一直主导行动的人就是遥控炸弹的人，他不停地看手表以便能准确地把握炸弹爆炸的时间。当然这有点儿铤而走险，因为他就混在四个人之中。而启动炸弹的机关就在门把手上，只要旋转一下，定时炸弹就会启动。仔细回想这些细节，"不停地看表""关房门时奇怪的姿势""主导行动的行为"，这一切都指向了一个人——Sunny。

唐兮夏梦翻了翻身，然后继续埋入沉思。

结论二，内斗的双方很有可能是冷瞳和 Sunny。

令唐兮夏梦惊讶的是，冷瞳竟是她大学时的学长，他因为射击训练误伤事件而退学，之后一直萎靡不振，似乎是对大学的事耿耿于怀。后来，他组织了一股势力活跃在 D 市，做军火生意和走私交易。Sunny 也正是他在那时结识的。当时，Sunny 是活跃在 D 市的毒枭，他们因为几次交易走到了一起，形成了现在组织的雏形。所以从这一点看，这两个人是最有能力和底子掀起这次波澜的。

结论三，男朋友的死与组织有千丝万缕的联系。

在警察局暴毙的裴勇原来是组织里的人，他是 Araya 的下属，负责毒品渠道。但给他下"死亡审判"的究竟是谁，裴勇作为一个贩毒集团的成员为什么不寻求组织的保护而要去警察局报案，难道这其中有什么不为人知的秘密？这个疑问等天亮之后问问 Araya 应该就会有一个答案了。

琉璃纱是最后一个加入组织的人，她原本是一个黑客。早期，她在一个非法网站专门为客户盗取机密，后来结识了冷瞳，重金之下才加入组织。

资料里的重要信息梳理到现在已经让整件事变得清晰了不少。杯子里的咖啡已经凉透，客厅里也变得微亮，唐兮夏梦看了一眼手机屏幕上的时间，内心感叹，"啊，已经是早上的 5 点 34 分了！"

夏梦把凉透的咖啡喝光，然后换了个姿势。

还有几点没有搞清楚：第一，冷瞳和 Sunny 在各自势力中是主谋还是只是参与者？第二，资料里没有记载的、分属于冷瞳和 Sunny 的分部又藏在哪里？第三，TDCM7 现在到底在谁手上？第四，那晚 511 房间里到底发生了什么？第五，那个神秘的面具人是谁？

唐兮夏梦躺了下来，夏日的清晨也还是带着一丝微凉，她蜷了蜷身体用抱枕盖着肚子，她的双眼盯着天花板，然后又想起了那 5 个人的真实姓名：郑荨（"法官"）、冷偃（冷瞳）、乔怡心（Sunny）、黎必嘉（琉璃纱）、米拉多娜（Araya）。

　　阳光照进来了，可唐兮夏梦却安静地睡着了。

　　远处的那个男人在角落里低头吸烟，表情上似乎有些松懈，但其实他却时刻注意着周围的情况。

　　路小岑试着去解开绑着自己双手的绳子，但几次之后，粗糙的尼龙绳不仅纹丝不动，还把她的长指甲折断了。

　　"哎呀！"轻微的疼痛让路小岑发出了一声低吟。

　　那个男人的注意力被吸引了过来，他把烟头扔在地面上，踩了几脚，然后向路小岑走来。

　　路小岑眼睛睁得大大的，紧紧地盯着这个男人。

　　"松绑是不可能的，所以请忍耐一下吧！"这个男人似乎不会笑，可他的语气多数情况下应该配一张笑脸。

　　"绳子太紧了，哪怕松一点点也好！"路小岑用恳求的语气说。

　　"这个我实在帮不了你。"他从裤兜里掏出了烟，"来一根吗？"他摇了摇手里的烟盒说道。

　　"不。"路小岑低下头失望地说。

　　"咔嚓！"

　　远处的门开了，听声音，这门应该相当有的分量。

　　听到声音的男子赶紧把烟掐了，然后快步走到门口。

　　"没什么意外吧？"

　　"请放心，没有任何状况！"

　　声音虽不大，但由于房间里静悄悄的，所以路小岑听得很清楚。片刻后，她感觉到那个进门的人正在朝她走来，她原本平复了些许的心又开始狂跳起来。

　　那人走过来站定在她跟前，然后摘下了口罩说："很遗憾，路小姐，你哥哥已经死了！"

　　"你说什么！"路小岑惊讶地看着他，"是你们杀死他的！是不是？告诉我！"紧接着，她的咆哮声像浪潮一样袭来。

　　"不，他并不是我们杀的，而是发生了意外！"

"不可能！怎么会？你一定在骗我！"路小岑愤怒地颤抖着，脸已憋得通红。

"我已经说过了，他是死于意外！"这个人是冷瞳，他再次强调，但口气依然温和。

"我不信！"路小岑不依不饶地说。

无奈之下，冷瞳掏出手机，将一则新闻翻开摆到路小岑面前，"不信你自己看吧！"

路小岑的眼珠快速地转动，看到新闻的末尾时，她的眼角已经渗出了眼泪。

"现在相信了吧？他在来救你的路上出了车祸！"冷瞳带着遗憾的语气说。

路小岑缓缓地点了点头，她在尽量克制自己的抽泣声，但她却无法阻止不停落在她短裙上的眼泪。

这时，冷瞳手里的电话响了，他低头发现是个熟悉的号码，可面色却突然变得愤怒起来。

"Sunny，你究竟想怎样？"他大声嚷道。

"老瞳，别急啊！不如我们来个交易？"电话那头的 Sunny 像安抚一样提议说。

"什么交易？你难道对之前的分成不满意？"

"人为财死鸟为食亡嘛，你也不能怪我，这可是 1 亿美金之差啊！"

"在你眼里就只有钱是吗？现在那 1 千克的 TDCM7 已经惹出了不小的乱子，一旦被警察盯上，那么会给我们的交易带来多少阻碍你知道吗？"

"没有那么严重，"Sunny 继续平静地说，"毕竟接触过药的人都已经死了呀！"

"你可千万别把警察都不当回事，你以为你过去的那些伎俩在如今还能奏效？若不是 Rose 在后面支持我们，我们的生意早就做不下去了！"

"所以说，这一次的交易就至关重要了呀！"

冷瞳叹了口气，他知道 Sunny 的话有道理，如果这次的交易做不成，那么他们之前的努力就全白费了。

"你让我考虑一下，明天中午给你答复吧！"

说完，他便挂了电话，而一旁的路小岑依然在流着眼泪。

处理完日常事务，圆叔在公司的会议室里睡了大概一个半小时。醒来时，发现已经过了午餐时间。

脑袋正槽槽的时候，电子推门走了进来，圆叔看见他手上提着一个方便袋，袋子上印有餐饮品牌的商标。

"你醒啦？"他把袋子里的食物拿出来放在会议室的桌子上，"这是给你留的。"

"谢谢。"圆叔打了个哈欠，然后扭了扭肩膀说。

"哦，对了！"本来已经转身准备离开的电子像是突然想起了什么，"刚才夏梦打电话找过你。"

"哦？"圆叔发出小声的惊讶，"行了，我知道啦。"

"这个其实我早就该想到了。"Araya 看着小区花园走廊里盛开的花，群芳之中总有几朵提前凋零。

唐兮夏梦顺着 Araya 的视线看过去，6 月午后的阳光还远远达不到炙热的程度，不过唐兮夏梦的故乡 B 市却已然如盛夏般炎热了，这主要还是因为地理位置的关系。

"只是……"Araya 接着说，"我一直认为他们合作得不错。"

"但那并不能代表他们的心就在一起。"唐兮夏梦把手里的饮料递给 Araya，"这是巧克力味道的！"

Araya 接过瓶子捂在手里，"Sunny 对我还是不错的。"

"也正因为这样，我们那天下午才活了下来，这都是沾了你的光。"

"我也会给别人带来幸运吗？"

"当然！"

Araya 露出一副不可思议的表情说："我一直认为自己是个灾星。"

"是灾星还是幸运星，这可不能一概而论。即便是这个世界上最善良的人，也会有人视他为眼中钉。"

"那个人……是谁？"

"世界上最邪恶的人。"唐兮夏梦说。

"若不是你提醒，我几乎都忘了我们的身份。"

"不，我并不是这个意思，"唐兮夏梦赶忙解释，"我其实是想说，多数情况下善恶的界限本就不明显，所以，每个人对于自己生命中遇到人也有不同的价值，那绝不能因为这个人的过去就否定或者肯定他。"

"听起来很复杂，也不太好懂，我也许只能肤浅地感觉谁对我好，或是我喜欢谁吧！"Araya喝了一口饮料，脸上的表情让人无法捉摸。

"欢迎入住星迹酒店，这是您的房卡。"

Araya拖着行李跟在唐兮夏梦的身后，这次她们入住的是金星间，所以过了前台拐个弯就到了。

刷了卡，房门"咔"的一声就开了。这声音区别于多数同档次的酒店，它带有独特的治愈效果。

先进屋的唐兮夏梦环视了一下房间，然后对Araya说："还满意吗？"

金星间是富丽堂皇的，不夸张地说，它就是一座迷你的宫殿，价格也仅次于火星间，住在这样的环境里，很容易让人产生优越感。

"嗯。"Araya边点头边欣赏着客厅里的壁画，上面描绘的是文艺复兴时期的欧洲。

之后，两个人开始整理各自的行李，期间唐兮夏梦还泡了个澡。傍晚5点左右的时候，王希彦赶到这里，唐兮夏梦给他开门的时候头发还没有吹干。

王希彦一身便装出现在唐兮夏梦面前，他的头发比上次见面要长了一些，十分有个性。

"小彦，请进！"

唐兮夏梦把王希彦让进屋子，并请他坐在客厅的沙发上，Araya见有不认识的男人进屋，略感拘谨，于是便站起了身。

"小彦，这就是我跟你说过的Araya。"唐兮夏梦手掌朝上恭敬地介绍说。

"你好，我是王希彦，唐兮夏梦的学弟！"王希彦腼腆地说，他每次认识新的朋友都是这个表情。

"你好。"Araya 回应道。

"夏梦学姐，你之前在电话里跟我说的，我听得糊里糊涂的，你的意思是警察局里有内鬼？"王希彦言归正传地说。

"是，内鬼很有可能就是李功名！"

"啊？你说李队长！"王希彦吃了一惊。

"没错，之前裴勇那个案子你应该晓得吧。"

"当然，那案子可是轰动了整个公安厅啊！"

"嗯，"唐兮夏梦点点头，"最开始是李功名把裴勇案的文档和资料交给我的，但我从里面得到的信息与 Araya 反馈给我的有很大差别！哦对了，忘了跟你说，裴勇就是 Araya 的下属，他的真实身份是组织内 C 市分部的毒品渠道负责人。他因为私自承接毒品交易被组织除名，之后他怀恨在心，想要通过警方来打击组织，所以编造了'死亡审判'的事儿。为的就是让警方把这件案子跟一年多以前我男朋友的离奇死亡联系到一起！"

"那么学姐你的意思是……"

唐兮夏梦肯定地回答他说："这次对我来说不仅仅是为了打击毒贩。破了这个案子，我男朋友的死亡之谜也许就会解开。"

王希彦想说"恭喜"，但又觉得不太妥当，于是便沉默着，双手摆弄起了手机。"李队长是在资料里做了手脚？"片刻后他继续问。

"没错！"

"但如果'死亡审判'是伪造的，那为什么裴勇会死？"

"是这样，"Araya 抢先一步，"当时，'法官'第一时间收到消息，得知了裴勇的阴谋，于是我们就将计就计，决定利用警队内的关系将他除掉，但警队内谁是我们的人，我就不知道了！"

"原来是这样……那也就是说，A 市警队里也有内鬼了？"王希彦像猛地想起了什么一样跳了起来。

"是这样！"唐兮夏梦严肃地交替看着两个人，"而且不仅如此，我怀疑属于冷瞳的分部，就隐藏在 B 市公安局内！"

"夏梦你说什么？！"Araya 吃惊地看着唐兮夏梦。

"没错，郑荨的分部不就是藏在一家电商公司内吗？而且至关重要的一点是，B 市公安局是我梦开始的地方！"

说完，唐兮夏梦看向窗外，天色已经渐暗。

简单吃过晚餐后，三个人返回酒店，到大堂的时候是晚上 8 点 15 分，前台的接待员还是上次那个协助他们办案的女生，她看到唐兮夏梦朝自己走来，便站起身微笑示意，唐兮夏梦则说了句"你好"作为回应。

回到房间，Araya 先打开了窗户，因为屋里微微有些闷。王希彦则是继续摆弄着手机游戏，那是一款最近十分风靡的策略游戏——部落战争。

"夏梦，你是怎么知道'梦开始的地方'有可能就是 B 市公安局的？"Araya 问。

唐兮夏梦吹了口气，然后坐到王希彦旁边，"昨天下午，圆叔给我打电话详细讲述了那天收到信的过程。他说，给他信的人是配送部门的总监，不过那个总监也是转交，第一个收到信的是叫李永玉的配送员。"唐兮夏梦掏出手机点开一个文档，然后分别向王希彦和 Araya 展示，"这份文档就是有关那个叫李永玉的配送员的资料。资料显示，他是 B 市 4 区的一名配送员。在他的配送列表内，B 市公安局就在其中。根据配送记录来看，5 月 31 日上午，李永玉正巧去过 B 市公安局送货。而我从圆叔手里拿到那封信的日期是 6 月 1 日早上。从事情的紧迫性，以及路上的时间推算，这封信是从 B 市公安局送出来的显然更为合理。郑荨在信中提到的'我会等在那梦开始的地方'这句话的含义显然是'我被关在了梦开始的地方'，而 B 市公安局正是我梦想起航的地方，毕业之后我就被分配到了这里！"

"夏梦学姐，你的推理真是无懈可击！"王希彦称赞道。

"你第一天认识我啊？"唐兮夏梦有些傲骄地摆了个脸色，"那么，下面我们讨论如何救人吧！"

王希彦放下手机，正色道："晚上 11 点以后，公安局后门的守卫会减少一人，这个时候我们从后门进去，我会说你们是协助我办案的。只要过了门卫，其他的我都已经安排好了，我手下的几个兄弟都会睁一只眼闭一只眼。

而李功名的几个心腹出差去了外地，今晚只有廖富仁在，我们只要避开他就好了！"

"不过夏梦，公安局这么大，你怎么能知道'法官'被关在哪里呢？"Araya问道。

"这个嘛，我也没有十足的把握，但是有一个地方是值得我们去看一看的！"唐兮夏梦模棱两可地说。

"哪里？"王希彦问道。

"那就得好好思考一下郑荨是如何发现公安局的生鲜供应来自鲜风食客了！"

"啊！对啊，他一定是知道了公安局的生鲜供应来源于鲜风食客，所以才想到利用配送员替他传递书信的！"王希彦恍然大悟道。

"没错，所以他一定是在一个能看到食材包装的地方！那么整个公安局，能看到食材包装的地方，我想只有……"

"后厨！"三人异口同声道。

晚上11点14分，王希彦所驾驶的中华车驶入了B市公安局的后门。值班室的孙警卫由于跟同事换班，所以这是他连续值的第二天夜班，极度困倦让他的精神状态十分不佳，他看到王希彦开着中华车经过的时候没有任何表情，只是点了点头就直接放行了。

"呼，好险！幸好他没检查，他可是认识我的。"唐兮夏梦松了一口，感觉像是逃过一劫似的。

"这样就没事儿了。我先把车开到停车场，然后立刻动身去后厨！"王希彦说。

停了车，三个人轻声来到餐厅。这个时间的餐厅静悄悄的，从玻璃窗看进去，用餐区域一片黑暗，只有后厨的方向有微弱的亮光，而这亮光来自冰箱和冷冻柜的指示灯。

王希彦试着拉了拉前门，他发现已经上锁了。

"从后门进。"唐兮夏梦轻声说。

沿着餐厅左边的路一直走到深处就是后门了，这边的地砖有些已经碎了，可能是长期搬运货物所致。后门正对着的是一个篮球场，不过这里已经废弃不用，后来就被大家当成了停车场。

王希彦第一个来到后门，他四周观望了一下确认安全后，就从那个银色铁门的缝隙向里面看去，由于缝隙够大，再加上有夜灯的帮助，所以里面看得一清二楚。

王希彦发现后厨归置得十分有条理，食材架、碗筷柜、消毒柜等设施各自占据着一块儿不小的空间，相隔的距离也有颇有讲究。

"有什么发现吗？"唐兮夏梦凑上来问。

"只是这样在外面看，一切都很正常！"

"咦？"一旁的 Araya 突然叫道。

"怎么啦？"唐兮夏梦问。

"这锁没有合上，只是挂在上面！"Araya 将锁从铁门上取下来说。

"走，进去看看！"

说完，唐兮夏梦第一个走了进去。

最后一个进门的王希彦将铁门关紧，而唐兮夏梦和 Araya 已经迫不及待地开始寻找线索了。

唐兮夏梦首先来到摆放食材架的地方。食材架分为三层，最下面堆着萝卜、冬瓜、圆白菜；第二层是土豆、茄子和青椒；最上面一层是一些茼蒿和菠菜。部分菜的包装纸已经被拆掉了，但是还有一部分被保鲜膜裹着。唐兮夏梦拿起包裹着保鲜膜的青椒仔细查看，她发现底部位置有一个圆形的贴纸，上面清楚地写着"鲜风食客生鲜配送"，而配送日期是 6 月 5 日。

Araya 在后厨转了一圈，起初她表现得很兴奋，但随着区域被逐渐探索，她的脸色也开始变得越来越难看。

王希彦在四周看了看，然后走向唐兮夏梦问："怎么样，夏梦学姐？"

唐兮夏梦沉默了数秒说，"食材包装被拆掉后，郑尊应该就再也没有机会看到它了，但是……"唐兮夏梦拿着青椒，她总感觉有个地方被忽略了，但是她却始终找不到。突然，她忽然想起了"鲜风食客"的贴纸。

"我真笨！"唐兮夏梦突然大声道。

王希彦和 Araya 围上来，"你发现什么了？夏梦（学姐）！"两个人异口同声。

"郑荨是被关了起来！他怎么可能近距离接触这些食材呢？"唐兮夏梦将青椒重新放回食材架，"唯一有可能的就是，他看到了运送食材的车！"

"你的意思是说，他被关的地方能看到'鲜风食客'的运输车？"王希彦顺着夏梦的思路猜测说。

"对，每次运输车都是从公安局的后门运送食材，所以在后门附近的这两栋楼我们就要重点查一查——也就是出入境管理中心和人口管理中心！"

"不对啊！"王希彦否认说，"我记得人口管理中心搬了啊！就是去年 9 月的事儿，那时候你还在警队啊！"

"是，我记得这件事儿"夏梦肯定地说，"后来那里变成什么了？好像一下子就没消息了。"

"闲置着吧，谁知道呢！"

唐兮夏梦露出心满意足的笑容，她左右手分别搭上王希彦和 Araya 的肩膀，然后说："那咱们还等什么！走，看看去。"

从他们停车的地方一直往东走就是人口管理中心的三层楼，一路上他们零星碰到了一些工作人员，从他们身着的制服看，多数来自刑警队。

人口管理中心的值班室近在咫尺，只不过里面空无一人。石板路的铺设十分整齐，但缝隙里已经生长出了杂草，说明已经有相当长的时间没有打理了。走进大院内，一棵松树直立在不远处的一个圆形花坛里，硕大的树冠在黑夜的陪衬下像一个来自地狱的魔鬼，青面獠牙、凶神恶煞。

唐兮夏梦低头看了一眼时间，她发现已是凌晨 12 点了。面前月色下这座阴森的大楼是否就是囚禁郑荨的地方，她心里并不是那么肯定，也许郑荨早已被转移到了另外的地方，或者信的事儿是一个骗局。可任何的猜测都无法让他们停下来，即便他们即将踏入的，是一个永远找不到出口的迷宫。

一楼的玻璃大门紧闭着，看样子像是好久没人来了。门上贴的告示也清楚地写着"人口管理中心已迁至宁河路 471 号"的字样。

王希彦试着拉了拉门把手，"锁得紧紧的！"他又用力拉了拉，门依然纹丝不动。

"正门似乎确实已经很久没有被打开过了"唐兮夏梦说。

王希彦点头回应。

唐兮夏梦向四周看了看然后说："我们分头找找，看有没有别的入口！"

楼右侧的窗都关得死死的，一楼的窗户也都装有防盗网，所以从窗户爬进去是不可能了。唐兮夏梦向后边退了几步，随后向三楼仰望，她发现三楼最右侧的一扇窗户半开着，不过她并不认为那里是入口，因为这实在没有可操作性。她的身后是一个公告栏，上面规规矩矩的贴着一些有关人口管理的通知和注意事项，她走近瞄了几眼，并没有发现什么特别，于是就向楼的侧面走去。

人口管理中心的大楼十分修长，所以侧面很窄，且只有一扇窗，而且窗户的尺寸要比正面的小，所以从这里进入的可能性就更小了。

楼的背面紧紧贴着公安局外侧的围墙，两者间的距离仅仅能允许一个五六岁的小孩子通过，唐兮夏梦探头看了几秒钟，就快步走开了。

12 点 20 分，三个人又重新在大门口碰面。

"你们那边有什么发现吗？"唐兮夏梦说。

从楼左侧回来的王希彦喘着粗气说道："我那边没有发现什么，窗户都是死死紧闭的！"

"你怎么气喘吁吁的，难道你爬窗户了？"唐兮夏梦笑着关心道。

"是啊，我想看看二楼的窗户是不是锁着的！"王希彦的表情十分滑稽可爱。

"哈哈。"一旁的 Araya 也笑出了声。

"你呢，Araya？"

"大院里我都转遍了，没有任何可疑。"

"难道我又错了？"唐兮夏梦低头轻语道。

一阵风掠过地面，卷起了几片落叶，在即将进入炎夏的 6 月的时节，突然让人有一种秋天凉意的感觉。

唐兮夏梦重新回到玻璃门前，她俯下身子摸了摸门把手，门把手上布满灰尘。地面上也没有门开时与地毯摩擦留下的拖痕。她顺势蹲下来心想：他们一定不是从正门进入的，楼两边的窗户也没有留下任何的线索，那么他们是怎么进到楼里的呢？如果要我相信藏人的地方不是这里，那么公安局里还有哪个地方可能呢？难道是出入境大楼？可平时那里人来人往，要藏一个人谈何容易！所以，郑荨应该是藏在这里没错，但他们究竟是怎么把他带进去的呢？

夏梦站起身，眼睛沿着主门上的磨砂条纹看向侧门。突然，她的目光在一处不起眼的地方停住了。

"原来是这样！"唐兮夏梦嘴角微扬着，然后站起身。

"我找到入口了！"唐兮夏梦兴奋地对着还在松树下的两人说道。

听到消息的两个人一刻也没有犹豫，大步流星到夏梦跟前。

"在哪儿？"王希彦迫不及待道。

"就在这里。"唐兮夏梦指着眼前的玻璃门说道。

"这不是锁死的吗？"

"不，锁死的那是主门，可侧门却没有。"

"侧门？一般设施里玻璃门的侧门都是固定死的吧！"王希彦轻轻推了推，门就如他所说的一样，纹丝未动。

"确实，不过他们也正是利用了这一点，而巧妙设计了这个'不起眼'的入口。"

说着，唐兮夏梦用力推动玻璃门的中心，只听"咔嚓"，像是卡扣被打开的声音传来，接着玻璃门底部露出了一条缝隙。

"这！"王希彦吃惊道。

"真的是这里！"Araya 说。

"虽然他们很小心，但还是露出了破绽！每次，他们都非常注意地把手放到玻璃门中间的磨砂条纹上去推门，因为这样，玻璃上就不会留有推门时的手印。但即便是这样，磨砂条纹还是太过于狭窄，条纹与玻璃的边缘仍然留下了清晰的指纹！"唐兮夏梦指着印有指纹的地方说。

王希彦和 Araya 凑上前，仔细观察着唐兮夏梦所指的地方，"真的是这样！"他们说。

"另外，推拉门的开合一般都是左右方向的，所以一般人都是从门的左中或者右中推门，很少有人会尝试从正中间去推门。这个秘密入口在设计的时候就充分考虑到了这一点，所以，能让卡扣最流畅打开的最佳推门位置就在这个最让人意想不到的中下部。"

王希彦挠了挠头，"我说刚才为什么我推它就毫无反应，原来是这样！"

"既然这个入口被有意设计过，那么郑荨被藏在这里的可能性就更大了！"夏梦看着两人说，"下面我们每一步都要仔细，切不可意气用事，知道吗？"

二人点点头，可 Araya 心里却明白——这话主要是说给她听的。

轻轻地将玻璃门合上，三个人来到了大厅。

"我们分开行动。我去楼上，夏梦你和小彦搜索一层！"Araya 说。

"不，我们直接去三层！"唐兮夏梦说。

"为什么？"

"我刚才去过楼后，一层的窗户被围墙挡住，无法看到街景。所以，郑荨最有可能在三层！"唐兮夏梦注视着楼梯说。

"那我们就去三层！"

说完，Araya 快步走上楼梯，看得出来，她一刻也不想耽误。

三个人排成一列，一个跟着一个，十分紧凑。很快，楼梯的尽头到了，三层出现在他们视野中。

三层的构造与一、二层并没有什么差别，只是地上散落的垃圾更多了。连接左右两侧办公区域的中厅大概有 30 平方米左右，两侧墙壁上贴着一些名言警句和不知名的毛笔画。靠着左边办公区走廊的一侧侧卧着一个不锈钢的资料柜，里面的资料散落了一地，在左侧办公区的入口铺了厚厚的一层，而右侧办公区的走廊入口就显得干净不少，不明颜色的大理石地板暴露在视野中，地面上只有一些塑料袋，看上面残留的污渍可以大致判断它们曾是拿来装食物的。

"我去左边，你们去右边好了。"Araya踩上那堆资料就要往左边走去。

"等一下，Araya！"唐兮夏梦制止道。

"还等什么呀？"

"我明白你的心情，但这个时候一定要冷静，不然不但救不了郑荨，还很有可能把我们自己搭进去！"

Araya闷头不说话，只是大口地呼着气。

"听我的！"唐兮夏梦说，"咱们先去右边，大家轻一点儿。"

走廊深且狭窄，3个人肩并肩勉强过得去。办公室两两相对，且均装有防盗门。而按办公室的间距来推算，右侧办公区应该有12间办公室，可郑荨到底会藏在哪一间呢？

王希彦首先拉了拉他左手边的门，他发现门死死的扣在门框上，像是被焊在上面一样。

"不是这里！"唐兮夏梦轻声道。

接下来的10间办公室都如第一间那样。最后，三个人站在了第十二间办公室门前，这就是夏梦在楼外看到半开着窗户的那间。

Araya甚至能听到自己的心跳。

"我要开门了。"唐兮夏梦说道。

外面的脚步声越来越近！三个人蜷缩在木质办公桌后面不敢出声，但似乎一切都无济于事，即便这是一个不小的房间，可简单的结构却让他们无所遁形，他们已经做好了搏命的准备！

脚步声在最响的时候戛然而止，随即代替它的，是外面用手压门把手发出的"咔咔"声！

"砰！"

突然，屋里传来了一声巨响！Araya和王希彦惊恐地回头，他们发现窗户的玻璃不知道被什么打碎了！

"刚才那响声！"王希彦已经汗流浃背，可刚才的这声巨响更让他全身的汗毛都竖起来了！

一旁，表情冷峻的唐兮夏梦微微喘着粗气，眉头紧皱地注视着门口。

"你刚才听到了吗？"

"是屋里传来的！"

"不好！"

外面传来了更加慌张的对话。

"夏梦，你！"Araya 小声说。

"嘘！"唐兮夏梦轻轻摇了摇头，示意 Araya 按兵不动。

三个人竖起耳朵，继续紧张地观察着门口的情况。

"快走！这声音会引来值班的警卫。"

注意力高度集中的唐兮夏梦这次听清楚了这个下达命令的男人的声音。没错，他正是李功名！

"那那个人怎么办？"

"不管了，如果咱们被发现，那就全完了！"

屋外又传来了脚步声，只不过这次是渐渐远去的。

"打碎窗户的是你？"Araya 站起身看着唐兮夏梦问。王希彦也惊讶地看着她。

"是！"唐兮夏梦点点头，

"你胆子真大。"Araya 擦了擦额头上的汗水，屋子里闷热得很。

"我也是不得已才出此下策。"唐兮夏梦松了一口气，然后站起身接着说："与其跟他们拼命不如我们先打草惊蛇。现在看来，我的伎俩奏效了。"

"真有你的夏梦学姐，刚才真是吓死我了！"王希彦用衣袖擦拭着脸上渗出来的汗水，他像是洗过脸一样。

"可我们不也会被发现吗？"Araya 忧虑地说。

"至少，我们有小彦帮忙，另外我们也是来救人的，怎么说，我们的余地要比他们大得多！"唐兮夏梦向门的方向看了看说。

　　"可郑荨到底在哪里呢，这已经是最后一间屋子了，难道他在走廊那头的房间里？"

　　唐兮夏梦坚定地看着 Araya，"不，他肯定在这里！"

　　"已经支付过去了老板！"唐兮夏梦将手机上的支付信息拿给早餐摊的老板看。戴着眼镜、头发略蓬松的老板点头示意，并随口说了句"慢走"。早上七点15分，唐兮夏梦买完早餐赶回市中心医院，距离郑荨脱离危险、成功获救已经过了五个小时。

　　"夏梦学姐，这里似乎很奇怪！"

　　"哪里奇怪？"

　　"就这儿！"王希彦指着脚下，"似乎这几块儿地砖下面是空的，踩在上面会发出很脆的响声！"

　　郑荨的病房在三层，唐兮夏梦给他选了最贵的单人病房。

　　打开门，唐兮夏梦把早餐放在了门口奶白色的桌子上，接着她从桌子上拿起水壶倒了杯水给 Araya 递了过来，"小彦回去了？"她问道。

　　"谢谢，"Araya 接过杯子，"刚走。"

　　"你去吃点儿东西吧，别这么盯着了，医生说他没事儿了，你就放心吧，别等他好了，你身体却垮了。"

　　"我没事儿，我只是期待着他能够早点醒过来。"

　　唐兮夏梦站在 Araya 身后露出温暖的笑容，她看到一缕晨光中 Araya 认真但弯曲的背影，就没有再继续说话。

　　"咳……咳……"

　　病床上郑荨的咳嗽声打破了病房里的安静，听到声音的 Araya 激动地凑上前，目不转睛地注视着他。

　　"郑荨，你醒啦！"Araya 的声音焦急却略带几分收敛，可能是怕打扰到隔壁病房的人吧。

郑荨缓缓地睁开眼，视线慢慢清晰……

"这……这是哪里？"他的声音十分虚弱，喉咙里像卡着一个枣核。

唐兮夏梦向后退了两步，背过身，低头摆弄着腕子上的手表。

"这里是医院，你还好吗郑荨，你能看到我吗？"

郑荨缓缓动了动脑袋，然后眼睛聚焦。突然，他的眼前出现了一个让他十分熟悉的轮廓。

"Araya？"

"我是 Araya！我是 Araya！你总算醒过来了！"

"我……我……不是被关起来了吗？"

"是夏梦救了你啊！是她带我们救了你啊！"

唐兮夏梦依然没有回头，而是继续一个人躲在病房的角落沉默不语。

"夏梦！夏梦！他醒了！他醒了！"Araya 激动地说。

"嗯。"唐兮夏梦的声音小得连自己都快听不见了。

"夏梦？她……她也在？"郑荨惊讶地说，他的眼睛在试着完全睁开。

"嗯！"Araya 擦去眼角里流出的眼泪，回头兴奋地说，"夏梦，他在叫你！他在叫你呢！"

唐兮夏梦轻轻点了点头，随后有些不太情愿地走到床边，她微微弯了弯腰低声道："你没事儿了吧？"

郑荨点了点头，苍白的嘴唇间露出了一道缝隙，那是一个幸福的微笑。

三天后，也就是 6 月 9 日，郑荨已经可以下地了，可见他身体已无大碍。早上，医生打电话通知唐兮夏梦明天一早来医院办理出院手续。

郑荨所住的这间病房位置不错，能够看到远处的风景。早早吃过早餐的郑荨站在窗户旁向着远处眺望，舌尖还留有小米粥的余味，米香中带着一点儿微甜。一旁的 Araya 坐在医院那还算舒适的椅子上充满爱意地注视着她的心上人，嘴角微微扬起，露出一丝不那么明显的笑。

郑荨揉了揉双眼，可能是长时间的眺望让他有些疲劳。他转头将视线拉回略微昏暗的房间里，可突然发现，Araya 正在角落里认真地看着他。

四目相对的两人都有些尴尬，他们马上把视线移走。

"呃……我……"虽然在一起的时间很久，但像这样的情景却从未有过，不知所措的Araya瞬间语无伦次，她赶紧低下头，左手的拇指在掌心里划来划去。

"这段时间，辛苦你了。"郑荨拉了拉病号服的衣袖说。

Araya缓缓抬起头，视线接上郑荨的目光，"应该的。"

"上次救我，你也是这么说的，"郑荨笑了笑，"你上辈子一定是欠我的！"

"也许……"Araya微笑着说。

"短短几天，你好像变了一个人！相比之前你似乎少了几分暴戾，多了几分温柔。"郑荨坐到床边看着Araya说。

"有吗？"

"是被她影响了？"

"夏梦？"Araya眼睛睁得大大的。

"嗯。"郑荨愧疚地轻轻点头。

"你说得对，她确实改变了我，我现在明白你为什么那么喜欢她了！"

"哦？"郑荨有些惊讶地看着她。

"她确实有一种魅力，让人无法抗拒！"Araya语气平和地说。

这时，唐兮夏梦已到门外。由于步子很轻，她听到了两个人的交谈。夏梦站在走廊上没有进屋，静静地等待着他们结束交谈。

不知过了多久，门从里面被打开，郑荨从病房里走出来，他看到倚靠在墙边默不作声的唐兮夏梦有些吃惊，于是便问："你怎么不进屋啊？"

唐兮夏梦吓了一跳，就像没注意到从屋里走出了人一样，"我也是刚来，刚才接了个电话！"她马上说。

"是这样，"郑荨点点头，"可我刚才好像没听到屋外有打电话的声音呀？"

"也许是你耳朵不好吧！"

"你说得对。"郑荨有些无奈地笑了笑。

"哦对了，医生说你明天就可以出院了！"

"那太好了。"

唐兮夏梦没再说话，她点了点头就进屋去了。

屋里十分温暖，唐兮夏梦的长袖格子衬衣将最直观的感受传递给她。于是，她将袖口的扣子解开，然后挽起袖子，露出白皙且线条完美的小臂。

"早上医生给我打电话，说他明天就可以出院了！"唐兮夏梦一屁股坐在床边，轻声地说。

"太好了！"Araya 说。

"这几天你都没怎么睡吧！"唐兮夏梦身子前倾，将 Araya 一束打结的头发打理好。

"还好啦！"Araya 脸色憔悴，但表情却让人十分喜欢。

"你回酒店休息吧！今天我在这里陪着他。"唐兮夏梦微笑地看着她，"怎么样，放心得下吗？"

"当然！"Araya 笑着说。

"那你就回酒店休息吧，这是房卡！"唐兮夏梦把房卡塞到 Araya 手中说。

接过房卡的 Araya 目光呆滞了几秒，然后说："你是有话要问他吧？"

"是！找到郑荨不代表事情已经结束了。"

"嗯，我明白了！"Araya 站起身，有些沮丧地朝门口走去。

"Araya！"唐兮夏梦叫住她。

"还有什么事儿？"Araya 回头问。

"好好休息，相信我，一切都会好起来！"

Araya 背过身，短暂沉默后说："我期待着。"

当郑荨从洗手间回到病房看到表情严肃的唐兮夏梦时，他一点儿都不感到意外，因为他知道自己身上有太多的谜题，此时的唐兮夏梦摩拳擦掌得准备将全部的谜题逐一解开。

"Araya 呢？"郑荨问。

"我让她回酒店休息了！"唐兮夏梦的表情依然冰得可怕。

"嗯，也好。"郑荨回到床上，"她该好好休息一下了。"

唐兮夏梦站在郑荨的对面，双手扶着病床的围栏，身体略微前倾，一副逼问的姿态，"我男朋友到底怎么死的！？"

听到她这么问，郑荨的表情突然狰狞了一下，但立刻回复了平静，"我不知道！"

"你还演戏？我男朋友很大可能死于TDCM7，你竟然说不知道！"

"我真的不知道。"郑荨强调说。

"我警告你，我现在马上就能把你送进刑警队！"

"没关系，我的命是你救的，就当还你了！"

"你……"

唐兮夏梦愤怒地看着他，她已被气得咬牙切齿。

"你生气的样子也很美！"郑荨调侃道。

"你简直无可救药！"唐兮夏梦直起身子恶狠狠地说。

郑荨看心上人生闷气，有些于心不忍。他下了床想过去安慰唐兮夏梦，但他突然感到一阵眩晕，全身一下没了力气。

唐兮夏梦吓了一跳，她过去把摔倒在地的郑荨扶了起来并关切道："你没事儿吧，你哪里不舒服？"

郑荨靠在夏梦怀里缓缓地睁开眼睛。

"如果能……如果能……一直这样靠着你该多好啊！"

"你别胡说八道！你要不要紧啊，我叫医生好吗？"

"不……不要叫医生，"郑荨使劲摇摇头，"我只想跟你安静地待在一起。"

Araya就守在门外，刚才医生来到隔壁房间叫出来了病人家属，说是"症状已经蔓延至全身，恐怕回天乏术了"。

第八章

重返案发现场

周五晚上，唐兮夏梦邀请的朋友悉数到齐。昨天傍晚，她打电话通知他们这个时间来家里吃饭，说有事情商议，除了孙靓说不一定之外，其他人都痛快地答应了。

大家其实心知肚明——只有一个人被蒙在鼓里。

唐兮夏梦太了解孙靓，知道她的脾气，她是一个看似可爱活泼但实际上棱角分明的女人。不知道唐兮夏梦的腹稿从什么时候开始起草的，应该是很早就开始了吧，因为她明白终有一日，事情会瞒不过去，上一次 Araya 的事，是因为她实在没有做好准备。

唐兮夏梦家本是四个人的餐桌今天坐了六个人，还好除了圆叔以外的剩下五个人都比较苗条，所以空间就没有那么拥挤了。六个人按照毫无排列规则的方式落座，唐兮夏梦坐在靠近客厅的一边，从她左手边开始，依次是孙靓、郑荨、Araya、圆叔和王希彦。

唐兮夏梦把早已醒过的红酒拿出来，给每个人添上，虽然姿势不是很专业，但看得出来，还是有过研究的。

"夏梦，你最近很能喝酒啊！"孙靓咀嚼着刚煎好的牛排，这牛肉的口感有些老了，所以她在嘴里嚼了好久才咽下去。

唐兮夏梦把瓶塞塞回瓶口，"无酒不成席嘛，今天这么多人，不喝点儿酒怎么能行？"

"哈哈，我印象中夏梦学姐也很少喝酒的嘛！我记得那年毕业宴会上，林学长一直敬夏梦学姐酒，但学姐始终不为所动啊！"王希彦说道。

"那会儿她多矜持啊，是吧夏梦。"孙靓眯起眼睛侧着头看着唐兮夏梦说。

"陈芝麻烂谷子啦。"唐兮夏梦笑了笑，然后坐到了自己的位置上。

一旁的 Araya 低头不语，只是在不停地吃着食物。唐兮夏梦注意到她有些反常，于是便抛了一个话题，"Araya，圆叔的手艺好吗？"

"嗯。"Araya 点点头，然后夹起一块儿鱼肉塞进嘴里。

王希彦和郑荨在一旁闲聊天，他们的声音有些大，所以这尴尬的场面没有被大家注意到。唐兮夏梦轻轻拿起酒杯喝了一口酒，她并不明白 Araya 的情绪为何如此低落，难道是因为郑荨？可印象中她已经十分注意与郑荨的关系了，难道说还有什么是她没有注意到的？

六个人碰过杯然后继续用餐，唐兮夏梦象征性地把一口菜送进嘴里然后便放下筷子，她一旁的孙靓则饶有兴致地尝着不同的菜肴，碰到好吃的，她会在食物还未咽下去的时候就夹第二筷子。

"小靓似乎在有意躲着我的目光……"唐兮夏梦的心里起了疑，但她毫无根据。

"小靓！"唐兮夏梦突然说，这声音让所有人都停下了筷子，他们知道，故事的高潮即将开始。

唐兮夏梦站了起来，然后面向孙靓举起酒杯，"小靓，对不起，我有事儿瞒着你，请你原谅！"

说完，唐兮夏梦脑袋一仰，把半杯红酒送进肚子里，瞬间，她的脸颊就红了起来。

"夏梦你做什么？"孙靓抢下她的酒杯，"发生什么事儿了？"

唐兮夏梦眼角渗出一丝泪花，"从上学那会儿起你就最痛恨别人欺骗你，我没有忘，但这次的事儿我也是不得已，因为我实在不知道该怎么跟你说。"

"夏梦你少喝一些，有话就直说，不要这样！"圆叔劝说道。

"圆叔，我没事儿，我没事儿！"唐兮夏梦摆了摆手，但她的身体已经开始微微晃动。

"夏梦，你究竟要说什么？"孙靓瞪大了眼睛看着她问。

"在座的人除了小彦，都是贩毒集团的成员，包括，Araya！"

孙靓惊讶地环视着众人，最后目光停在了 Araya 身上，"你……也是？"她的表情已经变得有些扭曲，她完全不能相信自己的身边竟然坐着三个毒枭！

Araya 点点头，面上带着歉意。

"那么，你们……"孙靓又一次看向其他人，"你们……"

"孙警官，我们既然今天能坐在这里一起吃这顿晚餐，就证明了我们并无恶意。"郑荨向唐兮夏梦这边走了几步，他的语气里带足了诚意。

"夏梦！"孙靓生气地吼了一声，她怒目圆睁。

郑荨挡在唐兮夏梦身前，他的肩膀遮住了唐兮夏梦的半张脸，"她也是不得已，她是顾着你们的感情才会这样。"

"感情？"孙靓冷笑道，"真的顾着我们的感情怎么会绕这么大一个弯子来骗我！夏梦我问你，你为什么第一次不说？！"

"我是想说的，可我太了解你了！我知道你是无论如何都无法接纳他们的。"

"那你还凑今晚这个局！"

"小靓，你不要一直把人都当成商品，人不是商品，不是说贴上了标签就无法改变了！"

"哼，改变？"孙靓斜视着夏梦，"我原来一直认为你只是脱了警服。现在看来，你的那颗饱含着正义感的心也不知道何时脱落了！"

"不是这样的！"王希彦说道，"夏梦学姐她始终都秉着一颗光明的心，而正是因为这颗光明的心，她才组了今晚的局，她的目的就是想让大家团结起来。"

"大家团结？真可笑，我跟你们？"孙靓慢慢地向客厅方向退步，"夏梦你真的相信警匪能够一家？"

"小靓，你听我解释！"唐兮夏梦向前迈步过去，但却被孙靓一把推开，一下子栽在了地上。

"你别碰我！我跟你不一样，我是警察，我是警察！"

郑荨和 Araya 赶紧上前扶起唐兮夏梦，"你怎么可以这样对她，你知道她有多牵挂你吗？"Araya 生气地瞪着孙靓说。

"得了吧，别动不动就拿这些话搪塞我，我早受够了！"接着，孙靓表情冷漠地看着唐兮夏梦，"夏梦，我们的交情从今天开始就到这儿了！"

说完，孙靓冲出门外，并狠狠地扣上了门。唐兮夏梦欲追出去，但是身体却不听使唤，她重重地跌在地上，随即失去了意识。

唐兮夏梦的头很痛，但她意识里清楚地知道，时间已经不早了。她想从床上爬起来，但身体却不听话。她放弃了挣扎，继续把自己埋在枕头里。

她睁开眼睛，天已经亮得十分彻底。这时，卧室的门被轻轻地打开，接着从门后面探出了一张美丽的面孔。

"Araya……"唐兮夏梦的声音微弱极了，就如同隔着冰面。

"你醒啦！"看到唐兮夏梦醒了过来，Araya快步走进卧室，然后坐在了床边。"昨晚你吓死我们了！"她关切道。

"让你们费心了！"

"别这么说！"Araya抚摸着唐兮夏梦的长发，"夏梦，以后你可千万别喝酒了！"

"啊？"唐兮夏梦有些不解地看着她。

"你昨晚晕倒是因为酒精中毒！"Araya叹了口气说。

"酒精中毒？怎么会这样！"

"昨天你昏倒后，圆叔就说有些不对劲，于是他便叫了一个医生朋友过来。那个医生在看过你的身体状况之后警告说，你的体质是排斥酒精的，他告诫以后绝不能喝酒了，过度饮酒会让你身体麻痹，甚至猝死！"

"是这样……"唐兮夏梦轻轻叹了一口气，"我知道了，辛苦你了。"

"你再好好休息一下吧，中午吃饭的时候我再来叫你。"

上午11点30分，郑荨已经准备开始做饭了，考虑到唐兮夏梦的身体，以及医生朋友的建议，他只买了一些清淡的食材，想着炒几个精致小菜，然后煲一锅汤。

"你帮我把油菜洗一下好吗？"郑荨对着在客厅看电视的Araya说。

"好啊！"Araya放下遥控器，然后走进厨房。

"没想到你还会做菜。"

Araya 看着郑荨老练地处理着案板上的食材，欣赏之情表露无遗。

"嗯，可能这是我从父亲身上学到的唯一一长处吧！"

"对不起啊！"Araya 抱歉地说，"我不该提起这个。"

"没什么，我早已不在意了。"

说完，郑荨把切好的蔬菜装进了盘子里。

汤已经煮沸了，郑荨将大火转为小火，然后将已经焖好的米饭拔去电源。"再小火炖 20 分钟就可以了！"他说。

"好香啊！"Araya 赞美道。

"好久没做了，不知道味道还能否拿捏得准。"

唐兮夏梦从卧室里走出来的时候脚步特别轻，憔悴的面容仿佛像是生了一场大病。

汤的浓香蔓延在空气中，越靠近厨房，这味道越让人沉醉。唐兮夏梦看着他们忙碌的背影，脸上露出了一丝笑容，昨晚硝烟的味道虽还未散去，但有了眼前的"绵绵浓情"倒也让她疲惫不堪的心找到了一片树荫。

桌子上摆好了碗筷，凉菜也规规矩矩的搁在四边，组成了一个长方形，它们就像是装饰的花边，而主角们将在稍后登场。

"你们结婚的时候，我一定参加。"

忙碌着的二人被唐兮夏梦吓了一跳，他们回过头，带着各自的表情。

"你起来啦，我刚想去叫你呢！"Araya 的脸红红的，按她的肤色来说，这可着实难得。

郑荨尴尬地看着唐兮夏梦，手里的炒勺停止了翻动，"你没事儿了吧？"

唐兮夏梦点点头，"辛苦你们了，肚子真的有些饿了。"

"正好，菜都差不多了，你们坐下吧！"郑荨边翻炒着锅中的食材边说。

菜的味道相对清淡，不过口感极佳，唐兮夏梦想也许这是郑荨有意而为的吧。

"郑荨虽然顺利获救，但是冷瞳和 Sunny 究竟在哪儿，还是毫无线索。不过这次的事应该会让他们紧张起来，尤其是冷瞳，因为 B 市的分部应该就是在他之下的。"唐兮夏梦盯着眼前的青菜，心里琢磨着。

"汤差不多了，我去端。"Araya 说。

看着起身的 Araya，唐兮夏梦又陷入了沉思，"琉璃纱到底是谁杀的，她究竟属于哪一边？还是说她是完全被蒙在鼓里的。那晚在 511 房间里到底发生了什么，如果她不属于任何一边，为什么那晚她没有任何作为呢？"

看到唐兮夏梦呆呆的样子，郑荨问："夏梦，是不是不合口味？"

唐兮夏梦像是没听到，她继续傻傻地看着吃了三分之一的米饭。

"嘘！"Araya 朝郑荨做了个小声的手势，"她在思考事情呢，别打搅她！"

"郑荨！"唐兮夏梦突然的开口吓了他们一跳，"我问你，当初负责跟 Rose 对接的人是谁？"

"我！"

"除了你之外呢？"

"没了！"

"你确定？"

"我只能说表面上是这样！"

"那天在工厂，到底发生了什么？"唐兮夏梦继续问。

郑荨喝了一口汤，然后说："地下工厂那天，我刚回房间就被打晕了。再醒来时，我就已经在一辆面包车上了。当时，他们在车上讨论与 Rose 交易的事宜，所以我才知道他们的交易对象仍然是 Rose。"

"车上都有谁？"

"我当时被蒙着眼睛，但是我能肯定，开车的人是老瞳，可副驾上的那个人却叫人害怕！"

"害怕？"

唐兮夏梦和 Araya 惊讶地看着他。

"是！他说话的声音是经过处理的，现在想想还有些心有余悸，那是个空灵的、带着诡异声调的声音！"

"面具人！"唐兮夏梦惊讶地说，"那个人会不会就是那晚咱们在酒店里见到的面具人？"她随即看向 Araya。

"夏梦你的意思是，那个发出奇怪声音的人就是面具人？"

"很有可能！"

唐兮夏梦将最后一口饭送进嘴里，然后站起身，将碗筷放入水池里。

"你去休息好了，我来刷！"郑荨转过头对着唐兮夏梦说。

"现在不是休息的时候！"唐兮夏梦的脸突然阴沉下来。

"如果我所料不错，那个面具人不会是琉璃纱或者 Sunny！"唐兮夏梦断言道。

"可……那晚在 511 房间里，除了她们还能有谁呢？我们一直都清醒着，如果有人进 511 房间，我们一定会知道的啊！"Araya 说。

"那个人就不能从一开始就躲在房里吗？"

"你说什么！你是说她早就已经躲在房里了？"

"还记得我跟你们说，前台小姐的举动有些反常吗？"唐兮夏梦边说边回到她的位置上坐下，她从纸抽里抽了一张纸，擦了擦嘴。

"当然！"

"一切都是事先安排好的！"唐兮夏梦肯定地讲。

郑荨停下筷子，一脸不解地看着她俩。

少时，唐兮夏梦长长地舒了一口气，"郑荨失踪以后，琉璃纱和 Sunny 几乎跟我们寸步不离，所以，那个在冷瞳车上的面具人不会是她们。"

"那这个人会是谁呢？"Araya 问。

"现在还不知道！"

"可那个副驾上的人未必一定就是面具人呀，况且我们也不能证明，面具人就一定只有一个！"

"你说得有道理，但是，副驾上那个人伪装自己的目的定是不愿让其他人知道自己的真实身份，所以即便郑荨没有看到他的扮相，但我也能肯定那个人是蒙着面的。因为如果只是改变自己的声音而不蒙面，那么隐藏自己真实身份的目的不就成了子虚乌有吗？"

"那面具人就不能是两个或者更多吗？"

"可琉璃纱和 Sunny 为什么要扮成面具人呢？即便是不知道她们以何种

目的要绑架前台，也没必要躲着我呀！"

"夏梦你是说，她们知道你在时刻关注着她们，所以那个面具人的出现主要是为了混淆你的视听？"

唐兮夏梦点点头，"按照现在的推理来看：那个前台很有可能跟她们是一伙的，所以面具人的出现，也许就是逢场作戏给我们看！"

"可如果是这样，那么当时开门的人换成Sunny或者琉璃纱岂不是更好？"

"所以我才认定面具人是提前等在房间里的！"唐兮夏梦喝了口汤，然后马上放下勺子，"面具人的到来，一定是因为一个重要的原因！"

话说到这儿，餐桌上的菜也基本上消灭得差不多了，只有最后端上来的汤剩的比较多。郑荨站起身把桌子收拾干净，然后走到冰箱前问唐兮夏梦和Araya："你们喝点儿什么？"

"可乐吧。"Araya抢先说。

"那我来苏打水。"唐兮夏梦说。

郑荨点点头，从冰箱里取出饮料。接着他从橱柜的最上层拿出3个杯子，然后分别把饮料倒入杯中。

唐兮夏梦和Araya接过饮料，然后道谢。唐兮夏梦小小地喝了一口，润过嗓子之后接着说："我们先试着去梳理一下那天整件事情的经过，"唐兮夏梦的目光投向Araya和郑荨，"起初，他们的目的应该是除掉我们，但后来因为Sunny的原因，我们逃出生天。不难想象，冷瞳这时一定暴跳如雷，他一定想知道Sunny为什么这么做。"

郑荨和Araya看着唐兮夏梦，表示肯定。

"所以，我们假设郑荨在车上碰到的变声的那个人就是面具人，那么当晚冷瞳派出面具人找Sunny和琉璃纱，目的就是为了弄清楚Sunny救我们的原因。"

"可老瞳为什么不亲自去呢？"郑荨问。

"这个你有所不知，"唐兮夏梦用手托着下巴说，"那天下午你被打晕之后，我们曾因为枪声去过一次生产区，而我们就在那里发现了冷瞳的尸体！"

“什么！这怎么可能？”

“当然不可能，所以那具尸体只是伪装成冷瞳的样子罢了。这也就能解释了为什么冷瞳不亲自去找 Sunny 和琉璃纱，因为一旦被我们发现，那么地下工厂的局就等于白设了。另外还有一点至关重要，那就是 TDCM7 在那个时候应该都在冷瞳手上，他需要亲自看管。刚才你说他们在车上讨论交易 TDCM7 的事宜，所以我才下了这样的结论，不然他们也不可能直接就谈到了如何交易的份上。”

唐兮夏梦的喉咙有些干，所以这次她喝了一大口，杯里的苏打水只剩了个底。

“谢谢。”在郑荨又一次给她填满杯子之后，唐兮夏梦说。

“关于冷瞳他们交易的对话内容，你还记得多少？”唐兮夏梦接着问。

“只言片语，”郑荨有些无奈地摇摇头，“翔实的日期他们从头至尾都没有提及过，我只是听到了一个被称作‘芭蕉石’的地方，我想他们的交易地点应该是在那里！”

“芭蕉石？”唐兮夏梦立刻拿出手机搜索，可没有发现任何有价值的信息。

“找不到的，我已经从网上查过了，那是一个只有他们自己才知道的地方。”

“美女，这是车钥匙和行驶证件，请您拿好！”一身工装的短发女孩儿把东西递到唐兮夏梦手里。她的微笑十分自然，给人的感觉很舒服。

“谢谢。”唐兮夏梦接过，然后走出这个并不十分宽敞的租车业务厅。另一名工作人员已经把车子开到了门口，他见唐兮夏梦过来，便亲切地向她鞠了个躬，并祝她“用车愉快”。

唐兮夏梦没有讲话，她用一个微笑向那个工作人员表示感谢。随后，她扣上车门，调整了一下座椅，然后通过手机通知 Araya 和郑荨下楼等她。

下午 3 点 15 分，唐兮夏梦驾驶的雪佛兰轿车准时停在她家的小区门口，郑荨和 Araya 早已提前等在那里，这是他们一直以来的好习惯。

郑荨被唐兮夏梦安排在后排落座，Araya 则在副驾驶。唐兮夏梦挂上行驶挡并踩下油门，然后对 Araya 说："帮我导航那家酒店！"

车子驶上了高速路，再往后的景致就一成不变了，这也难怪让唐兮夏梦这样的神探都对它产生不了印象。

进了山路之后，车速被限制在 40 千米，这一段爬坡的山路唐兮夏梦倒是记得，它很像是考驾照那会儿的"S"弯，不过这可比那个要宽多了，而且让人舒服的是，这里可没有一个凶巴巴的、不给递烟就不教技术的驾校教练。

"夏梦。"沉寂了许久的郑荨终于开口，从他被救出来后，身体状况就不是特别好，他讲话的时候时常伴着咳嗽。

"你说。"唐兮夏梦边注意着旁边即将超过她的面包车边说道。

"事情已经隔了这么长时间，再回酒店还能发现什么？"

"上一次，我们并不是以警察的身份出现的，所以很多事情我们没法从正面去调查。但这次不一样，小彦的加入会让我们的调查变得顺畅。另外，还有一个至关重要的原因。"

"重要原因？" Araya 好奇地注视着唐兮夏梦。

"对，我们要做一个模拟案发现场的实验，如果这个实验就在真正的案发现场进行，那么我们可能会找到一些蛛丝马迹。"

"听上去好像很有趣！" Araya 饶有兴致地说。

"这可不是在玩游戏！"郑荨拍了拍 Araya 的脑袋说。

唐兮夏梦轻踩刹车，车子缓缓过弯，"其实这也是换位思考。回到那个情境中，揣摩当事人的心理，然后做出下意识举动，就能还原出一个至少合理的事情经过。"

"可我们也不能保证我们的下意识就一定是对的！" Araya 说。

"这是当然，所以了解整件事情的前因后果就显得非常重要了。不仅如此，对于当事人性格以及行为的分析也是不可或缺的，这些东西可以帮助你无限接近真相。当这一切都合情合理的时候，接下来，就是寻找证据了。"

唐兮夏梦和 Araya 顺利地住进了 511 房间，王希彦和郑荨则在她们隔壁。

一进屋，还原案发现场的计划就展开了。唐兮夏梦选择扮演 Sunny，而 Araya 则扮演琉璃纱。现在是晚上 10 点多，上一次几乎也就是这个时间。

"夏梦……" Araya 褪去外衣，然后将手机搁在了桌子上，"我还是一头雾水，这可不是在玩角色扮演的游戏啊！"

"当然，我们需要站在当事人的立场上去揣测他当时的想法以及可能做的事，这确实不容易。不过案情我已经大致分析过了，Sunny 与冷瞳应该是敌对关系，可现在不明确的是琉璃纱扮演的角色。那晚她们在回房间之后到底做了什么，说了什么，这跟琉璃纱的立场有直接关系。"

Araya 点头表示认可，但表情上却并没有多轻松。

"你现在就是琉璃纱，回到当时的那个场景，你会怎么做？"唐兮夏梦问。

Araya 眉头深锁，身体一动不动，像是在极力地去还原当时的情景，并且让自己也进入到那个情境中去。

"刚回到房间时，你提醒大家要格外当心，所以我想那时她们应该也会对这件事有所看法吧。"

"对，"唐兮夏梦也进入了角色，"Sunny 不会不知道这件事，因为事先安排好酒店的人应该就是她，所以在这个节骨眼上，琉璃纱的身份将决定着后面事情的发展。"

"可琉璃纱并没有留下太多的线索啊。"

"无碍，"唐兮夏梦说，"接下来的情况我们可以大致分为两种。"

"说说看。"

"第一种，琉璃纱与 Sunny 是同伙。如果是这种情况，那么她们在房间里会聊些什么呢？我想无非就是一些计划不够缜密之类的话吧，因为那个时候她们的目标并不是我们，这一点，地下工厂的事就足以证明了。"

"说得对。"

"第二种，琉璃纱也是局外人，她与你我一样根本不清楚到底发生了什么。经历过生死的她，回房间后会做些什么呢？我想应该是心有余悸吧。虽然那天我们很疲惫，但她应该是无法安然入睡的，所以我在想她可能会通过什么来暂时排解紧张的情绪。"

"电脑游戏！"Araya 说道，"她喜欢电脑游戏。"

唐兮夏梦点点头。

"夏梦，为什么她不会是冷瞳的人呢？"

"很简单，如果她是冷瞳的人，按她的性格在地下工厂的时候就会出手了！"

"不过，还有一个问题，我始终不明白。"

"什么？"

"如果按照你说的，酒店是 Sunny 事先安排好的，那一定是有什么重要的事情需要她这样做。可我不明白，即便是冷瞳派了面具人来找她，那也没必要把酒店事先安排好啊。"

"你说得太对了，"唐兮夏梦鼓起了掌，"你问到点子上了，这就是关键！只要明白这一点，他们爆发矛盾的根源可能就会被找到了！"

Araya 有些不知所措看着夏梦，"你是说……"

"还记得中午我们在餐桌上的对话吗？"

"中午？"

"是，我们分析过，原计划出了差池，冷瞳一定想弄清楚 Sunny 葫芦里卖的什么药，所以才会派面具人来找她们。可刚才你也说了，Sunny 根本没有必要事先安排好房间，她完全可以随意地指定任何的酒店。"

"对。"

"我想她之所以这样安排，一定是这家酒店有什么特殊的原因！而我们再次回到这里的目的，就是为了找到这个原因。"

说到这里，唐兮夏梦长舒了一口气。511 房间的迷雾渐渐散去，她靠在枕头上，表情不错，刚才深锁的眉头已然放松。她抚摸着平整且柔软的床，身体完全放松下来。

"琉璃纱的心态已经完全失衡，自始至终，我们的行动她都全然不知，所以她不可能预见即将发生的一切。而面具人，应该是在来的路上了。"

Sunny 关掉淋浴阀门，从瓶子里挤出适量护发素，然后均匀地涂抹在头发上。"琉璃纱不足为虑，我只要专心对付面具人就好了！"

Sunny 将身子上的水擦干，然后披上浴袍走出卫生间。此时，琉璃纱还在玩儿她的电脑游戏，从她焦虑的表情和敲打键盘的声音来判断——这一局游戏，铁定是输了。

Sunny 从烟盒取出一根万宝路香烟，点燃，然后静静地靠在床边。此时，阳台那边的微风吹来，凉意迅速传遍了全身。于是，她下床穿上拖鞋，准备去关上阳台的玻璃门。

唐兮夏梦站在阳台上，外面已经是一片漆黑，只有马路上泛黄的路灯和零星路过车辆。她转过身，眼中一带而过的有黑色的栏杆和相隔不远的隔壁阳台，这个距离还真是近，成年人只要稍微抬腿就能轻松跨过去了。

唐兮夏梦将门拉上，并扣上了锁环。"难道说……"她恍然大悟道。

王希彦和郑荨被叫到唐兮夏梦的房间里，他们的面容都有些困倦，毕竟已经是夜里 11 点了。

"夏梦学姐，这么晚叫我们过来是？"王希彦开口问。

"小彦，你去查一下案发那晚 513 房间客人的入住信息！"

"现在？"

"是！"

"哦，好，我这就去。"王希彦揉了揉眼睛，然后向门外跑去。

几分钟后，当王希彦再次回到这里的时候，唐兮夏梦他们已经围坐成一圈，静候着他的调查结果了。

"怎么样？"唐兮夏梦站起身迫不及待地问。

"那天入住 513 房间的，是一个叫路岚的男人。"

"路岚……路岚……路岚……"唐兮夏梦边低头回忆边不停地念叨着。

"路岚！我知道了。"唐兮夏梦猛地抬头，其他人都莫名其妙地看着她。

"一切都明白了，就是这么回事儿！"唐兮夏梦又一次露出自信的微笑，只是对于郑荨来说，这是头一次见。

郑荨和王希彦坐在了紧靠着阳台玻璃门的沙发上，Araya 靠在自己的床上，他们的表情中既有疑问也有期待。

"511 房间之谜解开了！"唐兮夏梦臀部靠着桌子，双手交叉放在胸前。

"快说说，别卖关子了！"Araya 说。

唐兮夏梦抿了抿嘴，"地下工厂的事儿发生之后，冷瞳固然十分恼火，他当然想知道究竟是因为什么让 Sunny 打乱了最初的部署，于是他便让面具人前去调查，而自己则留下来看守货物。可让他没有想到的是，Sunny 已经布下了天罗地网，她就是要等面具人上钩。"

"你的意思是 Sunny 抓了面具人？"Araya 吃惊道。

"没错！"

"那也就是说，琉璃纱与 Sunny 是一伙了？"郑荨问。

"也许是，但我也不能肯定。"

"可如果不是，Sunny 想要抓他谈何容易呢？况且房间里还有一个是敌是友都分不清楚的琉璃纱！"王希彦说。

"Sunny 要做这件事不一定指望琉璃纱，因为隔壁的那个人完全可以协助她！"

"隔壁？你是说路岚！"

"是，就是路岚！刚刚你告诉我这个名字的时候，我就感觉自己曾在哪里见过。后来我终于想到，这个名字曾出现在 Sunny 的文档当中，路岚正是 Sunny 的男朋友！"

"可他是怎么进到 511 房间的呢？我们好像并没有听到 513 房间房门被打开的声音啊！"Araya 不解地看着唐兮夏梦问。

"这个很简单，答案就在阳台上！"唐兮夏梦伸手指向王希彦和郑荨身后的阳台，"这间酒店的阳台是外延式的，所以每个阳台之间的间距很小，成年人只要稍微抬腿就可以轻松跨过！"

"那面具人呢？他总不会用了同样的方法吧。"Araya 边将头发别在耳后边说。

"当然不，面具人在我们没到酒店的时候就已经在房间里了，这也是为什么要提前安排好房间的原因。"

郑荨思考了一会儿，说："Sunny 在哄骗冷瞳上当的同时，准备好陷阱，她应该是答应了冷瞳的要求，冷瞳才会放心让面具人只身前来的。由此看来，冷瞳对 Sunny 还是充分信任的。"

"对，"唐兮夏梦点点头，"在这场利益大战当中，冷瞳本是占尽优势的一方，因为他手里握着最重要的东西——TDCM7。可面具人被抓，却让这事情有了转机。"

"转机？"三人异口同声道。

"也许是 Sunny 发现了什么，或者是她从面具人口中得知了什么。"

速溶咖啡粉在杯子里化开，但屋内并没有飘起咖啡的清香，也许是水温不够的缘故。

唐兮夏梦小小地抿了一口，然后把杯子轻轻地放到桌子上。她来到郑荨对面坐下并看着他，"路岚还有一个亲妹妹，你知道这件事儿吗？"

"妹妹？我记不清楚了。"郑荨回忆了一下，肯定地回答道。

"虽然 Sunny 的档案里没有写路岚妹妹的名字，但确实有一些资料是可以证明他有亲妹妹的，只是这些资料十分片面且有限。不过，其中有些内容还是让人细思极恐！"

"什么内容？"

"资料里记录，路岚的妹妹一直负责 B 县附近区域的毒品分销，供应的场所大多数是一些小型的歌舞厅和酒吧。而她平日里则是藏匿在 B 县的某个单位中打工，表面上她就是一个普普通通的打工妹！"

"B 县？不正是这里嘛！"王希彦说。

"夏梦，你想说什么？"Araya 问道。

"那晚还有一个失踪的人你忘了吗？"唐兮夏梦侧过脸看着床上的 Araya。

"那个前台！"

"我还记得她胸牌上的名字，路小岑。"

"观众朋友们大家中午好，今天是 2016 年 6 月 12 日，现在为大家播送午间新闻……"

12 点整，午间新闻准时在电视台播出了，而就在五分钟以前，唐兮夏梦的家里还空无一人。

三个人瘫坐在沙发上，谁都没有心思去看电视。打开电视仅仅只是 Araya 的下意识行为，她甚至都不愿意多按一下遥控器，去换一个自己喜欢的节目。

"外卖我已经点好了，不过现在是饭点儿，可能不会那么快啦！"Araya 将手机往沙发上一扔，有气无力地说。

唐兮夏梦稍稍动了动头，这就是对 Araya 的回应了。Araya 则把身体向后挪了挪，摆出了自己特有的慵懒的姿势。

"午餐之后，咱们都去休息会儿。航班我订的是晚上的，大概 10 点 30 分左右到 D 市。"唐兮夏梦说。

一路上都是郑荨在开车，所以他的精神状态最差，他应声"嗯"了一句之后就再没有说话了。

"小彦这次就不与咱们一起了吧？"Araya 问。

"是，已经很麻烦他了，他被我带着东奔西跑，自己手上的案子也都耽搁了！"唐兮夏梦有些自责地说。

"肯这样付出的人真的不多了。"Araya 的语气突然阴沉下来说。

唐兮夏梦看着她没有说话，她知道 Araya 一定又想到了什么，八成是过去不堪回首的往事。

"有的时候，付出也是自私的，"一旁许久没有开口的郑荨突然说，"什么'无私奉献'或是'不求回报'，在我看来都是一些冠冕堂皇的大话罢了，谁又真正愿意付出而不求回报呢？到后来还不是斤斤计较、患得患失吗？"

确实。唐兮夏梦曾为她男朋友准备过一份生日礼物，那是一把限量款的球拍，但收到礼物的男朋友并没有表现得十分喜悦，这一度让唐兮夏梦失落。郑荨说得没错，即便是最心甘情愿的付出，也渴望着对方的回应，哪怕仅仅只是一个虚伪的笑容。

"你们之所以站在今天这个位置上，也许就是因为把人性的丑恶无限放大了吧！"唐兮夏梦说。

"不，"郑荨眼神空洞地看着窗外，"之所以如此，是因为我们都曾经从地狱中走出来。可我们不怕再跌回去，我们只是憎恶这不该有的天堂！"

唐兮夏梦沉默着，她看到郑荨眼睛里一闪而过的怨恨，那就像一道闪电，劈开了本该完美无瑕的蓝天。"你说的天堂是指？"

"这是一个多么和谐的世界啊！一切都看起来相安无事，就像是天堂一样。可谁又知道呢？人类世界其实是一个披着天堂外衣的地狱，那些天真的人永远看不到它的残酷、它的暴戾、它的无情。"

外卖送到了，比订单上的时间晚了十五分钟，送餐的年轻人一直说着抱歉，就像一个犯了错的孩子，着实让人同情。

第九章
光与暗之间

D 市是唐兮夏梦第一次来。2015 年初的那起轰动全国的贩卖婴儿大案曾让她路过这里一次，但那次唐兮夏梦无缘在这座边陲小城驻足，仅仅是匆匆而过。

3 天前，瘟疫事件就此而止，警方宣布一切恢复正常，而消息传开的当日，各大公众场所便立即恢复了以往的热闹。可见，此次事件并没有对当地居民造成多大的影响。

唐兮夏梦等人从机场走出来时，大屏幕上显示的时间是 11 点整。夏梦把酒店订在了离 D 市公安局很近的地方，因为这样更有利于他们的调查行动。

"喂！是夏梦吗？"远处一个身着深蓝色风衣、两鬓白发的男人冲这边挥着手。

"他应该就是小彦介绍的黄炳周了！"唐兮夏梦把薄外衣的拉链向上拉了几厘米，"我们过去吧。"

黄炳周年纪不小，但是腿脚却灵活得很，他步子快而稳健，丝毫不拖沓。"辛苦大家了，我们这边温度还是很低的，你们都穿厚衣服了吗？"他迎上来关切地说。

"我们都有穿，谢谢黄叔关心！这么晚了还得麻烦您来接我们，真是不好意思！"唐兮夏梦向黄炳周微微鞠了个躬，然后抱歉地说。

"哪的话，小彦跟我说了情况，这也不算麻烦！刑警队也在负责调查这个案子，只不过我们派出所的老家伙就参与不上了。"黄炳周笑呵呵地说。

"哦，是这样……"唐兮夏梦点点头，"对了，这是郑荨和米拉多娜，也是一起来查案子的！"

"孩子们，你们好！"黄炳周跟郑荸握了握手，"那么就上车吧，我先送你们去住的地方。"

"那就麻烦您啦！"

他们乘坐的是一辆桑塔纳，从涂装来看应该是派出所淘汰下来的公用车，车内气味有些不好，地面也有些脏。夏梦所坐的副驾驶座位上调节宽度的轨道出了问题，所以后排 Araya 的空间就显得十分狭小了。

"孩子们，这是老古董了，都别嫌弃啊，一会儿咱们就到了！"黄炳周咳嗽了一声，客气地说。

"没关系，没关系。"唐兮夏梦连忙道。

"夏梦，我听小彦说你已经离开刑警队啦？"黄炳周熟练地踩下离合器，并挂上二挡。

"是啊，可能那真的不太适合我吧。"

"唉，"黄炳周叹了口气，"这个社会就是这样，到哪儿其实都一样。摸爬滚打时间长了也就什么都适应了，这是生活的法则，每个人都如此！"

"嗯。"唐兮夏梦点点头，小声地肯定道。

"别嫌我啰唆啊！哈哈。"

"不会，不会，您说得很对！不过话说回来，您跟小彦是怎么认识的？"

"说来话长，"黄炳周从车门的手扣拿出一根香烟，"我能抽烟吗？"

"您请便！"唐兮夏梦说。

"真不好意思，我是一时都不能离了香烟。"他左手操纵方向盘，右手拿起打火机点着香烟。

"是这样的，"他吐出一口烟雾，"小彦跟我儿子是一个警校毕业的，小彦比他低几级。他们认识是因为一次射击训练事故。"

"射击训练事故？"唐兮夏梦看着黄炳周疑问道。

"是！当时我儿子被同班的一个同学误伤，击中了要害，随后就被送进了医院。"他叹了口气。

"后来呢？"

"后来我儿子出了院，只是……"黄炳周哽咽了一下然后说，"只是医生说他已经彻底失去了生育能力！"

"啊？"三个人大吃一惊。

"唉……"黄炳周叹了一口长气，"这件事情对他打击特别大，其实不只是他，对于我们家的打击都是毁灭性的，这样的折磨没人能体会。那以后，他整日待在家里不出门，也不愿意与人说话，严重的时候甚至得了抑郁症。多亏小彦啊，那段时间经常来陪他、鼓励他，才让我儿子重新站了起来！"

"小彦真是不多见的好男孩。"夏梦感叹道。

"是啊，我们全家人都很感谢他，所以我对他就像对待亲生儿子一样，他的事儿就是我的事儿了。哦，过了前面的路口就是你们的酒店了！"黄炳周说道。

酒店看上去不大，但给人感觉十分精致。外围的装修风格偏日式简约风，门口的两侧摆着一排日式风格的挂饰，与木质的拉门搭配在一起，很是自然好看。

拉开门走进酒店，先要上一阶台阶，台阶的距离与拉门有些近，让人感觉有些不舒服。之后要经过一个木桥，木桥下流淌着循环水，十分有意境。

唐兮夏梦三个人依次走过木桥，上面立刻就有规律地发出像是竹子被挤压一样的"吱吱"声。过了桥右转经过一段不长的中厅就来到了酒店的前台，这是一个四四方方的厅室，面积有40平方米左右。在他们的右手边摆着供宾客休息的长椅，长椅右端扶手的棱角被磨圆了，这应该是长年累月坐在这里的宾客留下的痕迹。

前台接待处的设计像是老式的电影售票窗口，只不过办公台很长，能允许两个前台人员同时办公。它的四周都被木栅栏环绕，只有通过办公台左侧的出口才能进出。出口旁摆着一个木制的易拉宝，上面有手写的一些关于酒店的优惠活动。右上角还有天气预报，可见，酒店的服务十分人性化。

"有人吗？"Araya环顾四周没有发现前台接待员，便呼唤道。

酒店十分安静，所以Araya的声音显得十分洪亮。唐兮夏梦看着她做出一个小声的手势，接着她示意 Araya 走到她那边，并且用目光提示 Araya 向前台接待处里面看去。

"哈？" Araya 发出不常有的惊讶声。她走近了才发现，一个身材娇小、蘑菇头的小女生深埋在桌子上，酣然睡着。她的嘴角微微扬起，像是正在做着什么美梦。

唐兮夏梦缓缓地将手伸过去，然后有些不好意思地轻轻拍了拍那个小女生纤细的臂膀。

小女生没有睡得很沉，只是轻轻的一下，她就被弄醒了。

她左眼睡成了双眼皮，但很快就恢复了原样。"对不起，我太困了，实在抱歉！"她边揉着眼睛边连忙说道。

"没关系！"唐兮夏梦微笑着迎上她的目光，"这是我们的身份证，之前我们在网上已经预订过房间了。"

"嗯，好！"小女生站起身双手接过，然后弯腰动了动鼠标，将进入屏保的电脑碰亮。不一会儿她就录完资料，并将房卡递了过来。

"您好，您的房间就在一层。"她从办公台探出半截身子，看向右侧的走廊，"您沿着这条走廊走到尽头就是了。"

"好的，谢谢。"

连接着接待处和客房的是一段不长的走廊，走出去，映入眼帘的就是一个面积不小的花园，它的形状四四方方，而客房就在花园的四个边上。

遵循前台小女生的指示，他们很快就找到了各自的房间，唐兮夏梦和 Araya 的房间在拐角处的第一间，隔壁的则是郑荨的房间。

关上门，一股清香扑面而来，这香味像是木材或是哪种植物的味道，轻盈且不浮夸。Araya 将电卡插进卡槽，顿时，灯光就洒满了整间客房。

客房的风格与酒店大体相似，也是日式风的。与其他酒店客房最大的区别在于，它独立出了一个榻榻米房间，唐兮夏梦和 Araya 进入房间首先看到的就是这个榻榻米房，卧室在榻榻米房的隔壁，它们之间用推拉门隔开，紧凑但泾渭分明。

屋里很温暖，所以他们进门之后第一件事就是脱去外衣。时间已经不早了，所以即便是喜欢看电视的 Araya 也没有打开电视，而是乖乖地去洗手间里开始卸妆、洗漱。"我先去洗了。"Araya 边扭着脖子边对正在收拾行李的唐兮夏梦说。

"嗯，今天就早点儿休息吧，明天还有很多事儿呢。"

当唐兮夏梦洗漱好、关掉大灯的时候，Araya 已经躺在床上刷着手机了。说是双人间，其实这样的日式卧室可以睡三四个人，因为整个卧室是由一个很大的厚床垫铺成的，整间卧室就是一张大床。

两个人靠得很近，这样的感觉已经很熟悉了。不知不觉中她们在一起已经度过了半个多月的时间，时间虽然不长，但却经历了无数惊心动魄和悲喜冷暖。

"夏梦，"Araya 将手机放到一边，然后翻了个身，她的半边脸深埋在柔软的枕头里，"你好像很喜欢前台的那个小女孩儿啊！"

"嗯，她给我的感觉很像大学时的小靓，天真烂漫，完全没有一点儿世俗气。"紧接着，夏梦叹了口气。

Araya 将带着清香的被子向上拉了拉，她的脖子已经完全被盖住，只是露了一张脸在外面。"我想她会想开的！也许在她的意识里，就是把善与恶分得十分清晰，而且一旦认定就很难改变。"

"善与恶有时就是一念之间，只是有人一下子就爆发出来，而有的人却隐忍着，就像疾病的潜伏期一样。"

"是啊。"Araya 将尾音拖得很长，像是在无限认同。

"这也许就是每个人心里的谜底吧！没有相处、没经历过坎坷，它在别人眼里就永远是一个谜！"

话题持续了一会儿，但旅途的疲劳可不懂得什么叫"不合时宜"，它呼啸而来，就像一股冷风。不久，两人就昏昏欲睡了。

屋外传来了一阵嘈杂声，夹杂着议论和脚步声。唐兮夏梦从朦胧中醒来，凭着记忆寻找手机。很快，她从枕头下面把它抽了出来，果然，它还是静静地躺在那里。

点亮屏幕，夏梦惊讶地发现，现在竟是凌晨 3 点 15 分，原以为已经天亮的她松了口气。她将手机放回原处，盖好被子，重新闭上眼睛。

"死者是……"

屋外的交谈声传了进来，尤其这几个字格外刺耳，唐兮夏梦猛地睁开眼，睡意瞬间退去。她竖起耳朵，开始像参加英文听力考试那样仔细地听着。

"血液凝固的时间……温度……大致……一个小时……"一个带地方口音的沙哑男声说。

"什么？"另一个普通话标准的男声问。

"暂时……还……"

唐兮夏梦只能听个大概，但从得到的只言片语来判断，这应该是一起凶杀案！

唐兮夏梦再也睡不着了，她轻声坐起来并点亮了夜灯。随后，她走出卧室来到榻榻米房，从衣架上取下外衣披在身上。唐兮夏梦回头看了一眼卧室，Araya 依然还在深深的睡眠之中，于是她缓缓打开房门，悄悄地走了出去。

声音来源是距她不远处的一个客房门口，那里站着两个中等身材的警察，一个留着背头，另一个则是普通的毛寸发型。

唐兮夏梦走上前，向正在交谈的两个警察打听道："发生了什么？"

两个警察被这位不速之客搞得有些莫名其妙，他们站在原地一动不动，且没有回答夏梦的问题。

唐兮夏梦看着两人，面露疑惑。

背头的警察先打破了尴尬，脱口道："你是什么人？我们正在办案，请你离开。"

他的话猛地让唐兮夏梦意识到自己已经不是警察，所以如此唐突的询问确实有些无理。

"我是 A 市刑警队的唐兮夏梦，来这边是为了调查一个星期以前的瘟疫案。"唐兮夏梦表情严肃地说。

听到唐兮夏梦的说法，两个人吃了一惊，他们彼此对视了一眼，然后又转过头继续盯着唐兮夏梦。"我记得那个案子，省公安厅组织了专案组来负责调查了吧。"背头的警察模棱两可地说。

"是，我就是专案组请的刑侦专家。"

"那你的证件可否给我们看一下？"背头警察的语气平和了许多，唐兮夏梦的将计就计得逞了。

"抱歉，上面派下任务的时候我正好在休假，所以证件还在家中，不过你们可以给 A 市的刑警队队长秦湘去电话，她可以为我作证。"夏梦底气十足地说。

"秦湘？"毛寸头警察的语气表现出对于这个名字的熟悉，短暂思考后他又接着说："是那个特别能唠叨的队长吗？她在省局里可出名了呢！"

背头警察轻轻点头，像是在认可。

"刚才冒犯了，夏梦警官。"背头的警察以带着歉意的语气说道。

"没关系！也是我太唐突了。"唐兮夏梦将被风吹散而遮住脸颊的头发挽到一侧，然后望了望他们身后的客房说，"里面发生了什么？"

"哦，是这样的，"他清了清嗓子，"这家酒店的老板——田贵九死在了客房之中，据我们初步判断，应该是一起谋杀案！"

"你说老板？"唐兮夏梦略感意外地问，因为她不明白为什么老板会死在客房。

"是！"

"刚才我依稀听到你们说，死者的死亡时间大概在一个小时以前？"

听到夏梦这样说，背头的警察表情有些惊讶，他没料到自己和栾严军的对话会被人听到。

"嗯！是这样。"他肯定道。

唐兮夏梦低头看了一眼手表，现在正是凌晨的 3 点 11 分，如果死者的死亡时间是一个小时以前，那么在这个时间里发现死者的会是谁呢？

"发现死者的人是？"唐兮夏梦带着这个疑问问道。

"是这间客房的房客！他是中午入住的，之后他就跟在本市的朋友出了门，直到夜里 2 点多时他才返回酒店，发现死者之后他就立刻报了案。"

"是这样……"夏梦思索道，"对了，还不知道你怎么称呼？"

"哦，我是D市刑警队队长，我叫高成，这位是我的下属——栾严军。"高成边介绍边用手比画道。

"失敬失敬！"唐兮夏梦寒暄了一句，然后就刚才的案情接着问道："高队长，死者致死的原因是？"

"死者是被匕首刺穿了心脏导致的死亡。"

正说着，勘查现场的警员陆续从房间里走出来，而在最后面的，是抬着尸体的法医。

走在最前面长相十分秀气的刑警走到高成跟前，他摘掉白手套，表情有些紧张。"高队，现场勘查完了。"他小心翼翼地讲。

高成从口袋里掏出了香烟并点着，"说说。"

"除了您已经亲自检查过的尸体之外，我们发现了几处疑点：第一，进门的吊灯碎了，从灯的碎片来判断，可能是由于灯泡爆炸震碎了灯罩；第二，房内的保险箱被打开了，里面空无一物，而保险箱上发现了两个人的指纹，一个是死者的，另一个还有待调查；第三，房间是个密闭的空间，窗户也是锁死的，如果凶手行凶之后要离开这里只能通过正门。"

"匕首上发现指纹了吗？"

"嗯，不过暂不确定是谁的，但一定不是死者的。"

"其他呢？"

"其他的……暂时就没有什么了。"

"辛苦了，你们先把尸体抬回去，然后重点查一下匕首和保险箱上的指纹！"

"是！"

唐兮夏梦站在一旁闷不作声，表情有些纠结。

"夏梦警官，您有什么看法？"栾严军带着当地的口音请教道。

"说不好。"唐兮夏梦轻声说了句。

"不知道能不能让我到案发现场看看！"她继续说道。

"没问题，你请吧。"高成痛快地说。

屋内的构造与唐兮夏梦所住的房间一模一样，除了墙上的壁画。进门处的地板上，散落着一些薄薄的塑料碎片，这是吊灯的灯罩破损后留下的。唐兮夏梦蹲下来仔细地观察，她发现这些残骸基本上都是灯泡和灯罩的碎片，只是其中夹杂了一些略带烧煳了味道的黑色塑料，除此之外，就没有可疑之处了。

唐兮夏梦缓缓起身，视线扫过墙角，却看到了踢脚线旁的一小块儿白色的东西……

"这是什么？"唐兮夏梦把它捡了起来，并拿给跟在自己身后的高成和栾严军看。

高成接过来嗅了嗅气味，然后说："像是老鼠或是什么动物的粪便！"

"嗯？酒店里竟然有老鼠！？"唐兮夏梦自言自语地说了一嘴，然后便拿出纸巾把它包起来，装进了兜里。

接着，唐兮夏梦来到卧室，她在靠着拉门一侧的墙角处找到了那个保险箱。

保险箱的门半开着，保险箱的外侧呈银灰色，体积很小，里面的空间也十分有限。

"高队长，你们当时在现场看到死者时的情形给我讲一下吧！"唐兮夏梦说。

"嗯。死者当时靠在窗户下面的这块墙壁上，面部表情十分狰狞，像是死前受到了极大的惊吓。"高成扯了扯警服的领子，应该是屋里的温度让他感到有些燥热。

"明白了。"唐兮夏梦点了点头，然后说，"那……高队长有何高见？"

"对于此案？"高成确认道。

"是，或者说，高队长认为凶手是？"

"凶手我认为就是这间客房的房客！"高成露出自信的表情，仿佛凶手杀人时他就在现场一样。

"何以见得？"唐兮夏梦摆出一副考官的架势。

"很简单！首先，这家酒店的监控能清楚地看到每一间客房门外的情况，而窗户又是锁死的，凶手不可能杀完人后从窗外边把窗户上锁，所以唯一的出口就只有客房大门。据我的同事从监控那里调查的结果来看，只有这间客房的住客在案发后从这间屋子里出去过！如果说凶手不是他，那么又会是谁呢？"

"门口处动物的粪便以及碎掉的灯罩，高队长有何看法？"

"客房有老鼠出没这并非是很荒唐的事儿，至于碎掉的灯罩……"他琢磨了一会儿，"虽然有可疑，但目前还无法作为线索。"

唐兮夏梦抿了抿嘴，表面上点头认同，可心中却犯起了嘀咕，"就目前掌握的线索来看，高成的推理并无大的纰漏，不过案子却存在着几个疑点：首先，住客为什么要选择在他的房里行凶？第二，如果凶手真的他，那么他行凶后为什么不逃走，而是要在完全不加掩饰的情况下报案；第三，住客为什么要杀这家店的老板，他们之间难道有什么不可告人的秘密；第四，保险柜里丢失的东西是什么，它与本案有什么联系；第五，进门处突然爆掉的灯泡是意外还是另有隐情；"

"高队长，我认为你说得很有道理！那么我们就从这间客房的房客查起吧。"唐兮夏梦说。

"嗯，我也这么想！"高成满意地笑了笑，然后回头看向栾严军，"严军，房客现在何处？"

"前台那边。"

"好，那我们现在就过去。"

即便是格外注意，但不得已的嘈杂声还是吵醒了部分客人，他们轻轻打开门，探头观察外面的情况。当抬着尸体的法医经过一处客房时，从屋里探出头的中年女子发出了一声短促的叫声并扣死了房门，随即就是慌忙挂上防盗链的声音。

唐兮夏梦一直琢磨不明白，如果凶手真的是房客，那这样的犯罪是不是太鲁莽了？这简直就是"同归于尽"式的作案。高成的推理虽然很符合实际状况，但凶手杀人后的举动实在是让人摸不着头脑。按照正常的逻辑，房客若事先就已经预谋要杀死酒店老板，那么作案手法断然不会是这样，至少，他不会选择在自己的房间里下手，更不会杀了人之后傻乎乎地自己报案。所以酒店老板的死可能是他们因为什么而起了争执之后所发生的意外。不过，还是感觉哪里不太对劲。

再次回到大堂时已没有了起初的安逸与宁静，气氛被杀人案打入深渊，且黑得伸手不见五指，就像北太平洋底的马里亚纳海沟。

那个坐在长椅中间的男人应该就是住在案发现场的房客。这是一个瘦瘦高高的男人，年龄大概 35 岁上下。他面色饥黄，颧骨十分明显，给人感觉有些营养不良。

高成走过去的时候这位男子丝毫没有察觉，直到高成拍了拍他的肩膀，他才缓缓地抬头，迷离的眼神重新有了焦点。

"关于案发时的情况，还请你再详细的复述一遍，要尽量详细！"高成的语气还不错，没有唐兮夏梦想象得那样言辞锋利。

"当时，我回到房间，进门时闻到了一股煳味，我立刻打开所有的灯，我发现门口的那盏吊灯不知道因为什么碎掉了，本来我想叫客房服务来修，但是看了看手表发现已经 2 点 30 分了，于是便打算将就一晚。"房客的叙述格外翔实，听得栾严军有些不耐烦，但一旁的高成没有说话，所以他便没吭声。

"你把灯打开之后竟然没有发现田贵九的尸体？"高成的声调提高了一度。

"田贵九？"

"哦，就是死者。"

"没，当时卧室与客厅的门是关着的。"

"是这样，"高成边思考着边点了点头，"你继续说吧。"

"之后，我头有些痛，想直接上床睡觉，但在拉开门的一瞬间，就……就发现了尸体！"

"当时屋里有什么异样吗？"

"哪还有心思考虑那个啊！"房客的语气突然激动了，他猛地站起来，身高竟然比高成高了一个头。

"嗯。"高成背过身，低着头走来走去，像是在为下面的询问打腹稿。

"你说得很详细，很不错。"高成停下来并用轻蔑的语气对他说。

房客固然感觉到了他语气中夹带的额外含义，于是他提了提声量问："你什么意思？"

"没什么意思，因为杀老板的人就是你。"

"胡扯！你有什么证据？"房客空挥着拳头，表示抗议。

"坐下！"一旁眉毛十分浓密的警察命令道。

房客被那个警察的目光吓倒，他唯唯诺诺地坐回长椅，口中却依然喋喋不休，"说我是凶手，你们得拿出证据来！"

"证据？"高成扬了扬嘴角，摆出一副胸有成竹的样子，"我先问你，田贵九为什么会死在你房间？按你刚才的意思，你与他似乎素未谋面啊。"

"就是素未谋面，我根本就不认识他。"

"哦？你不认识他，他会大半夜出现在你的房间？若没有你的许可，这可能吗？另外……"高成看向一旁一个长相英俊的刑警并向他伸出手掌，那个刑警点点头然后将早已准备好的一张 A4 纸递到了高成手中，"这是你近半年来入住这家酒店的纪录，上面显示，平均每个星期你都会来这里入住，如此高的频率你竟然跟我说你不认识老板？姜程林，你还想隐瞒事情的真相吗？你还竟然大言不惭地跟我要证据！"

高成看上去年龄不大，但没想到在应对犯罪嫌疑人时如此得犀利沉稳，几乎句句戳中姜程林的要害。唐兮夏梦暗暗地给他竖起大拇指，然后静待着姜程林的反应。

姜程林被气得浑身发抖，但是却找不到任何语言反驳高成，虽然整个案子看上去有些幼稚可笑，但姜程林的表现却基本可以证明：他应该就是凶手了。

"说话啊！"高成摆出宜将剩勇追穷寇的气势，"还有，你保险箱里究竟放的是什么，为什么上面会有田贵九的指纹？"

姜程林已经一句话都说不出来了，他颤抖的身体开始缓缓地放松下来，看来他就要缴械投降了。

"姜程林先生，田贵九一死你有重大嫌疑，你得跟我们走一趟！"

说完，高成眼神示意一旁的刑警将他带走。而姜程林似乎也放弃了抵抗，乖乖地跟刑警走出了酒店大门。到这里，这桩杀人案应该是收尾了，至于杀人动机以及姜程林与老板田贵九的关系，唐兮夏梦则没心思去探究了。

"夏梦警官，"高成回过头看着头发有些凌乱的唐兮夏梦。"你费心了，不过这样的小案子就不劳您了。"他摆出一副炫耀的表情说。

唐兮夏梦点点头，心中若有所思。"关于瘟疫那个案子，高队长有什么线索吗？"

"这个嘛……"高成想了想，"瘟疫案发生的时候我正好在外地。起初那个案子是起源于一场车祸。"

"车祸？"唐兮夏梦吃了一惊。

"嗯，据说是一个交警发现了肇事车辆里的大量毒品，然后上报的公安局。后来缉毒科的老薛负责调查此事，但之后就开始接二连三地出怪事儿！"

"怪事儿？！什么怪事儿？"

"先是技术科老韩离奇死亡，接着就是包括老薛和我们刑警队张队在内的几十名公安干警的中毒事件。"

"中毒？"

"嗯，目击者说，中毒的人像是中了什么邪术，疯疯癫癫的！"

"果然跟我猜测一致。"

"你的猜测？"

"是，那个交警发现的应该不是毒品，而是一种叫 TDCM7 的烈性致幻药。公安干警的死亡应该是不小心吸入了 TDCM7 所致。"

"是这样？"高成面露惊讶的神色说。

"除此之外，还有什么线索？"

"至于别的，我就不是十分了解了。"高成停顿了片刻又突然轻声道："哦，天亮以后你可以到我们队里来，我可以把缉毒科的同事介绍给你，他们应该会有更多的线索。"

"嗯，本来我们也是要去的，那就多谢高队长了！"

"好，那我就在队里等你。"

高成带着犯罪嫌疑人——姜程林从酒店离开了。酒店大堂挂钟上显示的时间已是凌晨 4 点了，这可能是绝大多数人沉浸在梦乡的时候，无论美梦或噩梦。

前台的小姑娘靠在大堂角落里，眼神空洞，眼泪已经干涸了有段时间。若现在伸伸舌头舔舔眼泪流过的肌肤，那自然会是苦涩的滋味。

唐兮夏梦观察了她很久，她想这个姑娘跟老板的关系绝不一般，因为从一开始，她就一直断断续续地哭泣。老板的死显然让她很难过。

"给。"唐兮夏梦掏出了纸巾递过来。

小姑娘似乎被吓了一跳，她像是突然看到唐兮夏梦一样。"谢谢。"她双手接过纸巾。

"看得出你对老板有着很深的感情啊。"

"嗯，10 岁的时候我就被老板收留了，他就像我的父亲一样。现在在店里帮忙，他还按月给我发工资，若不是他，我不知道我的生活会是什么样。"她的声音很微弱，在说到"父亲"字眼的时候还伴着哭腔。

"是这样。"唐兮夏梦叹了口气，然后轻轻地触摸小姑娘的肩膀，但不料被一下子推开了。

唐兮夏梦有些不知所措地看着她，小姑娘则像是受到了惊吓。

"对……对不起！"唐兮夏梦把前额的头发捋了捋，脸庞有些微红。

"啊，没关系……没关系。"小姑娘意识到她有些失态，于是连忙回应道。

"是我不好。"

"小婼，换班了。"这时，门外走进了一个瘦瘦高高的女孩，她身穿着黑色连衣裙和白色板鞋。妆容中规中矩，算不上时尚，但也不庸俗。

"哦，嗯。"前台小姑娘叫小婼，她有些尴尬地点了点头。

那个女孩走到小婼跟前，看到她神情落寞，眼中还含着泪星，于是便关切道："小婼，你怎么啦？"

小婼的眼神缓缓移到这个女孩脸上，并与她的视线相交。"老板死了……

被人杀了！"

"啊？"女孩表露出应有的吃惊，但是并未失态，或者说还保留着七分以上的冷静。"凶手呢？！抓到了吗？"她问。

"嗯……"小婼点点头，"已经被警察带走了。"

"哦，那就好，那就好！"女孩松了一口气，"你快去休息吧！前台我来盯着，虽然老板不在了，但酒店还是要开的。"

回房间的路上，唐兮夏梦与小婼并排前进着，由于小婼个子小，所以唐兮夏梦也有意放缓了步子。

"你就住在这里？"唐兮夏梦问。

"嗯，就在客房背面花园深处的独立小屋里。"

"能带我参观一下吗？"唐兮夏梦有些难为情地问。

"欢迎，反正我也睡不着。"

门轻轻一碰就开了，感觉像是从未上过锁，这难道是一个女孩对于现实的天真与憧憬吗？

房间不大，但是颇具特色，与酒店日式的装修风格迥然不同，小婼的房间充满了自然的味道。屋里随处可见的是小型的盆栽，墙漆是深蓝色的，还有木质床上淡绿色的被子，所有的事物构成了这样一片清新且充满生机的。

"随便坐吧。"小婼脱掉鞋子坐在床上，然后用手臂环抱住双腿。

"好。"唐兮夏梦将书桌前的椅子拉到自己跟前，"别难过了，生活还是要继续下去的。"

"是吗？"小婼的眼神有些恍恍惚惚，"也许吧。"

唐兮夏梦站起身，但不小心碰掉了书桌边角处一本半边已经探在外边的书，她把它拾起来，发现这竟然是一本有关"蛇类"知识的书籍。

"小婼，不要这样，老板也一定希望你开心快乐地活下去。"唐兮夏梦这次没有触碰她的身体，只是半蹲在她跟前。

"姐姐，你人真好！"

唐兮夏梦微笑着看着她，"你很像我的一个朋友，所以从一开始我就感觉咱们似曾相识。"

"是吗？"小姥终于露出了微笑，她脸上的泪痕被笑容冲淡了。

唐兮夏梦点点头，然后直起身子。"休息吧，睡一觉也许能忘了什么。"

"嗯。"小姥向床头右上角一个不算精致的绿色圆圈伸出手，手还没有碰到它的时候，屋里的灯光就黯淡了下来，只有床头的一盏书灯还微弱的撑着光。

"哇，很有趣啊！"唐兮夏梦在暗淡的屋里露出惊讶的表情。

"嗯嗯！这是我自己的小发明。"小姥有点小骄傲地说。

"真厉害。"唐兮夏梦赞美着。她看到泛黄灯光下被阴影遮蔽了部分面部的小姥，她还在不露齿的微笑，看上去有些毛骨悚然。

"休息吧，我先走了！"

"姐姐，我还不知道你叫什么呢？"小姥将被子往胸前扯了扯。

"唐兮夏梦。"

说完，唐兮夏梦轻轻地扣上了门。

早餐倒不是唐兮夏梦想象中的日式风格，是具有当地特色的。奶茶的口感很好，所以唐兮夏梦多喝了一杯。

"你说酒店的老板被杀了？"Araya 咬了一口太阳蛋，在听到这个令人震惊的消息后，蛋液不小心从嘴里流出了一些，她急忙拿了手边的纸巾擦了擦嘴。

"嗯。"唐兮夏梦点点头，"目前凶手是落网了，就是那间客房的房客。"

"这么说来，你是一夜没睡了？"坐在唐兮夏梦身旁的郑荨侧了侧身，把身体重心偏向了唐兮夏梦这边。

"习惯了。"唐兮夏梦把身体靠在椅背上，然后苦笑着说。

"你破的案？"Araya 看着夏梦说。

"不。"唐兮夏梦拿起奶茶喝了一口，"刑警队队长破的，不过却有疑点。"

"算了吧！你就别操那个心了。"郑荨说。

唐兮夏梦认同了郑荨的建议，然后说："不过因为这件案子，我有幸认识了刑警队队长。我跟他说我们是瘟疫案的调查专员，他信了。"

"哈哈，真有你的。"Araya 笑着说。

"那我们就没必要再麻烦去黄叔了。我已经跟刑警队队长约好一会儿在刑警队见面了，所以我们吃完早餐就过去吧。"

"嗯。"两人点头应允。

"夏梦……"Araya 把椅子向前拉了拉，身子前倾，感觉像是要说什么秘密一样。

"怎么了？"唐兮夏梦睁大双眼注视着她。

"我昨天就想跟你说，这间酒店的服务员好像都很漂亮啊！"

"这个确实！"唐兮夏梦肯定地说，"前台的两个小姑娘都很好看。"

"但你不感觉奇怪吗？"

"这有什么奇怪的？"郑荨翻了个白眼，口气有些不屑。

"若说前台接待漂亮也就罢了，客房服务、保洁、餐厅服务员好像个个都长得十分标致啊！"

"Araya，你什么时候也开始学唐兮夏梦那样疑神疑鬼了？"郑荨叉起一块儿切得小小的香肠边吃边说。

"哦，原来我这是疑神疑鬼啊！"唐兮夏梦斜视着郑荨，口吻带着些许不满。

"哈哈，开玩笑啦！"郑荨拍了拍唐兮夏梦的肩膀，这动作尤其像情侣之间的玩笑。

"我再去拿点吃的。"Araya 粗鲁地把椅子推开，然后拿着还盛着不少食物的盘子走向选餐区。

"郑荨，"唐兮夏梦正过身子看着他，"你为什么总是要伤害喜欢你的人，你怎么就不知道珍惜？"

"你说 Araya？"郑荨收起了笑容明知故问地说。

"废话！"

"可我喜欢的是你！"

"你喜欢我？所以你就杀了他！"唐兮夏梦生气了，她的眉头开始紧锁。

这次郑荨没有装蒜，他用手指擦了擦额头。"你真的认为是我杀了你男朋友？"

"难道不是吗？"

"我说不是你信吗？"郑荨的表情像是受了很大的委屈。

"不信！"唐兮夏梦大声道，周围有几桌客人也都朝这边看过来。

酒店距公安局刑警队步行只需要十分钟，但这段不到 2 千米的路似乎却被他们三个人走出了一光年的距离。一路上三个人守着自己的路直线行进，谁都不理谁，只有郑荨时不时偷偷地瞄两眼唐兮夏梦。

8 点 45 分，3 个人便等候在了刑警队办公室的门外。这儿的房子有些年头了，不如 B 市公安局的气派。

唐兮夏梦靠在表面粗糙的柱子边。她的视线从近及远，观察着这里的环境。这是多年来的习惯，即便是没有案子发生，她也会这样做。

Araya 坐在他们来时经过的石板路旁的一个补了不止一次漆的长椅上。她低头看着手机，但屏幕早已经暗了。

唐兮夏梦的目光聚焦在 Araya 身上。她心里知道自己不可能接受郑荨，并且她也在极力地撇清与他的关系。但就是正常交往下，也很难保证不出现让 Araya 为难的情况。从救回郑荨的那天起，唐兮夏梦就十分注意他们三人间的关系，毕竟她知道 Araya 的心思，更明白郑荨的想法。不过在她心里，Araya 是她在乎和关心的，对于郑荨，她不得不承认是带着强烈的目的性的。要不是可怜他的父亲郑一舒蹲了监狱，她也许早就跟他翻脸了。

"夏梦警官！"栾严军从办公室里跑出来，"队长他开完会了，他让你们进去。"说完，他的眼睛瞟了瞟郑荨。

"哦，好的。"唐兮夏梦点点头，然后转过身对着远处还在发呆的 Araya 大声说，"走了，Araya。"这是从早餐结束后，唐兮夏梦跟她说的第一句话。

与其说这里是办公室，倒不如说是一个小型的仓库，室内的结构与宽窄怎么看怎么像。而队长的办公室像是过去仓库管理员的休息室，它在仓库最里侧的位置。栾严军带着唐兮夏梦他们穿过乱哄哄的办公区来到这里，然后轻轻敲了敲半开的玻璃门。"队长，他们来了。"

　　高成侧了侧身子向门外看去。这时，唐兮夏梦等人已经井井有条地站在门外了。只不过除了唐兮夏梦以外，那两个陌生人的表情不是很好，高成摆出一副不解的神情，但很快便恢复了常态。"请进！"他说道。

　　三人进屋后，栾严军并没有跟进来，因为屋里的空间实在有限，四个人挤在里面勉强还可以坐下，若再有人加入，就会让人有挤地铁的感觉，甚至如果有幽闭恐惧症的人走进屋子的话，还可能会导致呼吸困难。

　　"高队长，这两位是我的同伴。"

　　"坐，坐！"高成说，"缉毒科的同事一会儿就到，我已经给他打电话了。"

　　"多谢了高队长。"唐兮夏梦硬挤出笑容，"酒店的案子有进展了吗？"

　　"有重大发现！"高成突然兴奋起来。

　　"哦？"

　　"那个姜程林其实是卖海洛因的！"

　　"海洛因？"唐兮夏梦惊讶地盯着他。

　　"是，姜程林与田贵九早就相识了。据他交代：每次姜程林都会带着海洛因去找田贵九，他们就在酒店里交易。田贵九有不短的吸毒史。"

　　"那……姜程林杀田贵九的动机是？"

　　"我想是因为毒资的问题，案发现场保险箱里的东西应该就是海洛因。田贵九可能是由于付不起毒资，所以被姜程林杀死。"

　　"那么也就是说，姜程林并未承认杀人！？"

　　"是，但证据确凿，因为在杀人凶器上发现了他的指纹。"

　　"原来是这样……"唐兮夏梦的怀疑表情一览无余。

　　高成趾高气扬的气势被唐兮夏梦的犹犹豫豫给败掉不少，他感觉唐兮夏梦是在置疑他，于是便问："夏梦警官，你似乎不这么认为啊！"

　　"呃……"唐兮夏梦想说"是"，但她明白现在是寄人篱下，又有事相求，于是便搪塞道，"不不！没什么问题。"

　　高成满意地点点头，然后放松上身，舒服地靠在椅子上。

　　"不过，不知道能不能把此案的资料拿给我看看？当然这有些失礼。"唐兮夏梦腼腆地说。

　　高成注视着唐兮夏梦，他心想着，如果不给她看当然合情合理，但似乎这样无法体现他亲自查出真相的能耐。于是，他从一旁抽出一叠文件递到唐兮夏梦面前，"拿去！"他装作不在意地说。

　　"真不好意思！"唐兮夏梦接过来，然后迫不及待地翻开。

　　"无论你怎么看，凶手是不会错的！"高成点了根烟，又一次重复道。

　　唐兮夏梦用最快的速度翻看着资料。随着掌握的信息越来越多，她的表情也在发生变化。当然，那绝不是豁然开朗的神情，而是一脸的愁云浓雾。最后，当高成华而不实的签名映入她眼帘时，她内心终于得出了一个答案：杀田贵九的人绝不是姜程林。

　　唐兮夏梦把严肃的表情收拾好，然后重新面露笑容，"谢谢。"她说道，然后把资料递了回去。

　　这时，栾严军敲了敲门。"队长，缉毒科的周林来了！"随后，周林从外面走进办公室。

　　"高队，您找我？"周林逐个看了看屋里的人，最后目光落在高成身上。

　　"嗯，他们是瘟疫案专案组的同事，他们有事情找你。"高成没有直视周林的眼睛，而是边收拾资料边说道。

　　"你好，"唐兮夏梦站了起来，Araya 和郑荨也随之站了起来，"我是专案组的唐兮夏梦，这两位是我的同事。"身后的两人冲周林点了点头。

　　"你们好，我是缉毒科的周林。"他微微扬了扬嘴角，但笑容并不自然。

　　"高队，既然这样我们就不打扰了。"唐兮夏梦回过头来寻找高成的目光，但高成始终没有给她机会。

　　"请便。"

　　唐兮夏梦轻轻摇了摇头，然后对周林说："那我们就出去聊吧。"

　　四个人散步在停车场后的小花园里，唐兮夏梦与周林走在前面，Araya 和郑荨则是跟在后面。

　　"原来是这样！"唐兮夏梦把外衣拉链拉开，天气让人有些燥热。

　　"我们坐下聊吧。"周林感到有些疲惫，向夏梦提议道。

"好。"

他们坐在了长椅上，Araya和郑寻则守在不远的一处石头雕塑边。

"后来呢？"唐兮夏梦紧接着问。

"后来，那个携带毒品的青年因为抢救无效死了，所以线索也就等于断了。"

"那个青年的身份确认了吗？"

"嗯，叫路岚。"

唐兮夏梦听到这个名字后十分欣喜，这证明与她之前的推理吻合，路岚正是Sunny的男朋友！

"对了，"周林突然想到了什么，"夏梦警官，你能确定路岚所携带的就一定是TDCM7吗？"

"可以！除了它，我再也想不到有别的什么能带来如此严重的后果了。"

"那你的意思是，路岚带着TDCM7其实是要与什么人做交易，但是不料发生了交通事故。后来，缉毒科误把TDCM7当成毒品带回公安局，所以才导致了公安干警的大规模伤亡？"

"我想是这样的！"

"确实合情合理，如果说作案人真的是把公安局当成目标，我还真的有些不敢相信。"

中午，唐兮夏梦他们来到公安局旁的一家饭店吃饭，这是一家韩式料理，从大众点评上看，评价还不错。

他们被迎宾带到一处靠窗的位置坐下。这里阳光不错，不热也不刺眼。

相比刚刚，气氛好了不少，郑寻和Araya在点菜时有了一些互动，有时还会开开玩笑。

"烤肉拌饭、韩式拉面、泡菜饼、大酱汤，还有一份烤五花肉和一份烤猪颈肉，没错吧？"服务员重复了一遍菜单。

"嗯！"唐兮夏梦点点头说。

"好的，请稍等。"

这次唐兮夏梦和 Araya 坐在了一起，郑荨则坐在了对面。

"咳咳，"唐兮夏梦假装咳嗽了一下，装出一副领导发言时的气势，"先说好，儿女情长先放放，等这次的事结束了，你们有无数的时间来研究，现在……"

"但……"郑荨打断夏梦。

"你闭嘴！好好对 Araya，千万别把心思放在我身上，你别忘了你可是我的仇人！"唐兮夏梦的言辞锋利，但是语气却十分平和。

这时，服务员把泡菜饼和烤五花肉端了上来。

"好了，言归正传吧！"唐兮夏梦夹起一块儿五花肉放到 Araya 碗里，她知道 Araya 喜欢。"与我之前推测的一样，这次的瘟疫事件果然是意外，虽然我们还不知道 Sunny 和冷瞳葫芦里究竟卖的什么药，但我想至少这两个人应该都在本市，而且 TDCM7 绝不会在一个人手上，很可能被分了很多份。"

"所以，他们就无法与 Rose 正常交易了？"郑荨说。

"是！"唐兮夏梦点点头，"虽然路岚所携带的 TDCM7 引起了不小的混乱，但从总量上来说，那仅仅是一小部分。剩下的 TDCM7 在谁手上，在几个人手上，这是我们接下来要去查的。"

"可从哪里入手呢？"

"我想可以先去交警队！"

"交警队？"

"是，去那儿调出路口的监控记录，看看路岚驾驶的车大致是从什么地方开出来的，然后顺着这条线索试着找找 Sunny 的藏身之处。"

"那我们吃完就过去！"

"不，我想先回酒店。"

"回酒店？"郑荨放下颇有重量的金属筷子奇怪地问。

"是，那里还有未完成的事儿。"唐兮夏梦叹了口气，看样子有些难过。

酒店很快就接到了警队的通知，说是案子已经破了。与此同时，田贵九的妻子也在从外地赶来的路上，大概傍晚就能到达本市。

下午 2 点，酒店办理入住的客人不少。其中，坐在长椅上等待办理入住的两个年轻人一直在议论这家酒店，言语中十分认可。

唐兮夏梦路过前台，有意寻找着小婼的身影，她看到小婼正在给一个中年男子办理入住手续，表情相当不错，完全看不出十几个小时之前她还哭得伤心欲绝。

"欢迎入住。"小婼把房卡递给客人的时候，眼睛余光瞄到了唐兮夏梦。她转头看着唐兮夏梦，冲她露出了微笑。

郑荨跟着唐兮夏梦和 Araya 来到她们的房间。房间已经收拾过了，而且感觉上像是不久之前的事。

唐兮夏梦看了一眼手表说："现在是 2 点 15 分，接下来我们的每一秒都十分珍贵。"

郑荨将手臂交叉放置在胸前，"你还是决定蹚这趟浑水了！"他说。

"是，我知道这世界上有无数的真相被掩埋，可能它们永远见不到天日，那些离我万分遥远的我无力企及，但我做不到对身边的视而不见！执着于事实这份信念也是我选择警察这个职业的初衷。"

郑荨无奈地摇摇头，"说吧，接下来我们该怎么办？"

"以高成好大喜功的性格来说，案子破了他一定会马上把资料递交检察院，所以我们一定要快！"夏梦伸出食指，像足球教练讲解战术那样来回摆动。"郑荨你去酒店保安那里查一查 6 月 12 日中午 12 点至晚上 12 点之间案发的客房门外的监控录像，一定要详细。"

"嗯，没问题。"

"另外，Araya，"唐兮夏梦看向她，"你去与酒店的工作人员聊聊吧，越多人越好。"

"可我跟他们说什么呢？"Araya 挠挠头说。

唐兮夏梦思考了片刻，说："三个问题！第一，打听一下老板平时的爱好；第二，问问他平时在酒店出入的规律；第三，尽可能地了解老板的出身和背景。"

"好，知道了。"

"一定要快！我们 4 点再回到这里，到时候我希望谜底会揭开！"

三个人眼神交错，露出了不错的表情。

下午 4 点 20 分，酒店前台的电话响了。

"喂，您好，这里是前台，请问有什么可以帮助您的吗？"

"请问，小婼在吗？"

"哦，在，请稍等。"

"找你的！"长发瓜子脸的前台姑娘把电话递给在一旁整理资料的小婼。

"您好！"小婼接过电话说。

"小婼，"那边的声音很低沉，且有个短短的停顿，"我是夏梦。"

"哦，夏梦姐！找我……有什么事儿吗？"

"不好意思，不知道现在你有没有时间来我的房间一趟。"

"啊，当然可以！"

"嗯好，我们一会儿见。"

小婼挂了电话，然后侧着脑袋对那个长发女孩说："我去一下，过会儿回来。"

唐兮夏梦紧靠着推拉门而坐，她把腿伸得直直的。

门铃响了，离门最近的郑荨打开了门。从他身边擦肩而过进屋的是两个熟悉的身影，一个是前台小婼，另一个则是刑警队队长高成。

"都坐吧！"唐兮夏梦表情冷冰冰的，嘴唇不那么红润，甚至还有些发紫。

五个人围坐在四四方方的榻榻米房，郑荨守在门口的地方坐下，小婼坐在了右侧靠墙的位置，高成在她左边。Araya 紧靠着唐兮夏梦，表情也有些难看。

"什么事儿这么急把我叫来？"高成扭了扭脖子说。

"当然是关于田贵九被杀的真相了。"唐兮夏梦恢复到以往自信的说话方式，语气上不再对高成有任何恭敬。

"真相？真相不是已经明朗了吗！"

"到现在你还是那么盲目自信！"

"你说什么？"高成的脸沉了下来，他有些生气地说。

"凶手另有其人！而且，我现在已经知道他是谁了。"唐兮夏梦的表情突然变得很失落，她慢慢地转头看向小婼，"是你杀了老板，对吗小婼？"

所有人的目光都投向小婼，但她却丝毫不为所动。"夏梦姐，你有什么证据能证明我是凶手呢？"她十分淡定地说。

"因为除了你，没人能用那样的方式杀死老板。"

"她不可能会是凶手！"高成使劲摇了摇头，"监控资料里根本找不到她的身影。"

"但之前的呢？"

"之前？"

"是，也就是中午 12 点左右。"

"12 点？你的意思是小婼在那个时间里杀了田贵九？"

"不，我没有那么说，田贵九的死亡时间确实是在凌晨 1 点至 2 点之间，这个没有问题。"

高成皱了皱眉头不屑道："那你为什么要提十几个小时前的监控录像，这有何意义？"

"因为那个时间有一个人来到了姜程林的房间，这个人就是小婼！"

"没错。"小婼依然保持着冷静的面容。"那是酒店规定的例行打扫房间的时间，所以我才会去那里！如果你不信，可以问别的同事。"

"不，我信。"唐兮夏梦说，"只是我不明白，一个酒店前台也需要承担打扫房间的工作吗？"

"那天人手确实有限，所以我临时代替了。"

"夏梦，这无聊的话题还是适可而止吧！"高成站起来，一脸的不耐烦。"那天的资料你也看了，匕首上的指纹就是姜程林的！这点你做何解释？如此直接的证据你视而不见，居然在这里污蔑一个小女孩儿，你就是这么当刑侦专家的？"

听了高成的话唐兮夏梦没有丝毫动摇，她把腿弯曲了一下，换了个坐姿。"说到指纹，我不知道你有没有仔细观察过，指纹虽然是姜程林的，但是指纹的位置却十分怪异！"

"你说什么？"高成把右眼眯成了一条缝，大感意外。

"正常来讲，人拇指的指纹会略大于其他四指。而且一般从排列规律来说，若我们手握一把刀，那么食指、中指、无名指和小拇指都会排列在一起，拇指则会与其他四指分开。而本案的死者田贵九是胸前中刀，所以说明凶手是从正面将刀插入田贵九胸口的。那么如果是这样，凶手在拿刀时，指纹应该呈现出怎样的排列规律呢？"

"呃……其他四指靠近刀柄尾部，拇指靠近刀刃！"Araya答道。

"没错，就是这样！但姜程林的指纹是如何排列的呢？"唐兮夏梦盯着高成，语气中带着质问。

"这个……"

"作为刑警队的队长兼本案的负责人，这似乎有些懈怠吧！"唐兮夏梦直言道。

"这一点……我确实……疏忽了。"高成有些自责地说。

"匕首上的指纹排列可以说明一个问题，那就是姜程林不曾正向拿匕首，他都是以刀尖后收的方式持刀的。你们试想一下，如果是以这样的持刀姿势从正面刺杀田贵九，那么会多么别扭。"

"也许是从上而下劈下来的也说不定。"高成的语气平和了些许说道。

"你难道忘了吗？姜程林是一个身材高大的人，面对田贵九这样不到1.7米的人，他会用这种方式么？而且从中刀的位置，以及角度来看，怎么也都不像是反向持刀刺进胸口的。"

"那匕首上姜程林的指纹你做何解释呢？"

"这个就得问小婼了。"唐兮夏梦又把目光聚焦到她身上。

"我？"小婼眼睛瞪得溜圆，一副不知其所以然的样子。"夏梦姐，我真的不明白你在说什么！我们是不是有什么误会？"

"不，"唐兮夏梦摇摇头，平静的面容上带着忧伤。"我还是从头说起吧！其实，这家看似平静的酒店实际上是一所涉嫌卖淫的窝点！是这样吧，小婼。"

小婼没说话，只是沉下了脑袋。

"看来我猜对了。"

"你说这里是？"高成吃惊地看着夏梦。

"嗯！其实还是 Araya 提醒了我，她说这里的工作人员都长得十分标致。起初我没有在意，但当我们了解到一些细节后，我终于明白了其中的原因。"

"快说说！"

"首先是关于老板田贵九的出身。据我们的调查，田贵九是本地一个有名的房地产商，几年前还在经营着几个大楼盘。但后来不知什么原因突然不干了，到这里开起了这家酒店。据 Araya 从侧面了解到的消息，说是田贵九在一次赌博中输光了家产，后又因他染上了吸毒的恶习，巨大的资金压力让他无可奈何，所以用借来的钱开了这家'酒店'。"

"仅凭这一点，似乎还不能断定这里就是卖淫窝点吧？"高成质疑说。

"疑点有三，第一，这间酒店的客房一共只有 12 间，但客流量可不止这样。从监控记录上可以发现，每天这里的客人大概在 30—40 人之间不等，而且大多数都是一个人且还是男人，如果这里的客房只有 12 间，那其他的客人下榻在哪里呢？第二，后院垃圾箱内发现了数量巨大的避孕套和催情药包装，而且均是同一品牌，如果说这是客人自带的，那么怎么会如此巧合均是一个牌子的呢？第三，这间酒店的工作人员始终很少露面，出现在我们视野里的总是不超过三个人，那其他人究竟去了哪儿呢？"

"话说郑荨，"唐兮夏梦看着他，"保安应该不会让你如此轻松地看到这么重要的监控资料吧？"

"那是当然了。"郑荨仰起头，一副神气的样子。

"你打晕了保安是吗？"

"你真聪明。"

唐兮夏梦歪着头，有些抱歉地对高成说："高队长，我想你应该不会介意我们这样唐突的办案方式吧？"

"呃，我什么都不知道。"高成一脸无奈，"那接下来呢？"

"明白了这一点，小婼的杀人动机就浮出水面了。"

"你是说田贵九强迫小婼卖淫？"高成猜道。

"我想是这样。"

"即使我恨他，但也没必要杀他的！"小婼愤怒之情溢于言表。

"可我也说过了，除了你，没人能用那样的方式完成杀人！"

"到底小婼是怎么杀田贵九的？你就别卖关子了，夏梦！"高成迫切地问。

"小婼十分聪明，她知道酒店的监控是无论如何躲不掉的，所以她设计了十分巧妙的杀人方法，不仅躲过了监控，还让凶案现场变成了密室！"

"真的有这种方法吗？"Araya难以置信地问。

"她利用一种动物，让这种方法变成了可能。"

"动物？"

"是蛇！"

"蛇？"

在场的人大吃一惊。

"没错，小婼利用蛇杀死了田贵九。"

"可笑！"小婼不屑道，"你也知道老板是被匕首刺穿胸口致死的！但现在竟然说是蛇？"

"别急，我想那晚的情形应该是这样的，你先私下通知田贵九在凌晨2点的时候来到姜程林房间，理由就是取货。"

"海洛因？"高成问。

"嗯。"唐兮夏梦点点头，"之后，田贵九来到房间打开保险箱，可让他万万想不到的是，保险箱中藏着一条蛇！小婼你知道田贵九很怕蛇，所以你利用蛇去吓他，并为你接下来的杀人计划做铺垫。"

小婼开始频繁地变换坐姿，表情也逐渐开始焦虑起来。

"深夜的客房中出现了一条蛇，田贵九下意识的反应是什么？"

"当然是逃出去了！"Araya说。

"所以，田贵九就拼命地逃向门外。但就在这时，门口的那盏吊灯发生了爆炸，田贵九吓了一跳，但令他更没有想到的是，从爆炸的灯罩里窜出了另一条蛇！"

"你说蛇藏在了灯里？"高成说。

"是的，还记得那块儿白色的动物粪便吗？"

"记得记得！"

"那就是蛇类的粪便！"

"但小婼为什么要这么做？如果那条蛇出现在门口，那等于是把出口给封死了呀。"Araya不解道。

"这就是她的目的，她利用门口的那条蛇让田贵九往回跑。因为一层的关系，所以窗户会是另一个逃生出口。"

"可那又能怎样呢？"

"窗户外是没有监控的！"唐兮夏梦抬起手臂，用食指指向背后的窗户。

"我明白了！"高成恍然大悟，"小婼等在窗户那里，待田贵九开窗的一刹那就用匕首刺死了他！"

"没错！之后，小婼将田贵九的尸体转了个身，摆出一副是在屋内被刺死的假象。"

"难怪死者的表情会如此的惊恐，"高成感叹道，"那是因为他在窗外看到了拿着匕首的小婼！"

夏梦点了点头，"田贵九中刀的位置，应该是小婼直立持刀刺向他最舒服的位置。"

"可勘查现场的时候，窗户明明是反锁的啊？另外，小婼是如何知道田贵九在房内的活动情况的呢？"

"我记得姜程林的口供说，他发现田贵九尸体的时候，并没有直接报警，而是慌慌张张地跑到了前台。当时值班的前台正是小婼，小婼听到这个消息后的第一反应是向姜程林确认老板是否真的已经气绝身亡，可当时姜程林被吓坏了，根本来不及冷静思考，所以小婼的任何建议他都会一概接受。所以姜程林在小婼的建议下重新回到案发现场，就是这个时候，小婼趁机将窗户从内侧锁死，并且收掉了房内的微型摄像机！"

"她在房内装了监控？"高成大吃一惊。

"不仅监控，还有灯里的微型遥控炸弹。"

"这都是你们的猜测而已，夏梦姐，这样理论上的作案手法有那么可靠吗？更何况你并没有证据，你说我利用蛇来吓老板，可蛇呢？它会听我的话说来就来、说走就走吗？"小婼义正词严地说。

"会！"唐兮夏梦站起身从电视机下方的抽屉里拿出了一本书扔在地上。"这本书的第 51 页记录了一种可以吸引蛇类的配方，通常被用于捕捉蛇类。我想你在杀人之后，就是利用这种药把蛇吸引到了你身边。而这本书就是在你的房里发现的！"

小婼目光颤抖地盯着那本有些破旧的书，沉默不语。

"无话可说了吗？小婼！"唐兮夏梦来到小婼身边，缓缓蹲下来。

"中午的时候，你利用打扫客房的时候布置了一切，随后留下那把刺死了田贵九的匕首。之后，姜程林在客房内发现了它，于是他通过房间内的电话打到前台，让工作人员把它收走，于是你就又一次回到了这里，而就在这个过程中，姜程林的指纹就如你所想的那样留在了上面。"夏梦接着说。

"原来你调那时的监控录像是为了这个？"高成说。

"是，具体细节我想回到刑警队问问姜程林就知道我所说的是否属实了！"唐兮夏梦叹了口气，像是做了最终的陈述。

"小婼，你还有什么话说吗？"高成站起来，向着小婼走了几步。

"夏梦姐，你真厉害！"她抬起头，表情非但没有绝望，还十分的轻松，像是如释重负一般。

"这应该是我对你说的话吧！"唐兮夏梦微笑着迎上她天真无邪的目光。

"在我刺向他的那刻，我就已经没有遗憾了！"小婼闭上眼睛，像是在感受这个世界的安宁与祥和。

"他断然会得到应有的报应，但这不是你该做的事。"唐兮夏梦说。

"不，不！我一定要亲自结束他的生命，因为再过不久，我怕就没这个机会了！"小婼的表情温柔可人，完全不像是会说出这种话的样子。

"小婼，你这话……是什么意思？"

"田贵九在一次与毒友发生关系的过程中感染上了艾滋病，之后……之后……"小婼的眼泪夺眶而出，突然崩溃，"他在非礼我的时候，把那个传给了我！"

听到这话，在场的人都惊讶不已，他们愤怒田贵九的兽性，更同情小婼的遭遇。

"我……都懂了……我不再责怪你，你是好样的！"唐兮夏梦的眼泪也流了下来，那泪水就滴在小婼的手背上。"你恨我吗？小婼。"唐兮夏梦哽咽着说。

"不不，怎么会！夏梦姐，感谢在我生命的最后让我遇到了你这样一个真正关心我的人，我已经没有遗憾了！"

高成蹲下来，他的眼眶也红了。"孩子，哭吧，等你哭够了，我们就走！"他平和地说。

"嗯！不会很久的，这里，我真的已经不想再待下去了……"

酒店门外，高成、Araya、郑寻等在那里。唐兮夏梦则陪着小婼回了房间。

"她们出来了！"Araya说。

小婼换了身干净的衣服，上衣是白色的带着碎花图案的外套，裤子是最普通的牛仔裤，她还打理了一下发型，这比刚才的她更纯洁美丽。

警车上的警灯闪烁着，但却听不到声音，来自这个世界的任何嘈杂可能都已经被小婼过滤掉了。无法想象在她的生命里还有哪些让人痛彻心扉的悲惨遭遇，但到今天，一切都结束了。未来的日子里，她终于可以正大光明地去面对这个世界，终于可以干干净净地享有这世界的每一束阳光了。

"我们走吧。"高成伸手去搀扶小婼。

"别碰她！"唐兮夏梦突然劝阻道。

小婼回过头，愣在原地，她突然忍不住，一下子扑到唐兮夏梦怀中，放肆地哭了。

小婼房间那永远敞开的门原来并不是她对于这个世界的向往与天真，而是绝望和妥协。不知在夏梦见她第一面的时候，小婼究竟做着怎样的美梦，但即便是美梦，也无法掩饰现实的惨剧。

梦的最深处，着实让人心碎……

第十章

唐兮夏梦的谎言

从餐厅走出来的时候下起了雨，昨晚孙靓换了包包，那个迷你伞并没有带在身边。

孙靓躲在屋檐下，没有冒雨离开。不远处马路上的积水越来越深，汽车路过时会溅起很高的水花，路人们都特别小心地躲开那里，以避免被不幸浇湿。

看这雨势，孙靓想她可能要在这里待一段时间了。没过多久，屋檐下又来了几个躲雨的人，他们已经被淋湿了，表情也有些狼狈。

打开手机，孙靓发现电量已经不足 5% 了，她叹了口气，这些电还要用来叫车，所以她锁了屏幕，把手机装回口袋。

午餐是在她身后的这家法国餐厅吃的，与孙靓共进午餐的是秦湘给她介绍的男朋友。那个男的 30 岁，人长得不错，还是在法院工作，可以说，他与孙靓十分般配。只不过这个有点高傲的男人对孙靓似乎并不感兴趣，午餐的时候两个人聊得不是很开心，孙靓总是在试图找一些话题，但他却有一句没一句的，似乎心不在焉。

约会仅仅持续了 40 分钟左右，最后还是孙靓买的单。被冷落的孙靓心里的确不怎么舒服，再加上这场突如其来的雨，让她休假日好好的心情坏到了极点。

雨小了些，孙靓立刻拿起手机准备叫车。这种天气叫车的人非常多，在她前面的还有 29 位客人在等待，不过她手机的电量似乎不允许她等待这么长的时间。她想了想，实在不行就只能冒雨去地铁站了，即便地铁口距离这边还有一千米的路程，但除此之外也没有其他办法了。

"叮叮……"

手机发出了声响，她发现是有顺路的司机接了她的单，而且从地图上来看，车子已经到了距她不足 200 米的地方。

一分钟后，接单的黑色奥迪车出现在孙靓的视野里。雨中，打着双闪的车格外醒目。孙靓快步过去，用比平时快两倍的速度上了车。

"您好！"司机师傅侧过脸开口说，"侧门手扣里有纸巾。"

"好的，谢谢。"

孙靓抽出纸巾狼狈地擦着湿漉漉的头发，过了一会儿，司机师傅见孙靓收拾得差不多了，便说："请您系好安全带，我们出发了。"

"哦，好。"孙靓没有抬头，她从座位下把安全带的一端抽出来扣在了腰间。

"对了，师傅，我的手机要没电了，能让我充下电吗？"孙靓转头的时候看到了司机的脸，就在这一瞬间，她愣住了！那不是一张多么完美的面容，但却足够让她沦陷其中。

他没有看孙靓，但却用很恭敬的语气回答说："当然，请自便吧！"

他的侧脸十分精致，有点像明星。眼睛不算大但却炯炯有神。他开车的样子很踏实，感觉会是个十分值得托付的男人。

孙靓把手机接到了数据线上，然后转过头看向车窗外。在车窗上映出的他的影子在微微颤动，就像孙靓的心跳，她偷偷地看他，好似青春的爱恋。

过了前边的路口右转就是孙靓的家了，"是否跟他要微信"的难题到了需要做决策的时刻。孙靓内心清楚得很，若错过了他，可能下次的怦然心动就会遥遥无期，记得上一次还是在大一时，距离现在已经六年了。

"在前边的咖啡店旁停就好了！"孙靓说话的声音温柔了很多，这跟她刚上车那会儿截然不同。

"嗯，好！"司机打了转向灯，然后缓缓地把车速降了下来。

车子停稳了，孙靓打开车门，"那个……"

"您还有什么事儿？"他看着孙靓，表情十分认真。

孙靓顿时感到自己的脸像被火烧一样，"没什么，谢谢。"她关了门，然后从咖啡店旁的小路飞快地跑进了小区里。

这次坐在这里的气氛要比上次好得多，至少唐兮夏梦是放松的。虽然小婼的眼泪还时不时地滴下、落在夏梦内心深处那块儿最软的地方，但总归，真相是大白了。

在如今的这个时代，看报纸的人真是越来越少了，新媒体的诞生让很多报社关了门。不过高成却是例外，在上午空闲的时间读报是他多年来养成的习惯，而且他还喜欢从后面先开始，因为民生板块是他关注的重点。

唐兮夏梦与一旁的 Araya 在聊天，郑荨低着头在打手机游戏，他们互不干扰却又密不可分。这感觉十分像书里提到的，完美婚姻生活的样子。

"酒店案的资料已经递交检察院了。"栾严军轻轻推开门，从屋外走进来说。

"哦好，辛苦了！"高成从报纸堆里抬起头。从小婼被送上警车之后，他的性格似乎发生了微妙的改变。"中午我请大家吃饭。"他接着说。

"不好意思高队，我一会儿就得上火车了，那个绑架案有了新线索！你们好好吃。"栾严军挠着头，表情上还是对错过这次聚餐有些遗憾。

"是这样……那等你回来，我单独请你吃吧！"

"谢谢队长！"栾严军露出憨憨的笑容。"那我就先去准备了。"

"好。"

栾严军走后，高成把视线拉回到唐兮夏梦他们这里，"事先没跟各位商量就擅自做主安排了中午的饭局，我想各位应该不会介意吧。"

"味道好就不介意。"唐兮夏梦笑了笑说。

高成开完临时会议走出刑警队办公室的时间是中午 11 点 40 分，早些时候他跟唐兮夏梦等人约好了一会儿在停车场碰面，高成会开车带他们去饭店。

警队停车场里的车并不多，只有右边的那排停车位还算是满当，这其中还停着一辆废弃了有段时间的中华车充数，感觉上有些凄凉。

"夏梦，咱们不是还要去交警队吗？怎么你还……"Araya 挽起衣袖，露出修长的小臂。

"高成这个人虽然有些小毛病，但总体还是不错的。我们要在这里打听

Sunny 和冷瞳的下落还得靠他呢！"唐兮夏梦把手臂搭在 Araya 肩膀上，她以前跟孙靓在一起的时候就常常这么做。

"不好意思！临时有会。"高成小跑着过来，气息却异常平稳。

"都是警察，能理解！"唐兮夏梦寒暄了一句。

"那我们就走吧，"高成指了指他右手边的一辆黑色三菱 SUV，"上车吧！"他接着说。

这是一家高级饭庄，坐落在 D 市西南郊的一处山坡上。高成驾驶的汽车绕着山路开了好久才到达这里。一路的颠簸让 Araya 有些疲惫，不过下了车，她就像重获新生一样，因为这里的空气十分新鲜，景致也非常棒。

"就是这里了。"高成锁了车，然后提示大家从用竹子搭建的楼梯上去，楼梯的尽头就是饭庄了。

"这里环境真好！"唐兮夏梦赞叹的同时眺望远方，从这里可以清楚地看到国境线。

"不只环境，这边的饭菜也是一绝。"高成称赞道。

"那我们就期待着了。"唐兮夏梦笑了笑，"哦对了，跑这么远来吃饭没关系吗？"

"没事儿，暂时看来下午还不会有什么安排。"

也许因为是工作日，又赶上中午，所以用餐的客人很少，只有靠收银台的两张桌子坐了人。

服务员把他们带到了一个雅间，显然高成已经做好了安排。

雅间里的大窗户可以清楚地看到外面的景色，在这样的环境下吃饭确实让人感到心旷神怡。

高成面带笑容地把菜单递给唐兮夏梦："吃什么随便点，别客气！"

"我都可以！"唐兮夏梦把菜单推了回来，"你常来肯定知道什么好吃。"

高成叫来服务员，点了大概六七个菜，其中有一道让夏梦颇感兴趣，叫"走水鸭下"。

"这菜名都好有情调啊！"Araya说。

"是，也算是这里的特色吧！"高成饮了一口茶笑呵呵地说。

"高队长为何突然想起请我们吃饭啊，不会是代表刑警队特地欢迎我们'瘟疫专案组'吧？"唐兮夏梦用手捂着嘴巴，忍俊不禁地说。

"夏梦你说笑了！那个案子虽说引起了不小的轰动，但终归不属于我们的职责范畴，所以就谈不上欢迎了。我请你们的原因，你该很清楚啊。"

确实，唐兮夏梦心知肚明，她那么说只是为了小小的调侃一下。

"那是我们应该做的，所以高队长就没必要客气了。"

"不不！这件案子让我对自己有了新的认识，我非常感谢你们！"高成认真起来，态度也十分诚恳。

唐兮夏梦没有说话，只是低头饮了一口茶。

"之前我的态度可能……"高成有些腼腆，"哈哈，不提了，不提了！反正现在我对你佩服的是五体投地啊！"他看着唐兮夏梦说。

"你太客气了高队！"唐兮夏梦举起茶杯，"我就以茶代酒了，以后肯定还有很多地方需要你支持。"

"没问题，没问题！"

饭菜已经吃得差不多了，大家也都酒足饭饱，"走水鸭下"果然如唐兮夏梦期待的那样美味。

"夏梦，"高成手中的筷子停在半空中，他表情严肃，与此时的姿势完全不相符。这两个字他酝酿了许久，但不知道该何时说出，所以临时的决定让他手足无措。

"高队有话请讲。"唐兮夏梦松弛的神经突然绷紧了，高成的神态让她感到不安。

"你并不是专案组的成员吧？"

唐兮夏梦大吃一惊，她盯着高成的眼睛，后背已经冒起了冷汗。

"看来是这样！"高成用筷子，随便夹了一块儿木耳，这是他今天第一次吃木耳，"我查过你的资料，你确实是警察不假，只是5月初的时候你已经离职了。我一直在怀疑你的身份，一开始你说你是因为休假没带证件，我当时相信是因为你说出了秦湘。但后来我越想越不对劲，因为随身携带警员证是一个职业警察最基本的素养，更别说一个刑侦专家了。"

高成的语气很温和，完全不带有任何攻击性，可唐兮夏梦却像被逼入了死角，无论如何挣扎都于事无补。

"昨天下午我无意中听到了一条消息，说是'瘟疫专案组'会在明天下午到达本市。于是，我从那一刻起就知道了，你一直都在说谎，对吗，夏梦？"

Araya 的心已经提到了嗓子眼，她下意识地屏住了呼吸，看着桌子对面的唐兮夏梦。此刻她一动不动，难以想象她在琢磨什么，是坦白？还是狡辩？

唐兮夏梦迟迟没有说话，高成在耐心地等待她的回答，没有因为唐兮夏梦的沉默而烦躁。

唐兮夏梦深深叹了口气，感觉接下来她可能要说些什么了……

"你说得对……"唐兮夏梦轻轻摇了摇头，表情带着无可奈何和小小的释然。"不过你却并不是来兴师问罪的。"

"确实。"

"为什么？"

"因为你们不是坏人，我只是不明白你们为什么要这么做，难道瘟疫案的死者跟你们有着某种关系？"

郑荨和一旁的 Araya 彼此看了一眼，然后又把目光对准唐兮夏梦……

"事到如今，我们一切都不瞒你了，只是在这之前，你务必答应我一个条件！"唐兮夏梦摸了摸脑门，把手旁的茶杯推到一边。

"说吧。"高成拿出烟，但没有立刻点燃。

"让 Araya 和郑荨先离开！"

高成有些吃惊，他拿开将要点燃的香烟，"这是为何？"他问。

"不能说！你只需要答应我就好了。"

"我们不走！"Araya 站了起来，气势汹汹地说。

"别闹！"唐兮夏梦严厉地说，"郑荨，你立刻带她走。"

"那你呢？"

"你们放心，我不会有事儿的！"

在郑荨和 Araya 离开了约 20 分钟左右后，唐兮夏梦才开始了她的陈述。中途，高成无论多惊讶都没有打断她。30 分钟的时间里，房间里静悄悄的，只有唐兮夏梦逐渐沙哑的声音。

烟盒里的烟只剩下了最后一根，与之此消彼长的是烟灰缸里的烟蒂，这本是高成 3 天的量，但今天，唐兮夏梦的故事成了他吸烟的催化剂。

高成把窗户打开，屋内的烟雾被风给吹散，露出了事情的端倪。

"我不能保证你会不会对他们采取行动，所以我只能让他们先走。"唐兮夏梦走到窗边，与高成面对面。

"虽然你的意图是好的，但这样做实在欠妥！这是包庇罪，知道吗？"高成叹了口气，表情有些许失落。

"我知道，但对我来说，这也是'义不容辞'。"

"别傻了！"高成突然提高了音量，仿佛有什么扎疼了他的心，"凭你们几个怎么可能？"

"不试试怎么会知道呢？"

"你已经不是警察了！"

"是，确实，但我是在给他们赎罪啊！"唐兮夏梦低下头，长发垂下遮住了脸。

"你不要忘了，郑荨可是你的仇人啊。"

"所以我才更要走近他！我知道他在为了什么理由而隐瞒事情的真相，但只要我在他们身边，我就能找到蛛丝马迹。"

"真相……真的那么重要？"

"也许对别人来说不重要，糊涂地活着也许是最开心的。但对我，真相就是一切。"

"夏梦你错了！人生最大的智慧在于'放下'，你男朋友一定不希望你因为他的死而耿耿于怀，你现在最应该做的是争取未来！"

"争取……未来？"

Don't get too close to me

第十一章
事情的真相

孙靓的假期明天就要结束了，她抓住最后的时间与床亲密接触。上午9点多的时候她曾起床上过一次卫生间，之后就是一轮长达六个多小时的睡眠，再睁开眼的时候已经是下午3点15分了。

肚子饿了，这是她睁开眼睛后收到的第一个信号，这个时间那家喜欢的餐厅并不在营业时间内。所以，她只能随便叫个外卖了。不过至于是汉堡炸鸡还是日式便当，那就看心情了。

手机没放在枕头下面。孙靓用胳膊支撑着身体费力地爬起来，她琢磨一定是放在床头柜或者包里了，不过昨天回家后好像并没有再使用手机，所以她也不十分肯定。

"糟了，难道又丢了？"孙靓捂着脸瘫在沙发上，旁边的茶几上还放着那张与哥哥的合影。

所有能想到的地方都找过了，看来八成是丢了。现在，只有最后一个办法了，她立刻拿起座机拨下了号码。

让孙靓没想到的是，电话并没有关机，照理说这么久没充电也该没电了才对。

"喂，你好！"

电话被接了起来！

"我的电话怎么会在你那里？"孙靓有些气愤地说。

"你先别生气！"电话那头的声音似曾相识。"昨天你把它落在我的车上了，我又打不开密码锁，所以根本没法找到你，不过幸好你打来电话了。"

"噢！"孙靓突然兴奋起来，声音也温柔了很多，"刚才不好意思啊！"

"没关系，没关系！你看你什么时候方便我去把手机送给你吧！"

"我现在就在家呢！"

"是昨天你下车的地方吗？"

"嗯，对！"

"好，我现在在郊区，过去大概 45 分钟左右！"

"没关系，不着急！"

挂了电话后孙靓就立刻行动起来，因为接下来的 45 分钟内，她要完成洗澡、化妆、搭配衣服等一系列工作。这点时间对于一个女生来说，可是仓促得很。

洗澡和搭配衣服用了大概 15 分钟左右，接下来就是化妆。对于平时只化淡妆的孙靓来说，这可是最头疼的环节，她想这个时候若有唐兮夏梦在身边就会踏实多了，但现在，一切都得自己来了。

一切准备就绪，孙靓用了 50 分钟左右，这比司机告诉她的时间要晚 5 分钟。不过座机并没有响起，说明他应该还在路上。

马上就 5 点了，但座机还是没响。难道是路上出了什么事儿？孙靓心里犯起了嘀咕。她迟疑了一会儿，然后拿起了座机。

电话很快就被接了起来。

"你到了吗？"孙靓有些担心地问。

"我到了！"

"好，那我马上下楼。"孙靓挂了电话就向门外跑去。

车子还是停在那个地方，孙靓甚至觉得昨天停在这里的时候留下了胎印，所以今天才能那么准确地找到这儿。

孙靓跑过去敲了敲车窗，他们隔着窗户用微笑先打了个招呼，接着司机解锁了车门。

"真不好意思啊！"孙靓钻进车子里，她看着他的眼睛，脸立刻就红了起来。

"没关系，没关系。"司机边说着边把孙靓的手机还给了她。

"如果可以，晚上我能请你吃饭吗？为了表示感谢。"

孙靓的请求算得上顺理成章。但在他面前，这样的答谢似乎也被扣上了"搭讪"的帽子。

"别客气，我也没做什么！"他回道，但没有明确说不去。

"已经帮了我很大忙了，"孙靓看了一眼时间，"现在已经 5 点了，我们就在附近吃个便饭就好，我知道一家很好吃的日料，你放心，不会耽误你太久的。"

盛情难却。"那好吧，你来指路。"他说。

日本餐厅的灯光一般都比较明亮，它不像有些烧烤或者西餐厅那样故弄玄虚，搞一个很昏暗的场景来烘托气氛。可能日本人就是喜欢在一个安静明亮的环境下用餐吧。

这家日料的价格不低，若是一般请客，孙靓是绝对不可能把人带到这儿来的。不过今天情况特殊，她甚至感觉人均 700 元的价格也不足以匹配这次约会。

孙靓选的位置在一处假山旁边，这是一个标准的双人包间，最低消费 1200 元。若再加上服务费等乱七八糟的费用，估计没个 2000 块下不来。孙靓这次真的是下血本了。

服务员帮他们把鞋子收起来，放在了包间门口的鞋架上。之后点菜员拿来了菜单。

"今天的特价菜是金枪鱼刺身和象拔蚌。"点菜员微笑着说。

菜点完了，孙靓心里估算了一下，2000 元应该是有了。

"还不知道你叫什么呢？"孙靓微笑着，这表情比刚开始自然多了。"我叫孙靓，一个刑警。"

"我叫李甯俊，一个司机。"他笑了笑，然后有些不自信地低了低头。

"哦？像韩国人的名字。"

"大家都这么说！"李甯俊挠挠头，有些不好意思地说。

孙靓羞涩地笑了笑，内心对即将开始的晚餐充满了期待。

"你是警察啊？"李甯俊喝了一口清茶继续说。

"嗯，刑警！怎么，怕了？"孙靓边笑着边把芥末挤到李甯俊碟子里。

"谢谢，一点点就好！"

"怕吃辣？"

"有点儿。"

"哈哈！甯俊胆子很小啊。"

"也不是，单纯不太习惯这个味道而已。"

"那你点一些鳗鱼饭之类的吧，那个没有芥末。"

"不了，芥末只要别太多就还好，我倒很喜欢刺身酱油的味道。"

"那多吃点儿，别客气！"

从刚开始有些尴尬的话题到后来自然而然的说笑，这个过程仿佛十分漫长。可能带着特殊感情的相遇到相知就是要像过山车那样冲上来再滑下去。我们在这过程中担忧前方的未知，但又舍不得停下来、刹住那即将而来的激情，即便再普通的爱情都要经历这段惊心动魄。可两张票永远只能坐一回过山车，下了车、到了平地上，我们才真正明白，爱情的尽头永远都不是婚姻，而是在平淡中看到了彼此的真实。

汽车的引擎声再次响起，不久后就消失在黑夜的浓稠里。孙靓和李甯俊的约会一直持续到餐厅打烊，但两人意犹未尽的离别预示着故事才刚刚开始……

从交警队查到的路口监控资料可以大致判断，路岚当天是从 D 市的南郊开车出发的，大概位置可能是在景山村一带。

景山村是 D 市最南边的小村，那里背靠大山，人烟稀少。从派出所那边得来的消息说：村里的人口不足百人，且与世隔绝，几乎不与外人来往。

"那他们靠什么生活呢？"车子后排的 Araya 问。

"村里人嘛，靠山吃山，山里的资源足够村民们养家糊口了。"高成边解释着边向车窗外弹着烟灰。

"所以，夏梦你才会认为 Sunny 更有可能会藏在那里？"郑荨把头伸到前排驾驶座中间，低声问。

"嗯，既鲜为人知又背靠大山，我想那里会是个好的藏身之所。"副驾上的唐兮夏梦边点头边说。

"可今天已经 6 月 16 日了，距离事发到现在也有一段时间了，Sunny 还会待在原地不动吗？"Araya 扶着脑袋，眼睛注视着窗外崎岖蜿蜒的公路。

"不好讲，不过这是目前唯一的线索，只能当她在了。"

"夏梦，你还真是有魅力啊！"Araya 说。

"啊？"

"连高队长都被你拉来了。"

唐兮夏梦低头笑了笑，然后偷偷看了眼高成。

"别这么说！我是感谢你们破获了酒店的案子，另外……"高成轻轻咳嗽了一声，"我也是被夏梦的执着感动了。"

"哦，你不是看人家漂亮啊！"Araya 笑着调侃道。

"你说什么呢？"唐兮夏梦转过身，拿着矿泉水瓶轻轻打了一下 Araya。

"怎么你还想杀人灭口啊？"Araya 用手阻拦着唐兮夏梦笑着说。

郑荨在一旁沉默不语，他就像写意画里突然出现的一个用细腻线条勾勒的器皿，与整体极不协调。

高成倒是没有扭捏，他开怀地笑着。此时此刻在所有人里面，他倒像个长者。

前边的地势平缓了许多，路边还出现了饭庄，在进入山区以来，这还是碰见的第一家。

高成看了眼车上的时钟。"已经 11 点了，我们是不是在前面吃个饭再出发？"他说。

"也好，我想他们也饿了。"唐兮夏梦说。

Araya 靠在郑荨的肩头上睡着了。郑荨则拿着 Araya 的耳机在听音乐，他的表情比刚才好了一些。

路边一个黑黢黢的老农在朝他们招手，看样子像是饭庄的老板。

高成按照老农的指示把车子停在了饭庄旁的一个大帐篷下，中午的阳光有些毒辣，停在这里可以让车内的温度不会变得很高。

饭庄里只有四张桌子，不过每张桌子都很大，再加上收银台基本就把大厅里铺得满满当当了。隔壁的房间像是雅间，门虚掩着，感觉上里面不像有人。

"给我们随便来点你们的特色菜就好，我们着急赶路，尽快啊！"高成态度很客气，他甚至为了迎合老农的目光，还主动弯了弯腰。

"好，好，你们坐，你们坐，菜马上就来。"老农的声音苍劲有力，完全不像是一个外表干瘦的人发出来的。

"我们就在这边坐吧。"高成指着就近的那张桌子说。

Araya 似乎还有些意犹未尽，她的睡意依然，不过这也正常，昨晚在酒店里的谈话持续了太久。原以为高成再次出现是要把他们带走，可没想到却成了同路人。

"一路上就只有这一家饭庄吗？"唐兮夏梦问。

"嗯，应该是。"高成用餐巾纸擦了擦他面前的桌子说。

"这边还真是荒凉。"

"嗯，这附近没什么景区，所以也没啥人开饭店了。"

"所以，Sunny 他们说不定也来过这里！"

"有可能，那叫来老板问问？"

"正有此意！"

唐兮夏梦拉出一张椅子，她示意老农坐在她对面。看得出刚才他一定是在厨房忙着做饭来着，因为他手上还沾着少许的蛋液，突然把他叫来问话，甚至都没来得及擦干净。

"姑娘，找我有什么事儿？"老农表情有些慌张，但不是心虚。

"您别紧张，我只是想问您几个事儿。"唐兮夏梦露出温柔的笑容说。

"好好！姑娘你说。"

"最近有没有一大队人来您的饭庄吃饭啊？"

"一大队？"

"是，比如七八人这样子或者更多？"

"七八个人那倒没有，不过半过多月以前来过一行六人。"

"一行六人？"

"是，有男有女。"

"那您能帮我看看这些照片里面有没有他们吗？"

说着，夏梦把手机放到老农面前，然后缓慢地滑动照片。

老农眯着眼睛，仔仔细细地看着，就像是父亲在检查儿子作业那样认真。"是她！"他突然喊道。听到喊声的众人立刻围了上来，只见屏幕上出现的就是 Sunny 的照片。

"我记得很清楚，那个姑娘是灰头发，所以很好认。"

"您确定是她吗？"夏梦确认道。

"确定！"

唐兮夏梦与 Araya 眼神交汇在一起，面露喜色。

"那，"唐兮夏梦把手机搁到一边，"他们有没有提过要去哪里呢？"

"这倒没有。"老农揉了揉眼角，"不过这条路的尽头只通向边境哨所和景山村。"

"那景山村距这里还有多远？"

"七八十千米吧，开车的话估计还要两个多小时。"

"明白了，谢谢您！"

"不客气，那没事儿的话我就去给你们上菜？"

"好，辛苦老板！"

吃过午饭，夏梦他们就马不停蹄地出发了。只是这次开车的人换成了郑荨，唐兮夏梦和 Araya 坐到了后排。

山路越来越难走，不平整的柏油路让车身不停地颠簸，但即便如此也仍无法消除众人的疲惫。开车的郑荨咀嚼着早已没了滋味儿的口香糖，一旁的高成一根一根地抽着香烟，至于后排的姑娘们则早已沉浸在梦境中，做着不知什么样的梦了。

车子突然停了下来，后排的唐兮夏梦和 Araya 被迫醒来，她们揉揉眼睛，看向窗外。

"怎么停了？"唐兮夏梦问。

"前边有落石。"郑荨说。

"啊？"唐兮夏梦赶紧打开车窗向前方看去。

"不过不太严重，我们把石头清理一下应该还可以继续走。"

"那我们就一起去吧。"唐兮夏梦说。

"不，你和 Araya 待在车里，我跟高成过去就好。"

"为什么？"

"听郑荨的吧，"高成说，"让你们留在车里是为你们好！"

说完，他们二人下了车，没有给唐兮夏梦反驳的机会。

落石的地方是在公路的拐角处，所以在车里并不能一窥全貌。当郑荨和高成走近时才发现，情况比他们想象的要严重。

"看来全部处理完得花些时间了。"郑荨说。

"是啊。"高成蹲下来捡起一块儿落石，然后用力扔了出去。

"后备厢有铲子之类的工具吗？"

"记不清了，我去找找吧。"

高成起身回车里找铲子，郑荨则走到崖边向远处眺望，他试图去寻找景山村的影子，但四周全是一座座的小山，唯一醒目的就只是蜿蜒在山腰上的柏油公路了。

按照这个进度来看，到景山村可能要傍晚了！他心里这样想着。此时，高成回来了，他手里拿着一把铁铲，背后还跟着唐兮夏梦。

"不是让你别来吗？"郑荨有点不高兴地说。

"没事儿，我刚才查看了山体上的土质，短时间内应该不会再出意外了。"高成解释说。

"让 Araya 休息吧，我来帮你们，不然到景山村得多晚啊！"

"那好吧！夏梦，你只要负责体积小的落石就好了。"

下午的温度很高，他们才忙活了不到 20 分钟就已经大汗淋漓了。

"我去拿瓶水给你。"郑荨凑到唐兮夏梦身边说。

"不用，快点儿干活吧。"

"这么热不喝水怎么行？"

"你烦不烦啊！要喝你自己喝。"唐兮夏梦快走了几步，拉开了与郑荨间的距离。

高成那边的落石已经被处理到了路的两边，他看了看四周，发现只差郑荨的这片"重灾区"了。

"喂！"高成走到郑荨这边，"我来帮你。"

"谢了。"郑荨表情沮丧，头发垂下来遮住了眼睛。

"看来这个女孩儿不太好搞定啊。"高成注视着不远处唐兮夏梦的同时，带着理解的语气说。

郑荨抬起头瞪着高成，没有说话。

"若你跟她男朋友的死无关也许还有希望，但现在……"高成将一块儿落石铲到一边，"难啊！"

"这个不用你操心。"郑荨低下头，继续手里的工作。

"她男朋友到底怎么死的，能跟我说说吗？"

"你？"

"嗯。"

"一个警察？"郑荨看着他，一副不可思议的表情。

"你现在不也跟警察在一条船上吗？"高成不为所动，继续平和地说。

"哈哈。"郑荨突然发笑。

"笑什么？"

"你这个人有点意思！我本以为你只会摆架子，看来是我错了。"

"那只是第一印象而已！你喜欢上夏梦也是因为第一印象。只不过第一印象通常存在欺骗性的，好的第一印象并不能代表接触越久就越喜欢，反之同理。"

"你到底想说什么？"郑荨停下手里的活，挺直腰板说。

"我想知道夏梦男朋友死亡的真相！"高成的表情突然阴沉了下来。

"是夏梦让你问的？"

"不。"

"那你调查它的意义在哪里？掌握证据？抓我？"

"别逗了！"高成笑着说。

郑荨也笑了，他轻咳了一声说："到了景山村，我们找个地方散散步？"

"那一言为定！"高成拍了拍郑荨的后背说。

"嗯。"

"你这个人也不是那么讨人厌。"郑荨紧接着说。

"谢谢。"高成回过头，嘴角微微扬起。

景山村三个字出现在一块儿大部分掩埋在土里的石碑上，它斜着身子站在冰冷的村头，像个把一生献给边疆的战士，令人尊敬。

进村的道路还算平坦，只是有些狭窄，不过相比来时的山路要好很多。道路两边村民们种的庄稼缓慢地进入和淡出众人的视野，感觉上这倒像是一部电影的片头，缓缓地开始，然后逐步地勾起人们对于未知的期待。

唐兮夏梦把头伸出窗外，像是女主人公的首次出镜。只不过在这部剧里，她扮演的就是她自己。但即将开始的情节不是编剧早已决定的，一切都要看老天的安排。所以在这景山村的深处到底藏着什么，他们还能不能安然无恙地离开，这谜底只能他们自己去揭开了。

"夏梦你在看什么？从刚才你就一直盯着外面看。"Araya探过身来，把下巴放在了唐兮夏梦的左肩上。

"我在观察路面啊。"

"路面？"

"是啊。"

"路面有什么奇怪吗？"

"有车辙。"

"那有什么不对吗？"

"不，没什么。我只是可以断定 Sunny 和 TDCM7 一定来过这里了！"

"通过车辙？"高成回过头，夕阳从他的耳边透过来，照着 Araya 的半边脸颊。

"是，这泥路上有两种轮胎印，一种是轿车的，另一种是类似 GL8 那样的商务车的。根据中午饭馆老板跟我们说的，Sunny 一行应该是六人。那么如果是这样，他们有必要在拥有一辆 GL8 的情况下再开另外一辆轿车么？所以这就说明 GL8 上拉的并不是人。既然不是人，又会是什么呢？"

"是 TDCM7！？"Araya 说。

"嗯，这是合理的解释。"

"也就是说我们一定会在这里收获什么了。"高成摇上车窗，语气上带着点大战将至的意味。

"不管她到底还在不在这里，我们都要小心谨慎！"唐兮夏梦嘱咐道。

找到落脚的地方时天已经黑透了。唐兮夏梦怕大家被 Sunny 发现，于是便提议住在了村后的树林里。结束了一天的路程，大家都十分疲惫，他们找了处还算宽敞的地方休息，郑荨和高成则把捡来的枯树叶堆成一小堆，然后用打火机点着了。

树林里很安静，只是偶尔会传来不知名的鸟叫声。

"很有露营的感觉啊！"Araya 烤着篝火说。夜晚山里的温度还是有些低的。

"如果不是你们两个，我们也许真的可以好好地找个地方露营呢！"唐兮夏梦盯着 Araya，嘴上这么说，心里却没有半点责怪的意思。

Araya 腼腆地低下头，然后瞄了眼郑荨，他在一旁用树枝捅着篝火。

"搬了一下午石头，饿了！"唐兮夏梦打开肩膀，伸了伸胳膊说。

"我从店老板那里买了一些烧饼和熟肉，应该够这几天吃了！不过可能比较单调，大家忍忍吧。"高成说。

"哇，真好！幸好你想得周到，不然我们就饿肚子了。"Araya 说。

"那我去拿过来，咱们放在火上烤一烤就好了。"

"辛苦了。"唐兮夏梦和 Araya 异口同声道。

虽然只有烧饼和熟肉，但是大家却很享受，此情此景也确实更适合这样单调的食物。

"我吃饱了！"高成把最后一口肉塞进嘴里。

"给。"郑荨递过来一瓶水。

"谢谢。"

"我也吃饱了，去走走吧。"郑荨说。

"哦好！"

说完，两个人同时起身。

"这么晚了你们要去哪儿？"唐兮夏梦奇怪地看着他俩。

"男人之间的事儿，女人别管。"高成说。

唐兮夏梦的表情有些哭笑不得，"你们别走太远啊！"她嘱咐道。

"放心吧！"

他们沿着进山的路向外走。在郑荨的记忆里，不远处有个小岔路，那儿应该通向小溪边，他决定和高成去那边看看。

两个人并排前进，由于身高和体型都差不多，所以步子频率也十分相似。

"可以说说了？"高成抖了抖衣袖，可能是刚才烧饼的残渣留在了上面。

"嗯。"郑荨点点头。

"你愿意说出来，说明这件事其实跟你并没有太大关系是吗？"

"这个你来判断吧。"

"那我洗耳恭听了。"

唐兮夏梦倚靠在一棵树下，Araya 就紧紧贴在她身边。越到深夜，山里就越冷，她们后悔没把厚衣服带来一件，但是谁又能想到她们竟然会在山里过夜呢？

Araya 脑袋重重的，看样子已经昏昏欲睡了。

"喂，别在这里睡啊！会感冒的。"唐兮夏梦摸了摸她的脑袋说。

Araya 挣扎地睁开眼，朝唐兮夏梦傻乎乎地笑了笑。

"傻瓜！"唐兮夏梦露齿一笑，"你去车上睡吧。"

"那你呢？"Araya 揉揉眼睛说。

"我去找找他们，他们去了好久了。"

"嗯，那你小心点。"

"知道了，快去吧。"唐兮夏梦站起身，"哦对了，把车子锁好啊！"

"嗯，放心吧。"

看着 Araya 离去的背影，唐兮夏梦的笑容逐渐散去，她开始心事重重，但并不是担心 Araya，而是关于高成和郑荨这场莫名其妙的谈话，当然她并不认为这一定是坏事儿。可隐隐之中，有个声音却在时刻提醒她——即将有大事发生了。这个预感，让她惴惴不安。

小溪在轻柔的月光下静静地流淌，波光粼粼的水面带着尘埃流向下游。尽头，是瀑布还是江河，或是依然的小溪？执着前行才能一探究竟，但不管怎样，未来容不得你喜欢或者厌烦，要么昂首挺胸，要么就此沉沦。

"你说他吸毒？"高成眉头紧锁，指尖的香烟空燃了许久。

"嗯，毒品和赌博毁了他，后来他连行走都困难，更别说回到赛场上了。"郑荨打了个冷战，然后把手伸进衣兜里。

"他是如何染上毒瘾的？"

"他在职业生涯的巅峰期认识了很多圈内的知名人士，当然，也有图谋不轨的人。玛卡西就是其中之一，正是玛卡西把他带入了堕落之渊。"

"这个玛卡西是什么人？"

"不是很清楚，我估计可能是他的竞争对手派来的。"郑荨分析道，"夏梦男朋友与玛卡西认识后，就被他带入了赌场，而正是在那里，他染上了毒瘾。"

"那后来他的毒品都是由裴勇供应的了？"

"是，他跟裴勇早就认识了。后来夏梦男朋友背了一屁股债，根本买不起毒品，所以只能求裴勇低价卖给他。"

"明白了！那后来他的死是？"

"夏梦猜得没错,他确实死于 TDCM7,而且药也是我给他的。"

"给?"高成吃惊地说,"这么说他是自杀?"

"是。"

"你为什么这么做?"

"其实我是在救他。那段时间他已经痛苦到极致了,没有毒品,他只能等死,我索性成全他。而且 TDCM7 这种致幻药虽然极为厉害,但是中毒者死亡的过程会飘飘欲仙,完全不知道自己在做什么,它的效用堪比'安乐死',所以这样死去,也算是个好的结局。"

"可,"高成有些不解,"你为什么要给他药?照你说的他的事情绝对瞒不了夏梦多久了,一旦夏梦知道真相,她悲痛之下你不就有机会了吗,难道,你与他关系颇深?"

"不,我甚至都没见过他。"

"那又是为了什么?"

"为了不让夏梦痛苦!"

"那你是打算扛着这个秘密,让夏梦恨你一辈子了?"

"她是警察,我是犯人,就算没有这回事,她也不会跟我在一起。"

"我原以为这种事情是不可能发生在现实里的,现在看来是我错了,原来还真有如此痴情的男人!"

"我就当你是夸我了。"郑荨叹了口气说。

"夏梦对男朋友的爱刻骨铭心。可如果这件事情真相大白,那么对她的打击一定是毁灭性的。"

郑荨点头表示同意。

"那你为什么要把真相告诉我呢?"高成回首问。

"看你顺眼!"郑荨微笑着,"其实我也是有私心的。"

"说说!"

"裴勇死了,知道事情真相的就只剩下我了,我虽然不准备把真相告诉夏梦,但我不希望我死后,夏梦还一直恨着我,我希望有一个人能在我死后告诉她真相。"

"你死后？"高成一脸惊愕。

"是，我已经随时准备赴死了！"

"我不明白！"

"夏梦曾经许诺，等 TDCM7 的事情过去之后，就会让我跟 Araya 离开。"

"我知道，她跟我提过。"

"你当然知道她这么做会冒怎样的风险！"

高成点点头，表情严肃，"所以你打算事情结束之后就自首？"

"是。"

高成叹了口气，心中若有所思。

"你是不是觉得我很幼稚？"郑荨把手指轻轻插进头发，然后顺着头发的自然方向捋了捋。

"不，相反的，我很佩服你！"高成抿了抿嘴，语重心长地说。

"当真吗？"郑荨笑了笑。

"你看我也不像开玩笑吧！"

他们紧握拳头，撞在一起，随后发出了充满雄性的笑声。

"你们在傻笑什么？"这时，唐兮夏梦的声音从幽深的小路那边传来。她慢慢地靠近他们，面容也逐渐清晰。

看到唐兮夏梦找了过来，郑荨有些吃惊，他收起了笑容问："你怎么来了？"

"你们这么久不回来，我当然要来找你们了！"唐兮夏梦略带抱怨的语气说。

高成郑荨彼此看了一眼，然后同时用微笑回应唐兮夏梦。

"你们在说什么啊？如果我不来，你们是不是打算秉烛夜谈啊？"

"你就别操心啦！"高成有些不耐烦地说，"男人和男人的对话，你不懂。"

"少来了，"唐兮夏梦不屑地说，"男人跟男人之间无非就是聊女人嘛！你们又不像是能在一起做生意的人！"

高成心里默默地点头，他十分肯定唐兮夏梦的推断，而且他也坚信唐兮夏梦猜得到他们谈话的主题。不过目前为止，知道谈话主题也无所谓，毕竟距离触及事情的真相还有相当的距离。在大战到来之前，高成不想让别的事影响唐兮夏梦，因为她一旦在这个时候失去该有的冷静，那无疑是致命的。

见他俩都不说话，唐兮夏梦有些生气，她走到郑荨面前，瞪大了眼睛，"喂！你到底说不说？"

"你让我说什么？"郑荨眨了眨眼睛，故意装不知道。

"我男朋友死亡的真相！"唐兮夏梦扯着郑荨的衣领，声音像狂风般呼啸而来。

"夏梦你别这样！"高成上前，想要拉住唐兮夏梦。

唐兮夏梦根本不理高成的劝阻，她直勾勾地盯着郑荨，等待着从他口中得知事情的真相。

郑荨第一次与唐兮夏梦离得这么近，他与她四目相对，很快就脸红了。他的心头燃着一把火，并且火势越来越大，烧得他无法控制自己的感情。

郑荨的嘴巴不自觉地吻了过去。

没有像偶像剧里那样挨耳光，唐兮夏梦只是退后了几步呆呆地看着他，这一刻，她的大脑停止了运转，因为她不知道发生了什么。

"夏，夏梦……我……"

"'法官'，你可真会来事儿！"

一个冰冷刺骨的声音从某处传来。他们三个从尴尬的局面里醒来，转身寻找着声音来源。

郑荨和唐兮夏梦一下子严肃起来，他们没想到恶意竟然来得如此之快，他们心知肚明这声轻蔑冷酷的声音出自一副怎样的皮囊！这个人，也许正在黑暗中举着枪，瞄着某人的眉心。

"啪！"

枪声果然响了，唐兮夏梦与郑荨彼此相望，但他们都安然无恙。

"你，你没事儿吧。"郑荨慌张地看着唐兮夏梦。

"高成！"唐兮夏梦猛地意识到了，她赶紧去拉他，但是已经太晚了，高成应声栽倒在小溪边，泥水沾满了全身。

"Sunny，你这混蛋！"郑荨怒吼着，这声音划破苍穹，像是在黑暗中突然袭来的惊雷。

"为了素不相识的人，你也可以这样愤怒啊，看来我真的高估你了！"Sunny从小溪对面的一颗矮树后走出来，笑容阴险。

"高成，高成！你醒醒！你怎么样啊？！你跟我说话！你跟我说话啊！"唐兮夏梦跪在地上用力摇着他，可高成却紧闭双眼，一动不动。

"夏梦，"郑荨蹲下来把她拥在怀里，"别这样，别这样！"

"不要！不要！我不要这样。"唐兮夏梦痛哭着，右手还紧紧地抓着高成的衣领。

"夏……夏梦。"

"高成？"唐兮夏梦擦了擦眼泪凑到高成面前，"你……你没事儿吧？"

高成用尽全力笑了笑，"傻吧，怎么……怎么……可能没事儿……呢？"他把手从身后抽出来放到夏梦面前。

"你……流了好多血！你坚持住，我现在就送你去医院。郑荨你现在去开车过来，快去！"

"夏梦。"郑荨沮丧地看着她。

"废什么话！你赶快去！快去啊！"

"不，不，别……别为难他了，"高成轻咳了几声，"我不行了，根本……根本……动不了。"

"别瞎说！你是刑警队队长，你一定可以的。"

"不……不……我……真的不行了。"

"我现在去开车！你等我，等我啊！一定等我！"

"不，夏梦你别走……陪……陪我说话……"高成费力地抬了抬头，"陪我说话。"

"好，好，咱们说话！"唐兮夏梦拉着他的手，眼泪毫无保留地滴在了高成的脸上。

"郑荨……他是……爱……你的。"

"你说什么呢？"唐兮夏梦擦擦眼泪说。

"别……插话……"

唐兮夏梦用力点点头，然后双唇紧闭。

高成从衣兜里拿出手机，然后递给唐兮夏梦，这过程十分缓慢，就像工地里起重机运输钢材那样。

手机的外壳有些磨损，一半沾满了血迹，但唐兮夏梦却紧紧地攥着，像是握着生命一样。

"我困……了，夏梦……我先睡了……不好意思……"高成用尽最后的力气，他试图让声音清晰，可却越来越微弱。逐渐的，他的意识模糊了。最后，他躺在冰冷潮湿的地上，死了。

一旁的Sunny嘲讽般地鼓起了掌，"真是感人啊！"她说。

"你这个混蛋！"唐兮夏梦猛地朝Sunny冲过来，她几步就跨越了小溪。

夏梦紧握的拳头与Sunny的手枪几乎同一时间抵在彼此的脑袋上。

"夏梦，你想清楚了，我顶多是嘴角出点儿血，而你可就真的香消玉殒了。"

"你有胆就开枪打死我啊！你来啊。"唐兮夏梦愤怒地说。

"不不，我宁愿让你用拳头打我！"Sunny放下枪，双手张开，摆出一副委屈的姿态。

"你到底想怎样？为什么杀高成！"郑荨站起来严厉地说。

"他可是警察啊！不杀他怎么行？"Sunny撅起了嘴，一副任性的表情。

"你早就知道我们会找到这里！你在这里等我们？"唐兮夏梦问。

"聪明！要不然过了这么久我怎么可能还留在这里呢？"

"你到底想干什么？明说了吧！"

"交易出了问题，我们现在需要'法官'的帮助！"Sunny收起枪，然后整理了下衣领。

…………

"你休想！"

"那可由不得你，现在唐兮夏梦和米拉多娜都在我手上哟！"

"你们！"郑荨咬着牙，齿间发出了"吱吱"的响声。

"好了，'法官'！别再意气用事了，这里不是说话的地方，我们换个地儿好吗？"

Don't get too close to me

第十二章

限时游戏

　　唐兮夏梦醒来的时候发现自己被关在了一栋由圆木构建而成的屋子内，屋子里没有床，只是铺了厚厚的床垫，Araya 和郑荨昏倒在上面。这感觉简直太糟糕了，上一次也是这样被人莫名其妙地关了起来。回想一下，一个昔日的女神探被同一伙人抓走两次，也确实让人有些恼火。

　　与上次唯一的不同在于，上次她是被药物迷晕的，这次是被打晕的，所以，她感到头很痛。她想，果然不是郑荨的手下，所以也不懂得什么怜香惜玉了。

　　"喂，醒醒！"唐兮夏梦试着叫醒他们。

　　郑荨和 Araya 相继醒来，他们起身的动作莫名的相似，让唐兮夏梦忍俊不禁。

　　"这是哪儿？"Araya 挣扎着睁开眼，小声问。

　　"不知道，我们被关起来了。"唐兮夏梦笑着说。

　　"啊？"Araya 表现出吃惊的样子。

　　"你忘了吗？"

　　"哦，想起来了，是 Sunny。"Araya 拍了拍脑袋说。

　　"傻！"

　　"夏梦你怎么还能笑得出来啊？"郑荨问。

　　"我是在笑自己。"唐兮夏梦脸上因为笑容而制造出来的皱纹慢慢消失，随后就一脸的惆怅。

郑荨和 Araya 对视了一眼，眼神中传达着不解。

"行啦！"唐兮夏梦挪了挪身子，跟郑荨和 Araya 坐在一起，形成了一个三角形。"这次你们跟我一样都是阶下囚了，有什么想说的吗？"

"唉！"Araya 叹了口气，然后用手臂撑着脑袋。

郑荨却没有表现得很失落，他的表情似乎在传递着一种释然之后的满足，那不像是九死一生的破釜沉舟，更像是垂死挣扎后的大彻大悟。

唐兮夏梦和 Araya 都看着郑荨，他的头发有些凌乱，但发型还在。不得不说他是一个英俊的男人，那种让大多数女生看了都会喜欢的男人。

见郑荨没有说话，唐兮夏梦便开口问："没有想说的吗？"

郑荨摇摇头，不过他的表情却传递出了一种无畏和坚定。

"哎呀，饿了。"唐兮夏梦岔开话题说。

三个人互相看着彼此，脸上洋溢着微笑，他们就像是在旅行或是参加一场同学会一样。

他们不知道在房间里待了多久，期间他们曾试图想办法逃出去，当然，这是白费力气。

门突然开了，这个场景曾经无数次地在他们三人的脑海中预想过，他们已经准备好了。

"都一天了，饿了吧。"Sunny 从屋外走进来，手里提着一大包东西，看样子像是食物。

"你不用假惺惺！"靠着墙壁而坐的唐兮夏梦恶狠狠地说。

"你神气什么！"Sunny 把东西一扔，然后气冲冲地过来，"你还当自己是女警官呢？我告诉你，别给脸不要脸！要不是看在'法官'的面子上，我早就弄死你了！"

"你动她一下试试！"郑荨猛地站起来，像横穿马路那样挡在唐兮夏梦身前。

"哟，真是感人啊！你这个负心汉！你知道 Araya 为你流过多少眼泪吗？你现在竟然在这里为另一个女人出头，真不要脸！"

郑荨回头看着 Araya，她低着头，面色憔悴。"不用你管！"他转过头说。

"你就明确说你想怎样吧，不要耽误大家的时间。"唐兮夏梦站起来，与郑荨平行站在一起。

"嗯，知道好好说话就行。"Sunny 回身拾起手提袋，然后送到郑荨手里。"这里面是吃的，喝的，你们先吃点儿，喝点儿，8 点我再来。"

"哦对了……"Sunny 从牛仔裤的裤兜里掏出块手表递给唐兮夏梦，"这是你的！现在是晚上 7 点 30 分，你们有 30 分钟的用餐时间。"说完，她就出了房间。

8 点的时候，他们被 Sunny 带出了房间。与唐兮夏梦内心所想的一样，这果然是一个大房子，关他们的屋子是二楼走廊尽头的卧室。

沿着二楼的楼梯走到一层，一层的客厅里有四个身材中等的男子，他们围着茶几正襟危坐，一言不发。

见 Sunny 来了，他们同时起身，把位置让了出来。

Sunny 坐在带有古典欧美风的沙发上，这时其中一个男子凑到她耳边轻声低语，Sunny 边听着边轻点着头。

唐兮夏梦他们坐到了 Sunny 的对面，虽然沙发上并排坐两个人最舒适，但是他们却并没有这样做，郑荨和 Araya 各自坐到了唐兮夏梦的左边和右边。

"首先声明一件事儿，你们现在已经中毒了！"Sunny 点了一支烟，然后用拇指把 ZIPPO 打火机的盖子扣死。

"中毒？"唐兮夏梦三个人大惊失色。

"没错，你们喝的水里含有 TDCM7 的升级产品 ZT，这种药物一旦进入人体，就无法再饮水了！因为一旦饮水，ZT 将会立刻发生裂变变成 TDCM7，你们见识过它的威力的！"

唐兮夏梦深锁眉头，严肃地问："也就是说我们只剩一周左右的寿命了是吗？"

"没错，如果你们的体质够顽强，也许可以多活几天！"

"能追到这儿来就证明我们已经有了必死的觉悟。"唐兮夏梦表情恢复了平静，她坦然地说。

"当然，当然！"Sunny 把烟蒂扔进烟灰缸，"我这么做其实并不是要怎样，只是想跟你们玩个游戏。"

"游戏？"

"没错，如果这场游戏你们赢了就可以走了！"

"那输了呢？"

"很简单，'法官'帮我们完成交易，而他心爱的女人……"Sunny 盯着唐兮夏梦，"死。"

"要杀就杀！别拿我们当傻瓜。"郑荨说。

"'法官'，你这么不配合会让我很难办的！"Sunny 做了个手势，示意手下上前。

一个男子走上前，然后冲着 Sunny 鞠了个躬。

"这个女警察美吗？"Sunny 指着唐兮夏梦问手下。

"当然，老板！"

"嗯好，今晚她是你的了！"

男子露出猥琐的笑容，他边笑着边说："谢谢老板！"

"Sunny，你这混蛋！"郑荨站起来怒骂道。

"快把她带上去吧！"

男子过来拉唐兮夏梦的手，郑荨见势一拳打了过去，可没想到却被男子轻巧躲过，紧接着男子回踢一脚，把郑荨踢倒在沙发上。

"哦对了'法官'，忘了跟你说，他可是雇佣兵出身，所以你可别不自量力了啊。"

郑荨愤怒地瞪着 Sunny，同时嘴角渗出了血。

"夏梦我知道你身手不错，但是在我这个手下面前恐怕也是小巫见大巫了，你男朋友也死了好久了吧，你就勉为其难享受享受吧！"

男子抓住唐兮夏梦的胳膊，Araya 见情形立刻上去制止，但被他一把推开。唐兮夏梦被男子从后面抱住，她根本无法挣脱，那个男子的双臂就像是机械臂一样坚固。

唐兮夏梦被男子带上楼梯，她回头与郑荨四目相对，像是告别。

"好！我答应你了，你要玩什么游戏我陪你！"郑荨大声地喊了出来。

男子停了下来。他双臂松开，唐兮夏梦趁机站了起来。

"早这样不就好了？"Sunny又点了一根烟，明显很满意。

唐兮夏梦从楼梯上跑下来扶起摔倒在地的Araya。"快起来，没事儿吧？"唐兮夏梦看着她说。

"嗯，我没事儿，你呢？"Araya投来关心的眼神。

唐兮夏梦微笑点头。

"好了，下面我就来说说游戏规则。你们要认真听，我只说一遍！"Sunny站起来，从怀里拿出了一个信封。

"这个信封里有一张地图、一个信物、一张小卡片和一把车钥匙，这是游戏的所有道具和线索。你们要找到地图上红星标注的位置，然后根据信物这条线索去救一个人，另外，根据小卡片的线索去杀一个人。记住！杀人的必须是唐兮夏梦，否则游戏失败！另外，这游戏的时限是7天，7天后的这个时间，我要看到那个被杀者的头颅和被救的人，如果你们能按时完成，就算你们赢，到时候我会把ZT的解药给你们，并放你们走！"

"7天？"唐兮夏梦问。

"没错，但我希望你们还是尽早完成这个游戏比较好，因为时间越久，你们将会越痛苦！"

唐兮夏梦点点头，然后问："如果我们赢了，你们的交易也会终止是吗？"

"不错，我已经说过，郑荨是我们与Rose交易的关键人物。我既然选择放了你们，当然也就等于放弃了交易。"

"明白了！"

"那你们就出发吧，在给你们准备的车子上放了风干食物。至于口渴的问题，你们就忍着吧。"

唐兮夏梦走过去接过信封然后打开。信封里掉出了一串车钥匙、一张褶皱的黄纸、一张带有诡异图形的小卡片和一个招财猫手链。

Sunny 给他们提供的车子是一辆奥迪 A4，车子外在有些划痕，但内部却很干净。上车前唐兮夏梦认真地查看了一番，除了后备厢里充足的风干牛肉和压缩饼干之外，车内就只有档位旁置物厢里的几百元钱了。这些钱应该是为了过路费而特意准备的。

车子缓慢地驶出景山村上了高速，唐兮夏梦终于可以踏实地踩下油门了。因为不能饮水的关系，所以他们约定彼此间少说话，除非事情紧急，否则尽量不开口。

Sunny 一定隐瞒着什么，唐兮夏梦想。Sunny 绝不可能轻易放弃 TDCM7 的交易，因为这是她处心积虑的根本目的。所以，这场游戏的背后一定隐藏着一个巨大的秘密，只是现在他们已经别无选择，只有硬着头皮前进了。

山里的夜景确实不怎么样，客观上是因为路灯少得可怜，但最重要的还是因为三个人焦虑不安的内心。为什么一定要让唐兮夏梦亲自杀人？这个疑问始终在三个人的脑海里游荡，且挥之不去。

地图上红星标注的位置距离景山村有 600 多千米，从地图上看，那个地方应该是在湖边。

唐兮夏梦他们出发到现在已经快一个小时了，路上虽然他们一句话没说，但后排的 Araya 还是感到有些口渴，她时不时地抿抿嘴，好让嘴唇保持湿润。

唐兮夏梦把车子停靠在 D 市公安局刑警队旁，但并没有熄灭引擎。站在岗亭上的警察庄重威严，眉宇间散发出慑人的气魄。他看向这边，注意着这辆来历不明的奥迪 A4。

拉了手刹，唐兮夏梦踩下油门，车子缓缓地动起来。就这样，他们把眼泪和遗憾与掠过窗外的微风一起孤零零地留在了凌晨 5 点的昔影里。唐兮夏梦想："高成一定度过了无数个这样的夜晚，因为他是这个城市的英雄。"

车子从 D 市的另一端驶出，他们朝太阳升起的方向驶去。为了不耽误行程，郑尊和唐兮夏梦每两个小时就会换一次，不开车的人就到后面休息。

渐渐地，城市的街景被抛在身后，他们通过了高速收费站，再次飞驰在高速路上。这段路像是最近刚刚翻修的，它比南郊的那段路要宽敞、规矩得多。郑荨把车速提升到了 160 千米 / 小时，在这样良好的路面上高速行驶，车子没有任何的颠簸。

太阳渐渐变得刺眼，郑荨把遮光板放了下来。这时唐兮夏梦伸手摇了摇郑荨的右肩，意思是如果累了就换她来开，因为从郑荨接手到现在已经 3 个小时 30 分钟了，但郑荨似乎没有要换的想法，他瞥了唐兮夏梦一眼，然后轻轻摇了摇头。

"渴。"Araya 从梦中醒来，她下意识地发出了声音。这声音沙哑且干涩，像是被勒紧了脖子。

唐兮夏梦与 Araya 的视线碰到了一起，她的嘴唇也有些发红了，从中毒到现在已经超过 12 小时没有喝水了。"嘘……"她轻轻地发出声音并同时摇头，提醒 Araya 他们现在的处境。

Araya 的表情像是恍然大悟一样，她瞪大了眼睛，然后点了点头，但舌头却在不自觉地舔着嘴唇。

按照这个速度，中午应该就能到达红星标注的地方了，现在距离中午还有不到两个小时的时间，他们要在这个时间内补充能量，然后讨论出一个详细的作战计划，当然这不得不开口说话。

郑荨边驾驶着汽车边咀嚼着风干牛肉，虽然对于很多人来说，它是十分美味可口的零食，可现在对于郑荨，它却是难以下咽的。不过相比唐兮夏梦她们吃的压缩饼干要好的是，至少嘴里不会留下太多食物残渣，因为他们现在是没法刷牙的。

压缩饼干唐兮夏梦只吃了一点点，她只是让自己没有明显饥饿感就好，因为吃得越多她越想喝水。

三个人的午餐用"敷衍了事"来形容最为合适了。唐兮夏梦把吃剩的食物放在一边，然后分别递给他们纸巾。她把车窗关了，好为下面的陈述提供一个安静的环境。

"听着，我们要抓紧时间完成并获得这场游戏的胜利！所以，我们接下来的每一步都很重要。"唐兮夏梦用有些干涩的声音说，"你们不要说话，只需要静静地听我说就好。"

两个人点点头，郑荨依然稳健地开着车。

"地图上显示我们最终的目的地是大湖中央的小岛，但岛的面积与地理构造不明，也许就是毫无遮拦的。如果是这样，我们很有可能面临九死一生的处境。所以我们要分批上岛，由我先去探明情况！"

"不行！"

"不可以！"

"你们两个听我说！现在不是意气用事的时候。如果我们在那里全军覆没了，那么还不如现在痛痛快快地喝一口水！"唐兮夏梦尽可能提升音量，好让自己的话具备说服力，"你们留在湖畔等我，我一定会回来的，好吗？"

郑荨从后视镜里看了一眼唐兮夏梦，而后又把视线转移到 Araya 身上，他们的视线交汇在一起，"商量"着唐兮夏梦的作战方针，似乎已有了答案。

"好吧，但你要答应我们，一定要回来！"Araya 把他们的"讨论"结果反馈给唐兮夏梦。

唐兮夏梦微笑着，嘴唇中央已经干裂，隐约间，还能看到血。

湖比他们想象中的要大得多，郑荨开着车围着它行驶了一个多小时才找到可以乘船的地方。这里是个小渔村，看上去像是有二十几户渔民在这里生活。从每家门口停放的车辆来看，他们的经济状况应该还不错，这说明大湖里丰富的水产资源不仅为本地的渔民解决了温饱问题，更让他们的生活变得富裕。

郑荨把车停在了小渔村旁的沙地上，然后他们徒步进村。村子的结构十分简单，清一色的木制房屋两两相对横向排列在湖畔，它们中间有一条大路供人和车通过。村子另一头就是码头，数十艘捕鱼船停靠在岸边。今天的风浪不大，所以船只晃动的幅度很小，一旁晾晒的渔网也几乎一动不动。

现在能看时间的只有唐兮夏梦手腕上的百达翡丽了，秒针经过 12 点，与时针、分针重合在一起。此刻，正午的阳光从天空中垂直洒下，让他们感受夏日艳阳的炽热和"水是生命之源"的含义。

码头上一个戴着草帽、皮肤黝黑的渔夫正在整理渔网，看样子他是准备出发去打鱼。天气相当炎热，家人可能是怕他中暑，所以给他准备了一大壶冰水，但似乎渔夫却有些嫌弃，他认为只是去湖里撒个网，哪有必要带这么多水！可他不知道，不远处的三个陌生人却狼狈地盯着这个外表有些破旧的水壶，口渴难耐。

唐兮夏梦轻声走过去，郑荨和 Araya 跟在她身后，并保持着两米多的距离。渔夫似乎太过于专注手里的工作，所以并没有注意到有人过来，当唐兮夏梦说出"你好"的时候，渔夫吓了一跳，甚至还差点儿一屁股坐到地上。

"对不起，吓到您了。"唐兮夏梦的声音已经干涩到了极点，她的声带火辣辣的，像是被浇了用朝天椒泡过的水。

"啊，没……没关系。"渔夫直了直身子，"有什么事儿吗，姑娘？"渔夫的当地口音很重，但勉强还能听懂。

"我们想跟您打听下，关于湖中央小岛的事儿。"唐兮夏梦说。

"湖中央小岛，"渔夫思忖了片刻，"你是说'芭蕉石'吗？"渔夫盯着唐兮夏梦，像是在确认。

"啊？"唐兮夏梦回过头，惊讶地看着身后的二人。渔夫口中的"芭蕉石"不正是郑荨被抓时，车上不明人物说的地方吗？

唐兮夏梦重新看着渔夫，然后眼神坚定地点了点头。

"咳咳，'芭蕉石'在湖心偏南，面积大概有个七八平方千米吧！"

"那还挺大的！"

"是的。"

"那岛上的地貌和环境如何呢？"

"嗯……中间高四周低吧，"渔夫额头上的皱纹深陷，像是在尽力地回忆，"另外，岛上树木很多。"

"是这样……"唐兮夏梦边回应着边想，如果按渔夫所说的，那么他们就没必要按照原来的计划分批上岛了。

"姑娘，你们打听这个干什么？"

"哦，我们是想去岛上看看！"

"去岛上？"渔夫似乎很吃惊，"前段时间好像也有一队人去了那里，他们还租了孙师傅的几艘船！"

听了渔夫的话，三个人的目光交汇在一起，看来这里应该就是目的地没错了。

"那他们回来了吗？"

"这个倒不清楚。"

"师傅，我们现在想去岛上，不知道您能不能带我们，要多少钱您说。"唐兮夏梦摸着裤子兜里仅剩的两百元钱，有些心虚地说。

"钱就不必了，不过岛上什么都没有啊！你们去上面干什么呢？"

"嗯，这个……"唐兮夏梦一时找不到合适的理由回复渔夫，她挠了挠头，以掩饰尴尬。

"算啦！我也是多管闲事。"渔夫轻轻拍了一下自己的嘴巴，"姑娘，你们上船吧。"

"那谢谢师傅了！"

唐兮夏梦他们上了船。五分钟后，渔夫把渔网整理好搁在船头，然后去船尾启动了引擎。

渔船缓缓离开码头，在行驶了十分钟左右之后，湖畔就完全消失了。唐兮夏梦他们坐在船头欣赏着四周一望无际的湖水，如果不是湖水异常平静，那还真有身处大海的感觉。

"我看你们嘴唇都干得很！正好我带了很多冰水，你们若不嫌弃就喝点儿吧。"船尾驾船的渔夫说。

三个人同时舔了舔嘴唇，他们想象着清澈的水从舌尖慢慢流入喉咙里的感觉，以前似乎从未珍惜或在意过。

"不了，我们不渴，谢谢师傅。"Araya感觉这是她活到现在说过的最违心的话了。

唐兮夏梦和郑荨也摇摇头，但他们用微笑答谢着渔夫的好意。

"唉，"渔夫叹了口气，"要多喝水啊，年轻人！"

说完，渔夫重新把视线聚焦在前方，然后他用黝黑瘦长的手把草帽向下拉了两厘米，因为阳光实在是刺眼。

渔船在烈日下行驶了近 40 分钟，船上的四个人都已经出汗了，渔夫拿起早已不冰的水咕噜咕噜地喝了一大口，之后他又一次问三人是否要喝，但得到的答案跟上次完全一样。这让他心里有些不爽，因为他认为是这几个年轻人嫌弃他所以才一直不肯喝水。

不久后，正前方出现了一座小岛，唐兮夏梦第一个发现了它，她立刻紧张起来，然后提醒郑荨和 Araya 打起精神。

"就是前面了！"渔夫把渔船的速度降了下来，然后就准备慢慢靠岸。

"谢谢师傅了！"唐兮夏梦站起来说。

"没事儿！"渔夫应付地笑了笑，"对了，你们打算什么时候返回呢？"

"这个……暂时还不知道。"

"啊？"渔夫吃惊地看着唐兮夏梦，"可这岛上没法待啊！"

"嗯，我们知道，谢谢您挂念了。"

"嗯，那好吧。"渔夫把船彻底停稳，"如果你们要回来，可以打电话给我，或者找遗弃在岛上的木船，那些船是可以用的。"

"好，知道啦，谢谢您！"唐兮夏梦站在船头跟渔夫道别。郑荨和 Araya 已经下了船，他们站在礁石上等她。

A 市的雨季似乎来得晚了些，以往这个时候都该要避暑了。现在天气预报也越来越没有权威性了，"6 月 17 日多云转中雨"这个消息，电视台已经在昨晚的新闻时间推送过了，但依然有很多人没有准备雨具，所以导致了现在的狼狈，孙靓就是其中一位，她去检察院送报告回来的路上被淋了个彻底。

孙靓回到办公室的时候正好是下午 2 点整。办公室里狼狈不堪的人也不在少数，其中还不乏有边用纸巾擦拭衣服边抱怨的。

上周孙靓把头发剪短了，所以即便被雨淋了，拿毛巾擦不一会儿也就干了。记得这毛巾还是唐兮夏梦搬家时她们一起去家居精品店买的，当时两个人还因为颜色的问题争了个面红耳赤，现在想想还真有些恶趣味。

"小靓，我要叫奶茶，要喝吗？"那个眼睛大大的女法医从秦湘的办公室走出来。她应该是来送昨天近郊发生的凶杀案的尸检报告的。

"好啊！"孙靓把毛巾放在一边，"还是叫咱们常喝的那家怎样？"

"那必须的！"女法医打开手机 App，然后熟练地操作着。"大杯经典奶茶、五分糖、正常冰，没错吧？"她确认道。

"今天帮我多加一份冰激凌吧！"孙靓摆出可爱的表情看着她。

"果然是在恋爱中的人，这么'甜'啊！"女法医笑着调侃道。

"哪有！八字还没一撇呢。"

"你可别藏着掖着啊！"

"不会啦。"孙靓摊了摊手，然后拿起手机准备给她转奶茶的钱。

"不用了！"女法医用手按住孙靓的手机，"今天我请了。"

"那谢谢啦！"

女法医走出刑警队办公室，空气中留下了她身上"微醺玫瑰"香水的味道，这款香水来自安霓可古特尔，是市面上不多见的稀有牌子。孙靓对这股味道有点儿感兴趣，她正要追出去打听这香水的品牌，但此时手机却响了，她马上变得很期待。在看到来电人姓名的时候，她舒心地笑了，因为她知道李宥俊一定会找她，她深信不疑。

"喂，你找我啊？"孙靓把声音放得很低，尽量让自己表现得淑女一点儿。

"是，是啊！"

"什么事儿？"

"我……我是想说晚上可不可以请你吃饭？"

"啊？请我。"孙靓激动不已，但语气上却表现得很平静。

"是啊，因为 5 点钟有位乘客要到悦成饭店，我想那边离你挺近，所以就想约你吃个饭。"李宥俊连忙解释，好让约会看起来更自然。

"哦，是这样啊！"孙靓其实心里已经乐开了花，但是表面上还是故作淡定，"那我考虑一下？"

她说完后紧接着就扑哧一下笑了出来，"好啊，没问题，你挑地方吧！"

孙靓决定不再逗他了，但这也取决于她装模作样的演戏笑了场。

听到孙靓笑声的李宵俊松了口气，他清了清嗓子说："那我一会儿把餐厅地址发你微信，我 6 点准时在餐厅等你。"

"好，不见不散。"孙靓挂了电话，嘴巴向上微微弯起，像个月牙。

李宵俊选了家别具风格的烧烤店，这家店孙靓也经常过来。它家最大的特色在于店面的装修，由于是两层的独栋，所以区别于很多底商和大商场内的餐厅，他们外在的装修极其夸张，站远点看，那就是个巨型的烧烤炉。

"二层台阶上矮树下"，这是李宵俊选择的位置，他在微信上编辑了一大段描述性文字给孙靓，他怕她找不到。不仅如此，他还一直站在桌子旁向楼梯那边张望，他希望显眼一些，好让孙靓一眼就能看到。

一二层的区别就像是戈壁与原始森林，一层会给人一种深处沙漠中吃红柳烤串的感觉，二层则是像在雨林中烤着篝火、吃着野味。可见，这家店老板在装修时可是下了大功夫，很多人到这里来吃饭可能就是为了吃个"意境"。但要说这里的菜品有多美味，好像也并不是这样。

孙靓走在通往二层楼梯上的同时也在翻着微信。李宵俊那段描述让她感到有些好笑，因为她对这里已经很熟悉了，不过在幽默背后她也感到了满满的温暖。能想象得出来，如果跟他在一起，李宵俊对她的照顾一定会无微不至。

由于事先就知道用餐的位置，所以孙靓刚一走出楼梯视线就跟李宵俊的交汇在了一起。李宵俊兴奋地挥了挥手，然后示意孙靓从右侧爬满了塑料小植物的台阶上过来。

"好快啊。"李宵俊边说边把菜单推给孙靓。

"那是，警队又不用打卡，没什么事儿就可以先走。"孙靓笑了笑说，她今天的口红颜色很漂亮，玫红中带一点点紫。

"那不错。"李宵俊点点头，"你看想吃什么。"他接着说。

"不用这个啦！这家店我常来，我知道什么好吃。"

"原来你经常来啊！"

"是啊，我们队长特喜欢这家的环境，所以我们经常在这里聚会，甚至有的时候中午还会来吃碗酸菜面呢。"

"这样啊，那要不要换家餐厅，总吃会烦吧？"李甯俊有些担心地问。

"不用啦，这里我也挺喜欢的。"

渔民口中的"芭蕉石"不算大可也不能说小，唐兮夏梦他们利用了一下午的时间才基本算是摸清了岛上的情况。在不能补水的情况下，三个人早已筋疲力尽，他们找到峭壁下的一个小山洞，准备在这里度过他们在岛上的第一晚。

虽然岛上有一些野果，但是他们也只能食用随身携带的牛肉和压缩饼干，因为谁都没法保证吃果子不会出问题。

岛上有一些干燥的植被，夏梦和郑荨拿回来铺在地上，这样晚上会睡得舒服一些。

三个人围着篝火，嘴里的牛肉早已没了味道。Araya 的嘴唇已经破了，红红的，肿了一大块。

"Araya，你少吃点儿牛肉吧。"郑荨说。

"可是很饿啊！"

郑荨苦笑着，也拿起块儿牛肉丢到嘴里。

舔舔嘴唇，唐兮夏梦感到一丝疼痛，她知道现在嘴唇的样子一定像个干涸的河流，裂口比比皆是。

唐兮夏梦躺下来，腿是不能伸直的，因为山洞很窄，只能让三人勉强休息，想翻身都难。

Araya 嘴里的牛肉还没有咽，因为实在太干了，每次下咽都像是要经历一次痛苦的折磨。"夏梦，你有什么想法？"她用微弱的声音说。

"下午我们都看到了，冷瞳在这里！"

"Sunny 让我们对付的人竟是他。"郑荨无奈地摇摇头，然后把草堆垫高了些，之后卧在上面。

"可夏梦，Sunny 让你杀的人不会是老瞳吧？"Araya 说。

"应该是他。"唐兮夏梦从上衣口袋里拿出那张印有奇怪图案的卡片，"这个图案也许是个文身，你们见过冷瞳身上有类似的图案吗？"

"这个倒没有。"郑荨说。同时，Araya 也摇了摇头。

"就目前看来，也就他有资格让 Sunny'惦记'了。"唐兮夏梦说。

"那她让我们救的人又是谁呢？" Araya 问。

"这个我想不难猜。"

"哦？"

"这个世界上有三个人让 Sunny 最挂念，第一个是你 Araya，第二个她的男友路岚；至于第三个……"

"路岚的妹妹！"郑荨抢先一步说。

"是，就是小岑。"唐兮夏梦咳嗽了一声，"还记得当时路岚只身一人带着 TDCM7，像是要与什么人交易的事儿吗？"

"当然。"

"现在看来那个要与路岚交易的人就是冷瞳了，而路岚要用 TDCM7 交换的也不是别的，正是被冷瞳抓走的路小岑。那串 Sunny 给的招财猫手链明显就是女生佩戴的，虽然我不知道路小岑有没有戴过，但除了她，还会有谁呢？"

Araya 和郑荨没有回应，看来是已经默认了唐兮夏梦的说法。

"我们没有武器，怎么救人啊？" Araya 问。

"这个只能随机应变了。"唐兮夏梦说，"另外，我打算天不亮就行动，因为那个时间也许有机会让我们浑水摸鱼。"

"我同意，再拖下去，我就真的扛不住了。"Araya 闭上眼，不久就睡着了。

"上去坐坐吗？"孙靓解开安全带，然后认真地看着李甯俊。

"呃……"李甯俊的表情有些犹豫，"合适吗？"

"没什么不合适的。"孙靓笑了笑说。

"嗯。"李甯俊点点头。

"你从前面右拐就能看到我们小区地下停车场的入口了，你把车开过去吧。"

　　按照孙靓的提示，李甯俊把车停到了地下二层。这里的临时车位不少，看样子小区常有外人拜访所以物业有意规划的。但这里每小时 12 元的停车收费标准也算是很高了，在李甯俊停好车和孙靓走向电梯间的路上他告诉孙靓，这里的停车费要高出 A 市标准的 20%，这让孙靓有些惊讶，因为她平时很少开车，唐兮夏梦又未曾跟她提起过，所以也就没什么概念了。

　　电梯停在顶楼，孙靓按了按钮，然后抬起头看着电梯门旁数字屏幕上正在播放的即将上映的电影的预告片，这是由当红演员出演的一部关于爱情题材的电影，据说是由小说改编而来的。

　　看到孙靓表现出饶有兴趣的样子，李甯俊轻声说："首映我们一起去如何？"

　　"好啊！"孙靓侧过脸看着他，兴奋地说。

　　"嗯，下周五就是首映，到时我提前购票。"

　　电梯到了，两个人走进电梯，然后孙靓按下了七层的按钮。

　　两个人并排站在一起什么都没做，闷闷的环境让气氛有些尴尬，两个人一时都找不到什么可以让对方兴奋起来的话题，所以都默不作声。他们彼此想偷偷地看对方一眼，但又怕与对方的视线撞上，好像多数人在面对心仪的人时都会这样，看似外表冷静，可内心却早已小鹿乱撞。

　　一阵轻微的晃动过后，电梯停止了运行，数字显示电梯是停在了五层，李甯俊慌忙地按了几下开门的按钮，但却毫无反应。

　　一旁的孙靓却显得很淡定，他拉了拉李甯俊的上衣说："好像是电力不稳定造成的，最近总这样，马上就会恢复了，别担心。"

　　"哦，原来如此。"

　　安静的电梯里他们面向彼此。皮肤白皙的孙靓先红了脸，她想逃避李甯俊的目光但又不舍。手指也在此刻僵硬了，她不知道是该继续抓着他还是放下。她内心里有股力量在驱使她投入李甯俊的怀抱，但孙靓很害怕，大学时那段刻骨铭心的爱恋还历历在目，她可能再也无法承受甜蜜之后分手的滋味了。

孙靓站在原地一动不动，她知道自己已经深深地迷恋上眼前的这个男人了。年前的伤疤虽然还有些疼，但却也无大碍了，她已下定决心要这个男人。

"我……"孙靓刚要开口就被一股强大的力量推到了电梯墙上，接着，李甯俊按住了她的双手，把她紧紧地压在墙面上。孙靓完全没想到他会这样，她睁大眼睛但却看不到他的表情，因为李甯俊已经在用温热的嘴唇亲吻她的耳朵了。孙靓试图推开他，但李甯俊的力气太大了，这一刻的她就像一只羊羔，只能任人宰割了。

"甯俊，别这样……"孙靓还在做着不疼不痒的抗拒，但是身体却已经开始享受这种刺激了。而李甯俊像是没有听到孙靓说话一样，他的嘴唇从孙靓的耳朵开始慢慢地向下，到脖子再到胸前。与此同时，孙靓的呼吸声也越来越大，她知道自己这次是真的沦陷了。

散着头发的孙靓很有魅力，虽然比不上唐兮夏梦，但也算是明艳动人了。她躺在李甯俊的怀里一动不动，像是在感受对方传递给她的爱意。李甯俊则沉醉在孙靓迷人的体香之中，无法自拔。

晚上 11 点的时候，孙靓到厨房的冰箱里拿出了两罐啤酒，回到卧室的时候李甯俊已经起床了。当他们视线再次相交的时候两个人都笑了，刚才发生的一切，确实让彼此都十分享受。

李甯俊拉开窗帘，今天的夜色很美，不远处百货大厦上的霓虹灯闪烁着斑斓的光，马路上的车辆也井然有序地行驶着，像是演奏着同一首曲子的不同乐器、格外协调。如此的情景让人不禁想按下"暂停"，啤酒的泡沫、迷人的香味，一切都来得好不真实。当零点来临的时候，他们再次缠绵在一起，享受着对方带给自己的欢愉。这一次，孙靓彻底放纵了自己，她不再有任何顾虑，她只想和眼前这个已经拥有她身体的男人走向新的开始。对于那个抛弃了她的男人和已经迷失了本性的好朋友，就随他们去吧。

疲惫让唐兮夏梦很快地睡着，但口渴却三番四次地侵扰她。凌晨两点多醒来的时候，篝火还在燃烧着。可这一次，山洞里一片黑暗，只有郑莙那边的洞口处还微微有点亮光。这是夏日的凌晨，看亮度可能也就是凌晨 4 点的样子吧。

唐兮夏梦不打算再睡了，她费力地爬起来。书上"不喝水能活七天"的说法她开始深表怀疑，极度的口渴让她懒得去做任何事，甚至是动一动手也不愿意。

行动吧，唐兮夏梦不愿再等了，即便是成功救出路小岑，杀掉冷瞳，那回到景山村也该是明天中午的事情了，坦白讲，她不知道自己还能不能坚持到那会儿了。Sunny 给的"七天的期限"就像是在开玩笑。七天？简直是荒唐！

三个人走出洞口的时候迎面扑来的是一阵微微的凉风，他们打了个冷战。Araya 感觉自己是要发烧的前奏，如果真的是这样，那可真的是雪上加霜了。

唐兮夏梦使劲凑了凑脑袋才看清表盘上显示的时间，现在是凌晨 4 点整，她想没有比这个时候潜入冷瞳的营地更合适的时间了。

冷瞳的营地在岛的正中央，因地势较高，若是天亮的话，视野应该不错，不过这个时间就另当别论了。

通往营地的路有无数条，唐兮夏梦他们选择了掩体较多的一条。在马上就要抵达营地的时候他们停住了，然后选择蹲在营地侧面的一块儿大石头背后观察情况。

"没有人在站岗，看来他们并不知道岛上还有别人。"郑荨小声说。

唐兮夏梦观察了一会儿，营地里篝火的数量告诉她：营地共有五个帐篷，一大四小。她确定，那个偏大的帐篷应该是用来存放 TDCM7 的。

"先想法子救人吧！这样还能多个帮手。"唐兮夏梦建议说。

"嗯，我也这么想。"郑荨抿抿嘴说。

"咱们先从最外侧的那个帐篷开始吧。"唐兮夏梦指了指离他们最近的那个帐篷说。

"可以！那我们走。"Araya 起身说道。

"别急！"唐兮夏梦拉住她，"你们在这里等我，我先过去。"

"那太危险了！"

"傻！我们都过去才危险呢。"

"听唐兮夏梦的吧！"郑荨对 Araya 说，"我们在这里好好地盯着。"

Araya 点点头，然后看着唐兮夏梦说："那你小心一点儿啊。"

"放心吧！"

说完，唐兮夏梦从石头后面走了出去，她慢慢地向营地靠近，身体降得很低，眼睛在不停地左看右看。在确认安全之后，她快速冲到第一个帐篷门口，然后轻轻地拨开了帐篷的门帘。

帐篷里的篝火还在燃烧，唐兮夏梦清楚地看到里面睡着两个身材魁梧的男人，不过她要找的路小岑不在这里。唐兮夏梦立刻回头做出了向她靠近的手势，接到信号的二人马上赶了过来，与唐兮夏梦会合在帐篷外。

他们都小心翼翼地，尽量不发出声响。唐兮夏梦朝着郑荨和 Araya 做出了"斩首"的手势，二人立刻明白了夏梦的意思。接着，他们三人拉开门帘，依次进入帐篷内，夏梦和郑荨分别捂住一个熟睡中男子的口鼻，然后用石块狠狠地向男子的太阳穴砸去。

确认二人已死之后，三个人紧张的情绪得到了缓解。这种场面郑荨和 Araya 屡见不鲜了，但对于唐兮夏梦来说，这真是头一次，以往都是她以警察的身份举着枪面对着犯人。可今天，她面对的是不是犯人暂且不说，但她却已不再是警察了。

唐兮夏梦的面色铁青，心跳极快。她的衣服上沾了血迹，如果她被指认为凶手，这将是强有力的证据。

当唐兮夏梦用石头敲碎那个熟睡中男子脑袋的那刻起，她就知道她跟孙靓间的距离越来越远了，这不是用一句"我的目的是好的"就可以解释清楚的。可能从一开始，她和孙靓对于很多事情的认知都是有偏差的，唐兮夏梦这种"个人英雄主义"有时的确让人讨厌。她还清楚地记得跟孙靓都还在 B 市警队时发生的那件事。那天，一名歹徒劫持了人质藏在废弃大楼的角落，刑警队立刻制订了作战计划，本应由唐兮夏梦诱导歹徒走入孙靓的射击范围，由孙靓负责开枪击杀。但后来的行动中发生了意外，唐兮夏梦被歹徒的言语所激怒，她擅自做主从正面用手枪击毙了歹徒。事后，孙靓十分愤怒，她认为唐兮夏梦信不过她，只顾着表现自己！唐兮夏梦多次跟孙靓道歉、解释，自己也受到了队里的批评。那件事后，两个人心里都有了疙瘩，唐兮夏梦会特别注意自己的言行，但性格的养成不是一天两天的事情，无意中她还是会伤害孙靓。现在想想，那天孙靓的爆发不是没有原因的，好像她们之间的一切事情都是唐兮夏梦一人决定，从来都不用跟孙靓商量。虽然唐兮夏梦把孙靓当成最好的朋友，但她从来也没有用行动去证明过。

"夏梦，你怎么了？"Araya看唐兮夏梦愣在那里，于是问道。

"啊，没有没有！"唐兮夏梦回过神，面前Araya憔悴的脸庞正对着她，她的眼睛很漂亮。

"我们现在有武器了。"郑荨从尸体的腰间把手枪抽出来，他端详了一番，发现手枪产自F国。

"不到万不得已不要开枪。"唐兮夏梦提醒说，"现在是4点30分，我们继续找路小岑吧。"

5点天就会蒙蒙亮了，所以唐兮夏梦他们必须要抓紧时间。不过这次他们有了手枪和匕首，这让接下来的行动变得容易很多。经过商讨，三个人决定分开行动，各自探查一个帐篷。夏梦把行动的时间限定在五分钟左右，五分钟以后无论有没有发现都要回到一开始的那个帐篷里会合，反馈结果。

凌晨4点35分，Araya最后一个回到帐篷里。郑荨和唐兮夏梦已经互相告知了各自的探查情况，所以他们清楚，能带来路小岑消息的只可能是Araya了。

"找到路小岑了吗？"唐兮夏梦盯着Araya，直奔主题道。

Araya点点头。"看守她的人只有一个人，不过他睡着了。"

"那我们马上行动。"

这次下手结果了看守性命的人是Araya，她的动作看起来十分老练，且杀人之后她的表情很淡定。

"这就是我们的第一杀手。"郑荨对一脸惊讶的唐兮夏梦解释说。

"真的难以想象。"唐兮夏梦轻轻摇了摇头，声音沙哑。

路小岑坐在地上，双手双脚都被麻绳捆着，嘴上也贴了胶带。Araya帮她揭下胶带的时候路小岑睁开了眼睛，可见她只是睡着了，没受什么伤。

"你们……"路小岑的声音干净而明亮。虽然是被囚禁的人，但她过得应该还不错，至少是比眼前的三个人强。

"小岑，你还记得我吗？我们在酒店见过。"唐兮夏梦说。

"你是唐……"路小岑眯了眯眼睛，这个名字就在嘴边，但是怎么也想不起来。

"唐兮夏梦。"

"哦，对！是这个名字。"路小岑豁然开朗，还露出了淡淡的笑。"你们怎么来了？"她问。

"救你离开这儿。"郑荨边给她解绳子边说。

"是Sunny姐让你们来的？"

"嗯，"唐兮夏梦点点头，"冷瞳在这里有多少人？"

"加上他共八个人。"

"那就是说那个大帐篷里就只有一个人了！"郑荨看着夏梦说。

"嗯，现在来看是这样。"

"那行动吧，再磨蹭下去天就亮了！"郑荨说。

唐兮夏梦在一旁沉默不语，她突然感到一丝不安，好像事情进展得太过顺利，她逐渐开始回忆起过去几天发生的事，试图找到一些蛛丝马迹。

"你怎么啦？夏梦。"Araya拍拍她的肩膀问。

"没什么！我只是感觉……"唐兮夏梦犹豫着，"算了，行动吧。"

5点30分的时候天已经亮了，不过行动也结束了。他们的手段还是如法炮制。最后，冷瞳被郑荨绑在支撑着大帐篷的木桩，而他手下的人全军覆没。

冷瞳比当初唐兮夏梦第一次见的时候沧桑了许多，可能是因为胡子长出来了，头发也太久没有打理的缘故。

看到这四个人站在跟前，冷瞳好像并没有表现得很惊讶，他的表情很自然，像是早就知道会有这一刻一样。

"我早就跟你说她是个危险的人！"冷瞳对着郑荨说。只不过他的语气很平静，像是认了命。

"告诉我，为什么？老瞳！"郑荨严肃地说。

"还能为什么，为了钱呗。"

"就因为钱？"

"是，就因为钱！"

两个人的目光紧锁在一起，郑荨的表情有些难看，他完全拿冷瞳没办法。而冷瞳表现出来的气势也完全不像是一个被俘者。

"当然，Sunny最初跟我提议的时候我是犹豫的，因为你毕竟救过大家。"

"是Sunny找的你？"唐兮夏梦问。

"嗯，我还以为你已经知道了呢，了不起的女警察！"冷瞳言语间带着蔑视。

唐兮夏梦用手背擦了擦干裂的嘴唇，眉头紧锁。

"让我真正下定决心反你就是因为她！"冷瞳用凶狠的眼光看着唐兮夏梦，然后看向郑荨，"如果不是因为郑荨你那么迷恋她，我想我应该是不会答应与Sunny合作的。"

"应该？"唐兮夏梦冷笑了一声，"把自己说得好高尚啊。"

"随你怎么说！"冷瞳闭上眼，头撇到了另一侧。

"琉璃纱的死是怎么回事？她是你的人还是Sunny的。"

"谁都不是，琉璃纱只是个牺牲品而已！"

"地下工厂事件发生之后的当天夜里，你们又回到了那里是吗？"

"不错！"

"为什么？"

"这个你有必要知道吗？"

"你以为我不知道吗？"

"哦？"冷瞳提起精神，表情有些惊讶。

"那时候TDCM7在你手上，Sunny是被动的一方，你完全有资本独立与 Rose 交易，但你却没有这样做。那么，究竟是什么力量驱使你带着 TDCM7 回到地下工厂与 Sunny 见面的呢？我想唯一的解释就是 Sunny 控制的'面具人'了吧！"

冷瞳瞪大了眼睛盯着唐兮夏梦，"你已经知道那晚发生在酒店里的事儿了？"他惊恐地问。

"本来我只是推测，看到你这样的反应那我只能说'我知道了'。"唐兮夏梦自信地说。

"你太可怕了！我真后悔没杀了你。"

"现在能说了吗？"

"也罢！"冷瞳点了点头，"你说得没错，Sunny 确实是以他为人质要我交出 TDCM7。她知道我当时就在小油村附近，所以通知我凌晨在地下工厂当面交易。后来，我们在工厂动起了枪，TDCM7 被她抢走了一小部分，而路小岺被我们抓了。至于琉璃纱，可能是在混乱中被枪打死了。"

"那么你们到现在都不与 Rose 交易的原因是？"

"因为 TDCM7 的量不够 Rose 的要求！"

冷瞳的话坐实了唐兮夏梦的担忧，这场游戏的目的果然不是 Sunny 嘴上说的那么单纯，她根本不会放弃交易，她只是想借着他们的手铲除掉冷瞳的势力。

"最后一个问题。"唐兮夏梦走到冷瞳跟前然后蹲下来，"'面具人'是谁？"

"对不起，这个无可奉告。"冷瞳看着唐兮夏梦，表情凝重。

"好吧。"

唐兮夏梦没有继续追问，她知道再问下去也无济于事，因为冷瞳定会死守这个秘密。这个"面具人"在他心目当中的地位绝不是用金钱可以衡量的，不然他是不会在那晚回到地下工厂与 Sunny 见面的。

天亮了，篝火也渐渐地熄灭，地下工厂的谜底昭然若揭，不过在唐兮夏梦的脸上却没有看到该有的释然。

第十三章

凶手

"芭蕉石"的早晨让人心旷神怡。在湖边的路小岑兴奋地奔跑着，好像她要把早晨的阳光都拥入怀里一样，这是她来之不易的自由，所以此刻她要尽情地拥抱。

"能喝水的人真好啊。" Araya 坐在礁石旁看着路小岑，手里的压缩饼干已经拿了 20 分钟了。

"你不吃就把它扔掉好不好？看得我强迫症都犯了。"郑荨边说着边要过去把饼干夺过来。

"不不！别那么浪费好吗！我们剩的可不多了。"

"以前怎么没看出来你那么爱惜粮食啊。"郑荨笑了笑说。这个浅浅的笑让他的嘴唇流出了血。

"你看你又出血了！" Araya 抬起胳膊想用衣袖帮他擦拭血迹。

"去去去，干不干净啊，两三天都没换衣服了啊！"

"喂，我都没嫌弃你，你竟然还嫌弃我？！"

说着，两个人开始你一下我一下地打闹起来，像是热恋中的男女。这时，唐兮夏梦从营地那边走过来，她站在距离他们不远的地方看着，想起了那时她跟男朋友在海岛度假时的情景，不自觉地，眼泪滴落下来。

唐兮夏梦试图不让自己去想，但这很难。她有时候竟还在怀疑男朋友的死到底是不是真的，她还会傻傻地安慰自己说这是男朋友跟她开的玩笑，过一段时间他就会突然出现在她面前，给她惊喜。可是事情发生一年多了，这样的梦也做了一年多了，她沉浸在这痛苦的梦境中始终无法脱身。当终于有一天她冷静下来想要寻找出口时，现实又把她拽回梦里，把这黑与白交织在一起，阻挡她看到未来的希望。

　　唐兮夏梦轻轻地叹了口气，然后把胸前一撮打结的头发轻轻岔开，这可能是她活这么大最狼狈的一次了，不过还好，身边还有这么几个人陪着她。说来也奇怪，若是以前，她绝不会相信有朝一日她能和几个亡命徒走到一起，还共同进退，小说恐怕都不敢这么写。但这些切实地发生在她的生活中，而且看起来还那么合情合理。

　　湖边的路小岑终于跑累了，她凑到 Araya 和郑荨的身边小声说了什么，交谈中三个人都露出了笑容，可能路小岑讲了一个她最近在网上看到的有趣段子吧，这样的瞬间着实让人感觉幸福。

　　唐兮夏梦也走了过来，她没有像那三个人一样坐在礁石上，而是站在那里，用温柔的眼神看着他们。

　　"你们这样不挺像一对的嘛？"唐兮夏梦看着 Araya 和郑荨，语气不像是开玩笑。

　　Araya 还是像以往那样害羞地低了低头。郑荨则是有些无奈地朝夏梦摆了个表情，这个表情有点像"囧"字。

　　"行啦！"唐兮夏梦用尽气力提高了声音说，"你好好对 Araya，知道吗？"

　　路小岑一脸不知所措的样子，不过她知道这不是一件糟糕的事儿，所以她笑了笑，算是为略显尴尬的场面稍微添加点调和剂吧。

　　面对数量庞大的 TDCM7，唐兮夏梦在苦恼如何把它处理掉，因为一旦处理不当就会造成泄漏，那样将会造成巨大的灾难。

　　"郑荨，这些药怎么处理最稳妥，你应该知道的吧？"唐兮夏梦从纸箱中拿出一瓶 TDCM7 边观察边问。

　　"安全销毁的方法我还真不知道，不过我想老瞳应该知道吧。"郑荨站在帐篷的门帘旁不确定地说。

"那我去问问他，我们一定要尽早把这些药处理掉。"

"都已经在咱们手里了，你干吗那么着急！"

郑荨还在说话的时候唐兮夏梦就已经从郑荨的身边走了过去，她的步子十分急促，像是赶着去开一个重要的会议一样。

"得快！没时间了！！"唐兮夏梦没有回头，背影中带着焦虑和不安。

"你说冷瞳不见了！"郑荨吃惊地看着唐兮夏梦说。

"是，绳子被利器割断了。"唐兮夏梦把手里的麻绳递给他说。

"怎么会？我们把他带到这个帐篷里也就才30分钟吧！"

"30分钟就够长了！"唐兮夏梦正颜厉色地说。"看来他们早就登岛了。"

"谁？Sunny？"

"除了他们我想不会再有别人了。"

唐兮夏梦和郑荨从帐篷里钻出来，来到营地的中央向四周观望，发现空无一人。之后，唐兮夏梦到营地后的崖边向湖岸看去，湖岸边只有几艘破旧的渔船停泊在那里。这时，她猛地听到了营地另一侧郑荨大声呼喊"Araya"的声音，却没有听到任何回应。唐兮夏梦赶紧转身向回跑，但跑了几步突然感到头晕晕的，她一把抓住身旁的一颗矮树，可头晕却丝毫没有减轻。唐兮夏梦意识到她已经严重脱水了，她想大声呼救，但已经太晚。她重重地摔在地上，昏了过去。

极度想喝水的意愿让唐兮夏梦醒了过来，她睁开眼看看四周，发现这是一个陌生的房间。窗帘紧闭让她无法判断现在的时间，她抬手看了眼手表，上面显示的时间已经是5点30分了，她想如果不是昏睡了一整天，那么现在就应该是下午5点30分吧。

唐兮夏梦试着从床上爬起来，可她突然感到右肩一阵痛，她想也许是昏倒时右肩撞到了什么吧。

窗帘拉开的时候夏梦吃了一惊，"这是城市啊！"她自言自语道。

外面是车水马龙的街道，看样子像是市中心。目测一下，唐兮夏梦身处的房间应该是某个大楼的 15 层的样子。再看室内，这是一个面积不小的主卧室，从床头柜上摆放的商品就可以知道，这应该是一家五星级酒店的高级套房。

唐兮夏梦正琢磨着，因为她脑袋里没有了时间概念，她不知道今天是否与自己昏倒的那天是同一天。在拉开窗帘之前她还没有这样想过，但是这里的环境却让她产生了这样的疑问，她不认为这座繁华的城市是 D 市，因为风格迥然不同。所以，唐兮夏梦开始相信，今天应该是那天之后的另一天。

头还是很晕，肚子也很饿，不过她却不想再吃风干牛肉和压缩饼干了。唐兮夏梦轻轻摸了摸嘴唇，上面的裂口已经结痂了，不过它十分脆弱，稍微用力就会再破裂。

卧室里有两扇门，其中那扇玻璃门是通向主卧卫生间的。唐兮夏梦轻轻推开，感应灯就亮了起来。卫生间的装潢用富丽堂皇来形容绝不为过，金色与银色的瓷砖搭配在一起有序排列，形成了一个像凤凰一样的图案。她迎面正对着的盥洗台和分列左右两边的坐便器跟浴缸清一色是 TOTO 品牌的。唐兮夏梦琢磨着，这样的套房没有几千元钱肯定下不来，D 市怎么会有这样奢华的酒店呢？所以这里一定不是 D 市。

镜前灯的光照亮了镜子中的自己，唐兮夏梦甚至在怀疑，镜子里的人还是不是自己。她的面容就像是经历了沙漠极限环境的折磨。她好想洗个澡，好好地打扮打扮自己。眼前的自己真的不像唐兮夏梦。

"原来你在这里啊。"背后的玻璃门被推开，Araya 走了进来，她的面容也十分憔悴，比夏梦强不了多少。

"Araya！"唐兮夏梦面露喜色，上去拉住她的手说。

"你休息好了吗？" Araya 用手抓了抓唐兮夏梦已经完全失去光泽的头发说。

"马马虎虎了。"唐兮夏梦敷衍了一嘴，"这是哪里啊？"

"这里是 E 市。"

"E 市？"

"嗯。"

"这里距离 D 市可有 900 多千米呢！"

"对啊，我们是昨天深夜才到的这里。"

"昨天深夜？"

"对。"

"也就是说我已经睡了快 36 个小时了？"

"嗯。"Araya 边点头边走到镜子前，她用手扣着嘴唇上的结痂。

"别动它了，会流血的！"唐兮夏梦拉了 Araya 一把，"是 Sunny 把我们带到这儿的？"

"是。"

"冷瞳呢？"

"也被她一起带回来了。"

"昨天在岛上到底发生了什么？"

"其实 Sunny 的人早就登岛了，他们的目的就是为了冷瞳手里的 TDCM7。当时我跟路小岑在湖边被他们找到并带上了船，之后我们就在渔村那里等你们，大概中午的时候，你和郑荨还有药才被带过来。"

"奇怪了！既然货到手了，他们为什么不杀我呢！如果把我一个人扔在岛上，我是绝不可能活下去的。"

"你怎么会这么说呢！"Araya 回过头认真地看着她说。

"我也是瞎说啦，别在意。"唐兮夏梦挠了挠头。"郑荨呢？"她又问。

"在客厅呢。"

"那我们出去吧。"

客厅里的电视开着，但是声音很小，所以在卧室的时候唐兮夏梦才没有听到声音。电视里播放着一档慢综艺，本期的主人公是当红小生——Vern，他是在一档选秀节目中火起来的，是一位颜值与实力俱佳的明星。

郑荨的视线并不在电视上，唐兮夏梦走近了之后才发现。唐兮夏梦坐下来的时候他们的目光对在一起，两个人都有些许尴尬。唐兮夏梦想问他有没有事，但又感觉有些多余，于是她把视线撤走，微微低了低头。

"你没事儿吧？"

这句话还是被说了出来，只不过说话的人是坐在旁边沙发上的郑寻。

夏梦笑了笑，感觉有些滑稽。"还好吧。"她说。

Araya 从主卧出来之后直接去了厨房，她把 Sunny 给他们准备好了的食物拿了过来。这一次的花样多了一些，有面包、烧鸡还有煎饺。

"夏梦你两天没吃东西了，随便吃一些吧，当然这也许很难下咽。"

"嗯。"

唐兮夏梦拿起一个煎饺送入口中，煎饺酥脆的外皮与她的嘴唇碰在一起，让她十分不适。同时，她也不敢使劲地咀嚼，因为稍微用力，嘴唇就会破裂。

Araya 和郑寻应该是已经吃过了，因为从他们的表情上看不出任何的对于眼前这些食物的兴趣。

这时，房门被打开的提示音响了，紧接着就是一阵杂乱的脚步声……

三个人心里很清楚进屋的是什么人，他们站了起来，表情严肃地注视着门厅，等待着那个身影的出现。

"哟，看来你们一直在等我啊。"Sunny 的目光先看向了唐兮夏梦。她的语调上扬，摆出一副趾高气扬的姿态。紧跟在她身后的是路小岑和一个随从，最后出现的则是双手被捆着的冷瞳。

"七天时间你们用了不到三天，很不错！"Sunny 讽刺地肯定道，同时她还装模作样地鼓了鼓掌。

唐兮夏梦表情严肃地看着 Sunny，她的手紧握成双拳藏在腰后，准备找机会发起攻击。

"可是呢？游戏你们却并没有获得全胜。"

Sunny 的话音刚落，她身后的随从就粗鲁地把冷瞳拽到跟前然后推在地上，他还扯掉了他的上衣，冷瞳就这样上身赤裸地倒在众人面前。唐兮夏梦一眼就发现了他胸前的文身，那图案与卡片上的一模一样。

"夏梦，我交给你的任务你不会忘了吧？"Sunny 把刚才拿出来的万宝路香烟点着然后说。

"没有。"

"那你为什么在岛上的时候不杀了他？"

"我只是不确定到底是不是他。"唐兮夏梦的眼睛眨了眨，声音有气无力。

"是吗？"Sunny 发出一声冷笑。"那对不起了，这游戏是我赢了。"

"TDCM7 已经都在你这儿了，'交易需要郑荨这样的鬼话'我想你也不必再说了。游戏的规则是你定的，遵守与否我们也无法左右。今天的结果的确是我们完败。你赢了 Sunny，我虽然为你的行为感到不耻，但我也不得不承认，你确实聪明过人！"

"真的是感人的赞美啊，听到你这么说我真开心。好吧，我现在给你个机会，如果你现在杀了冷瞳，我就可以让郑荨和 Araya 活着，怎么样？"

"那唐兮夏梦呢！？"Araya 问。

"对不起 Araya，唐兮夏梦必须死，她太危险！"Sunny 摇了摇头说。

"不！你杀了我，放了她！"郑荨走上前说。

"你们不要这么争先恐后的！唐兮夏梦也说了，游戏规则是我定的，你们可没有权利左右哦！"Sunny 摆了摆手说。

"这里是豪华酒店，临走前享受一番也算不枉此生了哈老瞳！"Sunny 把烟蒂扔在地上，然后一只脚踩在他的腰间说。

"哼，我不会放过你的！"冷瞳咒骂道。他的表情没有丝毫畏惧，而是表现出不同于常人的刚毅。

Sunny 从腰间拿出了匕首递到唐兮夏梦面前，"动手吧，不然我可能会改主意哦。"她有些不耐烦地说。

唐兮夏梦缓缓地接过来，然后回头看了眼 Araya 和郑荨。"希望你言而有信！"

话完，唐兮夏梦俯下身子，半跪在冷瞳面前。她把匕首抵在他的下巴上。"你还有什么想说的吗？"她问。

冷瞳叹了口气，面如死灰。"动手吧！死在你手上也还算是有面子。"

　　驾驶着奥迪车的郑荨显得十分焦虑，他只想赶紧开出城，但至于去哪儿，他完全没有想法。

　　唐兮夏梦躺在 Araya 怀里，表情十分坦然。可 Araya 的眼泪却不停地落下来，且频率越来越高。

　　"哭什么呀！"唐兮夏梦面容憔悴，声音极其微弱。

　　"你别说话！好好躺着行吗！"Araya 抽泣着说。

　　"一个警察死了，对你来说应该是好事儿啊。"唐兮夏梦笑了笑说。

　　"你闭嘴！夏梦。"Araya 身体颤抖着，她的眼泪已经完全无法控制，它像瀑布一样坠下来，打在唐兮夏梦的脸上。

　　"水的味道真的太好了！"唐兮夏梦舔舔嘴唇，视线从 Araya 的脸上移开。

　　"好个鬼！水哪有味道，你再胡说八道我就杀了你！"郑荨猛地砸了一下方向盘，大声骂道。

　　"好啊，你说的啊！"唐兮夏梦咳嗽了一声，"我可不想让你们看到我一会儿发疯的狼狈相。"

　　"夏梦你为什么那么傻，为什么要喝那杯水？为什么啊！"Araya 摇晃着唐兮夏梦的身体，她害怕她失去意识。

　　"我渴啊，我好渴……好渴……"唐兮夏梦渐渐闭上了眼睛，安静地睡去了……

　　"夏梦，你醒醒！你醒醒好吗？我求你别睡行吗？我求求你了夏梦。"Araya 哭着哀求道。

　　…………

Don't get too close to me

第十四章

死而复生

　　饭店老板是位颇有成熟男人魅力的人，他喜欢梳背头，还喜欢把胡子剃出一个很有意思的造型。来这儿吃饭的客人都亲切地称他为"康师傅"，因为他姓康，全名叫康文。他开的这家饭店在 E 市很有名，叫"如果没有昨天"。

　　11 点，康文还在后厨处理刚送来的食材。而这时，门口处的风铃被碰响了，他想可能是送快递的人来了吧。上午的时候他接到了快递员的电话，说他网购的东西中午会送来，所以他特意留了门。

　　去餐厅正门的路上，他边走边整理着衣衫，因为中午是不营业的，所以他几乎每天都会睡到 10 点多。这个时间当然来不及好好打扮了，不过他想没关系，毕竟不是面对客人，形象邋遢一些无所谓。

　　让康文有些吃惊的是，门口站着的并不是快递员，而是三个他从未见过的客人，一男两女，三个人都颇有气质，只是面色有些苍白。

　　"你们找人还是……"康文交替看着三个人问。

　　三个年轻人一脸的疑惑，像是没听懂康文的话一样。

　　"这里不是餐厅吗？"其中一个长相酷酷的女生说。

　　"是餐厅，不过我们中午不营业，不好意思啊！"康文揉了揉眼睛说。

　　听了康文的话，三个人的表情有些沮丧。

　　"我们餐厅正常营业的时间是晚上 6 点以后，如果……"

　　还没有等康文把话说完，那个酷酷的女生就冲康文笑了笑，然后就转身准备离开了。康文有些好奇，这三个人给他的感觉非常特别，因为从穿着打扮来看，他们都是非常有品位的人。可他们的面容却十分憔悴，而且看三个人的嘴唇都像是好久没喝过水一样，有着一道道裂纹。

"三位请等一下！"康文上前一步叫住他们。

三个人回过头。"还有事儿吗？"这次说话的换成了长得像混血儿的女生。

"你们如果不介意菜上得慢就进来坐吧，中午厨师都不在，就我一个人。"康文挽留道。

"那就谢谢了。"说话的又换成了那个酷酷的女生。

康文把餐厅最里面的那排灯打开了，他说坐在里面那排用餐会比较安静，因为最近旁边的服装店在装修，邻窗的话会比较吵。

三个人刚坐下来，康文就把三份菜单递了过来。"我看你们的嘴唇很干，要不要先来点柠檬水？"

"那就尽快吧老板，谢谢！"酷酷的女生笑着说。

"大量！大量！"长得像混血儿的女生补充道。

"好，请稍等。"

不一会儿，康文就拿来了三大壶水，一壶的容量大概就有两升左右！

"你们点好菜了吗？"康文的这句话到了嘴边又咽了回去，因为眼前的这一幕让他惊呆了，他拿来的三大壶水瞬间没了三分之一。三个人在牛饮之后喘着粗气，但是面露喜色，像是听到了什么好消息一样。

"你们是多久没喝水了？"康文问。

"好久好久好久！"长得像混血儿的女生调皮地说。

"遇到了什么事儿？当然你们可以不回答我。"康文笑了笑，但他也意识到了这样问有些不妥，所以又做了个道歉的手势。

"老板你话很多啊！"

"哈哈，抱歉抱歉，那么点菜吧！"康文带着歉意说道。

几分钟后，三个人点好了菜。中途的时候，康文提醒他们"黄昏小油鸡"工序复杂，可能需要等待较长的时间，不过他们却表示"完全没问题"。

"'记忆苦拌''黄昏小油鸡''羊羊夏日'还有'难忘的烟熏鱼'，没错吧？"康文确认道。

"嗯，没错。"酷酷的女孩点点头，"你们主食吃什么？"

"米饭。"

"米饭吧。"

"那再来三碗米饭。"她看着康文说。

"米饭得现蒸，可以吗？"康文的目光依次给三个人，言语中带着诚意。

"没问题。"

"那么，请稍等。"

说完，康文快步走向厨房，那个酷酷的女孩儿目送着他离开，等康文完全消失的时候，她才把头转回来。

"夏梦，真的没想到还能再跟你一起点一次菜，吃一次饭。"Araya微笑着，但是眼睛里却能看到泛着的泪花。

"哈哈。"唐兮夏梦笑了笑，"这次真的是让Sunny给耍得团团转。"

"所以，昨天Sunny给我们喝的解药其实就是普通的水！"郑荨说。

"是，昨天真的算是经历了生离死别啊。"Araya抽出一张纸巾，擦了擦眼泪说。

"唉……"唐兮夏梦叹了口气，不过听上去倒不像是气馁。"Sunny的目的达到了，她接下来就是与Rose势力交易了。"

"夏梦，你有什么想法？"郑荨又喝了一口水，然后问。

"没了，我怕了！不想再跟她较劲了。"

"哈哈。"郑荨难得地笑了笑，"你也有怕的时候？"

"世界上的不平事儿太多了！要管是管不过来的，更何况我也不是警察了。"

"咦？好像经历了这次，你看开了很多事儿啊。"Araya说。

"可能就是人常说的'凡事太尽，缘分势必早尽吧！'"唐兮夏梦的眼皮向下动了动，然后她又把前臂撑在桌子上，托起了下巴。

正说着，康文端来了菜。他上菜的姿势很性感，忍不住想让人多看几眼。

"'记忆苦拌'，慢用！"

唐兮夏梦他们道了声"谢谢"，康文则用微笑回应，之后他就回了厨房。桌子上摆着的"记忆苦拌"是一道凉菜，它很像沙拉，只是里面的食材都非常有特点，既有甜甜的红薯泥，也有苦涩的苦瓜。这道菜正如人生，有苦有甜。

可能是感觉气氛太单调了，所以康文放起了音乐。这是一首《雨的印记》，出自韩国音乐家李闰珉，它的旋律安静而优美，像是在低诉每个人不同的人生。

最后一道菜"黄昏小油鸡"端上桌子的时候已经是将近下午一点多了，康文原以为他们吃过前几道菜之后就没有胃口再品尝这道"小油鸡"了。可事实却让他吃了一惊，三个人面对端上来的"黄昏小油鸡"就像是看第一道菜一样，可以称得上是垂涎三尺了。

结了账，唐兮夏梦他们还特意跟康文道了谢，当然是为了感谢他亲自为他们烹饪美食。之后，三个人还盛赞了菜品的味道，尤其是最后的那盘"黄昏小油鸡"，Araya 甚至说"那是她吃过的最美味的食物了"。

走出餐厅的时候，唐兮夏梦特意回头看了一眼餐厅的名字，在大门右侧立着的一块儿黑色牌子上，用手写体写着"如果没有昨天"。

傍晚，唐兮夏梦在 E 市高铁站与 Araya 和郑荨道别。虽然她不打算再掺和 TDCM7 的事儿了，但却也不能完全置之不理，她决定一个人回到 D 市刑警队报案。她想这个时候，专案组应该已经行动起来了。

不让 Araya 和郑荨同行的原因也十分简单，那就是怕他们受到牵连。唐兮夏梦让他们乘高铁回 A 市等她，如果不出意外，唐兮夏梦会在明晚乘飞机返回 A 市与他们会合。

在高铁站与他们匆匆吃过晚餐后，唐兮夏梦就早早上路了，因为她知道 Sunny 现在一定迫切地要与 Rose 交易了，所以她一刻也不想耽误，准备连夜开车返回 D 市。

第二天早上 6 点多，唐兮夏梦回到了 D 市。路上她只在休息区里休息了不到两个小时。

7 点钟的时候她走进了刑警队办公室，在向警员简单介绍了情况之后，栾严军出来找到了她。

"夏梦警官？"栾严军有些惊讶地跟她打了招呼。从他的状态能看出来，他昨天应该一宿没回家。

"栾警官你好。"

"你找我？"

"确切地说是要找瘟疫专案组，他们到了吗？"

"咦？"栾严军奇怪地看着她，"你自己不就是吗？"

"一言难尽！现在已经来不及跟你解释了，你现在带我去找他们好吗？"

"哦！好，他们现在应该在缉毒科，你跟我来吧。"

巧合的是，瘟疫专案组的组长正是秦湘。

"夏梦大美女，怎么是你！？"秦湘的眼睛眯成了一条缝，兴奋地说。

"我也没想到专案组组长是你啊，秦湘姐！"

"我刚听小栾说，你有事儿要找我！？"秦湘收起笑容问。

唐兮夏梦点点头，"是的，有关瘟疫案的。"

"哦？"

"秦湘姐，您应该已经知道引发瘟疫的是一种叫'TDCM7'的致幻药了吧？"

"是，周林跟我说过了。"

"那您还记得之前小靓跟您说过的发生在我身上的那个案子吗？"

"你说那个贩毒案！"

唐兮夏梦使劲地点点头。

"你的意思……他们之间是有关联的？"秦湘惊讶道。

"没错！"

"这到底是怎么回事儿？"

"是这样的……"

缉毒科办公室里除了秦湘和唐兮夏梦外，还有周林和栾严军。唐兮夏梦陈述的语速很快，因为她时刻感受着事情的紧迫。

"夏梦，你是说……高队牺牲了？"栾严军表情惊慌地确认道。

唐兮夏梦惭愧地点点头，"对不起，我很抱歉。"

"夏梦，你不该单独行动的，你已经不是警察了！"秦湘表情严肃，口吻中带着一点指责的意味，但更多的是担心。

"对不起，秦湘姐！"

唐兮夏梦隐瞒了郑荨和 Araya 的事儿，不过幸好栾严军也并没有提起。

"整件事情我都清楚了。这次的案子牵涉邻国的武装势力，所以我们必须要请国际刑警和邻国的警方一起配合行动了。"秦湘十指交叉在一起，做着总结性的发言。

"另外，周警官，"秦湘扭过身子对着周林说，"你帮我起草一份报告，这样的大案要事先向上级报备。"

"好，没问题。"

"夏梦，一会儿你带严军把高队长的遗体带回来，然后你跟他一起处理下高队长的后事。至于案子，就由我们来负责，你不要操心了，有问题我会再找你的。"

"好。"唐兮夏梦应允道。

秦湘站起身走到栾严军的身边，她用手轻轻拍了拍他的肩膀安慰道："别难过了，当务之急是抓到罪魁祸首，好让你们高队长走得瞑目，知道吗？"

栾严军点点头，表情上带着不甘不过还是应了声"知道"。

"好，事不宜迟，我们马上行动！"

午餐是郑荨亲手做的。10 点多的时候他问 Araya 想吃什么，Araya 说要吃回锅肉。正巧，这道菜正是郑荨的拿手菜，这可让 Araya 大呼过瘾了。

饭后，Araya 接到了唐兮夏梦打来的电话，她说她还要在 D 市待几天处理高成的后事，如果一切顺利的话她会坐 23 号下午的飞机返回 A 市。在通话的最后，唐兮夏梦让 Araya 打开了免提，她在电话里告诉郑荨，让他好好照顾 Araya，不许欺负她。郑荨听后则是一脸的苦笑，他心里很清楚唐兮夏梦话里的意思，不过为了让唐兮夏梦安心办事，郑荨便应了下来。

Araya 挂了电话继续回到厨房收拾碗筷。郑荨昨晚失眠几乎没怎么睡，忙到现在的他这时困意才爬了上来，他把电视的声音调低，然后倒在沙发上想睡一会儿。刚闭上眼，Araya 就走过来用手指捅了捅他说："去屋里睡吧！"

"不了，夏梦肯定不愿意让我睡她的床。"郑荨半睁着眼，倒在沙发上还摇了摇头说。

"哎呀！她又不在家，你快去吧，好好睡会儿。"Araya 心里清楚他是愿意的，所以她坚持说。

"好吧。"郑荨站起来抓了抓头发，然后朝卧室走去。

看着郑荨的背影，Araya 心里那种说不清道不明的滋味又冒了出来。她知道唐兮夏梦在创造一切机会撮合他们，可她心里也明白郑荨的心是绝不可能倾向于她这边的。有时候夹在他们中间的滋味很难受，她感觉自己就像一个累赘。她甚至觉得唐兮夏梦是因为在乎她所以才拒绝郑荨的。而最近发生的点点滴滴让她的这个想法越来越强烈，就昨晚，她整夜被这件事情困扰，甚至在最后还想过不告而别。

唐兮夏梦无疑是 Araya 的情敌，不过 Araya 并不恨她，甚至在她心中，唐兮夏梦的地位举足轻重，她早已把她当成了最好的朋友，若不然，她怎么也不会有"退出"的念头。

盘子刷完后被 Araya 整齐地搁进了碗筷柜，当柜门关死的一刹那她突然想起了什么。她还记得在停尸间里她双亲的尸体被推进纸棺的那一刻，从那一刻开始，她成了孤独且冷血的人。可如今的自己好像越来越不像她了，至少不会是现在这样，围着围裙，做着家务。

一切都收拾完毕后，Araya 来到卧室门口。她轻轻推了推门，发现郑荨已经熟睡在床上，她把门关上，然后坐到沙发前，接着又把电视的音量调低了一些。电视里在重播昨晚的连续剧，而主演还是那个当红小生——Vern。

第十五章

飞机上的谋杀

　　助理订的机票是今天下午 3 点 15 分的，不过中午 Vern 的团队要去离机场约 20 千米的地方谈一个重要的商务合作，所以时间并不充裕。坐在副驾上的经纪人打着电话提醒对方要按时到达，因为今晚在 A 市有个重要活动，Vern 绝不能缺席。

　　"他们能按时到吗？" Vern 接过助理递过来的水，边拧瓶盖边问。

　　"对方说没问题。"昨晚刚烫了卷发的经纪人说。

　　"你这个发型很失败啊！" Vern 说。

　　"从昨晚到现在，你已经无数次地发出这样的感叹了。"经纪人把头扭过来，有些不高兴地看着 Vern 说。

　　"又生气了？" Vern 笑了笑，"你说你一个快 30 岁的人了，哪来那么多气啊？"

　　"你又说年龄！"经纪人把头扭了回去，然后把头扬得高高的，她虽然面相普通，但是那天鹅脖还是十分性感的。

　　"哈哈。" Vern 边笑边拍了拍经纪人的肩膀像是在表示歉意。

　　Vern 虽然是目前国内的一线明星，但是他为人十分谦和，而且从来不摆架子，尤其是对自己团队的人。所以到目前为止，他的团队非常稳定，没有一个人离开。

　　中午的商务谈判还算顺利，虽然价格比理想中的要低一些，但总体也还能接受。下午两点半的时候，Vern 的团队到达了机场。这次与 Vern 一起去

A 市的只有经纪人沈娜、化妆师宁小笙和助理崔雪。

登机手续办完的同时广播也在提醒登机了，崔雪每次都会卡着这个时间。因为如果太早办完手续来到登机口一定会被有心人发现他们的身份，那样就会惹来不必要的麻烦。

这架飞机的头等舱有六个座位，Vern 坐在第一排的左边，助理崔雪坐在他身后，崔雪右边的是经纪人沈娜，化妆师宁小笙则坐在了最后一排的右边。

"欢迎登机。"在门口迎接乘客的空乘边鞠躬边微笑着说。接着出现的是一位美丽的女孩，她穿着格子衬衫和浅色牛仔裤，褐色的长发置于胸前。Vern 看了她一眼就赶紧把视线挪开，但心里却不知是因为害羞还是怕暴露身份。

巧的是，那个女孩的位置就在 Vern 的旁边。不过她到没有十分留意头等舱里的其他乘客，尤其是坐在她旁边戴着墨镜和鸭舌帽的 Vern。Vern 时不时用余光看她，心里还琢磨着，可能就算自己的身份被她发现，她也不会有很大的反应，她肯定跟那些狂热的粉丝不一样。

唐兮夏梦把遮光板拉下来，舱内顿时暗淡了不少。这几天一直忙着处理高成的后事，精神和体力都已经到了一个极限，再加上不久前严重脱水，她的身体状况真的不容乐观。所以这次她买了头等舱，想好好休息一下。

唐兮夏梦挥了挥手叫来了空乘，她吩咐空乘给她多加一条毛毯，因为一般头等舱的冷气都很足，她本身又很怕冷，加上现在的身体状况那就更是得好好地把自己裹严实了。

起初头等舱中排的两个人还在轻声交谈，但几分钟后便安静了下来。单调的氛围和极度的疲惫让唐兮夏梦很快地睡着了。

不知过了多久，唐兮夏梦被一阵急促的脚步声吵醒了。她摘下眼罩拉起遮光板，发现外面的天色略微暗淡，可见她睡的时间应该不短了。再低头看看，手表上显示已经是 5 点 30 分了，这时饥饿涌了上来，她正琢磨着落地后要准备吃点儿什么，就听到门帘后的经济舱内传来了一阵嘈杂的声音。

"他不行了！"

"快让他躺下来！"

"你看他又吐了！"

唐兮夏梦一下子紧张了起来，她想难道是有人发病了？还是……

"他没有呼吸了！"

"有没有医生啊？快来看看他啊。"

唐兮夏梦起身走向经济舱，当她拉开门帘时发现，距她大概六米外的过道，围着五六个人，其中两个是空乘，剩下是乘客。他们都神情紧张，动作慌乱。唐兮夏梦迈腿想走近一些，可这时却有人在背后拉她一把。

"别靠太近，也许会传染也说不定。"

拉住唐兮夏梦的是坐在她旁边的那个身材不错、皮肤白皙的男生，虽然他戴着鸭舌帽和墨镜，但仍无法掩盖他不俗的气质与相貌。

唐兮夏梦看着他，表情有些疑惑。"若是那样，周围的人不早就遭殃了吗？"她挣脱开对方，然后径直向那边走去。

走近了才发现，出事的是一个中年男人。他的面色发青，眼珠向上翻，嘴里往外渗着白沫，全身一动不动，看样子真是不行了。

"他应该是中毒了！"唐兮夏梦说了一嘴。

"中毒？"站在唐兮夏梦身旁年纪不大的女空乘吓了一跳。

"看症状应该是！"

"您是医生？"人群中一个眼睛小小、头发稀疏的中年男人问。

"不，我是警察！"

"警察？"

听到这个词眼周围马上爆发了一阵骚乱，大家开始小声地议论着，难道是飞机上发生了杀人案？

唐兮夏梦蹲下来，两边的人也很配合地给她让了位。唐兮夏梦先试了试死者的脉搏和心跳，然后是呼吸，最后她缓缓地站起来小声地说了句，"他已经死亡了。"

围在这儿的人听到这个消息后都吓得退了几步，那个年轻空乘甚至捂着嘴，仿佛一副要呕吐的表情。见此情形，唐兮夏梦先做了个手势示意大家冷静，然后她吩咐一旁的乘务长，让她尽量稳定乘客的情绪，至于其他的，就交给她自己来处理。

几分钟后，飞机广播内播送了关于这起事件的处理办法，事发地点附近的乘客被安排到了其他空位上，另外飞机还额外给每位乘客赠送了咖啡和巧克力，并提供了一张四星级酒店的免费入住券。

安排妥当之后，唐兮夏梦开始勘查现场，她首先检查了死者的呕吐物，然后是他随身携带的行李，最后是他喝水的纸杯。一切勘查结束后，唐兮夏梦找来乘务长，她在她耳边吩咐了几句后，就一个人朝着头等舱走去了。

唐兮夏梦回到头等舱几分钟之后，经济舱与头等舱之间的门帘就再一次地被掀开了，走进来的人正是乘务长。

"非常抱歉各位乘客！"她先鞠了个躬，"由于突发事件，我们不得不打扰大家了。"

"没关系！"沈娜微笑着说。其他人也跟着点了点头。

"这位乘客的身份是警察，"乘务长手心冲上指向唐兮夏梦，"她希望可以在头等舱里跟此事的有关人员谈话，不知道大家……"乘务长有些为难地说。

"没问题。"Vern痛快地说。

"那就谢谢大家了！"乘务长又鞠了个躬，然后便走到了唐兮夏梦跟前。

"麻烦乘务长先把死者身旁的乘客叫过来。"唐兮夏梦凑到乘务长的耳边轻声说。乘务长点了点头随即走向了经济舱。

"你是警察啊！"Vern目送乘务长走出头等舱，然后转过头问唐兮夏梦。

"你很喜欢管闲事啊！"唐兮夏梦瞅了他一眼说。

"喂！你客气点行吗。"后排的崔雪气呼呼地站起来，大有替天行道的气势。

这时，乘务长和一个30多岁、戴着无框眼镜的男人走了进来。这个人也是刚才围在死者身旁的人里面的其中一个。

唐兮夏梦站起身把他让到了座位上，自己则是靠着机舱墙壁而站。此时的飞机遇到了气流，机身开始晃动，于是唐兮夏梦弯了弯腿，好让自己的身体稳定。

"你与死者认识？"唐兮夏梦边打量着眼前的男人边问。

"不，不。"他扶了扶眼镜，面色有些紧张。

"他是什么时候开始出现中毒症状的？"唐兮夏梦用手撑了一下墙壁，重心又下降了一些。

"大概……大概……40多分钟以前吧。"

唐兮夏梦低头看了一眼手表，现在是5点53分。"最开始他的反应是？或者说中毒迹象是？"

"他开始说腹痛，后来就开始，再过了一会儿就口吐白沫，面色发青。"

"那么，他是在喝了那杯水之后才开始出现中毒症状的吗？"

"是的，喝了水之后大概过了有个十多分钟吧。"

"嗯。"唐兮夏梦点点头，表情上似乎对男子的回答很满意。"除此之外，他有什么特别的举动吗？"

"这个倒没有，从上飞机之后他就一直在睡觉，直到他醒来跟空乘要水喝。"

"他也没跟你说过话？"

"没。"

"和其他人呢？"

"也没有。"

唐兮夏梦用手捏了捏自己的脸颊，眼神却落在了男子的裤腿上。"你的裤子好像湿了？"她指着那里说。

"哦，"男子用手轻轻拍了拍，"刚才把他从位置上抬出来的时候不小心碰洒了水。"

唐兮夏梦用力盯着男子几秒后，摆了摆手，就让他回去了。

"警官发现什么了吗？"Vern摘了墨镜看着她。

唐兮夏梦歪过脸来正要回答他的问题，但看到他面容的一瞬间愣住了，这个人不是Vern吗？那个明星？！

"你怎么不说话啊，警官？"Vern笑着说。

"你……是Vern？"唐兮夏梦睁大了眼睛，她感觉自己的脸火辣辣的，心也就要快跳出嗓子眼了。

"警官怎么脸红了？"Vern 向前迈了一步，他距离唐兮夏梦不到半米。

"我……没有啊。"唐兮夏梦低下头躲开了他的目光。Vern 实在太英俊了，多看一会儿一定会被他灼伤的。

"没有吗？"Vern 把脸凑到唐兮夏梦面前，他们的目光对在一起。

"Vern 啊！你差不多得了啊，回头被狗仔拍到我们又有的玩儿了！"沈娜边看着报纸边说道。

"这里一共五个人好不好？怎么会啊！"

"难说那个警官不会哦。"

唐兮夏梦退了几步，然后稍稍稳定了一下自己的情绪说道："你回去坐好！"

"是！警官。"Vern 调皮地回答并坐回到自己的座位上。与此同时，第二个被叫来问话的人走进头等舱里，她正是那个在事发前分发饮品的空姐。

"您找我？"空姐站姿端庄，只是表情有些紧张。

唐兮夏梦点点头。"来这边坐吧！"

空姐小幅度地鞠了个躬，便端正地坐到了唐兮夏梦面前。唐兮夏梦则是继续保持跟刚才一样的姿势站立。

"别紧张！我只是有几个问题想问你。"唐兮夏梦微笑着说。

"嗯。"空姐点点头，面部自然了些许。

"当时的情况说说吧！"

"呃……其实也没有什么好讲的。起初我路过那个客人那里的时候他还在休息，所以我并没有叫醒他。后来他醒了，我单独过去问他'想喝点什么？'，他告诉我要一杯白水，然后我就拿给他了。"

"也就是说，水并不是在他面前倒的，而是你倒好之后拿过来的。"

话音刚落，头等舱内后排的崔雪发出了一小声惊叹，空姐一下子明白了自己的处境，她急忙解释道："警官，我真的什么都没做啊！请相信我。"

"没事儿的，别紧张。"唐兮夏梦拍了拍她的肩膀，然后在她面前蹲下来说，"你刚才说的白水？"

空乘小姐弯了弯背，低声说："就是普通的大瓶瓶装水。"

"那么给死者倒水的时候，那瓶水是新开的还是已经用过的？"

"已经用过的。"

"后来还给别人倒过吗？"

"嗯……有倒过。"

"那瓶水倒完了吗？"

"应该没有，瓶子里还有好多呢。"

"平时你们的饮品都放在哪里？"

"放在机舱尾端的储藏室里。"

"有人负责管理吗？"

"没有专门负责管理的，都是谁负责分发饮品谁去自取的。"

"那也就是说客人也是可以接触到它们的了。"

"没错，不过这倒有些难度。"

"怎么讲？"

"因为一般那里都会有个乘务人员，以备客人有什么不时之需，所以如果客人想要对那些饮品动手脚，就一定要躲开那个乘务人员的视线。"

"那他（她）会时常出来处理乘客需要吗？"

"那倒不会，一般出来服务的都是前舱的乘务人员。"

"是这样……"夏梦摸了摸下巴，眼珠在左右的移动。"送水的路上没有意外吧？"她接着问。

"没有。"

"那死者是当着你的面把水喝下去的吗？"

"是。"

"好吧，情况我了解了。现在麻烦你带我去储藏饮品的地方看看可以吗？"唐兮夏梦站起来说。

"当然当然！请随我来吧。"

经济舱安静了许多，可能随着夜幕的降临，大家也都平静了下来。在路过事发地点的时候唐兮夏梦留心看了一眼，只见五排之内没有任何一个乘客，那些座位就像是复活节岛上的石像一样，孤零零的。

　　机舱尾部有一男一女两个乘务人员在说着话，当夏梦走进来的时候他们朝夏梦点了点头，面相上还有些许畏惧之色。这两个人是乘务长听唐兮夏梦指示派来守着尸体的。唐兮夏梦之所以这样安排是出于两层考虑，一是普通人对于尸体的畏惧心理，二则是两个人可以互相监督，以防意外的发生。

　　尸体盖上了毛毯，被放置在机舱尾部的储藏室里。储藏室跟有卫生间的那个机舱是一墙之隔，看守的乘务人员在外面，唐兮夏梦和与她一同前来的空姐走到了里面。

　　"你出去吧！"

　　见空姐有些害怕，唐兮夏梦便让她回去了。储藏室里的空间很狭小，尸体是靠在墙壁上的。尸体两边就是放置食物和饮料的架子。唐兮夏梦左手边架子的第二层摆着各种饮品，其中包括那瓶已经开封的矿泉水。

　　唐兮夏梦从架子上把水瓶拿起来，她发现瓶子里的水还剩了一大半，瓶壁内侧也没有大量水滴挂壁，这说明已经有段时间没人拿它添水了。接着夏梦又拧开瓶盖并拿在手里端详了一会儿，在没有发现任何疑点之后，她就把水瓶放回了原处。

　　唐兮夏梦在储藏室里坐了下来，她盯着自己正前方的尸体，心中已经有了对这起案件的大致判断。她知道这一定是一起谋杀事件，而凶手也就在这架飞机上，只是现在杀人的手法成谜，一时她也无法锁定嫌疑人。

　　唐兮夏梦再回到头等舱的时候谁也没有吭声，只有 Vern 在她坐回座位的时候冲她笑了笑。

　　"当明星该有点儿架子的。"唐兮夏梦扣上安全带看着他说。

　　"谁说的，平易近人一点儿不是很好嘛！"Vern 噘起了嘴说。

　　"你现在的这个表情会让很多喜欢你的粉丝疯狂吧！"

　　"包括你吗？"

　　"你这是在撩我吗？"

　　Vern 扑哧地一下笑了出来，"你如果这么认为的话，那就是。"

　　唐兮夏梦把头扭了回去，她盯着窗外的夜色许久之后才默默地回了句"我是个会给人带来不幸的人"。

听到唐兮夏梦这么说，Vern 脸上露出了疑惑的神情，但看到唐兮夏梦深沉的样子，便没有再继续追问下去。

飞机距离落地还有不到一个半小时的时间，在这段时间内如果无法破案，那么之后将会更加难办。唐兮夏梦深知这一点，所以她暗下决心，一定要在这之前把事情查个水落石出。

唐兮夏梦让空乘小姐给她倒了一杯咖啡，拿在手里半天却没有喝，只是呆呆地盯着。她想在这个节骨眼儿上还是不要随便喝来历不明的东西比较好，因为说不定里边就含有致命的毒药。

几分钟之后，唐兮夏梦叫来了乘务长，她把一张小纸条塞到她手中，乘务长打开纸条看了几秒后便朝唐兮夏梦点了点头，之后就走向了经济舱。

头等舱内，机组人员按顺序依次进入。

"你曾经见过死者吗？"

"不……从来没有。"机组人员甲说。

"你曾经见过死者吗？"

"没有。"机组人员乙说。

"你曾经见过死者吗？"

"没有印象了。"机组人员丙说。

"你曾经见过死者吗？"

"好像见过……"机组人员丁说。

"哦？在哪里。"

"也是在这架飞机上，只不过是几天前的班次。"

"你为什么会有印象？"

"当时他好像跟乘务长一起出现在机舱尾部，所以我有印象。"

"什么？"唐兮夏梦大吃一惊，"你认为他们是认识的？"

"呃……不是很确定，我并没有看到他们交谈。"

"明白了，辛苦你了。"

"那我可以走了？"

"嗯。"

晚上 7 点 10 分，除了飞行员以外的机组人员都来到了经济舱内，这是唐兮夏梦纸条上吩咐的第二项。5 分钟后，唐兮夏梦依然没有出现，机组人员三三两两开始小声地议论，表情也开始变得不安。乘客们则是丈二和尚摸不着头脑地盯着他们，像是在看一场无厘头的演出。

7 点 23 分，唐兮夏梦从头等舱内走出来，乘务长赶紧迎上去问："警官，发生了什么？"

"哦，没什么！不好意思刚才有点儿事情耽误了，辛苦大家了。"唐兮夏梦表示歉意地说。

"那你叫我们来是？"

"实在抱歉，刚才是有几个问题想问你们，现在没有了，大家都回去吧！"

听了夏梦的话，在场的机组人员都多少有些抱怨的情绪，只不过表面上是看不出来的。他们四散而去又回到了各自的岗位上。

"稍等，乘务长！"唐兮夏梦叫住她说。

"警官，您还有别的事儿吗？"乘务长的脸上带着一丝埋怨说。

"还得麻烦你跟我来下头等舱。"

"那好吧。"乘务长硬着头皮说。

乘务长跟着唐兮夏梦走进了头等舱，头等舱里的人对于她们的进进出出早已麻木，可接下来唐兮夏梦的一句话却让他们一下子打起了精神。

"乘务长，杀死凌川的人是你吧？"唐兮夏梦突然回过头问道。

"啊？什么！你在开什么玩笑！"乘务长不知所措地说。

"你说乘务长是下毒的人？"Vern 站起来看着唐兮夏梦，惊讶地问。

"没错，下毒的人正是她。"唐兮夏梦先朝 Vern 点了点头，然后又看向乘务长。

"警官，我想你弄错了！"乘务长摆了摆手，做出一副放松的姿态。

"绝不会。"

"那你有什么证据能证明我杀人吗？"

"当然有！"

"哦？"

"不过我还是想先把整件案子详详细细地跟你说一说。"

"那我洗耳恭听。"

"凌川，也就是那个被毒死的乘客，我想他大概死于氯化钡中毒。你们可能不知道，氯化钡是一种无色无味的化学药物，它溶于水，人一旦误食超过 0.6 克以上就有致死的危险。另外，它不是管制类药物，所以十分容易搞到。"唐兮夏梦的视线有规律地在头等舱内移动，感觉就像公开课演讲那样。

"那你是怎么判断出来毒药是氯化钡的？"沈娜问。

"两点原因，一是从中毒的症状，二是从凌川毒发到死亡的时间。当然究竟是不是氯化钡还要拿去进一步化验，我没有十分的把握说一定是。"

"你说乘务长下毒杀了凌川，可她是怎么做到的呢？"Vern 问。他不知道什么时候又戴上了墨镜。

"空姐与凌川身旁客人的证词几乎一致，所以凌川应该是喝了那杯空姐递来的水才中毒的。空姐跟我说，她在给凌川倒完水后还用同样的瓶子给别的客人也倒水。知道了这一点，我当时就判断，凶手应该是在空姐倒完水后的这段时间里下毒的。不过有一点让我始终搞不明白，空姐从储藏室倒完水来到经济舱里短短几秒的时间里，凶手究竟是如何下的毒呢？"

"那有可能是空姐下的毒也说不定啊！"崔雪说。

"哎呀，你好笨啊小雪！"Vern 趴在座椅靠背上说，"那样杀人岂不是太智障了。"

"虽然有这样的可能性，不过意图还是太明显了，况且我也没有找到空姐杀人的证据。"唐兮夏梦看着崔雪，语气平和地说。

乘务长冷笑道："你没有找到不代表没有。"

"你说得没错，只不过你的这番巧言令色只是为了撇清自己的嫌疑罢了。我刚才也说了，我已经掌握了你杀人的证据，还请你少安毋躁，让我把整件事说完。"

乘务长怒不可遏，她咬了咬嘴唇，视线左右摇摆着。

"后来，"唐兮夏梦继续说，"我突然诞生了一个大胆的猜测：会不会凶手是把毒提前下在水里了呢？"

"这不可能吧！"Vern 说，"凶手是如何知道凌川要喝水的？万一喝水的是别人。"

"你说得对！所以凶手下毒的时候就是凌川跟空乘小姐要水的时候。"

"但乘务长是怎么抓住这个时机下毒的啊？"

唐兮夏梦看着乘务长，"你知道供乘客饮用的饮品都放置在储藏室里，所以你只要在这附近就随时有机会下毒。只不过你要等一个时机，因为如果是空乘人员依次分发饮品的时候你是绝不能下毒的。你要等待的是凌川单独索水的时刻，只要能等到这个时刻，你就能马上来到储藏室里下毒！"

"所以，她一直在经济舱内监视着死者？"Vern 问。

"是，而且是在经济舱的尾部，因为那里离储藏室最近了。"

"可如果是这样，那为什么后来喝了那个水的乘客安然无恙呢？"

"因为在空乘小姐倒完水之后，乘务长又潜入了储藏室把水调换了。"

"啊！"Vern 惊叹道，"原来是这样。"

"你有什么证据证明我那个时候一直在经济舱内？"乘务长不满意地问。

"我没有，只不过你应该也没有证据证明你不在对吗？"唐兮夏梦嘴角微扬，自信地反问道。

"那……我又怎么知道他一定会要白水？如果他要咖啡或者别的什么饮料，那我岂不是要准备一堆替代品？"

"关于这个，咱们就得说说凌川身上的那张票根了。"唐兮夏梦从牛仔裤兜里拿出票根并举了起来，"这个票根是几天前的，航班还是这个航班，所以我猜测你们极有可能在几天前就已经见过面了！"

"那不一定吧！机组人员应该是会轮换的啊。"沈娜质疑道。

"没错，机组人员是会轮换，但不是说就一定不会出现在同一班次上！对吗？"

"这个倒是。"

"于是我问了除乘务长之外的所有机组人员。其中有个人告诉我，几天前她见过死者，而且同样是在这架飞机上，可更让我吃惊的是，她说在见到死者的同时还看到了另一个人。"唐兮夏梦转过头盯着乘务长，"而这个人，就是你。"

"嚯！"

头等舱内的人不由得发出惊叹声，他们齐刷刷地将目光投向乘务长，他们迫切地等待着从她嘴里得到一个合理的解释。

"如此看来你跟凌川是认识的，既然是认识的，那么对于凌川饮品的偏好我想就不难搞清楚了吧。另外，刚才之所以我没有按时去经济舱与所有的机组人员会和，目的就是趁此机会搜查你的私人存物箱，真不巧，"唐兮夏梦从自己座椅的另一侧拿出一个空瓶子，"我发现了这个。"她把空瓶子摆到乘务长面前，"这个跟我在储藏室找到的矿泉水是同一个品牌、同一个规格。我现在请问乘务长？你放一个空瓶子在私人存物箱是何用意？"

乘务长看着唐兮夏梦，表情慢慢地松弛下来，她无奈地笑了笑说："真没想到航班上竟然有个警察。"

"你承认了是吗？"唐兮夏梦说。

"事到如今我还有别的办法吗？"乘务长叹了口气，"我一直认为这个计划是完美的。"

"讲心里话，这个计划确实十分缜密。如果飞机降落，你把唯一的证据处理掉，那么我想我也拿你没办法了。"

"可惜只差了一步！"乘务长咬了咬牙说。

"我想知道你为什么要杀他？"

"因为他误导我老公投资一个莫须有的项目，致使我老公赔了上千万，我老公因为承受不了这样的打击而自杀了！我这辈子都忘不了他那副嘴脸，即便是拿我的命跟他相抵我也在所不惜！"

话音刚落，乘务长就朝唐兮夏梦冲了过来，唐兮夏梦完全没有防备，被撞倒在地。一旁的 Vern 见此情形赶紧扶起唐兮夏梦。唐兮夏梦猛地想起自己座位旁的那杯咖啡，她感到事情不对，想马上上前制止乘务长，但一切都太迟了，乘务长早已将咖啡一饮而尽。

"你……果然是在咖啡了放了氯化钡！"唐兮夏梦严肃地说。

"没错！"乘务长把纸杯一扔，"这样一切都结束了。"

说完，她顺势瘫坐了下来，然后闭上了眼。

在机场草草做完笔录之后，唐兮夏梦一个人来到了商业区，她从商业区的便利店里买了瓶水。出来以后她打开叫车软件预约了网约车，不过从排队人数来看，估计她得等会儿了。

唐兮夏梦想既然这么多人在排队，那么她就干脆找个地儿休息一会儿再说吧。于是她在商业区里转着，想找个咖啡厅之类的地方。正巧在这时，同在头等舱里的那个卷发姑娘出现在她前方并冲她招了招手，唐兮夏梦快走几步迎过去，并冲她笑了笑。

"真巧啊！"唐兮夏梦说。

"不是巧啦，我刚才就看到你啦！"沈娜笑了笑，眼角露出了几道不易被人察觉的皱纹。

"那你是特意来找我的？"唐兮夏梦有些惊讶地问。

"还不是因为 Vern 嘛！"

"他？"

"是啊，他要我过来问你，要不要搭我们的车。"沈娜抿了抿嘴，表情上看不出欢迎还是抵触。

"那……方便吗？"唐兮夏梦有些不好意思地看着沈娜，"如果方便的话……"

"我们只能载你一段，因为他还要出席一个重要活动。"

"那就谢谢了。"

唐兮夏梦被带到了一辆奔驰商务车上，当车门关死的一瞬间车子便发动了。唐兮夏梦上车后坐在了中间那排靠外的位置上，她把背包搁在脚下，之后抬头看了看车内，车上除了司机以外，其他的人她都已经见过了。

"在飞机上忙着那个案子，都忘了问你们的名字了，我叫唐兮夏梦。"

"好特别的名字啊！"唐兮夏梦唯一知道名字的 Vern 从副驾驶座上转过头来说。

"我叫沈娜，是 Vern 的经纪人。"坐在唐兮夏梦旁边的姑娘说，"后排靠里侧的是造型师宁小筝，外侧的是助理崔雪。"

"你们好！"唐兮夏梦转过头冲她们笑了笑，宁小筝礼貌地回了她一个微笑，而崔雪则是爱搭不理的摆了个臭脸。

"我称呼你夏梦可以吗？"副驾上的 Vern 说。

"当然，大家都这么叫。"唐兮夏梦回过头，面带微笑说。

"你要去哪儿啊？我看下是否顺路。"

"B 区 C 街。"

"核心区啊！我们正好也路过那里。"

"那就麻烦了！"

"没事儿啦。"Vern 摆了摆手，"哦对了，你好像不是警察啊！"

"嗯，现在不是了。"

"那你干吗还要在飞机上去多管闲事呢？"

"可能是多年来养成的'毛病'吧！"唐兮夏梦叹了口气，语气上有些沮丧。

"对不起啊，我不该多问。"Vern 说。

"没事。"唐兮夏梦把衣袖向下拉了拉，"你好像跟一般的明星很不一样。"

"有吗？"

"你是我见过最不像明星的明星了！"

"那可不一定，也许我就只对你一个人这样啊。"Vern 用带着玩笑的语气说。

"咳咳……"沈娜咳嗽了几声，意思好像是提醒 Vern 适可而止。

Don't get too close to me

第十六章

情网

以往经常堵车的那条街今天一反常态、顺畅了许多，本来唐兮夏梦以为怎么也要 9 点 30 分才能到家，可现在来看进家门的时间应该不会超过 8 点 30 分。

唐兮夏梦跟 Vern 的道别十分简单，她说了"再见"之后就径直朝自己住的小区那边走去，期间没有再回头。不过她并不知道，Vern 注视着她的背影许久。

小区对面的水果超市还在营业，唐兮夏梦走进去买了一些橙子和杧果，不知怎么的，刚才在车上时就十分想念杧果的味道。至于橙子，则是 Araya 的最爱。

站在家门前的唐兮夏梦有些小小的激动，虽然只是分别了几天，可她还是无时无刻不在惦记着他们。也许是出生入死的经历让他们之间多了一条连线。当彼此间的连线绷紧的时候，他们就会收一收、看看彼此，等一等那个落在后面的人。

打开门，唐兮夏梦如愿地迎上了 Araya 和郑荨温柔又惊喜的目光，他们如唐兮夏梦猜测的那样在客厅里看着连续剧。这时候，连续剧里的男主和女主在激烈地争吵，但现实里，唐兮夏梦却跟 Araya 和郑荨拥抱在一起，如同久别后的相逢。

得知二人已经吃过晚餐后，唐兮夏梦一个人叫了份外卖，下午在飞机上想过的无数种美食最终还是成了泡影。她夹起一筷子土豆粉送入嘴中，虽然不是什么山珍海味，但在这个快乐的时刻，这就足够美味了。

吃完晚餐后，唐兮夏梦在厨房把买来的橙子切了。郑荨提议今晚他们3个可以玩斗地主，唐兮夏梦和 Araya 很痛快地答应了，他们准备了很多小食品助阵，橙子只是其中之一。

"夏梦，快点来啊，就等你了！"郑荨坐在客厅沙发上熟练地洗着牌，嘴里还叼着一个牛肉干。

"你竟然还能吃得下牛肉干！"唐兮夏梦端着一盘切好的橙子走过来说。

"为什么吃不下？这个牌子的牛肉干是好吃的呀。"郑荨把牌放到桌子上，咽了牛肉干说。

"甭管多好吃，我这辈子都不想吃牛肉干了！"唐兮夏梦捂着脸，万般无奈地说。

"行了，快坐下吧，我们斗地主了。"郑荨拉了拉唐兮夏梦的胳膊说。

"说说看，什么规矩啊？"Araya 拿起一块儿橙子咬了一口。

"第一局抓到红桃 3 的人要地主，下家如果抢地主那么底数就翻倍，最多翻三倍。"

"好。"

"那底数是？"夏梦问。

"底数就是一万元，怎么样？"

"行，没问题。"Araya 点点头。

"行什么行啊，你们这叫赌博知道吗？"唐兮夏梦带着批评的口吻说道。

"你看你又上纲上线了！"郑荨又拿起一块儿牛肉干丢进嘴里。

"你们跟我在一起这么久，也该有点儿法制观念了吧。再说了，你们是大毒枭，我一个离职小警察哪有那么多钱啊！"唐兮夏梦言辞凿凿，不过表情却十分幽默。

"哈哈哈。"

唐兮夏梦的话把两个人都逗乐了，Araya 甚至笑得前仰后合。

"那你说多少。"郑荨看着夏梦说。

"10 元！"

"100 元！"

"50 元！"

"好好好！怕了你了，50 元就 50 元。"郑荨装出一副投降的样子，"你原来这么抠门啊。"

"是啊！我就是抠门。还有啊，你住我的房子，一会儿咱们算算房租。"

"啊？"郑荨瞪大了眼睛看着夏梦，"你说真的？"

"当然真的了。"唐兮夏梦挺了挺腰杆，装得很像那么回事。

"那 Araya 呢？"

"Araya 长得美，所以不需要。"

"行，怕了你们了。"郑荨的表情十分无奈，"咱们还是斗地主吧。"

Araya 洗漱完上床的时候，唐兮夏梦正好把前几天没看完的一部电影看完了。这是一部悬疑推理题材的电影，豆瓣评分高达 7.6，看完全片的夏梦认为这个评分十分客观，因为它确实是一部难得的好电影。

床单和被罩已经被换过了，这个图案唐兮夏梦之前并没有见过，所以应该是 Araya 买的。虽然唐兮夏梦心里不是很喜欢这个图案，但颜色她感觉不错，再配合上薰衣草的味道，躺在上面，十分舒适。

Araya 还是跟往常一样用手机浏览着新闻，她背对着唐兮夏梦躺着。唐兮夏梦看到她背后的一道伤疤像湖面上静止的小船，她用手摸了摸，Araya 立刻感到背后的触感，于是她翻了个身，视线与唐兮夏梦交汇在一起。

"怎么啦？还不睡啊。"Araya 把手机搁在一旁，关心地问。

"这个伤疤……"

"哦……小时候留下的。"

"对不起啊，提起你的伤心事儿了。"

"没事儿啦，真的。"Araya 笑了笑，表情看上去与她的回答不谋而合。

"你是个坚强的女孩儿！"唐兮夏梦摸了摸她的脸颊说。

"行啦，别夸我了，早点儿睡吧！"

"其实……"唐兮夏梦欲言又止。

"怎么？"Araya 稍微瞪了瞪眼睛问。

"其实我是想告诉你'我有喜欢的人了。'"

"啊？"Araya 惊讶地看着她。

"哈哈……"唐兮夏梦扑哧一下笑了出来，"别紧张啊，这个人不是你的'法官'。"

"不不，我不是这个意思啦。"Araya 缩了缩脑袋，把半边脸埋进了枕头里。

"我是在飞机上认识的！"

"真的呀？"Araya 兴奋地说。

"嗯，他可能就是高成跟我说的'我该争取的未来吧'。"

"看到你能从过去走出来，我真的很开心。"Araya 看着夏梦，眼睛里泛着幸福的泪花。

"我们彼此彼此啦。"

她们看着彼此，心中吹起了久久不能停止的暖风。不知从何时开始，她们把彼此的幸福与快乐当成了最最重要的事，即便从相遇到相识再到相知是那么的短暂。可能最好的感情往往都是来自一瞬间。有句话说得对，"检验感情的往往不是停不住的时间，而是停不下的思念。"

"夏梦，你是为了我吗？"

"哈哈，"唐兮夏梦笑了笑，"我可没那么无私。"

"睡吧！"唐兮夏梦接着说，之后她就关了屋里的灯。

崔雪跟酒店要求把早餐拿到房间里来吃，服务台的人说马上会安排。十分钟后一个服务生推着银光闪闪的餐车站在门外按响了门铃。这是这家五星级酒店顶楼的豪华套房。

"来了！"崔雪放下手机朝门口走去。手机里打开的 PDF 文件是 Vern 今天一天的行程安排。

"您好女士，这是您要的早餐！"留着寸头的白净服务生站在门外，他先是鞠了个躬，然后用一口流利的普通话说道。

"给我就好！"崔雪向前迈了一步，挡住了服务生进屋的路。

"那就辛苦您了！"服务生再次鞠了个躬，"您用完餐后放在一边就好，我们会在晚些时候来收。"

"知道了。"崔雪冷漠地回应道。之后便关上了门。

"小雪啊！你这个性格什么时候能改改啊，你说你这哪像助理，纯粹一大小姐啊！"沈娜从洗手间里走出来，显然她听到了刚才崔雪在门口与服务生的交谈。

"我就这么个性格！"崔雪把餐车推到客厅，眼睛始终没有看沈娜。

"行了你就别说她啦。"Vern从卧室里走出来，他的妆已经化好了。

"你今天倒很快哦！"沈娜看向卧室那边，只是眼睛却不是盯着Vern。

"今天没有特别重要的活动，所以就简单、自然一些啦！"宁小筝从Vern的身后走出来说。

"快来吃饭吧！"崔娜边往餐厅端着食物边说。

"吃饭！"Vern重复了一嘴，然后便走向餐厅。这时，茶几上的手机响了起来。

Vern走过去拿起手机，当看到来电人名字的时候他笑了笑，就像是小孩子看到了心仪的玩具一样。

"喂，怎么想起来给我打电话啊？不会是为了昨晚的事专门道谢吧！"Vern对着电话说道。

"昨晚我不是谢过了吗？"电话那头是唐兮夏梦的声音，"我是想问你这几天哪天有时间，我想约你吃饭。"

"哎呀！我很忙的。"

"真的？"

"真的啊！"

"那好吧，没事儿了。"

Vern感到唐兮夏梦即将要挂掉电话，于是他赶紧阻止道："别别！我开玩笑呢警察姐姐。"这话一说完，屋里的人都朝这边看过来，其中崔雪的表情最难看。

"又是那个阴魂不散的女人！"崔雪把咬了一半的起司面包扔到一边，然后端起一旁的牛奶狂饮了一口。

"大明星！我知道你很忙，但是我就是想约你吃个饭，你能不能赏脸啊？"

"行啊，今天晚上可以吗？" Vern 坐下来，后背紧紧地贴在沙发上。

"好啊。"

"不过……别去人很多的地方，你知道我身份特殊。"

"行，知道你是万人迷。那这样吧，我一会儿把地址发到你手机上。"

"那好！那就不见不散啦。"

"嗯，我挂了，拜拜。"

Vern 挂了电话，但笑容却始终留在脸上，沈娜看出了他的心思，她搁下手里的食物走到 Vern 跟前，小声说："你是喜欢上那个假警察了吗？"

"是！"

"你回答得真干脆。"

"又不是初中生谈恋爱，还得扭扭捏捏的啊！"

"但你毕竟是公众人物啊，你这一搞会给我们带来很多麻烦的！"

"人家都说当明星好，那么多人宠着、爱护着，但其实明星才是最孤独的那个人，从你出名的那刻起，你的一切都不再受你支配了，更别说爱情了。"Vern 仰着脖子盯着天花板，完美的侧颜霎时间闪出一丝沧桑。

"没办法！这就是你的命。"沈娜感叹了一句，然后立刻恢复了正常的表情，"好了，快来吃饭吧，一会儿我们该出发了。"

下午 5 点 15 分的时候，Vern 从录制现场里走出来，跟在他身后的是一起参加录制的嘉宾，其中一个是当红的女歌手，另一个则是田径运动员。

今天的录制非常顺利，现场的工作人员专业的把控着从录制开始到结束的每一个环节，甚至包括控制那些激动的粉丝。Vern 团队对这次的节目组十分满意，他们表示以后愿意继续合作，而节目组方面也表示十分欢迎。确实，Vern 现在的合作费用相比同级别的明星确实要便宜不少，这也是栏目组看中他的重要原因之一。当然，Vern 的人格魅力也同样给自己加了很多分。

车上，Vern 跟司机说先送沈娜她们回酒店，然后再把他送到跟唐兮夏梦约会的地方。在说这事儿的时候，崔雪一直闷着头没有说话，沈娜则是摆着无所谓的表情刷着短视频 APP，没有对 Vern 的决定表达看法。

车子驶过一条只能并排通过三辆车的小路，夏梦给 Vern 发的地址应该就在前面右转的地方了，至少地图上是这么显示的。

拐了弯，Vern 看到了唐兮夏梦说的那家餐厅，他马上叫住司机让他靠边停车。下车后，Vern 告诉司机让他回酒店休息，自己会想办法回去。之后，他就戴上口罩和墨镜走进了餐厅。

虽然有口罩和墨镜的掩护，但是 Vern 还是尽可能不与服务员交谈，他进门后低着头径直走向二楼的雅间，直到来到门前他才缓缓地把头抬起来。

Vern 推开门，唐兮夏梦已经坐在了里面，她今天的妆比平时要浓，发尾也特意做了造型，今天的夏梦看上去格外有女人味，而且是男生无法抵御的那种。

"很准时啊，大明星！"唐兮夏梦站起来说。

"警官邀请，当然得准时了。"Vern 摘取了口罩和墨镜说。

"坐吧，菜我已经按你的吩咐点好了。"唐兮夏梦给 Vern 倒了杯水并递过来。

"谢谢啊，辛苦你了。"Vern 坐下来说，"你也坐啊。"

唐兮夏梦把椅子向前拉了拉，然后坐下来。她看到左边的墙画上，一个长相怪异的男子正沮丧地拥抱着一个看不见脸的女子。

"你今天真漂亮！"Vern 认真地看着夏梦说。

唐兮夏梦转过头迎上他的目光，然后又看向壁画，"谢谢。"

"你应该平时不怎么化这么浓的妆吧？"Vern 拿起杯子，抿了一小口水。

"嗯，确实。"

"那怎么今天改脾气啦？"Vern 笑了笑，然后把头向前伸了伸。

"不是为了见你嘛，跟大明星吃饭，我也得像点儿样子啊！"

"你别把我当明星好吗！"Vern 的表情突然严肃了起来，这让唐兮夏梦误以为自己说错了话。

"怎么啦？"

"如果可以，你把我当朋友好吗？"

"我能有这个荣幸吗？"唐兮夏梦微笑着说。

"你如果这样说的话咱们真的没法交往了，我其实特别不喜欢别人把我当成明星，尤其是你。"

"可你就是明星啊，任何人见了你都会激动和自卑的。"

"这样真的好累！"Vern 把头扭到一边，表情沮丧。

"我不该这么说，是我不好！"唐兮夏梦安慰道。此时服务员送来了开胃菜。

唐兮夏梦把车子从加油站开出来的时候已经快晚上 10 点 30 分了，本来她是打算先把 Vern 送回酒店再来加油的，但在 Vern 的执意要求下，唐兮夏梦不得不改变了主意。

"真不好意思让你陪我来加油。"唐兮夏梦说道。

"有什么不好意思，我也是想跟你多待一会儿呀。"

"你也这样撩别的女生吗？"唐兮夏梦轻轻甩了甩头发说。

"不，你是第一个。"

"我不信。"

"真的，其实我第一次见你的时候就喜欢你。"

"啊？"唐兮夏梦转头看了一眼 Vern，"你说什么？"

"我说我喜欢你！"

"别开玩笑了！"唐兮夏梦打开了 Vern 那侧的车窗，"给你打开窗让你醒醒酒。"

"我没醉，我也没开玩笑，是真的。"

"你真的让我受宠若惊了！"

"跟你说了别把我当明星！"Vern 有些不高兴地说。

"对不起。"

"我问你夏梦，如果一般男生跟你告白，你会怎样？"

"我会拒绝。"

"那我呢？"

　　唐兮夏梦又看了 Vern 一眼，"简直是做梦一样，就在前几天我还在电视机前看你的表演呢，今天你却在这里跟我表白。"

　　"我就是想问你，你愿不愿跟我交往？"

　　"我如果说'我考虑考虑'，你会不会觉得我不识抬举啊？"夏梦笑着说。

　　"你看你又来了，你烦不烦啊！"

　　"对不起啊，我们的角色我一时难以转换。"唐兮夏梦挠了挠头说。

　　"我的酒店就要到了，快点儿！我等着你回复我。"

　　"好，我们在一起吧。"

　　唐兮夏梦把车停在了酒店的环形内道边，这是 Vern 要求的，因为如果停到酒店正门，很有可能会被狗仔队偷拍到。

　　"我走啦？"Vern 解下安全带，含情脉脉地看着他的第一任女朋友。

　　唐兮夏梦点点头，夜色里的她更加妩媚。Vern 一下把唐兮夏梦拥入自己的怀里，并轻轻地抚摸着她柔软的长发。

　　"谢谢你，夏梦。"

　　"谢我什么啊？"

　　"谢谢你跟我在一起。"

　　"不客气！"唐兮夏梦笑出了声，"这真的像是在做梦。"

　　唐兮夏梦缓缓地直起身子，与 Vern 的眼神对在一起。他们接吻在温柔的月光下，宛如一个失真的童话。

　　唐兮夏梦到家的时候客厅的大灯已经关掉了，借着门口的廊灯隐约看得到郑荨躺在沙发上的轮廓。唐兮夏梦一边脱鞋一边注视着沙发那边，生怕把他吵醒。

　　轻轻走进洗手间后，唐兮夏梦又轻轻地拉上了门，这时她才算松了口气，不用那么紧张兮兮的了。不过想想也确实有些可笑，她并不是出去做了什么见不得人的事，但不知道为什么，心却怦怦直跳。

　　唐兮夏梦拧开水龙头先洗了洗手，然后从一旁的架子上取出洗面奶，她挤出适量的在手上并均匀地涂抹在面部，当她正要冲洗的时候，洗手间的门轻轻地被推开了，唐兮夏梦先是吓了一跳，随即惊恐地盯着门外。

"吓到你了？"郑荨从客厅走进来，他穿着刚买的蓝色 T 恤衫。

"你还没睡啊！"唐兮夏梦平静下来，然后接着开始冲洗面部。

"嗯，睡不着啊。"

"怎么啦？"唐兮夏梦从架子上扯下毛巾擦着脸问。

"等你啊！"

"等我？"

"是，这么晚了你还没回来，我有些担心。"郑荨用食指的关节搓了搓鼻尖，目光温柔。

唐兮夏梦转过头看着他，右手却在架子上摸索着下一样护肤品。

"是我多心了。"郑荨回过身，想要走出洗手间。

"你不要这样！"唐兮夏梦像是叫住他一样的说了一嘴。

郑荨背着她默默地低着头。唐兮夏梦把刚拿到手里的护肤霜又搁下来，她走上前，站在郑荨身后。"再过几天，你跟 Araya 就走吧，总待在这里也不是十分安全。另外……"唐兮夏梦停顿了几秒，"另外……"她又呼了一大口气，"另外我新交了男朋友，你们在这里可能有些不方便。"

话音刚落，唐兮夏梦的脸就感觉像是被火焰灼烧了一般，心里也是说不清楚的难受，如果现在有什么导火索，她可能会马上泪流满面。

"哦，我睡去了，你早点儿睡。"郑荨用手去拉门把手，可这时唐兮夏梦却从身后抱住了他。

"你为什么要这样，为什么？！"唐兮夏梦终于忍不住了，她靠在郑荨的背上小声地哭泣，郑荨立刻感到后背凉凉的。他慢慢地转过身，看到了一个几近崩溃的唐兮夏梦。

"夏梦……"郑荨用大拇指擦着唐兮夏梦的眼泪，唐兮夏梦前额的头发散在他的指间，十分冰凉。

"你和 Araya，你让我如何选择？你告诉我。"崩溃的唐兮夏梦克制住自己的感情，她小声地说着，生怕让卧室里的 Araya 听到。

"你放心，我不会让你为难的！"郑荨把唐兮夏梦搂在怀里，"不哭了，我不要看到你难过。"

"你放开我，"唐兮夏梦从郑荨的怀里挣扎出来，"明天你们就走吧。"

"好。"郑荨点点头说。

唐兮夏梦擦了擦眼泪，然后重新走到镜子前，"真相……"她低语道。

郑荨叹了口气，表情凝重。"明天，你会得到你想要的真相。"

唐兮夏梦没有说话，她重新拿起护肤霜，然后开始均匀地涂抹。

"夏梦。"

"嗯。"

"你爱他吗？"

"爱。"

"嗯。"

郑荨看着镜子里的唐兮夏梦，她面无表情。

朦胧中，郑荨似乎感到有人用力地戳了他一下。

"别睡了！"

接着，传来了唐兮夏梦焦急的声音。

"怎么了？"郑荨揉揉眼睛，他看到唐兮夏梦表情严肃地站在他跟前。

"Araya，"夏梦瞪大了眼睛看着他，"Araya 不见了！"

"什么？"郑荨一下子精神了起来，"她不见了？"

"是，我早上起床的时候她就已经不在了，可那个时候还不到 7 点啊！"

"她会不会出去跑步了啊？"

"可她的行李都不在了啊！"唐兮夏梦焦躁地摇着头，双手掐在腰间。

"夏梦，冷静点！"郑荨站起来说，"我们出去找找，至少问问周围的人见没见过她。"

卖煎饼的阿姨已将忙碌了许久。早上 7 点 20 分，她用湿毛巾擦了擦手，然后靠着煎饼车休息。这时，她突然听到身后传来了急促的脚步声，她转过身，猛地看到了已经近在眼前的唐兮夏梦。

"姑娘，还是老样子吗？"她是在问唐兮夏梦是不是还和以前一样要"不加薄脆的原味煎饼"。

"不，不好意思阿姨，我今天来是有事儿想问您。"

"啊，姑娘您说。"阿姨热情地说。

"您有没有看到经常跟我在一起的那个女孩儿从小区里走出来啊？"

"那个女孩儿，"阿姨的眼睛看着右上方，思考了一会儿，"好像没有。"她又把眼睛拉回来看着唐兮夏梦。

"知道了。"唐兮夏梦沮丧着说，"谢谢阿姨。"

之后唐兮夏梦又去了水果摊和经常吃土豆粉的那家小餐馆，那里的工作人员都说没见过。

"她怎么会突到不辞而别呢！"郑荨坐在小区里花园的长椅上，眉头紧锁。

"肯定是昨晚我们的谈话被她听到了。"唐兮夏梦低着头捂着脸，声音微颤。

"是我不好。"郑荨叹了口气。

"现在说这个有什么用！天知道她一个人能做出什么。"唐兮夏梦恶狠狠地说。

"你先冷静一下，咱们好好想想她会去哪里。"

唐兮夏梦猛地抬头，"D 市，她跟 Sunny 最初就是在 D 市认识的，那里应该是她最熟悉的地方！"

"那就是说她有可能上了今早的飞机？"

唐兮夏梦赶紧拿出手机查询今天上午到 D 市的航班，果然，有两趟航班飞往 D 市，一班是她们之前曾坐过的十点半起飞的 R1043，而另一班则是八点零五分起飞的 C1900。

"C1900！"唐兮夏梦念叨着，"这趟航班 8 点 05 分起飞，现在是 7 点 40 分，从这里去机场怎么也要一个小时时间，看来我们是赶不上了。"

"那我们坐 10 点 30 分的航班，现在就上去收拾东西，应该来得及。"郑荨站起身说。

"不了，"唐兮夏梦拉住郑荨的右手，"让她一个人安静一下吧。"

从早上到现在，唐兮夏梦给 Araya 打了 40 个电话，但每一次 Araya 都不是直接挂掉，而是一直让它在口袋里震动着。

"Araya，"唐兮夏梦的消息从她的手机里弹出来，"Araya，你现在应该落地了吧？我知道你现在一定很恨我是吗？"

Araya 喝了一口可乐，想起了唐兮夏梦曾经叮嘱她说"女孩子可乐喝多了不好"。

"美女，您的沙拉。"服务员把沙拉端了上来。沙拉里有她最喜欢的橙子肉。

Araya 点点头，然后轻轻地叹了口气。

"我知道你一定很恨我！对不起，真的对不起！我不知道我该说什么，但是我还是想告诉你，我真的很在乎你的感受，你是我最好的朋友！我懂你的心思，我从来都没有想过要从你身边把他抢走，真的，请相信我！"

Araya 又起一块儿橙子扔在嘴里，但这味道却不是很好。

"我已经跟那个男孩在一起了，我决定好好跟他生活。你在外面散散心就赶紧回来吧，你一个人我很不放心！Araya，你快点回来，求求你了！"

Araya 收起手机，到服务台结了账，之后她走出机场餐厅打了一辆车。"D 市殡仪馆。"她对司机说。

7 月是炎热真正开始的时候，为了避暑，这个周末孙靓约了李甯俊去郊区旅行。本来的计划是周五下班后两个人就开车出发，但因为一个突发的案件，他们不得不延迟到了第二天早上。

孙靓昨晚忙到快 12 点才到家，她吃完李甯俊给她准备的热汤面然后上床休息时都已经快凌晨 1 点 30 分了，所以早上李甯俊醒来后并没有急着叫醒她，他只是一个人默默地在客厅收拾屋子，等着她起床。

11 点的时候，他们终于行驶在路上。车里的冷气已经开得很足了，可孙靓还是感觉十分闷热，她斜着脑袋调整着空调按钮，但她发现这已经是最低温度了。

"再坚持一会儿，马上就会凉起来了，这车的空调坏过一次，所以现在不是那么好用了。"

李甯俊侧过头看了一眼孙靓，然后继续专心地开着车。

"你这车也该换了吧。"孙靓摸了摸车门上的皮子说。

"有这个想法，只是目前正在努力罢了。"他惭愧地笑了笑。

"嗯！不错，有志青年。"孙靓拍了拍他的肩膀调皮地夸奖道。

"我的包里塞了从冰箱里取出来的冰水，你可以拿出来喝，现在应该还蛮凉的。"

"真贴心！"孙靓称赞道。接着她转身伸手去够放在后排的背包，但此时，她的 iwatch 却提醒她有一条微信消息发送到了她的手机上，孙靓马上拿出手机打开微信，她发现这是一段时长五秒的短视频。

李甯俊平稳地开着车，他正琢磨着拥堵的路段就要来了，可这时孙靓却在一旁小声地嘀咕了一句，"我们回去吧。"

"啊？回去。"李甯俊奇怪地问道。

"我说回去你听不懂嘛！"孙靓咆哮道。

"啊……好好。"李甯俊急忙调转了车头，但这个路段却是不允许掉头的地方。

对于普通的情侣来说，周末的晚上逛商场看电影是最平常不过的了。但对于唐兮夏梦和 Vern，这却是极其奢侈的事儿，这也就解释了为什么很多明星喜欢在国外购物逛商场，因为在国外，自己的知名度就没有那么高了。

唐兮夏梦的车停靠在街心公园的入口处，这里离 Vern 的录制现场有五千米的路，Vern 告诉唐兮夏梦不能去录制现场接他，因为他怕被狗仔队拍到。不过唐兮夏梦却能猜到，出这主意的一定不是 Vern，而是精明的沈娜。

Vern 钻进车子里的时候唐兮夏梦正拨打着 Araya 的电话，与往常一样，电话没有被接起。Vern 说了声"嗨"后就亲吻了唐兮夏梦的右脸颊，唐兮夏梦看了 Vern 一眼，面露微笑。

"这是给你带的香水，"Vern 把一个印有 CHANEL 标志的纸袋子递到唐兮夏梦面前，"我不知道这味道你是否喜欢，我只是凭感觉选的。"

唐兮夏梦接过来，然后从袋子里把香水拿出来。这是一个细长玻璃瓶装的 CHANEL 香水，唐兮夏梦打开盖子闻了闻，这味道带着一种别样的神秘感。

"这味道我很喜欢！"唐兮夏梦保持着平常的语气说。

"那就好，刚才路上我还一直担心呢。"Vern 笑了笑，一副如释重负的样子。

"看你认真的样子，完全不像个光彩照人的明星，倒像是个孩子。"

"有吗？"Vern 持续保持着笑声说。

"当然有。"唐兮夏梦也笑了笑说。

"你今晚是要带我去打网球吗？"

"是！"

"为什么突然想到打网球。"

"可能一时兴起吧，"唐兮夏梦突然变得有些失落，"没有什么特别的理由。"

Vern 看着唐兮夏梦的侧脸，他似乎明白了什么。"那就去吧，小球类运动我都很喜欢的。"

唐兮夏梦订的网球场地在 A 市一家五星酒店内，平时在这里打球的人很少，因为多数网球爱好者还是习惯去体育公园，毕竟那边更热闹，价格也更公道。

从酒店别致的"花园"停车场下车走到专门通往酒店运动休闲中心的电梯有一条小路，唐兮夏梦他们穿过这里的时候只碰到过一个人，那是酒店的工作人员，之前来这边活动的时候唐兮夏梦曾经见过他，他的职责是维护运动休闲中心内的运动设施。

推开玻璃门，就是运动休闲中心的电梯间，唐兮夏梦摁下电梯，门立刻就开了。电梯内的空间比一般的电梯要宽敞许多，可能是考虑到运动器械运输的问题吧。

运动休闲中心一共只有三层，网球场就在三层。唐兮夏梦他们走进来的时候灯都已经全部打开了。

　　唐兮夏梦告诉 Vern，这个室内网球馆十分先进，不仅有中央空调、空气净化器等标准设施，还配有鹰眼技术和发球测速仪。虽然 Vern 听得懵懵懂懂的，不过表情上还是表现得充满了期待。

　　唐兮夏梦把网球背包搁在球场旁的座椅上，然后她从里面拿出了一套男生的运动套装递给 Vern。"这个是我给你买的，应该是你的号码。"

　　"谢谢。"Vern 接过来然后立刻展开，"是我喜欢的款式和颜色。"

　　唐兮夏梦笑了笑，"好了，别那么官派了，我也不是十分有经验，如果不喜欢你要告诉我！"

　　"不会啊！我真的很喜欢。"Vern 摘掉口罩和帽子，露出完美的容颜。

　　"那就好。换衣间在左边，跟我来吧。"唐兮夏梦从包里拿出网球裙说。

　　男女换衣间正对着，玻璃门上都涂着一层磨砂。唐兮夏梦跟 Vern 说换好衣服直接去场地等她就好，之后两人就各自走进了换衣间。

　　唐兮夏梦把衣服摆在凳子上，但是迟迟没有换上。鼓起勇气再次来到这里其实是对自己的一次试炼。因为在以前，他的男朋友就曾经在这里教她打过网球。虽然来 A 市的机会很多，但是唯独这里给她留下了深刻的印象，因为他们第一次接吻就在这里，就在这间女生换衣间。

　　唐兮夏梦用皮筋把散着的头发扎起来，接着褪去上衣。这时，她突然感到自己的全身一热，有人从后面紧紧地抱住了她！而从这人左腕上佩戴的劳力士表就能知道，他就是 Vern。

　　"你怎么进来了？"唐兮夏梦没有挣脱，而是侧着脑袋用余光看着 Vern。

　　"对不起，我真的没法控制我的感情，你知道吗？从见你第一面起，我无时无刻不在想你！"

　　"傻。"唐兮夏梦笑了笑，"我不是在这里吗，而且我们也在一起了啊。"

　　"我知道，但我真的特别怕有一天你会离开我，真的特别怕。"Vern 的双臂环绕着唐兮夏梦，唐兮夏梦感到他又用了用力。

　　唐兮夏梦抚摸着 Vern 的手，"我会一直在你身边的，别担心！"

　　他们拥吻在一起，可唐兮夏梦却流下了一滴眼泪。

Don't get too close to me

第十七章
苦涩的追寻

一旁的 Vern 睡得很安稳，崔雪早些时候来电话说上午的访谈改到了下午，这让他跟唐兮夏梦在一起的时间又增加了半天。

唐兮夏梦轻轻挪开 Vern 压在她身前的手臂，然后穿上衣服来到厨房准备早餐，前几天买的咖啡壶今天算是派上了用场，一会儿再做两个三明治就算是大功告成了。

10 点多，唐兮夏梦开车带着 Vern 离开家，跟昨晚一样，她还是没有直接送 Vern 去他们下榻的酒店，而是把他带到了交通管理局，因为沈娜的车正等在那里。

住在郊区这边的酒店已经有几天了，郑荨每天的生活简单而乏味。昨晚他从附近的运动商店买了个篮球，因为酒店后面有一片篮球场。他刚刚就是去那边打了一个小时篮球。

开门进到房间里的时候他突然闻到了一股香水味，郑荨知道一定是唐兮夏梦来了，只是今天的香水味很特别，他也认为这个味道更适合她。

"夏梦你来了。"郑荨十分肯定地打着招呼。

"你去哪儿啦？"唐兮夏梦从洗手间里走出来说。

"哦，刚才去楼下打了会儿篮球。"

"这个习惯不错。"唐兮夏梦满意地点点头，接着她走向客厅，把茶几上几个塑料袋里的快餐盒拿了出来，"我给你带了点吃的，快来吃吧。"

"嗯，我先洗个澡。"

说着，郑荨脱去了湿漉漉的上衣走进洗手间。

屋里有些闷，于是唐兮夏梦走到窗边拉开了窗帘。窗外是略微冷清的郊区景象，唐兮夏梦看到马路对面是一个新的楼盘，底层售楼处的门口还挂着新楼盘开售的信息。目测从这边到对面直线距离有 200 米左右，这段楼距跟市里相比真的算相当大了。

郑荨很快冲完澡从洗手间里出来，背着窗户而站的唐兮夏梦身前形成了一团阴影。郑荨走到她跟前踩在这片阴影内，与夏梦四目相对。

"Araya 还没有消息？"

唐兮夏梦摇摇头，表情失落，"没有。"她说。

"那我们去找她吧！"

"我不去了，你一个人去吧！"唐兮夏梦低着头，"她一定不想见我。"

"不会的。"

"感情都是自私的！"唐兮夏梦猛地抬头说，"你去找她！带着她出国，之后永远不要回来了。"

"你今天来就是说这个的？"郑荨背过身，从茶几上拿起一块儿排骨叼在嘴里说。

"TDCM7 的案子已经由秦湘负责了，如果她破了案，你们保不齐会受牵连！"唐兮夏梦向前走了两步，站在郑荨身后说。

"那又怎样？"

"你们的罪足够死上 100 次了！"唐兮夏梦激动地说。

"死就死！"郑荨不屑道。

"你怎么也这么孩子气！"

"还有谁孩子气了？"

"……"唐兮夏梦被郑荨的话噎住了，她愣在那里。

"哦，是你交的男朋友。"郑荨用纸巾擦了擦手，然后转过身来，"是吗？"

唐兮夏梦不敢迎上郑荨那带着讯问般的目光，她低下头，无措地看着交叉在一起的双手。

"看来我说对了。"他摇了摇头说。

"你别再纠结这件事儿了。"

话没说完，唐兮夏梦就被郑荨一把搂在怀里。

"活着却见不到你，那跟死了有什么区别，你告诉我！"

唐兮夏梦靠在郑荨的胸前，她完全感受得到他从内心深处传出来的这个声音是多么的真实，可是她知道，她绝不能回应！甚至连犹豫都不可以，不然她就将把两个人推入万劫不复。

"郑荨，"唐兮夏梦试着推开他，"你先放开我。"

"不。"他又加了点力，不让唐兮夏梦挣脱。

"那你听我说，"唐兮夏梦放弃了抵抗。她感到郑荨的身体在微微晃动，她想他应该是在点头吧。"我承认，我喜欢上了你，但不是因为这样我就可以只顾着自己的感情而忽略了 Araya，她在我心中真的非常重要。"

"我知道。"郑荨大大地呼了口气说。

"她是爱你的，她比我对你的感情要多得多。而且她是个优秀的女孩，她比我更好！你只要试着去打开心扉，我相信你会爱上她的。"

"爱一个人有如此简单？"

"至少比忘掉一个人简单。"唐兮夏梦失落地说，"我真的不是你的命中注定，你也不是我的一见钟情，因为在我心里还依然深爱着那个叫黎云的男人。我也尝试着去接受一个新的男人，可真的当我成为 Vern 的女朋友时，我才发现，我还是始终忘不了黎云。"

"Vern？那个明星？"郑荨松开唐兮夏梦，有些惊讶地看着她问。

"是。"

"你真的是能让所有男人都为你倾倒的女人！"

"可这真的不是好事儿！我现在真的很痛苦，我不但辜负了你，辜负了 Vern，还辜负了 Araya，更辜负了黎云！"唐兮夏梦流着眼泪说。

"不，是黎云辜负了你！"郑荨看着夏梦，表情严肃。

"你说什么？！"

"是黎云辜负了你！"

"为什么？"

"因为，"郑荨突然一把把唐兮夏梦推到沙发上，"小心！"他大声说道。

　　唐兮夏梦一时间不知道发生了什么，但突然"砰"的一声，什么东西打碎玻璃的声音传过来。唐兮夏梦马上向窗户那边看去，只见酒店的窗户被打了一个拳头大小的窟窿，而四周的玻璃也密密麻麻的出现了裂纹。她猛地意识到这是子弹穿过玻璃而造成的现象，也就在这时，她看到了跪在地上的郑荨。

　　"郑荨！"唐兮夏梦起身去扶他，可她却被郑荨扑在了沙发上。

　　"别……别动……不……不要站在……从窗户能看到的视线内……"

　　"你！你怎么了？你别吓我！"唐兮夏梦看着郑荨虚弱的面容，一脸惊恐。

　　"我没事儿……"郑荨费尽力气，但仍是一脸的笑容。

　　唐兮夏梦感到事情不对，她想起身检查郑荨的身体，但却被他死死地按在沙发上。

　　"我告诉你……别动……"

　　"你到底怎么了？郑荨，你说话啊！"唐兮夏梦在郑荨的身体下面看着他，他的脸色越来越差。

　　"有人！有人！"郑荨咳嗽着说。

　　"你被打中了对吗？是不是呀？"唐兮夏梦摇着郑荨的身体迫切地问。

　　"没……没……"

　　"你起来，你给我站起来！郑荨，你听到没！"

　　"不……不……"郑荨的呼吸越来越急促。唐兮夏梦心里其实早已明白，只是她不愿意相信，她拼命地摇晃着他的身体。

　　"不能睡啊！你不可以睡，你知道吗，郑荨！你给我起来，听到了没！"

　　"夏梦……夏……梦……"

　　郑荨躺在唐兮夏梦怀里没了呼吸。悲愤交加的唐兮夏梦从沙发上站了起来，她知道开枪的人一定是在对面的楼上，于是她猛地冲出门外，向马路对面的小区跑去。

　　新楼盘开售，人流量自然很大。唐兮夏梦虽然也问了保安，但得到的答案却跟她预想的差不多，"并没有看到有可疑的人出入"，这是保安的回答。

　　郑荨所住的房间是酒店的五层，小区里住宅楼一层的高度没有酒店那么高，所以与酒店五层齐平的应该是住宅楼的六层。夏梦通过郑荨被击中的位置与对面楼里的可见视野判断，开枪者最有可能射击的地方是正对着酒店方位的六层或者七层。

　　这里的安保设施非常完善，每栋住宅楼的大门必须通过钥匙卡才能打开。唐兮夏梦跟随着一个外出购物的中年妇人进入到住宅楼里，妇人问她："是来找朋友的吗？"，夏梦点点头说"是"，接着她就与妇人分道扬镳，径直向楼梯走去。

　　楼梯内每两层中间的拐角都置有窗户，唐兮夏梦想凶手应该就是从这里打开窗户向对面开枪的。而六层的位置应该是最佳的射击地点，于是她马上来到六层。

　　窗户把手上清楚的手印告诉夏梦，窗户在不久前曾被打开过！为了确认凶手确实是在这个位置开的枪，夏梦还特意跑到了五层和七层去做对比。果然，这两层窗户的把手上布满了灰尘，所以六层的窗户应该不是物业人员为了通风而特意打开的。同时六层是没有住户的，所以也应该不存在是住户打开的可能性，如此看来，打开六层窗户的人，应该就是凶手了。

　　但是，除了手印之外几乎找不到任何线索。楼道内很干净，别说弹壳什么的重要证据了，就是灰尘也少得可怜。

　　唐兮夏梦打开窗户向对面的酒店看去，她能大致看到郑荨所在客房内的景象，只是距离还是很远，要想在这个位置准确地打中目标，恐怕就得借助倍镜了。

　　唐兮夏梦扣上窗门，缓缓地向楼下走去。她知道这个凶手杀人的目标其实是她，但她百思不得其解的是，究竟是谁对她有如此的深仇大恨，非要置她于死地不可呢？

　　A市公安局刑警队内，唐兮夏梦在焦虑地等待着。负责处理郑荨被杀一案的孙靓还在与众刑警们开着会，他们的表情都十分严肃。

"夏梦姐，喝水。"一个年轻的刑警给唐兮夏梦递来了一杯水。她跟王希彦是一届的学生。

"谢谢你。"唐兮夏梦冲她微笑了一下，然后表情立刻就恢复了阴沉。

12点，会议室的门终于打开了，刑警们陆陆续续地从里面走出来，只是唯独不见孙靓的身影。

"夏梦，你进来！"

孙靓的声音从会议室的深处传来，这感觉就像犯了错的学生被老师叫进办公室那样。

"坐吧。"孙靓坐在长桌窄边的最中间，她的手边摆着一叠资料、一杯水和一部苹果手机。

唐兮夏梦顺势坐在一把斜在她面前的椅子上。"小靓。"

"别叫我小靓！"孙靓打断她说，"现在是在办案，我想你是懂规矩的。"

"好，"唐兮夏梦顿了一下，"孙警官。"

"嗯。"孙靓端着架子点点头。"死者是你什么人？"

"我的朋友。"

"那他是做什么的？"

"他是……他是自由职业者。"

"这么说……"孙靓站起身走到唐兮夏梦跟前，"你是不要说实话了？"

"小靓，我们之间真的有误会！"唐兮夏梦站起身说。

"哼，误会？我怎么会误会你呢！那晚在你家他们不是亲口承认了吗？"

"可事情真的不是你想象的那样……"

"得了！夏梦，你真的是忘了当初自己为什么要当警察了，不然现在也不会沦落到整天跟几个毒贩混在一起！你真是让我'刮目相看'啊！"

"小靓，是与非本来就没有那么清晰。我承认他们是做了很多伤天害理的事儿，他们也应该受到法律的制裁，可是他们真的不是大奸大恶的人啊！"

"他们不是，那我们是？"孙靓连续拍着胸脯气愤地说，"哦不对，你现在已经跟他们同流合污了，'大奸大恶'的那个人是我。"

"我不是那个意思！我是……"

"行了！你不要说了，人是不是你杀的？我问你！"

"你怎么会怀疑是我？"

"'往往那个最不可能的人最有可能是凶手'，这不是你教我的吗？"孙靓讥讽道。

唐兮夏梦叹了口气，"你若真的这么想，我也没办法。"

"行了，案子查清之前你不允许离开本市，随时等待我们的传召。"孙靓回过身，开始收拾桌子上的东西。

"这我知道。"

"那就没什么问题了，你可以走了。"

唐兮夏梦从刑警队办公楼里走出来的时候，大部分警员都已经吃完午餐往回走了。在他们之中，唐兮夏梦认识的人不在少数，所以这一路上，她也是在不停地打招呼或是客套回应。

就在唐兮夏梦即将走出刑警队大门口的时候，有个人拦住了她，这个人正是秦湘！她从一辆驶过唐兮夏梦身边的警车上走下来，神情严肃。

"秦湘姐！"唐兮夏梦惊讶地看着她。她没想到她这么快就从 D 市回来了。

"夏梦，我听说你是来报案的？"秦湘眉宇间透露着不安说。

"是……原来你都知道了。"

秦湘点点头，"这件事儿你就别管了，让小靓去负责吧。"

"唉……小靓她……"

"你们的事儿我知道了，你也别太往心里去了，小靓就是那个疾恶如仇的性格，你也不是不知道。"

"嗯，还得麻烦您帮我多劝劝她。"

"放心吧。"秦湘拍了拍唐兮夏梦的肩膀说。

"TDCM7 的事儿……"唐兮夏梦换了个话题问。

"案子算是顺利结束了。我们与国际刑警和当地的警署一起行动摧毁了Rose势力并缴获了所有的TDCM7。Sunny也在枪战中身亡了。"

"那太好了！"

"只是……"秦湘迟疑在那里，面色凝重。

"怎么了？秦湘姐，从刚才你下车我就感觉你似乎跟往常不太一样，你是有什么心事儿吗？"

"夏梦，我感觉有些事儿应该让你自己去做决定。"秦湘开口说。

"嗯？我不太懂你在说什么。"

"这个案子虽然已经在收尾了，不过我想有一件事情对你来说应该还是蛮重要的吧。"

唐兮夏梦一下子明白了秦湘的意思，她猛地抓住秦湘的胳膊问："难道黎云的死……"

秦湘点了点头，"那件事儿算是真相大白了。"

"那快点跟我说说。"唐兮夏梦急忙说道。

"不，夏梦，这个真相就由你自己去发现吧。"秦湘侧了侧身子，看向不远处传达室的公告栏。

"秦湘姐……"唐兮夏梦挪步到她身前，迎上她的目光。

"你现在去证物库等，20分钟之后，本案的一些证物会被送到那里，到时候你就会知道真相了。"

"好，我知道了，我现在就过去。"

"等一下，夏梦！"秦湘拉住她说

"怎么啦？"

"你准备好了吗？"

"当然！"

"嗯，好妹妹，加油。"

秦湘的表情变得坚毅起来，唐兮夏梦冲她弯了弯嘴角，便向刑警队办公楼跑去。

证物库在刑警队大楼三层的尽头，它占了三层总面积的三分之一。负责看管这里的是一位年长的警察，当唐兮夏梦走进来的时候他正在网上浏览着体育新闻。就在昨天，巴西男子足球队以 0：2 的比分意外输给了丹麦队，无缘晋级，这则消息几乎占领了各大网站体育板块的首推位置。而且更引人关注的是：巴西队内的头号球星还因为恶意犯规而遭到了国际足联禁赛的处罚。

"您好！"唐兮夏梦轻轻带上证物库的门并小声地说。

年长的警察也许是看得太入迷了，所以半天没有回应，直到唐兮夏梦又一次跟他打招呼，他才缓缓把头抬起来。

"哦！"他发出惊讶的声音，像是吓了一跳，"是夏梦吧？"他扶了扶歪在鼻梁上的眼镜说。

"是。"

"秦湘都跟我说了，你去隔壁那个小房间坐一会儿，等证物送来了我就给你拿过去。"

"那就麻烦您了。"

"没事儿的，姑娘。"

说完，他又重新开始翻看着体育新闻，唐兮夏梦则退出房间来到了隔壁。隔壁的屋子是一间小型的会议室，大概只能容纳六个人在这里开会。干净的桌面和整齐排列的椅子说明每天都会有人来这里打扫，只不过在这里唐兮夏梦却感受不到工作的氛围。

阳光从百褶窗的缝隙里钻进来，打在唐兮夏梦的脸上。阳光和阴影将她的面容切割开，显得泾渭分明，这仿佛两种永远不相干的世界，看似老死不相往来，但实际却一线之隔。

唐兮夏梦的眼泪再一次不听话地掉下来，她捂着胸口开始小声地抽泣。这个时候，也不会有人走进来安慰她，她只能一个人偷偷地躲在这里哭一会儿。并且还有一个更可怕的事情是，如果 Araya 知道了郑寻的死讯会怎么样？唐兮夏梦每次想到这里内心就充斥着无比的内疚与自责，因为这个消息对于 Araya，宛如灭顶之灾。

身后的门被推开了，唐兮夏梦回过身看到了用右肩顶着门进到屋里的年长的警察，他的双手捧着一个深褐色的大纸箱，纸箱里杂七杂八地放着好多东西。她想这应该就是此案的证物了。

"姑娘，这就是他们送来的证物，你看吧。"年长的警察把纸箱子摆到桌子上说。

"谢谢您了。"

"嗯，那我先出去，你看完直接送过来就行。"

"好。"

年长的警察走后，唐兮夏梦便马上开始翻看纸箱内的证物。她第一个能想到的可能记录黎云死亡真相的就是笔记本之类的东西，但找了一会儿她便否定了这个想法。因为当下谁还会把这样的事情用文字记录下来呢？况且还是以书写的方式。于是，她把注意力转移到了一些电子设备上，希望从上面得到她想要的信息。

唐兮夏梦首先从纸箱内找到的是一个笔记本电脑，电脑的用户名和密码证明了它的所有权属于 Sunny。当电脑桌面显示在屏幕上的时候，唐兮夏梦兴奋了一下子，因为密密麻麻的文档让她感觉到她离真相已经近在咫尺了。不过当她一个个打开这些文档的时候却发现，里面绝大部分的内容都是关于一些普通毒品的进出记录，以及交易金额的，而剩下的就是一些有关组织内人员的资料了。

唐兮夏梦有些沮丧地合上电脑，她在想秦湘让她来寻找的真相一定就藏在这个纸箱内，可是，究竟是哪个不起眼的物件里藏着那个让她牵肠挂肚的秘密呢？她边想着边一圈一圈地巡视着箱中的证物。突然，她在箱子右下角一本书的下面发现了一个仅仅露在外面不足一个硬币大小的电子设备的一部分。如果猜得不错，这应该是一部手机。手机？唐兮夏梦突然想到，高成临死前交给她的不正是一个手机吗？在那样一个时刻，他为什么要把手机给唐兮夏梦？想到这儿，唐兮夏梦马上从箱子里把那个东西从书下面抽了出来。

这一次亲热的时候，唐兮夏梦并没有表现得很兴奋，她好像全程都在配合 Vern 的节奏。

"你怎么了？"事后 Vern 亲吻着她的额头，关切地问。

唐兮夏梦把左手搭在 Vern 的腰间，目光有些呆滞地说："Vern，最近我有一件很重要的事要去做，我们未来的一段时间里还是不要见面了吧！"

"为什么？！"Vern 突然从床上立起身，眼睛直勾勾地盯着唐兮夏梦。

"对不起，这件事情我不能告诉你……"唐兮夏梦也坐起来，双手环绕着他的左臂，"但是请你相信我，等这件事情之后，我一定会回来找你，而且未来，只要你不嫌弃我，我就会不离不弃！"

"你在我面前就是一个谜！"Vern 叹了口气说。

唐兮夏梦笑了笑，亲吻了 Vern 的左脸颊。"保持一点神秘感不也很好嘛？"

"虽然这样会让我们保持新鲜感，但我早已把你当成要跟我一起走完下半生的人了，所以我真的很希望走进你的生活，我不想让你一个人孤零零地去承担一切。"

"谢谢你，Vern，我真的很感动。"唐兮夏梦靠在他肩上小声地说。

Vern 拉过唐兮夏梦的手，"你一定会回来找我的是吗？"

"是，我保证。"唐兮夏梦深情地看着他，"保证！"

他们又拥抱在一起。再过一个小时就第二天了，谜底也即将被揭开。

天空中的乌云聚在一起，像是在筹划着一场即将开始的行动。唐兮夏梦站在黎云的墓碑前许久，风吹乱了她披散的长发，她的眼神里看不出高兴或是悲痛，她只是像蜡像一样静静地站在那里，像一个孤独的守墓人。

打雷了，雨应该很快就会赶来。B 市墓园的工作人员在远处大声提醒唐兮夏梦，可尝试了几次之后他便走开了，因为这个一身黑衣的女子完全没有回应，她保持着一个不变的姿势，沉默在人类心中最不愿踏入的地方。

唐兮夏梦扑通一声跪了下来，她的面容像是被打了石膏，丝毫没有表情。而大雨也在这个时候倾盆而下，这样的雨势让唐兮夏梦一瞬间湿透了。这下，湿透的地方就不止那颗柔软的心了。

"我不知道你去了哪里，但不管你在哪里，我都还爱你，虽然你的事儿让我无法接受，可你毕竟给过我梦想。"唐兮夏梦哽咽了一下，"云，我百分百地爱过你，你是否也是百他百地爱过我？也许从一开始我们的相遇就是一场不该有的缘，老天是不是把我们搞错了？梦和云，都是那么虚无缥缈的东西，我们都被彼此的虚幻迷了眼。我到现在才发现，我真的……真的从来不曾真正了解过你！黎云，我好难过，我真的好难过，你能不能告诉我这不是真的！你能不能亲口告诉我，郑荨说的这不是真的呢！"

雨哗哗地下着，唐兮夏梦的眼泪被揉在了雨里，流入了泥土中。

唐兮夏梦泡在水星间的浴盆中，她闭着眼睛，试图关掉一切能给她带来情绪的通道。可高成手机里那段不长的录音却总是反反复复地回响在她耳边。

浴盆里的水已经渐凉了，可唐兮夏梦依然浸在里面不肯出来。她的心底像是被掏了一个巨大的洞，她的感情就从这个洞里向外不停地流着，直到枯尽。她忽然明白了自己心中真正爱的那个人究竟是谁，但遗憾的是，那人却已经不在了，而且是永永远远的不在了。

第二天，唐兮夏梦早早从星迹酒店退了房，她打车到了机场，她的下一站是她的母校——C市的警官大学。

在众多的证物里，藏着一条让唐兮夏梦不安的信息，这不起眼的几行字一定不会让他人有所怀疑，但对于唐兮夏梦，这却是揭开故事结局的钥匙……

Don't get too close to me

第十八章

起因

　　毕业之后，唐兮夏梦好像再也没有回来过。警官大学的大门依然十分气派，只是看门的保安不知换了几任，现在的那个给人感觉相当木讷，他总是一副没有表情的样子面对着每天从这里经过的形形色色的学生。

　　过了大门再到教学楼要走过相当长的一段距离，因为警官大学与一般的高校不同，除了专业的运动场所之外还配有训练场、靶场等专门供搏斗和射击的地方，这些设施占了相当大的面积。唐兮夏梦路过这里的时候也勾起了不少过去的回忆，记得以前，她总能在课余时间看到在靶场加练的孙靓，好像那时的她除了打枪没有别的爱好。唐兮夏梦曾经硬拉着她出去逛逛街、看看电影，可是孙靓却表现得完全没有兴趣。

　　午餐之后的时间里，多数下午有课的学生还是选择在校园里散散步，因为教学楼距离宿舍有段距离，大家不愿意来回折腾。

　　警官大学的女生很少，所以唐兮夏梦的出现吸引了很多男生的目光。唐兮夏梦想这样受人瞩目的场面 Vern 一定比她更有经验，虽说不至于害羞，但唐兮夏梦却也着实有些不自在。

　　第一教学楼是警官大学最大的教学楼，一共拥有 35 间教室和 15 间多媒体教室。学校多数的高层管理者也都在此办公，这其中就包括了夏梦要找的教导主任廖越朝。

　　廖越朝老师今年 51 岁，他已经在警官大学任教 15 个年头，他是唐兮夏梦上学时的刑侦课老师。上学的时候唐兮夏梦十分敬佩他，听说年轻的时候，廖越朝还是一个出色的"神探"，经他手破获的案件有上百起。后来因为家庭的原因，廖越朝才选择了来警官大学任刑侦课老师。

廖越朝的办公室在三层1307室多媒体教室的对面。夏梦走到他办公室门口的时候发现门虚掩着，她轻轻敲了敲门，屋里便有了回应。

"请进。"廖越朝苍劲有力的声音从屋内传来。唐兮夏梦轻推开门走进去，见到了多年不见的廖老师。

"这不是小唐吗？"廖越朝露出惊讶的表情，"怎么今天来看我啦？"

"廖老师您好，突然拜访失礼了。"唐兮夏梦鞠了个躬说道。

"哪的话，你能记得来看看我，廖老师高兴还来不及呢，来，过来坐啊！"他摆了摆手说。

唐兮夏梦坐在了廖越朝的对面。

"小唐，今天过来应该是有别的事儿吧？"廖越朝眯了眯眼睛说。

"很惭愧，正如您说的那样，确实是。"唐兮夏梦略带抱歉地说。

"说吧，什么事儿。"廖越朝站起身，从茶几上给唐兮夏梦倒了杯水，"给。"

"谢谢老师。"唐兮夏梦喝了一口水，然后思索了一会儿说，"其实我今天是想跟廖老师打听一下发生在2010年的那起误伤事件。"

"你说的是冷偓的那起误伤事件？"廖老师坐下来确认说。

唐兮夏梦没想到廖越朝对这件事件记得这么清楚，她兴奋地回答道："老师您知道详细的情况吗？"

"大体的情况我是知道的！不过小唐你怎么想起问这个了？"

"因为这件事情跟我正在查的一个案子有关！"

"什么？"廖越朝吃惊地看着唐兮夏梦，"你说六年前的这起误伤事件跟你现在查的案子有关？"

"没错！"唐兮夏梦严肃地说。

"原来是这样……"廖越朝点点头，"我记得那起事件是发生在2010年的夏天，那个时候正赶上学期末，所以在靶场上练习的学生很多。不过即便是这样，当时冷偓的误伤事件也还是十分蹊跷！"

"蹊跷？"

"是！小唐你是知道的，靶场的射击点虽然有多个，但是它们射击的方向都是统一向西的，所以如果不是有意朝人群里开枪，是绝不可能有误伤事件发生的。"

"没错。"

"另外，靶区内是绝不允许有人进入的，所以如果说冷偃是开枪误伤了靶区内的人似乎也并不合理。"

"老师您知道这是怎么一回事吗？"

"学校方面给的解释就是误伤。"廖越朝喝了一口茶说道。

"当时那么多学生在场，就没有人目击到整个误伤过程吗？"

"照理来说应该是有人看到的，可后来似乎也没有任何版本的说法传出来，所以最后也就不了了之了。"

"那老师，您还记得被误伤的那个学生是谁吗？"

廖越朝挠了挠稀疏的头发，想了一会儿说："记得，那个学生比你低一级，好像是姓黄！"

"黄？"

"是，叫黄什么敬！"

"明白了。"唐兮夏梦满意地点点头说。

李严是警官大学资历最老的政治教师，他也是冷偃那时候的班主任老师。今天他在第二教学楼的阶梯教室给大一的学生们讲课。3点30分的时候下课的铃声响起，李严跟学生们一起向门外走去，但门口处却有一个人在等她。

"李老师！"唐兮夏梦叫住她。

"你是？"李严向上推了推眼镜，部分头发已经变白。

"李老师您好，我是一二届的毕业生，我叫唐兮夏梦。"

"哦，你找我有事儿？"

"是，有个重要的问题想请教您。"

"那就来里面吧！"

李严和唐兮夏梦坐到了阶梯教室最左侧第一排的座位上，李严的身体有些臃肿，所以阶梯教室的座位让她有些不舒服。

"有什么事情你就说吧。"李严摆弄着手里的课本说道。

"您还记得您带过的〇七届学生冷偓吗？"

"当然！"李严的表情没有丝毫的变化，看来这个名字在过去很长的一段时间内曾经多次被人提起过。

"他当时在班级中是一个怎样的人呢？"

"他……平时话不多，不过为人很正派，学习成绩也是班里数一数二的。"

"那他有什么朋友吗？"

"嗯……好像班里的李功名与他关系还不错。"

唐兮夏梦大吃一惊，"您说李功名？"

"是，有什么问题吗？"看到唐兮夏梦吃惊的表情后，李严问。

"不不，没什么。"唐兮夏梦放低了声音，"那除此之外呢。"

"嗯……学生们倒是传冷偓有个在校的女朋友，不过也仅仅只是八卦罢了。"

"哦，是这样……"唐兮夏梦看了一眼手表，"那关于冷偓的那起误伤事件您还有印象吗？"

"啊？"李严突然皱起了眉头，她用略带嫌弃的面色看着唐兮夏梦，"你到底是谁，打听这个干什么！？"

"实不相瞒，这件事情与我正在查的一件案子有关！"

听了唐兮夏梦的话，李严突然变得很惊慌，她从口袋里拿出纸巾擦了擦额头上渗出的汗，然后说："这件事情我也不是很清楚。"

唐兮夏梦盯着李严，她内心知道李严定是知道什么隐情，不过由于自己的身份特殊，所以不能太过强硬，于是她说道："嗯，谢谢李老师，那我就先告辞了。"唐兮夏梦首先站起身。

"啊，好好！"李严也站了起来，看样子像是松了一口气。

　　结束了一天的调查，唐兮夏梦在 C 市随便找了家酒店休息。跑了一天的她没有再到外面去吃晚餐，而是随便叫了个外卖送到酒店里。

　　刚吃了一口饭，手机便响了起来。

　　"喂，"唐兮夏梦拿起电话说，"想我啦？"

　　"是，无时无刻！"话筒那头传来了 Vern 的声音。

　　"好好工作，不要想我，你现在想我这么多，以后就会嫌弃我的！"

　　"怎么会！"

　　"行啦！你好好忙你的事儿啊。"

　　"嗯，你这边怎么样了？"

　　唐兮夏梦停顿了一下，"还好。"

　　"嗯，要照顾好自己，知道吗？"

　　"好啦，放心吧！"

　　挂了电话，唐兮夏梦又陷入了内疚，她知道无论如何自己也要再欠上一个人的情债了。

　　深夜，唐兮夏梦把手机接上了充电线，然后关掉了房间内唯一还亮着的书灯。她把被子盖得严严实实的，不仅是因为房间内的冷气很足，还因为她的心也像一块冰。

　　TDCM7 一案结束后，李功名的身份已经彻底暴露，他在三天前被检察机关的人带走了。与此同时，检察机关的人也带走了 A 市刑警队内的那名女法医，正是她在裴勇的茶杯里下了毒。

　　李功名被革职查办后，王希彦顶替了他的职位，被破格提升成为 B 市刑警队的队长。这天，他正在收拾自己新办公室的时候，唐兮夏梦打来电话说想要见他一面，庆祝他晋升。王希彦痛快地答应了，他们约定好今晚 8 点在星迹酒店见面。

　　晚上 7 点 55 分，王希彦到达了酒店，他在前台登记完信息之后便径直前往水星间。

"叮咚。"门铃声响了，唐兮夏梦起身走过去开门。

门开了，意气风发的王希彦站在门外，他穿着白衬衫、黑西裤，头发也做了造型，十分帅气。

"小彦，"唐兮夏梦微笑着看着他说，"升职了果然不一样呀！"

"哪有！都是上级抬举啦。"王希彦腼腆地笑着说。

"快进屋吧！"唐兮夏梦把他让进来，然后顺势锁了门。

"我选的那家餐厅还可以吗？"唐兮夏梦跟在王希彦的身后，声音比平时要温柔许多。

"当然！那我们就快去吧，现在应该不用等位子了。"王希彦转过身，正巧跟唐兮夏梦面对面撞在一起。

"对不起，夏梦学姐，我不是故意的。"王希彦低了低头，然后向后退了几步。

"没关系啊。"唐兮夏梦温柔地看着他说。

"那我们去吃饭吧。"王希彦定了定神说道。

"不着急，我有话要跟你说。"唐兮夏梦看着王希彦，表情十分妩媚。

王希彦这才发现，唐兮夏梦今天穿了一件低胸装，脸色也要比平时红润很多，他有些不知所措，眼睛不停地转来转去，以回避唐兮夏梦的眼神。

"小彦！"唐兮夏梦一把抓住王希彦的手，"小彦，你看着我！"

王希彦吓了一跳，他一下子把手从唐兮夏梦的手里抽出来，"夏梦学姐，你……你这是怎么了？"

唐兮夏梦又一次拉住他的手，"小彦，我喜欢你，你感觉不到吗？"

"啊？"王希彦惊慌地看着唐兮夏梦，"学姐，你开什么玩笑！我不是在做梦吧。"

"不！你不是！"

唐兮夏梦一下子扑到王希彦怀里，可王希彦却不知道从哪来的力量，一下把唐兮夏梦推到了沙发上。

"啊，对不起！对不起，夏梦学姐，我不是故意的。"王希彦马上道歉说。

唐兮夏梦低着头，长发遮住了她的脸，"你真的这么讨厌我吗？"

"不……不是的，我是……"

"看来在你心中，只有黄文敬一个人了！"

"你说什么！"王希彦的表情由惊慌变为惊恐，"夏梦学姐你……"

唐兮夏梦缓缓地抬起头，"即便是不喜欢我，正常的男人也应该不会像你那样对我吧？"

"夏梦学姐，你在设计我是吗？"

"对不起，小彦，我只是想知道六年前冷偃误伤事件的真相。"

王希彦一下子瘫在沙发上，唐兮夏梦以前从未见过他有这样的表情，看来背着这个秘密走了这么多年着实不容易。

"六年前期末考试的前夕，我跟黄文敬相约去靶场练枪。但很不巧，那天苏岭珊在靶场等黄文敬，说是要把他们之间的事情做一个了结。"

"苏岭珊？"

"对，就是那个不可一世的大小姐，她其实是校长的女儿，她一直在追求黄文敬。"

"她是校长的女儿！？"

"是的，"王希彦点点头，面色沮丧，"苏岭珊知道了我们俩的事儿之后十分愤怒，所以那天在靶场的器材室里她开枪打伤了黄文敬，然后威胁我们绝不可以把事情说出去，不然就把我们俩的秘密公之于众。"

"那这件事情跟冷偃有什么关系呢？"唐兮夏梦奇怪地问。

"因为这件事情正好被从窗户前经过的冷偃学长看到了！当时我们三个人都非常害怕，因为一旦冷偃学长把秘密泄露出去，那就等于是把我们三个人推向了绝境！"

"然后呢？"

"当时苏岭珊发现了冷偃学长，于是马上追出去把他叫到屋里，并跟他讲明了其中的利害关系。可没想到冷偃学长是个善恶分明且十分倔强的人，他无论如何都要将此事上报学校。苏岭珊无奈之下只得抢先一步出手，她让我们作伪证，证明用枪伤害黄文敬的是冷偃！我们被逼无奈只得照做，所以就有了后来学校里冷偃的误伤事件。"

"原来是这样！"唐兮夏梦琢磨了一下继续说，"可这件事情也不是密不透风的吧。"

"当然，这毕竟是警官大学，若不是有校长兜着，真相早就露出来了。"唐兮夏梦轻蔑地笑了笑，表情带着怨恨。

"对不起，夏梦学姐，让你失望了。"王希彦低下了头，声音颤抖。

"唉！"唐兮夏梦叹了口气，"这件事情也不能全怪你。"

"这个秘密藏在我心里好久，也折磨了我好久，今天全部说了出来，我感觉轻松多了。"

"这可能就是人们常说的'不做亏心事，不怕鬼敲门'吧。"唐兮夏梦站了起来，面容早已没有了红润。"走，去吃饭吧，说好了今天是给你庆祝的！"

"夏梦学姐！我……"王希彦惭愧地看着她说。

"好了，快走吧！"

路上霓虹的颜色让人忘掉了很多难过，可多数时候，难过不是完完全全地消失了，它只是在你的心里躲了起来，当你无法释怀的时候，它就会再次出现在你面前。

副驾上王希彦回过头，他的表情比刚才要好得多，"夏梦学姐，你是怎么怀疑上我的？"

"因为黄炳周的话。"

"黄叔叔？"

"是！他说在黄文敬受伤期间你总是去看他，这让我十分惊讶。我冥冥之中感到你们的关系非同一般，所以我想你应该是知道真相的！"

"你太可怕了！多么小的细节都会在你面前无限放大。"

"当一个警察是不是就应该这样呢？"

"是！"王希彦肯定说。

"但对于一般人，这确是让自己陷入痛苦的本领。"

"啊？"王希彦完全不明白唐兮夏梦的意思，他回过头来望着唐兮夏梦的眼睛，却从那里看到了一片伪装的坚强。

7月12日晚，孙靓去了李甯俊的父母家吃饭。叔叔阿姨十分热情，他们对儿子新交的女朋友十分满意。饭后四个人在一起打了几圈麻将，氛围其乐融融，就像是春节一样。

10点30分的时候孙靓离开了李甯俊父母的家，李甯俊跟往常一样陪她散步到了小区门口，两个人依依不舍，你侬我侬。

"快回去吧！我一个人走就好了，没事多陪陪叔叔阿姨。"孙靓边帮李甯俊整理着衣领边说道。

"嗯，你要小心啊，到家了跟我说一声。"李甯俊摸了摸她的额头说。

"嗯，放心吧，我可是警察啊！"孙靓挺了挺胸脯笑着说。

说完，孙靓转过身面向马路。突然，她看到了什么，一下子严肃起来，刚才的幸福感四散而去。她的眉头深锁，身体也开始颤抖。

唐兮夏梦从马路对面走过来。李甯俊站在孙靓身后，他知道这个女人是来找孙靓的，所以他没有走开，而是表情严肃地看着这个女人慢慢地靠近。

"你为什么不回我的信息？"唐兮夏梦一改之前的态度，气势逼人。

"有这个必要吗？"孙靓掐着腰，不屑地说。

"我找你有很重要的事儿，我希望你能给我点儿时间。"

"你是谁啊？找我们家小靓有什么事儿！"李甯俊不客气地问。

"你闭嘴！谁允许你跟她搭话了！！"孙靓突然把矛头指向了李甯俊，"你给我滚远点儿！"她大声嚷道。

"小靓我……"李甯俊被小靓的反戈一击给吓蒙了，他向后退了几步，一脸不知所措。

"滚！"孙靓突然从腰间掏出枪指着李甯俊，"给我滚！！"

见此情景，李甯俊只得先退开。周围的路人也都被这场面吓坏了，他们纷纷逃开，一时间，小区门前，只剩下了唐兮夏梦和孙靓。

"好了！你要跟我说什么？"孙靓恶狠狠地说。

"杀琉璃纱和郑荨的人是你吧！"

"哈哈哈哈哈！笑话，你有什么证据？"

"我没有证据，因为我不想拿出它，我一直认为我们是最好的姐妹！"

"你放屁！你有把我当姐妹吗？"

"我有！"

"既然有，那你怎么忍心从我身边把黎云抢走！"

"什么！黎云？"唐兮夏梦向后退了一步，失声地说道。

"没错！他是我的初恋男友，就是你把他从我身边抢走的！"孙靓举起枪口对准唐兮夏梦，"你还记得吗？也是周四，也是在这样一个夜晚，你接我去吃夜宵。他陪我从电影院里走出来，那个时候是他第一次见到你啊！"

"可……可我当时并不知道他是你男朋友啊！他当时追我的时候我也问过他，他说你们只是普通朋友啊！"

"哼，男人的话你也相信！夏梦，你是真傻还是装傻？"

"小靓，这件事情我确实很抱歉，我真的是不知道，真的！请相信我！"

"哼，现在人都没了，你说这个还有什么用。"孙靓放下枪，火气微微得小了一些，"这件事暂时搁一边，我想知道你凭什么说我是杀人凶手？"

唐兮夏梦平静了会儿，然后清了清嗓子，"因为你是孙偓的妹妹，组织里的'面具人'！"

"你在说什么？夏梦，你是不是真的以为自己是'福尔摩斯'啊？"

"那倒没有，只不过你确实是孙偓的妹妹，这一点我没有说错。"

"孙偓是谁我都不知道！你竟然说我是他妹妹？可笑。"

"孙偓是你同父异母的哥哥，这点绝对没错。不仅如此他还是我们共同的校友，只不过上学的时候他已经改了姓，他现在不姓'孙'，而姓'冷'。他因为误伤事件而被退学，后来他组织了犯罪势力，一直活跃在 D 市！"

"我承认有这么一个人，但他却不是我哥哥。"孙靓摊开双手，无辜地说。

"孙偓学习成绩优异，为人正直，但是却性格孤僻，学校中与之常来往的人只有两个，一个是同班的李功名，另一个传言说是他交的同校的女朋友，但我猜那并不是他的女朋友，而是他的妹妹，也就是你！"

"你的故事编的实在不怎样！"

唐兮夏梦没有理睬孙靓，她继续说："毕业之后，你们走上了不同的路，一个成了警察，一个成了罪犯。我想你之所以如此疾恶如仇，正是因为大学时候你哥哥蒙受不白之冤那件事吧。"

孙靓瞥了唐兮夏梦一眼，然后继续装得若无其事。

"你们虽然在表面上是水火不容的正义与邪恶，但是在背地里却做着不可见人的勾当，TDCM7 的反叛阴谋就是你和你哥哥还有 Sunny 一起策划的！而为了保证你的真实身份不泄露，你在组织里都是以'面具人'的身份出现的。可后来，你们没有料到 Sunny 会给你们下套，那晚在 B 县你找 Sunny 理论的时候，你的身份被她发现，所以后来才有了孙偃为了救你，带着 TDCM7 回到地下工厂与她见面的事。也正是在那晚，你杀死了琉璃纱！我虽然射术一般，但是对枪械还是十分了解的，杀琉璃纱和郑荨用的枪都是狙击枪，而且枪法能做到如此精准的，除了你还有谁呢？"

"说来说去，你都只是猜测而已！你并没有证据不是？"

"好，既然你要证据，那我就给你！"唐兮夏梦从背后拿出了一个相框，"这个相框是在你办公桌最里层的地方发现的，上面的照片就是你跟孙偃！"

"你！你去过我办公室？"孙靓突然惊慌失措道。

"是，是秦湘姐让我进去的。"

"是秦湘？！"

"不然你以为孙偃的档案是谁帮我查的呢？"

"可……可恶……"

"法网恢恢，疏而不漏。"唐兮夏梦深沉地说，"小靓你现在该承认了吧！"

"你说得没错，我是孙偃的妹妹，郑荨和琉璃纱也都是我杀的，只不过郑荨他是替你死的！"孙靓边说着边从口袋里拿出手机。

"这段视频我想你应该不陌生吧！"孙靓把手机屏幕对准夏梦说。

"Sunny 把它发给了你！？"唐兮夏梦惊恐地看着屏幕，脸色煞白。

"是的，是你亲手杀了我哥！"孙靓的眼泪喷涌而出，"夏梦，你抢走了我最爱的男人，又杀了我在这个世界上最亲的亲人，你说我是不是该杀了你呢？"

唐兮夏梦愣原地，哀怨地说："我……我们都被命运玩弄于股掌之间，我原以为我们会携手相伴，一起走到生命的尽头。可谁曾想，我们却是两条直线，相交之后渐行渐远！"

孙靓把手机扔在地上，然后又一次从腰间拔出了手枪，"再见了，夏梦！

再见了我的好姐妹。"

　　唐兮夏梦的房子退租了，虽然她已经付了半年的房租，但她还是依然决定离开这里。

　　唐兮夏梦的父亲在 B 国，唐兮夏梦决定去 B 国重新开始自己的生活。前往 B 国的航班将在一个小时之后起飞。

　　前面就是进站口，唐兮夏梦停在原地站了一会儿，没有马上进去，她想在记忆里再留下一些这个城市的味道。

　　唐兮夏梦闭上眼睛，仔细地用耳朵听、用鼻子呼吸。可这时她突然感到背后有一个硬东西抵在了她的腰间，她回过头去，发现在她身后，站着一个熟悉但却陌生的面孔！

　　"Araya！"唐兮夏梦叫了起来。

　　Araya 的枪抵在唐兮夏梦腰间，她的面容冰冷且可怕。"是你害了他，是你害了他！"她低语道。

　　"Araya，我很抱歉，我很抱歉！"

　　"你就想这么一走了之是吗？"

　　持枪的 Araya 很快就被周围的人发现了，他们赶紧叫来了安保，并拨打了 110。

　　"开枪吧！"唐兮夏梦拉着 Araya 持枪的右手，她让枪口对准了自己的胸口。

　　"夏梦，你害了多少人，有多少人因为你而心碎，你太自负了，你知道吗！"

　　唐兮夏梦点了点头，"我知道，我没有珍惜过你们任何一个人，我也从来没有考虑过你们的感受，一切都是我的错，都是我的错！"

　　武警很快赶到了现场，他们驱散了在一旁围观的路人，然后用喇叭告诫 Araya 放下枪。

　　"我今天一定要杀了你！"Araya 扣动扳机，与此同时无数的枪声响起，Araya 倒在了血泊之中。

　　"Araya！"唐兮夏梦跪倒在地，然后崩溃地大声哭泣……

尾　声

　　机场围观的人群中，一个手拿枪械的女人中弹身亡，经证实，这个人竟然是 A 市刑警队的孙靓！之后，法医从她身上取出了那颗弹头，经核对之后发现，弹头来自 Araya 的那把手枪。随后法医还在她的胸部发现了一大块儿瘀伤，法医说："这伤应该是被人打了一记重拳后留下的。"

　　Vern 的最新单曲《等你，骗我的人》上线，仅一周时间内，它就占据了各大音乐榜单的首位。

　　黄文敬揭发了六年前 C 市警官大学的枪击事件，苏岭珊因为故意伤害罪被判有期徒刑八年。两年后，黄文敬和王希彦在 B 国登记结婚。

　　2018 年，一位商业女精英转让了自己在公司的所有股份，跑到了边区支教，一去就是十年。